Ein Darkover-Roman

*»Weit entfernt in der Galaxis
ungefähr 4000 Jahre in der Zukunft
gibt es einen Planeten
mit einer großen roten Sonne
und vier Monden.
Willst Du nicht mitkommen
und ihn mit mir erforschen?«*

Marion Zimmer Bradley

Von der Autorin sind außerdem erschienen:

Excalibur – Das Schwert von Avalon
Jenseits von Avalon

Eine Komplettübersicht
aller Darkover-Romane finden Sie am Ende dieses Buches!

Über die Autorin:

Marion Zimmer Bradley, 1930 in den USA geboren, publizierte anfangs vor allem in Zeitschriften und Anthologien. Der Durchbruch gelang ihr 1962 mit *The Planet Savers – Retter des Planeten.* Mit dieser Geschichte war der Grundstein für die Romane um den Planeten *Darkover* gelegt, die innerhalb weniger Jahre zu einem der beliebtesten Fantasy-Zyklen einer riesigen Fangemeinde avancieren sollten. Seit 1962 hat Marion Zimmer Bradley über zwanzig *Darkover*-Romane und unzählige Kurzgeschichten geschrieben sowie eine Reihe Anthologien herausgegeben. 1983 wurde Marion Zimmer Bradley mit ihrem Roman *Die Nebel von Avalon* schließlich weltberühmt.
Sie starb im September 1999 in ihrer Heimatstadt Berkeley, Kalifornien.

Marion Zimmer Bradley

Die Domänen

Ein Darkover-Lesebuch

Aus dem Amerikanischen von
Ronald M. Hahn

Knaur

Die amerikanische Originalausgabe erschien 1990 unter dem Titel
Domains of Darkover bei DAW Books, New York.

Besuchen Sie uns im Internet:
www.droemer-weltbild.de

Vollständige Taschenbuchausgabe 2001
Droemersche Verlagsanstalt Th. Knaur Nachf., München

Umschlaggestaltung: ZERO Werbeagentur, München
Umschlagabbildung: David Cherry
via Agentur Schlück, Garbsen
Satz: Ventura Publisher im Verlag
Druck und Bindung: Nørhaven A/S
Printed in Denmark
ISBN 3-426-60978-9

2 4 5 3 1

Inhalt

Einleitung: Ganz im Gegenteil

Trotz meiner manchmal etwas respektlosen Einstellung zu solchen Einleitungen nehme ich mich und andere auch gelegentlich mal ernst. Sagen wir, etwa dreimal im Jahr. Gestern war ich in einer solchen Stimmung, und dabei habe ich mir die Frage gestellt, was ich mit einer Reihe von Darkover-Anthologien erreichen kann – oder erreichen will.

Mir ist aufgefallen, dass ich nie aufgehört habe, mich zu fragen, was ich tue oder warum. Ich weiß – auf die übliche oberflächliche Art – gewöhnlich nur, was ich gerade mache; aber es mag eine Schwäche oder eine Stärke sein, dass ich selten im Voraus weiß – oder, um es genauer auszudrücken, mir nie Zeit nehme, darüber nachzudenken –, welch tiefere Bedeutung meine Arbeit in einem beliebigen Moment hat.

Vielleicht ist dies eine Tugend, ich weiß es nicht. Wenn ich etwas anfange – einen Afghan knüpfe, aufs Land hinausfahre oder ein Buch schreibe –, habe ich gewöhnlich keine klare Vorstellung davon, wo es hingehen soll. Vor einiger Zeit hat mich jemand gefragt, was ich auf lange Sicht mit Darkover zu erreichen hoffe. Was ich auf lange Sicht zu erreichen hoffe? Ich weiß es wirklich nicht. Wenn ich etwas anfange, spinne ich gewöhnlich einfach eine Idee weiter, die mir zu diesem Zeitpunkt interessant erscheint. Ich habe mit dem Schreiben angefangen, weil ich gern schreibe und es der einzige Beruf ist, der keine teure Universitätsausbildung erforderte und mir dennoch erlaubte, zu Hause zu bleiben und mich um mein Kind zu kümmern – damit es nicht von einer Frau aufgezogen werden musste, deren Marktwert noch geringer war als der meine. Außerdem habe ich meinem ersten Mann klargemacht, dass ich nicht acht Stunden außer Haus arbeiten und dann heimkommen würde, um zu putzen, zu waschen und zu kochen, während er nach acht Stunden die Füße auf den Tisch legt und die Zeitung liest. Weil er kein Interesse daran hatte, sich an der Hausarbeit zu beteiligen, ließ er mir meinen Willen. Na bitte!

Aus derselben Motivation heraus, nämlich eine Idee aufzugreifen, die mir zum gegebenen Zeitpunkt interessant erscheint, gründete ich ein zweites Königreich der »Gesellschaft für kreativen Anachronismus«, da mir meine Freunde an der Westküste fehlten. Heute hat diese Vereinigung wer weiß wie viele Königreiche, Grafschaften, Landkreise und Provinzen. Ich fühle mich ein wenig wie Doktor Frankenstein.

Und ich habe an anderer Stelle berichtet, dass die ersten Darkover-Bücher entstanden sind, weil ich zu träge – oder ganz einfach zu faul – war, um mir eine neue Welt auszudenken und feststellte, dass ich längst nicht alles gesagt hatte, was es über Darkover zu sagen gab. Inzwischen sind etwa zwanzig Bücher daraus geworden, na also. Immerhin habe ich so viel erreicht, dass die Menschen über Darkover nachdenken. Zum Beispiel werde ich gefragt, welche ernsthaften künstlerischen Ambitionen ich verfolge und worauf die Serie schließlich hinausläuft.

Tja, ich weiß nicht, ob sie überhaupt auf etwas hinausläuft. Ich habe mir von Anfang an vorgenommen, dass ich auf keinen Fall immer wieder dasselbe Buch schreiben wollte. Und ich kann sehr gut darauf verzichten, dass ein Kritiker schreibt: »Ach, schon wieder ein Darkover-Buch.« Wenn ich überhaupt etwas will – und wahrscheinlich ist es so –, dann mit jedem neuen Buch etwas Neues, Besonderes aussagen. Ich habe damit jedenfalls erreicht, dass andere zum Schreiben angeregt wurden. Ob das gut ist? Ich bin natürlich davon überzeugt, und da diese Anthologien-Reihe weitergeführt wird, sind die

Leser wohl ähnlicher Ansicht. Aber ernsthafte künstlerische Ambitionen? Muss ich darauf wirklich antworten?

Vielleicht geht diese Frage schon viel zu weit. Die meisten Leser von Unterhaltungsliteratur – zum Beispiel von Detektivgeschichten – wenden sich hin und wieder gern den gleichen Schauplätzen, gleichen Ideen, sogar gleichen Charakteren zu. Das Londoner Hauptpostamt erhält noch heute – fünfzig Jahre nach Conan Doyles Tod – jährlich *Hunderte* von Briefen, die an Sherlock Holmes adressiert sind. Die Schöpfer Tarzans, Dr. Fu Manchus und Nero Wolfes haben erfahren, wie man sich als Zauberlehrling fühlt – dass es einfacher ist, etwas anzufangen, als es aufzuhören und wieder loszuwerden; und die Gesellschaft belohnt jeden reichhaltig, der sie auf diese Weise unterhalten kann. (Jedenfalls ist es besser, als zu arbeiten.)

Jedoch ist in der Öffentlichkeit irgendwie der Eindruck hängen geblieben, dass jede Geschichte, die ich für diese Anthologie auswähle, auf gewisse Weise offiziellen Charakter hat; dass meine Wertschätzung einer Geschichte oder mein Interesse, sie mit anderen Lesern zu teilen, sie in der Darkover-Chronologie legitimiert. Aus gewissen inhaltlichen Indizien dürfte hervorgehen, dass dies – abgesehen von den Kurzgeschichten, die ich selbst geschrieben habe – nicht zutrifft. Die Anthologien-Geschichten sind keineswegs offiziell, oder zumindest nicht alle. Einige fügen sich so gut in meine persönlichen Vorstellungen von Darkover ein, dass sie wirklich – *wirklich* im Kontext des Darkover-Universums – »geschehen« sein könnten; das heißt, ich hätte sie vielleicht selbst geschrieben, wenn mir die Ideen gekommen wären. Aber davon gibt es nur eine Hand voll: *Auf der anderen Seite des Spiegels* von Pat Floss kommt meinen eigenen Ideen, die ich nicht niederschrieb, so nahe, dass ich heute der Ansicht bin, die Ereignisse zwischen *Hasturs Erbe* und *Das Schwert der Aldones* oder, wenn es Ihnen lieber ist, *Sharras Exil* seien eigentlich Pats

Einfall. Die Geschichten, die Diana Paxton über die frühen Tage auf Darkover geschrieben hat – etwa zwischen *Landung auf Darkover* und dem Zeitalter des Chaos –, kommen dem offiziellen Status sehr nahe, weil Diana und ich enge Freundinnen sind und auf sehr ähnliche Weise denken. Dasselbe lässt sich von den Geschichten sagen, die Elizabeth Waters verfasst hat, und von einigen anderen. Was den Rest angeht, kommen einige meiner Vision näher als – um ein Beispiel zu nennen – die Fanliteratur von Jacqueline Lichtenberg der originalen *Star-Trek*-Serie. Das mag viel oder wenig sein; vielleicht wäre es ein besserer Vergleich, wenn ich sagen würde, sie kommen mir so nahe wie *The Chronicles of Martin Hewitt* den Sherlock-Holmes-Geschichten – an die sie, glaube ich, durchaus heranreichen – oder so nah wie die Geschichten um Nayland Smith und Dr. Petrie ihren Vorbildern Holmes und Watson – denen sie kaum gewachsen sind.

Aber kommen wir zu den ernsthaften künstlerischen Ambitionen zurück. Ich frage mich manchmal selbst, ob ich welche habe; und die Antwort hängt, um ehrlich zu sein, von meiner Stimmung ab. Manchmal streite ich rundheraus ab, dass es so ist; ich amüsiere mich einfach prächtig – und es ist besser, als zu arbeiten – und verdiene mir ein angenehmes Leben mit dem, was ich am liebsten tue. Bei anderen Gelegenheiten – wenn der Wind aus einer anderen Richtung weht oder die Sterne anders stehen – sage ich mir, dass ich natürlich eine Reihe sehr wichtiger sozialer Theorien verarbeite und großen Einfluss auf die Welt ausübe, in der ich lebe.

Ich kann mich zu keiner dieser beiden Ansichten ganz durchringen; und wenn ein eifriger Fan mir einen Brief schreibt und entweder behauptet, ich sei ein großer Guru des New Age – lachen Sie nicht, ich bin bei einer Veranstaltung tatsächlich mal so vorgestellt worden – oder ganz im Gegenteil, dass ich mich viel zu ernst nehme und das Ganze nur ein

Spiel sei, setze ich mich daher manchmal hin und schreibe drei – oder dreizehn – Seiten lange, leidenschaftliche Briefe, manchmal aber zucke ich nur mit den Achseln und erkläre, dass wir in einem freien Land leben und es dem Leser freisteht, seine eigene Meinung zu haben, bevor ich den Brief in den Mülleimer werfe.

Das gehört wahrscheinlich dazu – ich weiß es nicht genau –, wenn man im Zeichen der Zwillinge geboren ist.

Aber andererseits glaube ich auch nur die halbe Zeit an Astrologie. Die restliche Zeit bin ich ebenso sehr Materialist wie Mark Twain, der – unter anderem – etwa Folgendes zu seinem Werk sagte: dass jeder, der darin einen Zweck oder eine Bedeutung zu entdecken versuche, auf der Stelle exkommuniziert, und jeder, der darin eine Moral aufspüren wollte, erschossen werde.

Manchmal sehe ich es genauso.

Aber nur die halbe Zeit.

Marion Zimmer Bradley

Über Deborah Wheeler und »Acurrhir Todo; Nada Perdonad«

Deborah Wheeler ist kein unbekannter Name in meinen Anthologien; ich glaube, sie war in jeder einzelnen vertreten, seit sie in *Schwertschwester* mit *Imperatrix* ihr Debüt feierte und gleich darauf eine Geschichte in *Die Freien Amazonen* veröffentlichte. Sie ist seither eine geschätzte Mitarbeiterin und Freundin. Unter diesen Umständen ist es vielleicht überflüssig – man könnte auch sagen: unnötig und es geht weit über die Chronistenpflicht hinaus, jedes Mal zu wiederholen, dass sie den Schwarzen Gürtel in Kung Fu hat und ein Haus voller lebhafter Katzen und Kinder betreut.

Dies erinnert mich an eine Veranstaltung, die ich mit dem verstorbenen SF-Autor Randall Garrett besuchte. Er hatte die Aufgabe, mich auf dem Podium zu präsentieren und sagte: »Marion muss hier niemandem vorgestellt werden.« Mit dieser Phrase fangen natürlich alle Einführungen an, aber er schloss tatsächlich mit dem Satz: »Deshalb werde ich es auch nicht tun«, setzte sich wieder hin und überließ es mir, etwas zu meiner Person zu sagen. Vielleicht sollte ich es mit Deborah genauso halten: Ich kann hier wirklich nichts über sie sagen, was an gleicher Stelle nicht schon gesagt worden wäre, außer vielleicht, dass sie die Mutter meiner reizenden Enkelkinder Sarah (9) und Rose ist, die fünf Jahre alt sein wird, wenn dieses Buch auf den Markt kommt; und dass sie gerade einen Roman abgeschlossen hat. Ich weiß nicht, wann er erscheint, aber ich habe keinen Zweifel, dass es früher oder später soweit sein wird. Hoffentlich früher. Ich kann es nämlich nicht abwarten, ihn noch einmal zu lesen. MZB

Acurrhir Todo; Nada Perdonad

von Deborah Wheeler

Im großen Saal von Avery stank es nach schwelendem Haftfeuer, Staub und Schweiß. Duncan Inverness stand mit den Unteroffizieren und Adjutanten in einer Ecke, beobachtete die offizielle Kapitulation und fragte sich: *Warum hat mich Vater aus Arilinn kommen lassen, nur um zuzusehen, wie einige geschlagene Männer sein Schwert küssen? Er hatte es schließlich sehr eilig, mich dorthin zu schicken, als er mich aus dem Weg haben wollte.*

Zahlreiche Verteidiger, darunter Fürst Averys Obermagier, lagen unter dem Schutt des einst so prachtvollen Ostturms begraben, und unzählige waren den Schwertern der Inverness-Truppen zum Opfer gefallen. Duncan achtete darauf, dass er einen neutralen Gesichtsausdruck beibehielt, als sein Vater, der ein prachtvolles Gewand aus karminroter und goldener Seide über der zerbeulten Rüstung trug, auf dem großen, mit Schnitzereien verzierten Thron Platz nahm.

Gherig, Fürst von Inverness und eines halben Dutzends anderer Königreiche, legte sein bloßes Schwert über die Knie, streichelte sich über den roten, mit silbergrauen Strähnen durchzogenen Bart, dem seine ganze Eitelkeit galt, und befahl, dass ihm die Gefangenen vorgeführt wurden. Hinter einer Schulter ragte sein älterer Sohn und Erbe Rafael auf, hinter der anderen der erste *Laranzu* seines Kreises. Rafael, dessen Gesicht noch mit Ruß und Blut vom letzten berserkerhaften Gefecht bei den Stadttoren beschmiert war, blickte über die Masse von Gefangenen hinweg; seine Augen waren so kalt wie die eines Falken.

Beim Anblick seines älteren Bruders schauderte Duncan

vor Sehnsucht nach dem Turm von Arilinn und seinen Bewohnern, die ihm nützliche Fertigkeiten beigebracht hatten und ihn dafür schätzten. Hier war er kaum mehr als ein Mitläufer, der wenig wusste und keinen Sinn für das Kriegshandwerk hatte. Die Jungen seines Alters schauten wegen seiner Abstammung zu ihm auf, während aus seinem einst bewunderten Bruder ein blutbefleckter Fremder geworden war, der einen Feind im Handumdrehen mit bloßen Händen erwürgen konnte. *Ich bin nur hier, weil Vater meint, dass ich im Turm zu sehr verweichliche und ein Feldzug mich Rafael etwas ähnlicher machen könnte,* erkannte er. *Es wäre einfacher, ein Banshee-Küken wieder ins Ei zu stecken ...*

Zwei stämmige bewaffnete Krieger aus Inverness zerrten Mikhail, den Fürsten von Avery, nach vorn, der zwar als erbarmungsloser Statthalter galt, aber offenbar kein Talent zum Kriegsherrn hatte. Mit dem Tod seines *Laranzu* war seine Widerstandskraft erlahmt, und von seiner psychischen Verteidigung waren nur mehr ein paar Frauen mit mäßiger Begabung übrig, die in der gegenüberliegenden Ecke mit den Mägden der Damen zusammenhockten.

Avery selbst war eine plumpe Kartoffel von einem Mann und sein Gesicht auf jeder runden Wange mit nervösen roten Flecken gezeichnet. Er trug einen Zierpanzer, der einige Nummern zu klein für ihn war. Er erinnerte Duncan an einen Jungen, den er im ersten Jahr in Arilinn kennen gelernt und der die kleineren Kinder stets tyrannisiert hatte, bis er seine eigenen Ängste zu beherrschen lernte.

»Wirf immer einen Blick hinter das Offenkundige«, hatte sein Bewahrer oft gesagt. *»Nichts, keine äußere Erscheinung, nicht einmal das* Laran *ist je wirklich so, wie es im ersten Moment den Anschein hat.« Wenn Beral hinter seiner Großtuerei ein Feigling war, was verbirgt sich dann hinter Mikhails Maske der Verweichlichung?*

Gherig setzte seine strengste Miene auf, als er den rituellen Worten lauschte, welche die Kapitulation besiegelten. Schwer auf seine Wächter gestützt, ging Mikhail in die Knie und küsste das Heft des Inverness-Schwertes. Dann trat der Rest der Familie Avery – das blasse Gespenst einer Frau mit dünnen, zusammengepressten Lippen, zwei tränenüberströmte, pickelgesichtige Töchter und ein Sohn, der dabei war, sich zum Doppelgänger seines Vaters zu entwickeln – nacheinander vor, um dem neuen Fürsten die Treue zu schwören. Gherig würde sich wahrscheinlich nicht einmal die Mühe machen, sie hinzurichten, dachte Duncan und erinnerte sich an die Geschichten über den ersten Feldzug seines Vaters gegen einen grauen Wolf namens MacAldaran, der bis zuletzt wie Zandrus Dämonen gekämpft hatte. Sobald ihm nur ein wenig Luft gelassen wurde, hatte er sich wieder aufgebäumt, weshalb sein Vater keine andere Wahl gehabt hatte, als ihm einen schnellen, ehrenvollen Tod zu bereiten. Was die Averys anging, würde Gherig sie nur ins Exil schicken, weil er sie nicht als ernsthafte Bedrohung empfand.

Die Höflinge, Edelmänner von geringem Rang, die aus traditioneller Loyalität zu Avery gestanden hatten, traten als Nächste vor. Gherig sorgte dafür, dass ihre Familien ein Unterpfand stellten, und ließ sie mit dem Leben und kleinen Geldstrafen davonkommen. Duncan konnte ihre Erleichterung spüren.

Fürst Avery hätte uns hinrichten lassen und unsere Güter konfisziert. All diese Geschichten über seinen hitzköpfigen Sohn, der Männer aus schierer Blutgier in Stücke haut, sind reines Soldatengarn. Inverness ist ein anständiger Mensch …

Der *Coridom* war beim Sturm auf den Ostturm gefallen, aber sein Gehilfe wartete mit dem Rest des Hausgesindes. Duncan war fassungslos über die schiere körperliche Schönheit des jungen Mannes, der vortrat, um zu Gherigs Füßen niederzuknien. Leichtfüßig, aber nicht mädchenhaft, bewegte er sich mit der Eleganz eines Schwerttänzers. Das rot getönte Haar fiel ihm lockig über die Schultern, nur eine Spur zu lang für einen Jungen seines Alters, und als er aufblickte, konnte Duncan deutlich seine großen, weinroten Augen erkennen, die feinen Züge seines bartlosen Kiefers, die vollen, sinnlichen Lippen. Letztere und die zu langen Locken gaben Duncan zu denken – war er vielleicht Mikhails Lustknabe gewesen? Erklärte das die eiserne Bitterkeit, die *Domna* Avery auf die faltigen Lippen gemeißelt schien?

Zu offenkundig. Werfe immer einen Blick hinter das Offenkundige ...

Gherig winkte Duncan zu sich und befahl Anndra, dem Jungen, ihn mit den Aufzeichnungen vertraut zu machen.

Duncan blieb auf dem Podium hinter Rafael stehen und amüsierte sich über die plötzliche Wende des Geschehens. Er hatte nicht damit gerechnet, dass sein Vater auf dem Feldzug wirklich Verwendung für ihn haben würde.

Gherig entließ Averys Hauptleute, denen er wiederum nur geringe Geldstrafen auferlegte, und schickte Rafael nach unten, um die Kerker zu räumen. Rafaels Männer trieben den üblichen Pöbel heraus, eine Hand voll von Fliegen umschwärmten Bettlern, die im Licht blinzelten. Der Erste warf sich vor Gherigs Füße und gestand, dass er ein Schwein gestohlen hatte, um seine Familie zu ernähren.

»Lasst ihn frei«, befahl Gherig. Duncan lächelte, als eine Welle des Erstaunens durch die Reihen der Versammelten ging. Bis zum nächsten Morgen würden in der ganzen Stadt Geschichten über den Großmut des neuen Fürsten die Runde machen, und er würde es sehr viel einfacher haben, für Ruhe und Ordnung zu sorgen.

Gherig wiederholte dieses Urteil für die anderen Gefangenen, jämmerliche Geschöpfe, die verhältnismäßig geringfügiger Verbrechen bezichtigt wurden. Nachdem sie gegangen waren und sich in die Löcher verkrochen hatten, in denen man sie haben wollte, sagte Rafael: »*Vai Dom*, es gibt noch eine Gefangene. Ein besonderer Fall.«

Gherig hob fragend eine Augenbraue. Rafael deutete zum anderen Ende des Saals, wo eine schlanke, weißhaarige Frau zwischen zwei Wachmännern zusammengesackt war. Ihr zerfetztes Gewand entblößte dünne, zerkratzte und verdreckte Arme, und ihre Füße waren trotz der Kälte nackt. Unter dem zerzausten offenen Haar war wenig von ihrem Gesicht zu erkennen.

»Wir haben sie in einer Zelle gefunden, die ein Stück von den anderen entfernt lag. Sie war mit schweren Ketten gefesselt und wurde von dem hier bewacht ...« Rafael ließ sich von einem Assistenten ein kleines Kästchen aus Holz und Metall reichen und gab es an Gherig weiter. Duncan hatte nie zuvor etwas dergleichen gesehen, noch hatte er je etwas wie diese beunruhigende Schwingung gespürt, die ihm in diesem Moment Schwindel und Übelkeit bereitete. Gherig dagegen, der das Kästchen in den Händen drehte, zeigte keine Spur von Unbehagen.

»*Vai Dom* ...«, murmelte der *Laranzu* an Gherigs Seite.

»Ja, Aldric, was gibt's?«

Der grauhaarige Zauberer nahm Gherig das Kästchen ab. Sein sonst so ausdrucksloses Gesicht, umrahmt von einem streng geschnittenen roten Bart, hatte sich aschgrau verfärbt und wirkte fast schockiert. Er berührte eine Tafel an der Seite des Kästchens, und Duncans Betäubung verflog sofort wieder. »Das hier ist ein telepathischer Dämpfer, und zwar ein ziemlich starker.«

»Ein telepathischer ... Was ist das für eine Gefangene, die von einem solchen Ding bewacht wird?«

Gemessenen Schrittes ging Aldric auf die Frau zu, verharrte für einige Zeit und untersuchte sie auf die Tiefe und Qualität ihres *Laran.* »Sie hat ein gewisses Talent, aber es ist verschüttet. Ich bezweifle, dass sie mehr als in Ansätzen empathisch veranlagt ist, vielleicht hellseherisch begabt. Nichts, das eine militärische Bedrohung darstellen könnte. Ihr könnt sie natürlich testen lassen, um sicherzugehen ...«

»Nein, ich vertraue Eurem Urteil, Aldric«, erwiderte Gherig. »Aber warum sollte er dieses Gerät verschwenden, nur um eine harmlose Frau zu bewachen? *Avery!* Was hat das zu bedeuten?«

Der unterworfene Fürst stolperte nach vorn, und diesmal konnte er den Schrecken in seinem feisten Gesicht nicht verbergen. Er fiel vor Gherig auf die Knie. »Fürst Inverness! *Vai Dom!* Ich flehe Euch an, lasst sie nicht frei! Ihr habt keine Vorstellung von den Folgen ...«

»Welche Folgen? Was hat diese arme alte Frau Euch angetan?«

»Sie ist eine Aldaran-Attentäterin, die von meinem Kreis entdeckt wurde ...«

Eine Aldaran-Attentäterin! Duncan hatte im Turm, teils in Form von Mythen, teils als Gerüchte, oft über sie reden hören. Obwohl sie äußerlich völlig normal aussahen, waren sie mit einem fanatischen Mordinstinkt ausgestattet worden, der bis zur Bereitschaft zum Selbstmord reichte, und ihre Kenntnisse über ihre Opfer waren so tief verborgen, dass keine *Laran*-Untersuchung sie entdecken konnte. Sie verhielten sich wie gesetzesfürchtige Bürger, bis ihr Auftraggeber die Losung aussprach, die sie in Marsch setzte. Es hieß, sie seien unfehlbar und ein Produkt der fortschrittlichsten *Laran*-Technik, deshalb wurden sie gern mit der berüchtigten Aldaran-Sippe in Verbindung gebracht. Die meisten Informationen über sie beruhten auf Gerüchten, denn lebende Attentäterinnen waren noch nie verhört worden. *Mikhail muss sie am Leben gehalten haben, weil er hoffte, ihre Konditionierung zu brechen und sie in seine Dienste zu zwingen,* dachte Duncan, *vielleicht sogar gegen ihren eigenen Herrn.*

»Die Aldaran-Attentäterinnen sind ein Mythos, eine Gespenstergeschichte, die man sich ausgedacht hat, um aufsässige Kinder zu erschrecken«, schnaubte Gherig. »Wir sind keine Feiglinge, die derartigen Geschichten Glauben schenken. Aber es mag durchaus sein, dass sie nicht ganz so harmlos ist, wie es scheint. Gebt ihr etwas zu essen und steckt sie in eine gut bewachte Zelle. Ich werde morgen früh entscheiden, was mit ihr geschieht. Hier.« Er warf das Kästchen seinem *Laranzu* zu. »Mir ist gleich, ob Ihr's verbrennt oder behaltet, solange ich das Ding nur nie wieder zu Gesicht bekomme. Lasst uns etwas Wein trinken. Und ruft einige Harfenspieler herbei, damit wir Lieder auf meinen Sohn singen können, der heute die Tore Averys angegriffen hat!«

Doch die Siegesfeier fiel kurz aus, als hätte jeglicher Wein in den großen Kellern einen faden Geschmack angenommen. Gherig ging früh und allein zu Bett.

Als seine Adjutanten ihn am nächsten Morgen fanden, war er kalt wie ein Stück Eis. Bei einer sorgfältigen Untersuchung seines Gemachs stieß man auf einen bislang unentdeckten Geheimgang, dessen dichte Spinnweben erst vor kurzem zerrissen worden waren. Rafaels erste Amtshandlung, als er das Kommando übernahm, bestand darin, dass er die Averys eigenhändig an den Zinnen aufknüpfte, einschließlich ihrer pickelgesichtigen Töchter.

Die Leiche wurde im kalten Keller aufgebahrt, bis ein standesgemäßes Begräbnis vorbereitet werden konnte. Während draußen die Wachen auf und ab gingen, saß Duncan allein in der von Reif überzogenen Kammer. Irgendetwas nagte an ihm, als hätte er unterschwellig etwas wahrgenommen, das nicht stimmen konnte. Er warf sich den schwarzen Mantel über die Schultern und schaute auf die steinerne Schlachtbank hinunter, auf der sein Vater lag. Aldric und der Oberarzt waren sich einig, dass ein einziger Dolchstoß ihn getötet hatte. Die dünne Klinge war zwischen die Rippen gedrungen und hatte das Herz durchbohrt.

»Wenn ihn nicht tatsächlich einer der Averys ermordet hat«, hatte Rafael beharrt, als Duncan ihn darauf hinwies, dass die Familie die ganze Nacht hinter Schloss und Riegel gesteckt hatte, »war es einer ihrer Gefolgsleute oder Anhänger. Wie auch immer, die Averys sind für Vaters Tod verantwortlich, und jetzt habe ich ihnen den Garaus gemacht.«

Duncan streifte sich die Handschuhe ab und öffnete die Knöpfe an Gherigs reich verziertem Uniformrock. Das Gesicht des Alten wirkte ausgezehrt, als hätte selbst der Tod ihm keine Erleichterung von den Mühen seines Lebens gebracht. Duncan zog das *Linex*-Unterhemd auseinander, um die Wunde zu entblößen. Die Wundränder klafften leicht auseinander und zeigten das dunkle Fleisch darunter, aber alles Blut war weggewaschen worden.

Zitternd vor Kälte, aber nicht bereit, die Empfindlichkeit seiner bloßen Hände zu opfern, spreizte Duncan über der Wunde die Finger. Mit geschlossenen Augen brachte er seine ganzen im Turm erlernten *Laran*-Fähigkeiten auf und fühlte sich in die sterblichen Überreste aus Knochen und Muskelzellen ein. Die Nerven, die einst vor Energie gefunkelt hatten, lagen wie verschrumpelte Schnüre da. In der halb gefrorenen Hülle war nicht die geringste Spur von Gherigs Geist zurückgeblieben. Es gab keine Hinweise auf einen *Laran*-Missbrauch, und nach einigen mühevollen Momenten schlug Duncan die Augen wieder auf. Wieso hatte er damit gerechnet, etwas zu finden? Aldric, ein fähiger *Laranzu*, der sich auf

Gewaltakte spezialisiert hatte, war der Ansicht, dass es sich um einen gewöhnlichen Mord handele.

Er schaute seinem Vater ins Gesicht und fragte sich, warum er so wenig Trauer empfand. Der grauhaarige Veteran, der vor ihm lag, war ein Fremder. Duncan erinnerte sich an einen jüngeren Mann, ohne graue Strähnen im roten Bart, der mit ihm gelegentlich am Brunnenhof von Inverness gespielt hatte – aber nie so lange und oft, wie er es sich gewünscht hätte; einen Mann, dessen spätere Besuche nur die Erinnerung an eine aufbrausende Stimme zurückgelassen hatten, die Rafael zu Schwertübungen aufforderte.

Du hast mich in Arilinn untergebracht, obwohl du nicht gewusst hast, was es für mich bedeutet. Zumindest dafür bin ich dir etwas schuldig, dachte Duncan. *Rafael glaubt vielleicht, er habe deine Mörder schon gefasst und bestraft, aber ich bin anderer Ansicht.*

Duncan trat auf die Straße hinter dem Schloss hinaus. Sein Leibwächter folgte ihm auf dem Fuße. Er hielt für einen Moment inne und beobachtete, wie die Hauptleute aus Inverness Reparaturmannschaften zusammenstellten und den Karren, die gehortete Getreidevorräte unters Volk bringen sollten, die Richtung wiesen. Duncan bezweifelte, dass es hier in der Stadt viele gab, die sich Mikhails Herrschaft zurückwünschten.

Es sei denn, dachte Duncan, als er in eine Seitenstraße einbog, in der sich einige zweifelhafte Etablissements aneinander reihten, *die Attentäterin hatte die Finger im Spiel.* Rafael hatte sie auf freien Fuß gesetzt, nachdem die Wachen beteuert hatten, sie habe die ganze Nacht in der Zelle gesessen. Ein Küchenmädchen mit rosigen Wangen, das vielleicht auf eine Liebschaft mit dem jüngeren Sohn hoffte, hatte Duncan verraten, dass die Frau sich in ein Gasthaus in der Nähe der Stadttore zurückgezogen hatte.

Der Gastwirt führte ihn in die Kammer, in der die weißhaarige Frau, die man nur als Mhari kannte, gerade beim Mittagessen saß.

Duncan ließ seinen Leibwächter an der Tür zurück und nahm ihr gegenüber Platz. Die Frau blickte auf, und er stellte fest, dass sie gar nicht so alt war. Ihre Augen waren grün wie das Meer, und sie sah ihn direkt an, wie eine *Comynara* aus den Türmen oder ein mutiges Hellers-Mädchen. Sie trug Reisekleidung, einen gerafften Rock und eine Lederjacke mit Wollsaum. »Die Sache mit Eurem Vater tut mir Leid, *Vai Dom.*«

Als sie dies sagte, brach etwas in Duncan entzwei, und seine ganze Verbitterung kam ihm über die Lippen. »Habt Ihr ihm seine Güte mit einem Stich ins Herz vergolten?«

Er schloss aus dem Anflug von Entsetzen in Mharis Gesicht, dass dem nicht so gewesen war. Sie war schon lange vor der Schlacht in der Stadt gewesen und hatte die meiste Zeit in Mikhails Kerkern zugebracht. Sie musste angeheuert worden sein, *bevor* Gherigs Sieg sich abgezeichnet hatte.

Duncan tat ihr Leugnen mit einem Wink ab und sagte: »Fürst Avery hat Euch für eine Aldaran-Attentäterin gehalten. Seid Ihr eine?«

Mhari stippte den Rest der dünnen Suppe mit einem Stück Hartbrot auf. »Wenn ja, dann habe ich hier jedenfalls niemanden umgebracht«, sagte sie vorsichtig. »Deshalb könnt Ihr mich in dieser Hinsicht keiner Verfehlung anklagen. Wenn beide Fürsten tot sind, der neue und der alte, wären ohnehin alle Abmachungen hinfällig.«

»Wer ist Euer Herr? Könnt Ihr mir denn wenigstens das sagen?«

Sie schob die leere Holzschale und den Löffel über den Tisch. »Selbst wenn ich es wüsste – was nicht zutrifft –, würde ich es nicht sagen. Wie könnte ich meine Behauptungen untermauern, wenn ich jedem anvertrauen würde, wer mein Herr ist?«

»Ich bin nicht *jeder*. Ich bin Gherigs Sohn, und er hätte Euch die Kehle durchschneiden lassen können.«

»Dafür bin ich Euch etwas schuldig, und deshalb möchte ich Euch auch – für sicheres Geleit aus der Stadt – ein Angebot machen.«

Duncan nickte. Das konnte er problemlos arrangieren.

»Die Losung lautet: ›Acurrhir todo, nada perdonad.‹«

»*Erinnere dich an alles, vergiss nichts«*, übersetzte Duncan im Kopf die uralten Worte. *Ein Wort, aus dem erhebliche Rachsucht spricht.* »Angenommen, Mikhail hatte Recht und er war tatsächlich Euer Opfer«, begann er. »Wer hat ihn so sehr gehasst, dass er ihn umbringen wollte?«

»Wer hat ihn nicht so sehr gehasst, dass er ihn umbringen wollte?«, erwiderte Mhari mit gewisser Erregung. »Ihr habt seine Höflinge gesehen und erlebt, wie wenig Sympathie sie ihm entgegengebracht haben. Fragt den jungen Anndra Dell'Breya, was mit seiner Familie geschehen ist.«

»Anndra? Der Gehilfe des *Coridom?*«

»Seine Familie hat hier bis vor etwa zehn Jahren geherrscht. Mikhail hat das Schloss in einem Sturmangriff erobert, den alten Fürsten, seine Gattin und die beiden älteren Söhne dem Schwert überantwortet und die Tochter zur *Barragana* genommen. Sie war erst vierzehn, als sie im Kindbett starb. Welchen Einfluss er auf den Jungen hatte, mag sich jeder selbst vorstellen, aber ein Blick auf ihn reicht, und man weiß Bescheid.«

»Woher wisst Ihr das alles?«

Diesmal lachte Mhari ihm ins Gesicht. »Lehnsfürsten kommen und gehen, aber jemand muss das Geschirr abwaschen. Viel Glück, Sohn des Gherig. Ich beneide Euch nicht um das Schlangennest, in das Ihr gestolpert seid.«

Mharis Worte fielen Duncan einige Tage später wieder ein, als er im Büro des *Coridom* saß und mit Anndra die Bücher durchging. Das Zimmer war schlicht eingerichtet, gut beleuchtet, nicht sehr gemütlich, aber voll gepackt mit vielen Jahrgängen ledergebundener Folianten. Anndra breitete die jüngsten Aufzeichnungen auf dem Tisch aus und erklärte alles mit trockener, akkurater Stimme. Das System war zwar einfach, erforderte aber eine Detailgenauigkeit, die von Mikhails geradezu krankhaftem Beharren auf jedem Körnchen zeugte, das ihm gehörte, ob rechtmäßig oder nicht. Duncan warf einen Blick in die Hauptbücher der Stadt mit der Auflistung von erhobenen und gezahlten Geldbußen und stutzte für einen Moment über ihre Höhe.

»Das wird sich ändern müssen«, brummte er. »Diese sinnlose Gier.«

Jemand klopfte kräftig an die Tür, und der Unteroffizier, der Duncan als Leibwächter diente, trat ein. »Verzeiht die Störung, Fürst Duncan, aber ich glaube, diese Sache kann nicht warten.«

»Worum geht's, Stefan?« Duncan stand auf und zog den Mann in eine Ecke.

»Ihr habt mich mit einem Stapel Dokumente für die Frau namens Mhari losgeschickt, die im Gasthaus Salamander nächtigt, aber als ich dort eintraf, berichtete man mir, man habe sie heute früh tot aufgefunden. Jemand hat ihr ein Messer ins Herz gestoßen, so wie dem alten Fürsten. Ich habe die Leiche mit eigenen Augen gesehen.«

So wie dem alten Fürsten ... Sind Gherig und Mhari von derselben Person umgebracht worden? »Ihr habt richtig gehandelt, mich sofort davon in Kenntnis zu setzen«, erwiderte Duncan wie betäubt. »Sorgt dafür, dass auch Fürst Inverness davon erfährt.«

Als er sich wieder dem Tisch zuwandte, fiel sein Blick für

einen kurzen Moment auf Anndras Gesichtsausdruck, als dieser sich unbeobachtet fühlte. Statt zu einer glatten Maske der Ehrerbietung zu erstarren, erstrahlte das Gesicht des Jungen in einer Aufwallung überwältigender, unbestimmbarer Gefühle. Anndras Augen glühten wie zwei schwarze Flammen, seine Lippen waren straff über die Zähne gespannt, als müsste er einen Schrei unterdrücken. Sein Gesicht errötete erst, dann wurde es leichenblass.

Aus Mitgefühl strich Duncan ihm mit den Fingerspitzen über die Schulter, eine ungewöhnliche Berührung für jemanden, der im Turm ausgebildet worden war. Etwas in dem jungen Dell'Breya explodierte wie ein Haftfeuer-Geschoss, und er schrie laut auf. Seine Augen waren nicht mehr menschlich, sondern miniaturisierte Feuerstürme.

Bilder drangen durch sich weitende Risse in seine *Laran*-Barrieren ein und verdunkelten das stille, sonnenhelle Zimmer. Für einen Moment war Duncan mit Anndra eins und in dessen Kindheit zurückversetzt: ein äußerst empfindsamer Junge, dessen Talent mit dem Heranwachsen reifte, nur um von den tödlichen Qualen der voll entwickelten Seelen seiner Eltern wieder abgeschnürt zu werden ...

Das Gesicht eines Mädchens – Lirelle! – mit dunklen Brauen und Augen von der Farbe von Regentropfen, einen Pickel im lachenden Mundwinkel ... Seine Hände, die ihm so weit auf den Rücken gedreht wurden, dass er sich fast die Schultern ausrenkte. Das rot angelaufene, schwammige Gesicht so nah vor dem seinen, dass der weingesättigte Atem ihn würgen ließ. Weiche Hände, die ihn tätschelten. Lippen, die sich auf seine Zähne pressten. Eine stinkende Zunge, die sich ihm in den Mund schob, als Mikhail ihm die Kleider vom Leib riss und er davonlief, hinaus in die Dunkelheit, die nur von Lirelles Schreien erfüllt war ...

Duncan wich zurück. Sein Herz klopfte. Sein Atem ging

stoßweise, aber kein Feuerstoß versengte ihm die Lunge oder verbrannte ihm die Haut. Die Illusion verblasste so schnell, wie sie gekommen war. Er setzte sich und überlegte seinen nächsten Schritt. Die von einem Trauma hervorgerufenen *Laran*-Barrieren des Jungen stürzten rasch ein, und er brauchte verständige Hilfe von jemandem aus dem Turm, bevor er ganz zusammenbrach. Die Tiefe seines Schmerzes und seines Zorns, die in all den Jahren nicht nachgelassen hatten, erschreckte Duncan.

Das verlegene Schweigen hielt zu lange an. Anndra, der unter den seidigen Wimpern den Blick gesenkt hatte, murmelte nur: »Möchtet Ihr jetzt die Haushaltsberichte sehen, Fürst Duncan?«

»Danke, nein. Ihr könnt Euch jetzt wieder Euren anderen Pflichten zuwenden. Ich werde mich mit dem beschäftigen, was Ihr mir bereits gezeigt habt.«

Sobald Anndra mit einer eleganten Verbeugung das Zimmer verlassen hatte, sprang Duncan hoch und ging auf und ab, als könnte er vor den Fragen davonlaufen, die ihm zu schaffen machten. Anndra hasste Mikhail ganz offensichtlich, aber er war nicht der Einzige. Warum war dann Gherig statt Mikhail mit einem Dolch im Herzen gestorben? Ausgerechnet Gherig, der ihn freigelassen hatte? Er kam zu der *offenkundigen* Schlussfolgerung, dass beide Sachverhalte miteinander nicht in Zusammenhang standen. Aber Duncan kam an einer Frage nicht vorbei: *Was hatte Mikhails Tod mit dem Mord an Gherig zu tun?*

Um seine Gedanken von den frustrierenden und fruchtlosen Fragen abzulenken, ließ er den Blick rasch über die sorgfältig aneinander gereihten Bücher gleiten und ging noch einmal das Jahrzehnt durch, in dem Mikhail geherrscht hatte. Er zog einen Band mit Steuerlisten aus dem Regal und schlug ihn auf. Die Tinte auf dem feinen Pergament war noch dunkel, die

Handschrift penibel, der Inhalt entsprach ungefähr dem der Aufzeichnungen, die Anndra ihm gezeigt hatte. In der Ecke, die dem Fenster am fernsten lag, waren die Bände verstaubt, aber nicht abgenutzt. Stammten sie vielleicht noch aus der Zeit der Dell'Breyas?

Duncan überlegte, was die Aufzeichnungen aus Mikhails Regentschaft über seine Persönlichkeit aussagten. Vielleicht würde es sich als nützlich erweisen, wenn er mehr über den vorherigen Fürsten herausfand. Er griff ein Buch aus dem obersten Regal und schlug es auf. Die Seiten knisterten, als er sich dem Text widmete. Daten, Inhaltsangaben ...

Das farbige Wappen auf der Titelseite war im Laufe der Zeit verblasst. Er hielt es ins Licht, das durchs Fenster hereinschien, um das Motto lesen zu können, das in winzigen kalligrafischen Buchstaben auf dem Familienhelm stand ...

»Acurrhir todo; nada perdonad.«

Am nächsten Tag saß Duncan allein im Büro des *Coridom.* Die vorläufigen Inventarlisten lagen ungelesen vor ihm auf dem Tisch. Anndra hatte sich verspätet, was untypisch für ihn war, aber Duncan war es ganz recht, dass ihm ein wenig Zeit blieb, um seine Gedanken zu ordnen. Er wusste jetzt, warum Gherig gestorben war und wer ihn getötet hatte, aber er sah keine Möglichkeit, wie er Rafael dazu bringen sollte, ihm zuzuhören. Falls dieser es durch irgendeine wundersame Wendung doch tat, konnte er nie wieder in den Turm zurückkehren. Er war dann so fest an die Seite seines Bruders gekettet, als seien sie miteinander verwachsen. Er sehnte sich schon jetzt nach Arilinn, wie eine ausgerissene *Kireseth*-Blüte, die am Stängel verwelkte.

Seine Gedanken verharrten unversehens, als er ein leises Klopfen an der Tür hörte, so zaghaft, als hätte jemand Angst, gehört zu werden. Er stand auf und öffnete sie. Das Mädchen, das draußen stand, war dasselbe, das ihm verraten hatte, wo Mhari steckte, und es hatte offenbar geweint.

»Was ist denn los, *Chiya?*«, fragte Duncan, unerwartet gerührt von den geröteten Augen und dem zitternden Mund.

»Oh, Herr Duncan, es geht um den neuen Fürsten. Er ... er hat Herrn Anndra einsperren lassen ... Er sagt, er will ihn *hängen*! Oh, bitte, könnt Ihr nichts unternehmen?«

»Wo ist er jetzt?«

»Im Süd ... Südturm.«

Duncan schob sich an ihr vorbei, rannte durch den steingefliesten Korridor, hetzte eine Treppenflucht empor, an mehreren verdutzten Wachleuten vorbei und weitere Treppen hinauf. Er prallte gegen die Brustwehr, wo Rafael dem jungen Anndra einen Strick um den Hals gelegt hatte und im Begriff war, ihn über die Brüstung zu wuchten. Duncan hatte kaum genug Luft, um eine Warnung zu rufen.

Rafael schenkte ihm keinerlei Beachtung, hielt nur inne, als Duncan einen seiner kräftigen Arme packte und ihn mit aller Kraft nach hinten riss. Anndra, dem man die Hände auf dem Rücken zusammengebunden hatte, war schon halb über die rissigen grauen Steine gerutscht. Duncan zog ihn zurück.

»Was machst du da?«, knurrte der neue Fürst Inverness, das Gesicht zu einer Grimasse verzogen.

»Was machst *du* da?«, erwiderte Duncan. »Willst du etwa diesen ...«

»Er ist ein kaltblütiger Mörder! Er hat Gherig abgeschlachtet. Mein Bursche hat den Dolch unter seinen Sachen gefunden. Aldric schwört, dass er es war. Lass mich doch los, du dämlicher Jungspund!«

»Du hirnloser *Cralmac*!«, schrie Duncan mit genügend aufrichtiger Empörung, um der Mordlust seines Bruders einen Dämpfer zu versetzen. »Du hast Mikhail Avery schon umgebracht, ohne darüber nachzudenken, ob er wirklich schuldig war! Willst du denselben Fehler immer wieder machen?«

Die Rötung in Rafaels Gesicht ließ ein wenig nach. Er lockerte seinen Griff, und Anndra fiel zu Boden. Duncan bemerkte für einen kurzen Moment den Ausdruck im Gesicht des Jungen, bevor dessen Kopf nach vorn sackte – einen Blick von solcher Qual, dass es ihm ans Herz ging. »Rafael«, sagte er. »Anndra hat Mikhail *gehasst.*«

»Das hat Vater auch geglaubt. Er hat ihm vertraut, und deshalb hat er ihn in der Burg frei herumlaufen lassen. Er konnte kommen und gehen, wann er wollte, überall herumschnüffeln, wo es ihm gefiel.«

»Willst du nicht wenigstens zuhören, bevor du einen weiteren Menschen aus den falschen Gründen aufhängst? Rafael, du musst seine Geschichte kennen, bevor du ein Urteil fällst.«

Schließlich nickte Rafael und bedeutete den Wachleuten am Ende des Balkons, ihm in sein Privatgemach zu folgen. Auch Gherig hatte diese Flucht schlicht möblierter Zimmer den verschwenderisch eingerichteten Gemächern Mikhails stets vorgezogen. Rafael ließ sich auf den Stuhl sinken, der mitten im Raum stand, ein einfaches Möbel, üppig genug gepolstert, um seinen massigen Leib zu tragen. Duncan nahm Anndra die Fesseln ab und drückte ihn auf einen anderen Stuhl. Der Junge saß da wie eine Wachsfigur, die Augen leblos, und keine Spur seines starken *Laran* durchdrang seine verzweifelt aufgerichteten Barrieren.

»Ich hoffe, du hast eine gute Erklärung für dein Verhalten«, brummte Rafael. »Ich bin mir sicher, dass dieser Knabe Mikhail gehasst hat, aber warum sollte er Gherig umbringen, der ihn befreit hat?«

»Ich habe nicht behauptet, dass er ihn umgebracht hat.«

»Ich sagte dir schon, dass wir den Dolch unter seinen Sachen gefunden haben. Er hat sich keine besondere Mühe gemacht, ihn zu verstecken. Aldric schwört, es wäre dieser Dolch gewesen, mit dem Vater und die Frau aus den Kerkern umgebracht wurden.«

»Ich weiß.«

»Wenn Anndra Vater nicht umgebracht hat, wer dann?«

Duncan holte tief Luft. Dies war der Moment, in dem er alles verlieren konnte. Er bewahrte eine ruhige Stimme, brachte alle Disziplin auf, die er im Turm erlernt hatte, und zwang den Ring der Wahrheit in seine Worte.

»Du warst es.«

»Ich?« Rafael sprang auf und schrie los. *»Ich?* Ich habe Gherig mehr geliebt als mein Leben! Wie kannst du es wagen, mich zu beschuldigen, du verräterischer ...«

Duncan brauchte alle Fähigkeiten, die er dem Aufenthalt im Turm verdankte, um reglos stehen zu bleiben, als Rafael seine Kehle mit beiden Händen umklammerte, die in unzähligen Schlachten Blut vergossen hatten.

Ich kann mich nicht auf ein Kräftemessen mit ihm einlassen. Entweder erinnert er sich an die Liebe, die wir als Brüder für einander empfanden, oder ich werde sterben.

Nach einem qualvollen Moment, als es Duncan erst rot und dann schwarz vor Augen wurde, stieß Rafael ihn mit einem heftigen Ruck von sich und ließ sich, merklich erschüttert, in den Stuhl zurückfallen. »Nenne mir einen guten Grund, warum ich dich nicht neben diesem Verräter aufhängen soll.«

»Du hattest Recht, Rafael. Anndra hat Mikhail gehasst, so sehr gehasst, dass es ihm sogar gelungen ist, das Geld für eine Aldaran-Attentäterin aufzubringen. Mikhail hat richtig geraten. Er sollte wirklich ihr Opfer werden. Allerdings wusste er genau, wer sie angeworben hat. Aber denk mal darüber nach.« Duncan begann, zwischen seinem Bruder und Anndra Dell'Braya auf und ab zu gehen. Der Junge saß nach vorn gebeugt da, und sein zu Boden gerichteter Blick war nicht zu deuten.

»Denk mal darüber nach«, wiederholte Duncan und betete um Kraft. »Die Attentäterin wurde von Mikhail irgendwie entdeckt, in den Kerker geworfen und mit einem telepathischen Dämpfer bewacht, damit ihr die Losung nicht auf mentalem Wege mitgeteilt werden konnte. Anndra muss verzweifelt gewesen sein, dass er so kurz vor dem Ziel aufgehalten wurde. Dann fiel Avery, und plötzlich war sein neuer Fürst – gerecht, gnädig, ja, so gnädig, dass er Mikhail nicht mal hinrichten, sondern ins Exil schicken wollte – außerhalb seiner Reichweite. Was sollte er jetzt tun? Sollte er das Ungeheuer, das seine Familie abgeschlachtet hatte, lebend davonkommen lassen? Das Ungeheuer, das seine Schwester zur Hure gemacht hatte, als sie noch ein Kind war, das ...«

Anndra schluchzte nun leise vor sich hin. Das dunkle Haar verbarg sein Gesicht, aber Duncan nahm seine Qual so deutlich wahr wie das Geheul eines Banshee.

»Er konnte nicht an unseren Wachen vorbeikommen, um Mikhail selbst umzubringen«, fuhr Duncan fort. »Und er konnte die Attentäterin nicht erreichen, also musste er einen anderen dazu bringen, es für ihn zu tun.«

»*Ich* habe Mikhail getötet.«

»Ganz genau.«

Rafael fuhr sich mit seinen großen Händen übers Gesicht. Seine Wangen waren plötzlich blutleer geworden. »Er hat Vater umgebracht, damit ich Mikhail die Schuld gebe. Er hat mich zu seinem Attentäter gemacht. Ich habe die ganze Zeit geglaubt ...«

Duncan beugte sich über die Schulter seines Bruders. Was er nun tun musste, war ihm zuwider, aber ihm blieb keine andere Wahl. »Selbst hier kannte jeder deinen Ruf – ein Berserker auf dem Schlachtfeld und auch sonst ein Hitzkopf.

Der Harfenspieler hat während der Siegesfeier davon gesungen, erinnerst du dich? Du hast damit geprahlt, du wärst wie eine Klinge in Vaters Händen; dass er für euch beide denkt.«

»Was soll das heißen?«, erwiderte Rafael unwirsch. »Ich habe mich nicht in Vaters Schlafzimmer geschlichen. Ich habe ihm keinen Dolch ins Herz gestoßen – dieser *Bre'suin* da hat es getan, und dafür wird er hängen!«

Er sprang vor, als wollte er den Jungen an Ort und Stelle erwürgen. Anndras Schultern sackten noch etwas weiter hinab, und Duncan wusste, dass er sich weder verteidigen noch mit einem Wort rechtfertigen würde.

»Wenn du ein Mann gewesen wärst, der nachdenkt, bevor er tötet«, fuhr er deshalb hastig fort, »der überlegt und das Offensichtliche in Frage stellt – *ein Führer, wie Gherig es war* –, hätte er dich nie benutzen können, und Gherig wäre nicht für diese Rache gestorben.«

»Das ist leider wahr«, gab Rafael zu und beruhigte sich wieder, »und ich werde dafür bezahlen müssen. Aber ich kann Vaters Mörder nicht ungeschoren davonkommen lassen.«

»Meinst du nicht, er ist genug bestraft worden ...«, begann Duncan.

Anndra unterbrach ihn. »Wie könnt Ihr es nur *wagen*, mir Euer Mitgefühl anzubieten? Als ich noch unschuldig war und nichts Unrechtes getan hatte, hat Mikhail alle vernichtet, die ich geliebt habe! Er hat mir nicht mal erlaubt, ihnen zu folgen. Er hat mich am Leben gehalten, an seiner Seite, in seinem Bett, und hat mir erzählt, wie *gnädig* er doch ist!« Seine Worte gerieten zu einem Keuchen, als tief in seinen Augen das Feuer aufloderte, das seine empfindsame Seele zu verzehren drohte. »Jetzt, wo ich meine Hände mit Blut befleckt habe, verdiene ich es nicht mehr, zu leben!«

»Die wahre Schuld an Gherigs Tod trifft Mikhail, nicht dieses gequälte Kind«, sagte Duncan ruhig. »Ich habe mich anfangs gefragt, warum Mhari getötet wurde, obwohl sie ihre Mission noch nicht erfüllt hatte. Anndra konnte nicht riskieren, dass sie entscheidende Hinweise gab, so wie er auch nicht warten wollte, bis Mikhail ins Exil geschickt wurde und er versuchen konnte, ihn aufzuspüren. Also hat er die Losung benutzt, damit er nahe genug an sie herankommen konnte, um sie umzubringen, und das hat mich auf den Gedanken gebracht, dass ein Zusammenhang zwischen Mikhails und Vaters Tod bestehen könnte.«

Rafael nickte. »Er brauchte nichts weiter zu tun, er war hier völlig sicher. Niemand verlangte von ihm, seinen Pflichten nachzugehen. So, wie der Dolch aus seinem Mantel gefallen ist, *wollte* er offenbar erwischt werden. Aber ich weiß noch immer nicht, was ich jetzt mit ihm anfangen soll. Selbst wenn er einen guten Grund hatte, kann ich ihn nicht auf freien Fuß setzen.«

»Schick ihn nach Arilinn, wo er geheilt und ausgebildet werden wird. Er verfügt über extrem starkes *Laran*, das er nicht gegen uns eingesetzt hat, nicht mal zur Selbstverteidigung. Ich glaube, er verdient zumindest eine Chance, seine Verfehlungen wieder gutzumachen.«

Rafael fuhr sich mit einer Hand durchs volle rote Haar, und sein Gesicht nahm langsam wieder eine normale Farbe an.

Er ist nicht dumm, dachte Duncan, *oder grausam. Er hat einfach nur zu lang im Schatten seines Vaters gestanden.*

»Also nach Arilinn. Aber du schaffst ihn lieber hier raus, bevor ich's mir noch anders überlege. Ich nehme an, du willst mit ihm dorthin zurückkehren.«

Duncan schnappte überrascht nach Luft. Er hatte angenommen, er würde in Avery bleiben, als *Coridom* tätig werden und seinem Bruder helfen, von nun an die richtigen Entscheidungen zu treffen. Er begriff nun, dass er fast einen schrecklichen Fehler begangen hatte, sich als Berater seines Bruders anzubieten.

»Wär's dir wirklich lieber, wenn ich hier bleibe und dir über die Schulter schaue? Selbst wenn du nicht bald genug von mir hättest, wärst du nie frei, um deine eigenen Entscheidungen zu treffen, wie es eigentlich sein sollte.«

Rafael stand auf und schloss Duncan brüderlich in die Arme. Nur Duncans *Laran*-Sinne verrieten ihm, wie nahe der große Mann den Tränen war. *Er bleibt ohne Bruder zurück* ... Duncan nuschelte etwas ins karminrote Leder von Rafaels Uniformrock. »Halte Inverness und Avery und sei ein guter Herrscher.« *Und lass mich dorthin zurückkehren, wo ich hingehöre und mein eigenes Erbe antreten kann* ...

Mit stahlharten Fingern packte Rafael ihn an den Schultern und ging einen Schritt zurück. »Wie hast du es nur geschafft, in so jungen Jahren schon so weise zu sein? Hat man es dir im Turm von Arilinn beigebracht?«

»Dort habe ich nur gelernt, einen Blick hinter das Offenkundige zu werfen, auch im menschlichen Herzen ...«

Über Mercedes Lackey und »Der Denkzettel«

Mercedes Lackey lebt irgendwo im Südwesten der USA; in Tulsa, glaube ich. Sie arbeitet als Programmiererin für eine Fluggesellschaft und bekommt Flugtickets umsonst, weswegen ich ihr oft auf allen möglichen Tagungen begegne. Zweifellos geht sie dort mittlerweile aus beruflichen Gründen hin. Sie hat eine stattliche Anzahl von Büchern veröffentlicht, auch wenn sie meist von intelligenten Pferden handeln. Ich bin auf einem Bauernhof aufgewachsen und hege daher keine sentimentalen Gefühle gegenüber Pferden. Sie hat, angefangen mit *Schwertverschworen*, außerdem in *Windschwester* auch einige Geschichten über zwei Abenteurerinnen veröffentlicht, und diese dann fortgesetzt. Danach hat sie zwei exzellente Bücher geschrieben, nämlich *The Oathbound* und *Oathbreakers*, die ebenfalls von Tarma und Kethry erzählen. Jetzt schreibt sie wieder über Abenteurerinnen, und die Geschichte handelt – wie könnte es anders sein – von Freien Amazonen. Ich bekomme mehr Geschichten über Freie Amazonen als über alle anderen Themenbereiche zusammen. Vielleicht wird die nächste Anthologie daher wieder nur Geschichten über Freie Amazonen enthalten. Die Tatsache, dass so viele Autoren von diesem Thema fasziniert sind, beweist doch, dass die Leser solche Storys haben wollen, und ich würde gern eine weitere Anthologie zusammenstellen. Betrachten Sie die folgende Geschichte als Appetithappen darauf.

MZB

Der Denkzettel

von Mercedes Lackey

Alina n'ha Kindra, Gildenmutter des kleinen Gildenhauses »Singendes Wasser«, wartete darauf, dass sich der Rest der neuen Schwestern auf den Matten um sie herum niederließ. Das Abendtraining würde etwas anders ausfallen als sonst. Diesen Abend würde *sie* – wegen der Frage, die eins der beiden neuen Mädchen gestellt hatte – erzählen, statt Fragen zu stellen.

Nur fünf erwartungsvolle Gesichter blickten ihr im dämmrigen Licht des Musikzimmers entgegen. Dieses Haus bildete fast nur Geländeführerinnen aus, und alle bis auf zwei ältere Schwestern waren unterwegs. Alina war die eine; die andere war Maia, die unten die Küche nach dem Abendessen sauber machte.

Die fünf Mädchen hatten sich endlich gesetzt, und Alina wandte sich der Jüngsten unter ihnen zu. »Sabrina, du hast mir heute eine ungewöhnliche Frage gestellt. Würdest du sie bitte für deine Schwestern wiederholen?«

Sabrina senkte verlegen den dunklen Schopf, während ihr normalerweise blasses Gesicht rot anlief. »Gildenmutter, ich glaube nicht, dass sie so ungewöhnlich ... Es ist nur ... Also, ich habe nur nicht verstanden ...« Sie holte tief Luft, sammelte sich und strich sich hastig mit einer Hand durch die verhedderten Locken. »Ich wollte nur wissen, warum uns die Trockenstädter in Ruhe lassen, wenn sie uns so sehr hassen, wie Rafaelle sagt. Es erscheint mir unlogisch.«

Rafaelle prustete los, worauf Sabrina sie anfunkelte. Alina konnte der kleinen Blonden den Ausbruch nicht verübeln. Sabrina war ein so ernsthaftes Kind, dass es manchmal schien, als würde sie ihr ganzes Leben in »logisch« und »unlogisch« einteilen.

»Das ist eine ausgezeichnete Frage, Sabrina – und wie der Zufall es will, kenne ich auch die Antwort. Sie geht zurück auf die Tage Varzils des Guten und zu der Schwester, die der Gilde dieses Land zuführte, Tayksa n'ha Elayna. Hört zu ...«

»Bei Zandrus Höllen, ich kann es noch immer nicht glauben.«

Tayksa wiederholte den Satz bestimmt schon zum zwanzigsten Mal. »Frieden! Ich hätte nie gedacht, dass wir je Frieden erleben würden.« Sie rutschte ein wenig hin und her, um den spitzen Stein wegzuschieben, der sie in den Hintern piekste.

Deena, die noch betrunkener war als ihre langjährige Schwertschwester, lachte und griff über das Feuer hinweg nach dem Weinschlauch, der zwischen ihnen hin und her ging. Ihr glattes braunes Haar stand ihr in alle Richtungen vom Kopf ab, wie das Winterfell eines Chervine. »Ich wünschte, einige der Narren aus *Dom* Andras Truppe könnten dich hören. Sie glauben, man löst sich in Nichts auf, wenn man gegen niemand kämpfen kann.«

Tayksa schnaubte verächtlich, lehnte sich gegen ihr Bündel und schaute zum Sternenhimmel auf. »Das liegt daran, dass sie nicht mehr Verstand haben als ein Rabbithorn. Wir haben drei verdammte Jahre gebraucht, um sie zu überzeugen, dass die Kämpferinnen der Schwesternschaft wissen, was sie tun. Und jetzt, *da* sie es glauben, sind sie überzeugt, dass wir nichts anderes können!«

»Na ja«, antwortete Deena und nuschelte dabei leicht, »der alte Varzil hat schließlich auch keinen von *ihnen* für – wie hat er es ausgedrückt? – ›hervorragende Dienste‹ ausgezeichnet, oder?«

Tayksa schnaubte erneut und holte sich den Weinschlauch zurück. »Ja, genau, hervorragend! Neunmal verflucht hervorragend, die einzige Rotjacke hinter den feindlichen Linien zu sein, als der Rest von euch zurückgedrängt wurde! Es ist nicht meine Art, hervorragend zu sein – und bei solchen Gelegenheiten wünsche ich mir sogar, ich wäre nicht so verflucht hervorragend gewesen!«

Deena blinzelte sie über das Feuer hinweg an. »Es war schon gut so, dass *du* an der Seite des alten Varzil warst, sonst hätten wir jetzt keinen Frieden.«

»Tja, schließlich war *ich* zu seinem Schutz da, und er ist mal wieder in Trance verfallen, da konnte ich ihn wohl schlecht zurücklassen – in diesem Moment, meine ich. Zu guter Letzt hat mir der alte Rotschopf das Familiengut wieder zurückgegeben. Ich habe nicht die leiseste Ahnung, was ich damit anfangen soll, aber es ist schon mal prima, es wieder zu haben.«

»Was wirst du jetzt überhaupt tun?«, wollte Deena wissen. »Du bist einfach abgehauen, ohne irgendwas zu sagen, als man uns entlohnt hat. Ich möchte nur wissen, ob ich mit dir kommen soll.«

»Zunächst möchte ich mich ...«

»Wir!«

»Das klingt gut. *Wir* werden uns versichern, dass niemand sich etwas von dem Land ›geliehen‹ hat, und meinen Nachbarn klarmachen, wem es jetzt wieder gehört und von *wem* ich es bekommen habe. Dann gehen wir runter nach Thendara und helfen, die Gilde zu organisieren. Ich werde das Gefühl nicht los, es könnte Widerstand geben ...«

»Du auch nicht?« Deena schüttelte den Kopf so heftig, dass ihre braune Mähne zitterte. »Ich dachte, du würdest keinen Gedanken an Vorahnungen verschwenden.«

»Vorahnungen? Es ist nur logisch. Die meisten Männer werden weder über uns noch über unsere Charta sehr glücklich sein. Wenn wir nur verrückte Frauen wären, einzig von Avarra oder unserem eigenen Stahl beschützt, würde es niemanden interessieren. Aber mit der Charta – nun, wir bekommen *gesetzlichen* Schutz. Wenn von jetzt an ein Mann seine Frau sucht, die ihm weggelaufen ist, haben wir das Gesetz auf unserer Seite.« Tayksa setzte sich auf, und das dunkle Haar fiel ihr in die Stirn. Sie schüttelte es beiseite. »Nein, sie werden nicht glücklich sein. Besonders, wenn die *Comynara* ein Auge auf uns werfen und ihnen gefällt, was sie sehen.«

»Nur ein wenig Frieden.«

»Jawohl, für uns wird es wohl nicht sehr friedlich werden. Ich schätze, mindestens *einer* wird Einwände haben. Varzil steht uns bei, und dadurch werden alle anderen Stimmen zu Unmut abkühlen. Aber es wird ein Exempel geben. Es scheint *immer* ein Exempel geben zu müssen.«

Deena grübelte eine Weile darüber nach und blinzelte verschlafen ins Feuer. »Ich kann es zwar nicht ausstehen, unser Gespräch aus den Höhen der Philosophie runterzuholen«, sagte sie schließlich, »aber der Wein drückt allmählich.«

Tayksa lachte auf. »Wer hat dir wohl beigebracht, so viel zu trinken?!«

»Ich bin gleich wieder da.« Sie erhob sich und glitt leise in die Dunkelheit. Selbst wenn sie sich keine große Mühe gab, nicht gehört zu werden, machte sie kaum so viel Lärm wie ein Rabbithorn. Nicht nur deswegen waren sie schon so lange Partner. Deenas Stärke waren ihre Naturkenntnisse, außerdem war sie eine Meisterin mit Schwert und Bogen. Tayksa war ebenso gut mit dem Schwert und etlichen anderen Dingen – darunter einigen nicht so offensichtlichen Waffen.

Den Bogen werden wir nicht mehr lange haben, grübelte sie. *Nicht, wenn der alte Rotschopf seinen Willen kriegt. Alles, was auf Entfernung verletzen kann, wird verboten werden.* Sie gähnte ausgiebig. *Ich werde meinen Bogen gern abgeben, wenn es uns für immer vom Haftfeuer befreit.*

Deena war keineswegs »gleich wieder da« – sie kam überhaupt nicht zurück. Und nachdem einige Augenblicke verstrichen waren und Tayksas Unruhe sich steigerte, fand sie schließlich heraus, was sie beunruhigte.

Zandrus Höllen!

Sie bedachte sich selbst mit allen Ausdrücken für Dummheit und Sorglosigkeit, die ihr einfielen. *Frieden, o sicher, wir haben Frieden – irgendjemand sollte es den verfluchten* Trockenstädtern *erzählen. Stumpfsinniges Stadtkind. Hast wohl alles über die Trockenstädter vergessen! Wie konnte ich nur so blöd sein?* Sie bewegte sich nicht und achtete darauf, weder ihren Gesichtsausdruck noch ihre Haltung zu verändern. *Und wir sind beide weder alt noch hässlich. Avarras Gnade, du bist davon ausgegangen, dass Dee sich nach so verdammt vielen Jahren wenigstens vorher umschauen würde, ehe sie die Hosen runterlässt. Zandrus verfluchte Höllen!*

Der Weingeist verschwand schneller aus ihrem Kopf, als sie gehofft hatte, und sie dachte gründlich nach. Schließlich hatte sie einen Plan. Sie bewegte sich träge, fast achtlos – aber mit wenigen Handbewegungen entnahm sie dem Gepäck neben sich, immer abgeschirmt durch ihren Körper, einige sehr kleine Werkzeuge, die sie in den Saumtaschen ihrer Stiefel verschwinden ließ. Dann gähnte sie ausgiebig, reckte sich und hüllte sich in den Umhang. Schließlich rollte sie sich neben dem Feuer zusammen und gab vor zu schlafen.

Sie hoffte, dass sie aus dieser Sache wieder herauskam, ohne dass man ihr den Schädel einschlug.

Als sie wieder zu sich kam, hatte sie eine Beule unter dem linken Ohr, fürchterliche Kopfschmerzen und einen rebellierenden Magen.

Man hat mich wohl kopfüber auf ein Lasttier gebunden. Wenn sie mit Dee das Gleiche getan haben, möchte ich nicht in ihrer Nähe sein, wenn sie zu sich kommt.

Mit geschlossenen Augen machte sie eine rasche Bestandsaufnahme. Sie lag auf der Seite, und nach dem metallenen Gewicht an den Handgelenken zu schließen, hatte man ihr schon die Ketten angelegt, mit denen die Trockenstädter ihre Frauen immer fesselten. *Oh, welch ein dummer Zug, Jungs. Sehr dumm. Ihr wisst gar nicht, wie dumm. Aber ich.*

Sie trug noch immer die Stiefel – was ein weiterer dummer Zug war. Sie hatten ihr nur den Dolchgurt und die sichtbaren Waffen abgenommen.

Das ist sogar noch dümmer.

Links von ihr erklangen Männerstimmen in einer harten, gutturalen Sprache. Drei Mann. Einer hatte einen sehr autoritären Tonfall. Die anderen beiden umschmeichelten ihn, einer in widerlich unterwürfiger Art.

Schrittmacher muss der Anführer sein. Winseler quatscht mehr als der andere. Er hat uns wahrscheinlich gefangen genommen.

Ein metallisches Klirren ertönte. Außerdem ein paar Worte, gesprochen in einem unmissverständlichen Ton.

»Gut gemacht, mein braver und getreuer Diener. Besauf dich, und ich werde mich derweil etwas vergnügen.« Denkst du. Mutter Avarra, bitte mach, dass Dee noch nicht erwacht ist. Sie bringt sich sonst in tödliche Schwierigkeiten.

Schrittmacher kam näher und verharrte eine Armlänge von Tayksa entfernt. Sie gähnte glaubwürdig und regte sich leicht. Er stieß ihr mit dem Fuß in die Seite. Sie gähnte noch einmal und öffnete flatternd die Augen.

Und schrak dann mit sehr überzeugender Angst vor dem bärtigen Gesicht zurück, das sie lüstern von oben herab betrachtete.

Währenddessen erfasste sie schnell alles, was sich in ihrem Blickfeld befand. Zunächst war da ein riesiges Bett, bedeckt mit edlen Stoffen und aus – für Trockenstädter – sehr kostbarem Holz gefertigt. Und niemand außer Schrittmacher in Hör- oder Sichtweite. Düstere Freude erfüllt sie. *Narr, o du prahlerischer Narr von einem Mann – du hast nicht mal eine vage Vorstellung, was heute Nacht in diesem Bett passieren wird.*

Schließlich war Tayksa nicht irgendeine Frau, nicht mal irgendeine Frau der Schwesternschaft.

Tayksa war eine Attentäterin – zumindest war sie mal eine gewesen.

Als ihr Bruder das Familiengut ruiniert hatte, hatte er seine fünf Jahre alte Schwester Tayksa an jemanden verkauft, den er für einen Kuppler hielt. Aber der Mann war kein Zuhälter, sondern ein Meisterdieb gewesen. Er hatte ein kleines, wendiges Kind gekauft, um es dazu auszubilden, in Winkel vorzustoßen, die für ihn unerreichbar waren. Und als sie dafür zu groß geworden war, hatte sie sich zu einer Schönheit entwickelt, die einen anderen Wert mit sich brachte. Er hatte sie zum Töten ausgebildet.

Ihr Männer, ihr Narren. Ihr lernt es nie. Ihr seht eine hübsche, großäugige und furchtsame Frau und glaubt, sie wäre – hilflos.

Sie wimmerte leise und versuchte, sich ihrem Entführer zu entwinden. Er kicherte und war sich seiner Beute sicher.

Der Meisterdieb war nie unfreundlich gewesen und hatte auch nie körperlichen Vorteil aus seinem Kauf gezogen. Teils, weil sein Geschmack eher zum eigenen Geschlecht neigte; teils, weil Tayksa, seine gezähmte Diebin, sehr leicht hätte entkommen können. Auch weil sie in dem Moment, als sie zur gezähmten Mörderin wurde, durch seine Unfreundlichkeit versucht gewesen wäre, ihre neuen Fähigkeiten an ihm zu erproben. So hatte sie nie einen Grund gehabt, ihn zu verlassen.

»Na, süßes Rabbithörnchen«, sagte der Trockenstädter in schlechtem *Cahuenga,* »du haben kein Grund zum Fürchten. Ich möchte nur machen echte Frau aus dir.«

Doch dann war der Tag gekommen, an dem ihr Meister sie zu einem Mord auf den falschen Menschen angesetzt hatte – einen Gelehrten und *Comyn*-Fürsten, der weltoffener gewesen war als die meisten Beschützer der Söldnerinnen von der Schwesternschaft. Man hatte sie abgefangen, lange bevor sie ihn überhaupt erreicht hatte – doch statt sie ihrem Dienstherrn zu übergeben, hatte man ihre Welt auf den Kopf gestellt und sie zu einer der ihren gemacht.

Eine echte Frau, hm? Und was bin ich jetzt? Vielleicht ein Junge?

Aus diesem Grund war Tayksa Varzils Schatten gewesen – kein Attentäter konnte auch nur hoffen, an seinesgleichen vorbeizukommen. Die Kräfte des großen Fürsten waren zwar ungeheuerlich – aber sie waren kein Schutz gegen Verrat, Gift oder ein Messer im Dunkeln.

Sie erlaubte ihrem Entführer, die Ketten zu ergreifen und sie auf die Füße zu zerren, gestattete ihm darüber hinaus, sie zu begrapschen, so viel er wollte, und stöhnte von Zeit zu Zeit vor Angst auf, wie er es erwartete. Sie unternahm nichts, während er sie Schritt für Schritt über den harten Steinboden zog, auch nicht, als er sie auf das weiche Bett stieß. Sie wartete, bis er genau in der richtigen Position war ...

Unvermittelt zog sie mit der Rechten so heftig an der Kette, dass ihre Linke gegen die Schlaufe des Gurts gedrückt wurde, durch den die Kette verlief. Dann wickelte sie ihm mit rechts das frei gewordene lange Kettenstück – es war gerade lang genug – fest um den Hals. Schließlich drückte sie ihm ein Knie ins Kreuz.

Sein Genick brach mit einem Knacken, wie ein trockener Ast. Sie befreite sich von der Last seines Körpers und kam auf die Beine, in einigem Abstand zu dem sterbenden Mann, der sich im Tod entleerte und das teure Bettzeug völlig beschmutzte.

Als er endlich aufhörte zu zucken und sie sicher war, dass niemand wegen des Lärms herbeigeeilt kam, wandte sie ihre Aufmerksamkeit den Fesseln zu. Vielleicht machten die Ketten anderen Frauen Probleme – Tayksas Bewegungsfreiheit schränkten sie kaum ein. Aber wie viele Mädchen vom Land oder behütete *Comyn*-Damen konnten sich schon mit den Zehen hinter den Ohren kratzen?

Ihre Stiefel enthielten einen Satz Dietriche, die kurzen Prozess mit den Ketten machten, und ein dünnes, äußerst scharfes Messer, mit dem sie den Gurt entfernte. Sie nahm sich gerade noch die Zeit, die Kette vom Gurtleder zu lösen; ein Stück davon war eine nützliche Waffe, sogar gegen ein Schwert.

Na – was weiß ich noch von hohen Häusern? Ihr Lehrmeister hatte sie alle möglichen Pläne unterschiedlichster Gebäudetypen auswendig lernen lassen, sogar die von Türmen – mit der Begründung, man wisse ja nie, wo man mal gefangen gehalten würde. *Wo haben sie Deena wohl am ehesten hingebracht?*

Da waren kleine Zellen, erinnerte sie sich jetzt, in denen neue Gefangene der Launen des Hausherrn harren konnten. Tayksa hatte nicht oft Grund, froh zu sein, dass sie viel hübscher war als ihre Schwertschwester. Jetzt war sie es. Die Wahl zwischen Deena und ihr ...

Dieser Narr hat mich gewählt. Hab Dank, gnädige Avarra!

Im Vorzimmer des Schlafraums standen bestimmt Wachen. Das mussten nicht unbedingt menschliche Wachen sein. Die Trockenstädter waren dafür bekannt, dass sie mit den *Cralmacs* Abkommen trafen. Egal. Tayksa hatte ohnehin nicht die Absicht, den Raum durch die Tür zu verlassen.

Deena war gerade erwacht und funkelte mit rot glühendem Zorn die verrammelte Zellentür an, als Tayksa sie öffnete. Sie hatte ihre Kette um einige Glieder gekürzt, so dass sie die

Hände dicht vor ihrem Bauch hielt. Ihre Fußknöchel waren ebenfalls gefesselt. Kein Wunder, dass die Wahl des Anführers der Trockenstädter-Banditen auf die viel zarter erscheinende Tayksa gefallen war. Falls Deena getan hatte, was Tayksa dachte ...

Ihr Gesichtsausdruck verwandelte sich von äußerstem Zorn in reinste Freude, als sie sah, wer die Tür geöffnet hatte. Ihr geflüsterter Ausruf hatte die Inbrunst eines Schreis. »Tay!«

»Pssst. Ich hab zwar den Wächter vor den Zellen erwischt, aber es können noch mehr in Hörweite sein.« Die Zelle war nicht mehr als ein einfaches steinernes Viereck. Nicht einmal ein Strohsack lag auf dem blanken Boden. Tayksa kniete sich neben ihre Partnerin und machte sich daran, die Schlösser zu öffnen.

»Was hast du mit ihnen angestellt? Bei Zandrus Höllen, sie hätten dich dafür umbringen können!«

»Was?« Deena schaute sie aufgebracht an. »Ich bin aufgewacht und ... Ach, du meinst die kurzen Ketten. Ich habe ihnen echt Schwierigkeiten gemacht, als sie mich schnappten. Die Kerle wollten wohl nicht so gern Sopran singen, deshalb haben sie lieber Vorsichtsmaßnahmen ergriffen. Wie hast du ...«

»Später.« Das Schloss der rechten Handfessel öffnete sich mit einem Klicken. Deena hielt so lange still, bis auch das linke geöffnet war. »Die Schweinehunde waren noch dreister als gewöhnlich. Genau genommen waren wir noch gar nicht auf dem Gebiet der Trockenstädter.«

»Es liegt daran, dass die Domänen sich gegenseitig bekämpfen, statt diesen Abschaum im Zaum zu halten«, schnaubte Deena. »Sieht so aus, als wäre es den Fürsten völlig egal, solange sie nur ein paar Bauernweiber oder eine dieser hurenden Schwestern pro Jahr abgreifen. Idioten, Narren und

Kretins! Eines Tages werden sie eine Dame der *Comyn* direkt in ihrer Domäne erwischen, und was tun sie dann?«

»Großes Wehklagen anstimmen und sie abschreiben«, antwortete Tayksa zynisch. »*Keine* Frau ist so viel Ärger wert. Gerade du weißt das. Deshalb sind wir ja Entsagende.« Sie blieb in der Hocke und starrte die Wand hinter Deena an. »Weißt du noch, was ich über Exempel gesagt habe? Sieht so aus, als müssten wir jetzt eins statuieren.«

»Mhm?« Deena rieb sich die Handgelenke und schaute sie schräg an. »Wie meinst du das jetzt schon wieder?«

»Wir werden diesen *Cralmac*-Söhnen beibringen, dass man sich nicht ungestraft an Entsagenden vergreift, und zwar sofort und in so blutiger Handschrift, dass sie es nie wieder vergessen werden.« Sie bewegte sich ein Stück zur Seite und öffnete die Eisen an Deenas Fußknöcheln.

Sie spürte, dass ihre Partnerin erbebte, und schaute über die Schulter zu ihr hoch. Sie war eine Meuchlerin, und manchmal sah man es ihr auch an – so sehr, dass sie selbst ihre langjährige Partnerin in Angst und Schrecken versetzen konnte.

»Meinst du es so, wie ich befürchte?«

Tayksa nickte kurz. »Wir töten alle und überlassen den Göttern das Urteil.« Das Schloss der Fußfessel sprang auf, und Deena schüttelte ihre Beine aus. »Na, wie sieht's aus?«

Deena seufzte. »Ich bin dabei.«

Die Waffenkammer lag direkt neben den Arrestzellen. Beide Frauen hatten dort Bögen und mehrere Köcher mit Pfeilen an sich gebracht. Deena hatte die Schlösser der Frauenunterkünfte geöffnet und ölgetränkte, zu Bällen geknüllte Lumpen in alle erreichbaren Fenster gelegt. Tayksa begab sich auf ihre persönliche stille Jagd.

Die Wachen rechneten beim besten Willen nicht mit Pfeilen, die über den Flur auf sie zugeflogen kamen. Auch nicht mit geworfenen Messern oder jemandem, der ihnen, von oben herabhängend, eine Garotte um den Hals legte. In gewisser Weise war dies eine Wiederholung ihres letzten großen Auftrags, bevor sie geschnappt worden war. Sie wandte dieselben Taktiken an. Und war genauso erfolgreich.

Ich habe nichts von meinem Können verloren.

Sie blockierte die Schlösser aller Türen, die sie fand. Wenn die Brandpfeile erst mal flogen, würde dieser Abend zum unterhaltsamsten seit langem für die Bewohner dieses hohen Hauses werden. Sie fragte sich, wie viele von ihnen die nötige Geistesgegenwart besaßen, aus dem Fenster zu springen.

Sie traf Deena im Gang direkt vor den Frauenunterkünften, stieß ein Fenster auf und warf einen Blick hinaus. Zwei Monde waren aufgegangen; welche, konnte sie nicht genau sagen. In ihrem Licht erkannte sie die Rückseite des hohen Hauses und den offenen Hof zwischen dem Wohngebäude und den Stallungen. Nirgendwo zeigte sich das verräterische Aufblitzen einer Bewegung, offenbar war keine Patrouille unterwegs.

»Die Luft ist rein. Schaffst du es aufs Dach, wenn ich vorangehe?«

Deena grummelte, aber sie nickte.

»Gib mir einen Atemzug Vorsprung, dann komm nach.«

Sie glitt aus dem Fenster. Die rauen Sandsteinblöcke gaben ihren Fingern und Zehen guten Halt, und so kletterte sie zügig nach oben. Dann hörte sie das Rascheln von Stoff auf Stein, das leise Klappern der Pfeile im Köcher und Deenas nervösen Atem.

Und das ist noch eine leichte Kletterpartie. Na ja, dafür bin ich im Wald verloren.

Nach kurzer Zeit erreichten sie das flache Dach. Tayksa glitt über den Rand und presste sich einen Augenblick an die Brüstung, um das Dach nach Wachen abzusuchen. Es waren keine da, und sie lachte wegen der Nachlässigkeit des Anführers still in sich hinein.

Oder Stolz. Es könnte auf sein Kihar *zurückfallen, wenn er Wachen auf dem Dach postierte. Ach, das wissen nur die Götter.*

Einen Augenblick später schob sich Deena über die Kante der Brüstung. Tayksa half ihr, dann liefen sie gebückt auf den rauen Steinen des Dachs zur entferntesten Ecke. Der L-förmige Stall war jetzt in Sprungweite.

Sie sprang ohne nachzudenken. Hinter sich hörte sie Deenas unterdrückten Ausruf, dann spürte sie, dass die andere stolpernd neben ihr landete.

»Gib mir nächstes Mal wenigstens Bescheid!«

»Nimm deinen Zunder«, antwortete Tayksa und starrte in die Schatten, die das Mondlicht warf. »Wir werden ihnen eine heiße Nacht bescheren.«

Als Erstes gingen die aufgestapelten Heuballen direkt neben den Ställen in Flammen auf. Dann die Lumpenbälle, die Deena in die Fenster gelegt hatte. Als ihnen die Brandpfeile ausgingen, stand die Hälfte des hohen Hauses in Flammen, und der Lärm reichte aus, um die Götter zu wecken.

Und die umherrennenden Gestalten – anhand der Kleidung und fehlenden Ketten leicht als Männer zu erkennen – gaben bei der Beleuchtung durch all die Feuer großartige Ziele ab.

Kurz bevor sie gar keine Pfeile mehr hatten, ließ jemand die hysterischen Pferde aus dem Stall. Auf dem Dach tauschten die beiden nur einen Blick, als sich absehen ließ, dass die verängstigten Tiere in wenigen Augenblicken direkt unter ihnen hindurchstürmen würden. »Schlage niemals ein Geschenk der Götter aus«, bemerkte Tayksa philosophisch. »Außerdem wird mein Arm gerade lahm.«

»Eine feine Sache, dass die Trockenstädter noch nie von

dem Vertrag gehört haben«, bemerkte Deena und legte ihren Bogen um.

Tayksa lachte – da kam auch schon die Pferdeherde um die Ecke gestürmt, und es wurde Zeit, sich eins der Tiere zu schnappen und zu verschwinden ...

»Es ist wirklich eine feine Sache, dass die Trockenstädter nie von dem Vertrag gehört haben«, bemerkte Sabrina nüchtern. »Aber, Gildenmutter – Tayksa war kein besonders liebenswürdiger Mensch.«

»Deswegen werdet ihr auch nicht oft von ihr hören«, erwiderte Alina. »Und doch hat ihr die Gilde viel zu verdanken. Sie übernahm Aufgaben, die den meisten ihrer Schwestern zu ... unangenehm waren. Und dieses Gildenhaus ist auf ebendem Landgut gebaut, das sie der Gilde nach ihrem Tod vermacht hat. Sie ist unter dem Waffentrakt begraben. Deshalb befindet sich dort auch die Gedenktafel an der Wand.«

»Die, auf der steht: *Ihr, deren Hände sauber sind, vergesst nicht, dass Ihr es denen verdankt, deren Hände schmutzig sind?*«

Alina nickte. »Genau. Und das ist eure Lektion für heute Abend: eine Lektion, welche die Trockenstädter so gründlich gelernt haben, dass sie noch heute schaudern, wenn man von Tayksas Blutgericht spricht.«

Über Cynthia Drolet und »Anfänge«

Cynthia Drolets erste Veröffentlichung war eine der lustigsten Geschichten in *Zauberschwestern*; die ungemein komischen *Dragon Lovers*. Diesmal widmet sie sich einem Thema, das in den Geschichten über die Comyn bisher vernachlässigt wurde, »der Kluft, die sich allmählich zwischen den Menschen mit Laran und denen ohne auftut«. Doch genau dies zählt zu den zentralen Problemen, um die es auf Darkover von Anfang an ging. Und deshalb hat Cynthia Drolet ihre Geschichte aus guten Gründen *Anfänge* genannt. Sie beweist damit, dass sie ebenso gut ernsthafte wie komische Geschichten schreiben kann.

MZB

Anfänge

von Cynthia Drolet

Nein, *Leronis*, Ihr irrt Euch!«

Obwohl ich am anderen Ende des Zimmers stand, spürte ich, dass die Muskeln des Jungen zitterten. Und ich wusste, dass ihn nur seine Angst und seine Sorge ermutigten, so offen zu sprechen.

»Es tut mir Leid«, sagte ich mit einem Seufzen. Diesen unangenehmen Moment hatte ich immer gefürchtet, denn ich habe nie die richtigen Worte gefunden, um es jemandem mitzuteilen. Welche Worte könnten es auch sein, die ein halbwüchsiges Kind wirklich hören will und versteht? Ganz gleich, wie ich es ausdrücke, sie scheinen immer dasselbe zu hören.

Dass sie versagt haben.

Dass nicht nur ich, sondern die ganze Gesellschaft sie zurückgewiesen hat. Dass sie als unwürdig, als minderwertig beurteilt wurden.

Und was sie vielleicht am meisten enttäuscht: dass sie nichts Besonderes sind.

Wie erklärt man einem Kind, dass es latente oder rezessive Gene gibt, die es an seine Kinder oder sogar an seine Enkel weitergeben könnte? Wie erklärt man ihm, wie wichtig jedes einzelne Individuum auf einer Welt ist, auf der die menschliche Bevölkerung nur in die Tausende geht? Wie erklärt man ihm, dass jedes Kind seine eigene besondere Veranlagung hat, ohne die das Gewebe einer Gesellschaft allzu löchrig wäre? Acht, neun oder zehn Jahre alte Kinder wollen solche Dinge nicht hören. Sie wollen hören, dass auch sie über die Zauberkräfte verfügen – die man heute *Laran* nennt –, von denen ihnen schon erzählt wurde, als ihre Pflegemütter sie noch stillten.

Natürlich ist es nicht die Schuld dieser Kinder. Heute wird den Kindern von Geburt an eingeschärft, das *Laran* sei die größte aller Gaben, mit der man gesegnet sein könne. Verwandte, Freunde, sogar Fremde, die einer jungen Mutter Fragen stellen, wollen zuerst das Geschlecht wissen und dann – wobei sie fast ins Flüstern verfallen: »Wird das Kind unterrichtet, wie es sein *Laran* entwickelt?«

Und deshalb werden sie zu mir gebracht – kleine Jungen, die noch in diesem Jahr in den Stimmbruch kommen, und kleine Mädchen, die noch vor ihrem nächsten Geburtstag ihre erste Periode haben werden.

Angespannt und ängstlich, zitternd vor Sehnsucht, etwas Besonderes zu sein, stehen sie vor mir. Sie machen große Augen, wenn sie die Frage stellen, über die sie so oft nachgedacht, von der sie so oft geträumt haben: Ist *Laran* in mir?

Ich schaue sie mir an. Ich prüfe sie. Ich vergleiche. Ich bewerte. Und dann fälle ich ein Urteil.

Der kleine Junge sieht mich mit trotzigen Augen an, die kleine Faust fest um den mattblauen Stein geschlossen, in dem nicht ein Lichtfunken geflackert hat. Noch ein geistig blindes Kind ohne *Laran*. Noch eine Enttäuschung. Noch ein Scheitern.

»Ich habe gehört, bei manchen kommt es später.«

Die Stimme des Jungen klingt angespannt und zittert vor zurückgehaltenen Tränen. Ich höre in seinen Worten die Unsicherheit mitschwingen, die Verzweiflung, die Hoffnung, dass noch Hoffnung besteht.

Von den vielen hundert Kindern, die ich fortgeschickt habe, sind vielleicht eine Hand voll nach der Pubertät mit selbstgefälligem Gesicht zurückgekommen, und als ich ihnen den Stein gab, glühte er in innerem Licht. Nur eine Hand voll.

»Bei einigen ja, aber es sind nur sehr wenige.« Ich bemerkte die Entschlossenheit in dem jungen Gesicht, die ausdrückte: »*Ich* werde einer von diesen wenigen sein«, und schloss die Augen gegen den Schmerz. Nicht zum ersten Mal – und ganz gewiss nicht zum letzten Mal – fragte ich mich, warum ich mich entschieden hatte, mir selbst derartige Schmerzen zuzufügen.

Aber natürlich war es ganz und gar nicht meine eigene Entscheidung gewesen.

Ich war elf, als Rafael die Höhle fand. Es war Hochsommer, und die Gefahr, dass der Geisterwind aufkommen könnte, schwebte ständig über uns. Meine Pflegemutter hatte uns gewarnt, uns nicht zu weit von Zuhause zu entfernen, aber die Wärme der Sonne, die wir viel zu selten spüren durften, verführte uns dazu, unsere bisherigen Erkundungen auszudehnen.

Wir standen am Fuß der nördlichen Hügel, als Rafael mir aufgeregt etwas zurief. Die Höhle war nicht allzu tief. Vereinzelte Sonnenstrahlen fielen in einem solchen Winkel hinein, dass sie die Rückwand streiften und leicht erhellten. Gewöhnlich hätte eine solche Entdeckung kaum mehr als einen flüchtigen Blick in die Höhle zur Folge gehabt; dann wären wir gleich wieder auf der Suche nach neuen, interessanten Entdeckungen gewesen.

Aber diese Höhle war alles andere als gewöhnlich.

Die Stirnwand funkelte wie ein sternenheller Nachthimmel. Winzige blaue Kristalle sammelten das schwache rote Licht und reflektierten es zur Sonne. Und in der rechten oberen Ecke stand, weil das Sonnenlicht kaum so weit hinauf schien, ein kleiner, blass schimmernder Mond über dem mit Sternen gesprenkelten Himmel.

»Gütiger Himmel.« Rafael fluchte leise, als er sich dem Kristallmond näherte. Doch als er sich zwischen ihn und den Sonnenschein schob, wurde der kleine Mond dunkel. Rafael zog sich zum Höhleneingang zurück, wo ich wartete, und zusammen standen wir einige Herzschläge lang wie versteinert da. Dann wagte er sich wieder vor.

»Sollen wir?«, fragte ich.

»Wenn nicht, geht ein anderer rein. Ein solches Versteck bleibt nicht lang geheim.« Das war ganz typisch Rafael, der immer praktisch dachte. Aber ich konnte sehen, dass selbst er sich ein wenig fürchtete. Er ging zu der Stelle, wo der Mondstein in der Wand hing, und ich hielt den Atem an, als er die Hand danach ausstreckte. Das Sonnenlicht in Rafaels Rücken hob die roten Reflexe in seinem kupferfarbenen Haar hervor, und für einen Moment bildete ich mir ein, ich hätte Flammen darin tanzen sehen. Seine Schulter- und Rückenmuskeln spannten sich an, als er den Stein zu lockern versuchte. Nach einer Weile gab er es auf.

»Es hat keinen Sinn. Ich kann ihn nicht bewegen. Wir brauchen Werkzeug. Metallwerkzeug, wenn wir den Kristall nicht beschädigen wollen.«

»Metall? Wer sollte uns etwas aus Metall leihen?«

Rafael grinste. »Habe ich gesagt, dass wir jemanden *fragen* sollen, ob er's uns leiht?«

»Rafael!« Ich war empört. Wir hatten alle gelernt, dass Diebstahl gleich nach Mord das schwerwiegendste Verbrechen sei. Die Menschen besaßen schon wenig genug, ohne dass jemand versuchte, ihnen etwas wegzunehmen.

Aber Rafael lächelte bloß. »Ich habe nur vor, mir kurz etwas auszuborgen. Und außerdem: Wer käme überhaupt noch auf die Idee, uns zu bestrafen, wenn wir den Kristall in die Stadt bringen?«

Ich kannte einige Leute in Neuskay, die es bestimmt getan hätten, aber ich hielt den Mund. Rafael war älter als ich.

Am nächsten Tag trafen wir uns wie verabredet auf einem kleinen Feld unmittelbar vor der Stadt, wo die reifenden Getreidehalme in der scharfen Brise schwankten und ruckten, die von den Bergen herunterwehte. Er hatte ein sorgfältig verschnürtes Bündel mitgebracht, und die MacAran-Zwillinge Camilla und Lew trotteten hinter ihm her. Ich grinste. Vor den Zwillingen konnte man nie etwas lange verbergen.

Rafael bemerkte mein Grinsen und runzelte ärgerlich die Stirn. »Sie haben mich in der Scheune ihres Vaters erwischt – mit dem Werkzeug«, gestand er. »Ich musste ihnen erzählen, was wir vorhaben.«

»Das freut mich«, sagte ich. Ich mochte die Zwillinge und wusste, dass wir die Verstärkung gebrauchen konnten. Wie ich hatten auch Rafael und die beiden daran gedacht, kleine Beutel mitzubringen, um die Kristalle darin zu transportieren. Ich fragte mich, wie viel man uns dafür zahlen würde. Genug, hoffte ich, für das Pony, das ich mir immer gewünscht hatte.

»Hast du an die Kerzen gedacht, Margoli?«, fragte er.

Ich zeigte ihm die beiden dünnen Wachskerzen, die ich aus der Küche geschmuggelt hatte.

»Dann lasst uns gehen.« Er warf sich das Werkzeugbündel über die Schulter, und wir machten uns auf den Weg. Rafael ging voraus, ich gleich dahinter und am Schluss die Zwillinge. Die warme Luft ließ Schweiß über unsere Haut perlen, den der beständige Wind gleich wieder trocknete und uns so kühlte. Es war ein makelloser Sommertag.

Als wir die Höhle erreichten, stand die Sonne hoch am Himmel, und in der Höhle, die noch im Schatten lag, war es dunkel. Ich entzündete eine Kerze, und wir traten ein. Die kleine Kerzenflamme wurde von hundert Kristallfacetten reflektiert. Licht glitzerte an den Wänden der Höhle wie Sonnenstrahlen auf Schnee. Hätten dutzende Kerzen in der kleinen Höhle gebrannt, wären wir sicher erblindet, dachte ich.

»Na los!«, trieb Rafael uns an. »Docht und Kerze halten sicher nicht lang.«

»Was sollen wir denn tun?«, fragte Camilla. Wie ich waren sie und Lew erst elf, deshalb fiel die Rolle des Anführers naturgemäß Rafael zu, dem Ältesten.

»Macht euch an die Arbeit und sammelt die kleinen Kristalle ein. Margoli und ich werden versuchen, den großen da zu lockern.«

Wir arbeiteten den halben Morgen. Mit einem kleinen Meißel und einer Pfrieme löste Rafael langsam den Kristall aus der Wand. Die erste Kerze brannte ganz herunter, und die zweite war halb abgebrannt, als er schließlich einen Triumphschrei ausstieß und der riesige Kristall endlich aus der Wand zu rutschen begann.

Die Zwillinge zerrten Rafael ins Licht hinaus, um den Stein besser ansehen zu können. Ich folgte ihnen etwas langsamer. Etwas sträubte mir die Nackenhaare, als meine Aufmerksamkeit nicht mehr von Kerzen und Kristallen abgelenkt wurde. Rafael kniete sich hin, hielt den Kristall im Schoß, und als Camilla und Lew sich darüber beugten, strahlte ihr sonnenrotes Haar über ihren Augen. Der Kristall schien sie in Trance zu versetzen, und als ich einen Blick zu ihnen hinüberwarf, sah ich auch, warum. Tief in dem Stein flackerte ein fahles Feuer.

»Nein!«, schrie ich und warf meinen Beutel über den Kristall. Die Gesichter der anderen zuckten, als hätte ich ihnen unsere Beute aus den Händen geschlagen.

Ich begegnete ihren wütenden Blicken. »Wir sollten uns nicht mit dem großen beschäftigen, bevor wir die kleinen nicht im Griff haben. Es könnte gefährlich sein.« Woher ich dies wusste, konnte ich allerdings nicht sagen. Wie die anderen hatte ich das wenige, was ich über die blauen Steine wusste, aus der Beobachtung von Erwachsenen geschlossen, die damit hantierten. Die Steine waren für Kinder verboten, weil sie über Kräfte verfügten, die man noch nicht gründlich erforscht hatte.

Jedenfalls wusste ich – ob instinktiv oder weil beim Umgang mit den Steinen etwas in mir erwachte –, dass wir noch nicht reif für den Versuch waren, den großen Mondstein zu meistern. Ich klaubte vier kleine, wie Tränen geformte Edelsteine aus dem Haufen auf, den Lew und Camilla gesammelt hatten, und verteilte sie. Rafael runzelte missmutig die Stirn, als ich ihm den seinen gab. Ob er darüber verärgert war, dass ich ihm die Vorherrschaft in unserer kleinen Gruppe streitig machte, oder ob er es nicht abwarten konnte, mit dem großen Stein zu arbeiten, weiß ich nicht. Ich nehme an, er war wütend auf mich – Rafael bestimmte immer gern über andere. Während seiner ganzen Kindheit hatte er sich ausschließlich Freunde gesucht, die in seinem Alter oder jünger waren, Kinder, die er herumkommandieren konnte. Er war nie hart oder grausam gewesen und hatte keinen von uns je gezwungen, ihm zu gehorchen. Er erwartete einfach von uns, dass wir ihn unterstützten, und das taten wir eigentlich auch immer – er hatte eben eine solche Persönlichkeit.

»Jetzt schaut in eure Steine«, sagte ich zu den anderen. »Versucht sie zum ...« Ich suchte nach den richtigen Worten. »... zum Leben zu erwecken.«

»Wie?«, fragte Camilla.

Wieder fehlten mir die Worte. »Ihr müsst euch eben konzentrieren. Ihr müsst *wollen*, dass sie leuchten.«

Ich starrte in meinen Stein, und fast augenblicklich flackerte darin das blaue Licht, der Edelstein wurde angenehm warm in meiner Hand. Das Licht in seinem Innern wurde schwächer und flackerte wieder auf, wurde schwächer und flackerte auf, es pulsierte im Einklang mit meinem eigenen Lebensrhythmus. Ich verlor mich selbst in dem strahlenden Juwel, während der Wind um mich herumpfiff.

Ich weiß nicht, wie lange es dauerte, bis ich mich von meinem Stein losriss und feststellte, dass Rafael in seinem nur ein schwaches Funkeln hervorgerufen hatte und die Steine der Zwillinge überhaupt nicht leuchten wollten. Lew und Camilla starrten uns sehnsüchtig an. Ohne zu wissen, warum, streckte ich die Hand nach Camilla aus, die mir am nächsten saß; dann nach Lew. Als meine Fingerspitzen sie streiften, spürte ich, dass uns ein Schlag durchfuhr und ein blauer Funke dort übersprang, wo unsere Haut sich berührte.

Sie schrien laut auf, erst vor Überraschung, dann vor Freude, denn in jedem ihrer Kristalle erschien ein winziges blaues Licht. Ich hörte sie lachen und erkannte bestürzt, dass keiner von ihnen mit den Stimmbändern lachte. Ihre Augen spiegelten ihr Lachen wider, aber das Gefühl kam von *innen.* Irgendwie hatte ich plötzlich Anteil an ihren Gedanken. Neugierig rückte ich so nah an sie heran, dass ich meine Arme um sie legen und sie fest an mich drücken konnte. Ich empfand ein Gefühl von Wärme, Geborgenheit und Liebe. Ich spürte Camilla in meiner Seele wie einen Kometen mit einem feurigen Schweif, Lew ragte daneben wie eine riesige Granitmauer auf, fest und unverrückbar. Ich konnte ihre Aufregung spüren, und ich konnte fühlen, dass sie mental die Finger nach mir ausstreckten und auch mich berührten.

Schließlich zog Lew Rafael an sich. Camilla rutschte so weit herum, dass auch sie ihn berühren konnte, und wir rückten zu einem kleinen Kreis zusammen. Als der Kreis sich schloss, sah ich in Rafaels Edelstein einen bloßen Funken zu einer hellen Flamme auflodern, und als ich mich in seinen Geist vertiefte, stellte ich fest, dass er wie ein flüchtiger Schatten war, fast substanzlos.

Camillas Arm hatte meine Schulter gefunden, so dass wir, als ich nach unten griff und den Beutel von dem Mondstein wegriss, noch in Kontakt blieben. Ich hob den Edelstein auf, legte ihn in die Mitte unserer Runde und sah das Licht darin stärker werden. Ich spürte ein seltsames Zerren in der Brust, das sich in meinem ganzen Körper ausbreitete, und erst zu spät fiel mir auf, dass mein Kristall und mein Puls sich aufeinander eingestimmt hatten und das Feuer im Mondstein im Einklang mit ihm pulsierte. Auch die anderen Juwelen flackerten im gleichen Rhythmus. Ich spürte, dass ich dahintrieb, zerfloss, mich zerteilte, dass ich kein Individuum mehr war, dass es Margoli nicht mehr gab und sie Teil eines größeren Ganzen geworden war. Es erschreckte mich nicht. Das Gefühl war viel zu angenehm, um es zu fürchten, doch etwas rebellierte in einem entlegenen Winkel meines – unseres – Bewusstseins. Etwas sorgte sich um uns, spürte eine Bedrohung, versuchte auf sich aufmerksam zu machen.

Dennoch gab es in diesem Moment nichts Wichtigeres als unser gemeinsames Erlebnis. Dieses Aufgehen des einen Ichs im anderen war ein Vergnügen, das alles in den Schatten stellte, was wir je erlebt hatten. Wie gleichmütige Beobachter schauten wir zu, als unsere Körper sich bewegten, die hinderliche Kleidung abstreiften. Unsere Körper umschlangen einander, berührten sich auf eine Art, die wir bisher nur bei Erwachsenen gesehen hatten, bewegten sich auf eine Weise, von der wir gerade erst in den Nächten zu träumen begonnen hatten. Wir sahen Blut, fühlten aber keinen Schmerz, nur pulsierende Wärme und ein Wohlbehagen, das immer stärker wurde, sich immer länger hinzog, bis sich schließlich alle Aufmerksamkeit auf das unerträgliche Wohlbehagen richtete und es wie eine Welle über uns hinwegschwappte.

Danach lösten wir uns körperlich und geistig wieder voneinander, gewannen nach und nach unser individuelles Ich zurück. Das Erste, worauf ich aufmerksam wurde, als Margoli wieder zu einer eigenen und eigenständigen Person wurde, waren das tiefe Dämmerlicht und der Himmel, der sich über den Bergen schon purpurrot gefärbt hatte. Als Nächstes fielen mir, selbst im verblassenden Licht, die verstreuten blauen Blütenblätter und ein feiner Goldstaub auf, der in den Falten meines Körpers glitzerte.

»Der Geisterwind!« Rafael hatte die Zeichen ebenfalls erkannt. »Beeilt euch! Wir müssen schnell ins Dorf zurück.«

Er hatte natürlich Recht. Sich im Freien aufzuhalten, fern vom Schutz unserer Häuser, wenn der Geisterwind wehte, bedeutete den fast sicheren Tod. Ich blickte zum Himmel hinauf. Keine Wolken. Aber es war nur eine kurze Flaute eingetreten. Der Wind würde in der Nacht wieder wehen. Und wenn er die *Kireseth*-Pollen in Neuskay genauso kräftig vor sich herwehte wie hier, würden die anderen, ob Eltern oder Pflegeeltern, vielleicht nicht mal bemerken, dass wir verschwunden waren. Und selbst wenn, würden sie den Wirkungen nicht lang genug standhalten können, um uns ausfindig zu machen. Wir waren vier erschrockene Kinder, auf uns selbst gestellt in der Nacht.

Lew hörte den schrillen Schrei zuerst.

»Ya-Männer!«

Wir alle erstarrten, lauschten angestrengt, und aus dem Sausen des Windes, der über uns hinwegblies, hörten wir jenen Schrei heraus, der unter die Haut ging.

»Sie kommen von dort.«

Irgendwie wusste ich, dass aus Camilla nicht der Schreck sprach. Ihre Stimme klang so ... wissend, wie ich es nie zuvor gehört hatte. Ich hatte in Camilla immer ein schüchternes, unsicheres kleines Mädchen gesehen, das ganz zufrieden gewesen wäre, sein Leben lang zu Hause zu bleiben und ein Kind nach dem anderen zu gebären. Dann erinnerte ich mich an den Eindruck, den ich während unserer Vereinigung von ihr gehabt hatte: ein Komet mit brennendem Schweif. Hatte der Kontakt mit ihrem Kristall sie so schnell und grundlegend verändert? Oder war dies einfach eine verborgene Seite an ihr, die sich immer danach gesehnt hatte, offenbart zu werden?

»Woher sollten sie wissen, dass wir hier sind?«, fragte Lew.

Camilla zuckte die Achseln. »Sie wittern die Kräfte, glaube ich. Sie wissen, dass wir die Kristalle haben.«

»Wie kommst du darauf?« Ich hörte den Zorn in Rafaels Stimme und spürte den Gedanken hinter den Worten: *Noch jemand, der meine Autorität in Frage stellt?*

Ich schüttelte den Kopf, damit er wieder klar wurde. Wahrscheinlich bildete ich mir das nur ein. Der Geisterwind spielte der Seele böse Streiche.

»Keine Ahnung, woher ich es weiß. Es ist einfach so.« Ich konnte das Unbehagen in Camilla spüren. Aber ich merkte auch, dass sie die Wahrheit sagte. Aus welchem Grund auch immer, sie wusste es wirklich.

»Wie weit sind sie entfernt?« Lew glaubte ihr offenbar auch. Schließlich waren sie Zwillinge und verfügten über die besondere telepathische Begabung, die den meisten Zwillingen, ob ein- oder zweieiig, eigen ist. Ich fragte mich, ob vielleicht ein Teil dieser Fähigkeiten auf mich abgefärbt hatte.

»Nicht weit. Sie werden bald hier sein.«

»Was sollen wir tun?«, fragte Lew.

Camilla wirkte bestürzt. »Woher soll *ich* das wissen? Ich spüre nur, dass sie kommen, mehr nicht.«

»Sie werden bewaffnet sein«, sagte Rafael leise. »Sie sind immer bewaffnet, wenn sie die Siedlungen angreifen.«

Ich biss mir auf die Unterlippe. In mir nahm ein Gedanke Gestalt an, der mir jedoch zu verrückt erschien, um ihn ernsthaft zu verfolgen. Von den anderen schien aber niemand einen Vorschlag zu haben, nicht einmal einen verrückten.

»Vielleicht können wir uns mit den Kristallen verteidigen.«

»Das ist schon versucht worden«, gemahnte mich Rafael. »Erinnerst du dich an *Dom* Beltran? Er hat etwas mit ihrem

Geist angestellt, als sie sein Haus angriffen, aber sie haben ihn trotzdem umgebracht. Es waren zu viele. Er konnte sich nicht alle vornehmen.«

»Wir sind zu viert«, bemerkte Camilla.

Rafael wandte sich Camilla zu. »Und wie viele sind *die?*«

Sie schien in sich zu versinken, als sie über die Frage nachdachte. »Mindestens achtzehn. Vielleicht neunzehn.«

Rafael wurde blass, und ich wusste, dass er nicht mit einer Antwort von Camilla gerechnet hatte. Aber die Gewissheit in ihrer Stimme schloss jeden Zweifel aus. »Gegen so viele kommen wir nicht an.«

»Nicht allein«, gab ich ihm Recht. »Aber was ist, wenn wir zusammenstehen? Habt ihr nicht die Kraft gespürt, als wir mit dem Mondstein verbunden waren?«

»Sie hat Recht«, sagte Lew. »Es könnte funktionieren. Außerdem«, er zeigte in die Richtung, aus der sich die Schreie der Ya-Männer näherten, »welche Wahl haben wir denn, außer zu sterben?«

Also war die Idee vielleicht doch nicht so verrückt. Ein anderer sah einen Sinn darin. Und noch einmal konnte ich einen flüchtigen Blick auf Lews innere Granitmauer werfen, die fest und unverrückbar stand.

Rafael seufzte. »Wenn das Mögliche nicht mehr möglich ist ...«

»... dann sollte man das Unmögliche tun«, schloss Camilla. Sie nahm Rafaels Hand. Dann ergriff Lew die ihre.

Mit schwindendem Mut sah ich, dass der körperliche Kontakt nicht von denselben Auswirkungen begleitet wurde wie zuvor – diesmal sprangen kein Schock und keine blauen Funken von einem zum anderen über. Langsam, ohne große Hoffnung, streckte ich die Hände nach Rafael und Lew aus.

Und keuchte auf.

Ob es an mir lag oder einfach an dem Umstand, dass wir den Kreis geschlossen hatten, wir alle spürten erneut den Schlag der Vereinigung. Etwas sicherer als vorhin tastete ich um mich und konzentrierte unsere geistigen Fähigkeiten auf einen einzigen Brennpunkt. Der Mondstein in unserer Mitte glühte mit einer solchen Intensität, dass er im Umkreis einiger Schritte den Himmel erhellte.

»Sie sind hier.« Es war Camillas Stimme, aber ich wusste, dass sie die Worte nicht laut aussprach.

»Was sollen wir tun?« Die Frage kam von Lew, und als ich sie hörte, geriet ich fast in Panik. Ich glaube, ich hatte angenommen, dass uns der Mondstein irgendwie die Antwort geben würde.

Stattdessen gab Rafael sie uns. »Denkt an Feuer. Es ist das Einzige, vor dem die Ya-Männer Angst haben.«

Wir dachten an Feuer. Camilla dachte an hundert brennende Kerzen, Lew an Feuer, die in Gruben brannten, und ich an Fackeln. Rafael war derjenige, der schließlich zu uns durchdrang und uns mit seinen Gedanken an eine Feuerwalze ansteckte, die dahinrollte und dabei das Land versengte. Unbeherrschtes Feuer machte mir Angst, aber ich wusste, dass es den Ya-Männern noch größere Angst einjagte. Mit einem Schrei ordnete ich meine Gedanken den Gedanken unseres Kreises unter, spürte, dass Camilla und Lew dazukamen, bis wir in der Runde so eng miteinander verwoben waren, als hätte der Geisterwind uns zusammengeführt.

Nur trat diesmal Schmerz an die Stelle des Vergnügens.

Es fing langsam an, mit einigen Funken, die im braunen Gras unter den Füßen der Ya-Männer sprühten. Funken, auf die weitere folgten, als die Ya-Männer auf uns zuhetzten. Wo die Funken zu Flammen wurden, die schließlich zu einer Feuerwand zusammenrückten, trieb ein heißer Luftstoß sie zurück. Der Geruch verbrannten Fleisches hing in der Luft, ein flüchtiger Eindruck, den Lews geschärfte Sinne aufschnappten.

Die Ya-Männer schrien und liefen vor den Flammen gegen den Wind davon. Aber das Feuer war nicht natürliches Feuer, und es jagte den Ya-Männern hinterher, umschloss sie, überwältigte sie, verbrannte sie schließlich bei lebendigem Leib.

Die gellenden Schreie waren ohrenbetäubend. Einhundert Ya-Männer hätten nicht so laut schreien können. Dann spürte ich die heiße Luft in meiner Kehle, und plötzlich brannte meine eigene Haut, mein eigenes Fleisch schmolz mir von den Knochen. Furcht zerriss mir das Herz, und der Schmerz wurde so entsetzlich, dass ich einen schnellen Tod herbeisehnte. In meiner Nähe, in meiner Seele und mit meinen Ohren konnte ich Camilla schreien, immer wieder schreien hören.

»*Wir* brennen nicht!« Lews Gedanke blieb undeutlich, verlor sich fast in den Schreien, aber ich zwang mich, ihm zuzuhören, zwang mich, aus meinem Körper zu schauen und mich zu vergewissern, dass ich aufrecht und unbeweglich dasaß, die Hände mit denen der anderen verschränkt. Der Schmerz und das Brennen kamen von den Ya-Männern, beides wurde von Camilla gebündelt und auf uns übertragen.

Ich stellte mir vor, dass ich Camilla mental eine Ohrfeige versetzte, und war ein wenig erschrocken darüber, als sie tatsächlich Wirkung zeigte. Camilla hörte auf zu schreien, und die Gedanken der Ya-Männer verschwammen.

»Wir müssen die Verbindung abbrechen!«, rief ich, wusste aber nicht recht, ob mich jemand hörte. Ich konzentrierte mich auf Camilla, ohne genau zu wissen, was ich tat, handelte ganz instinktiv. Behutsam löste ich sie aus dem Kreis, und mit ihr verschwand der Schmerz. Als Nächstes ließ ich den Kontakt zu Lew abreißen, und der schreckliche Geruch von verbranntem Fleisch verflog.

Ich wandte mich Rafael zu und versuchte ihn zu erreichen, ihn vom Bann des Mondsteins zu befreien.

»Rafael!«, schrie ich, spürte aber nichts als Feuer. Wohin ich auch blickte, sah ich Flammen, und draußen, wo die Ya-Männer verbrannten, bemerkte ich ein Feuer, das außer Kontrolle geriet.

»Rafael, es ist vorbei!«, versuchte ich erneut, seinen Kontakt zu lösen, aber er war außerhalb der Reichweite meiner ungeschulten Kräfte.

Deshalb löste ich mich von ihm und von dem Mondstein. Lew und Camilla beugten sich über ihn, schlugen ihm mit der flachen Hand ins Gesicht, versuchten ihn aufzuwecken, eine Reaktion zu provozieren. Mir fiel nur eins ein, und ich tat es, ohne über die Konsequenzen nachzudenken, ohne zu ahnen, worin sie bestehen könnten.

Mit Lews Hilfe riss ich Rafael den Stein aus der Hand.

Wenn ich das Geschrei der Ya-Männer für schrecklich gehalten hatte, so erfuhr ich jetzt, dass es etwas noch viel Schrecklicheres gab: die Schreie eines Freundes, der Todesqualen litt. Und noch furchtbarer war es, als diese Schreie mit einem Mal verstummten – so plötzlich, als wären seine Stimmbänder gerissen.

Dann verfiel Rafaels Körper in Zuckungen. Sein Rückgrat bäumte sich auf, Beine und Arme wurden ganz starr. Dieser Krampf hielt für etwa fünfzehn Herzschläge an, dann sackte sein ganzer Körper in sich zusammen wie eine zu Boden geworfene Stoffpuppe.

Der Krampf und die Entspannung folgten noch zweimal aufeinander, aber der dritte war der letzte Anfall.

Lew ließ mir keine Zeit zu weinen, er drängte mich, mit ihm und Camilla wieder einen Kreis zu bilden, um dem wütenden Feuer Einhalt zu gebieten. Mit unseren kleinen Steinen wären wir nie im Stande gewesen, es aufzuhalten, aber mit dem

Mondstein war es eine Angelegenheit von nur fünfzehn Minuten, bis das Feuer zu Asche heruntergebrannt war und die Asche zu Staub zerfiel.

Danach hielten wir einander fest und weinten.

Wir haben an diesem Tag sehr viel gelernt – dass es möglich ist, unsere Kräfte zu vereinen und durch eine einzige Matrix zu bündeln. Und dass es andere Matrizes auf dem Planeten gibt, die diese Kräfte gefährlich verstärken können.

Vor allem aber lernten wir, dass man Kindern mit *Laran* beibringen muss, wie sie ihre Kräfte im Zaum halten, bevor sie sich oder anderen damit Schaden zufügen. Meine Gabe bestand offenbar darin, das *Laran* aus anderen hervorzulocken. Heute nennt man mich eine katalytische Telepathin.

Und deshalb setzten Camilla, Lew und ich den Mondstein ein letztes Mal ein, um im Westen von Neuskay einen Turm zu errichten, wo den mit *Laran* Gesegneten beigebracht werden sollte, wie sie ihr Talent am besten einsetzen und wie sie vermeiden, davon nur benutzt zu werden. Mit der Matrix-Energie stapelten wir blassblaue Steine übereinander und verwoben ihre elektrischen Felder, die sie zusammenhielten.

Der Turm ist zu dem geworden, was wir uns von ihm erhofft haben – ein Ausbildungsplatz für jene, die über diese Gabe verfügen. Eine Experimentierstätte, in der neue Kräfte geprüft und neue Techniken perfektioniert werden. Wo man fast vergessene Techniken wieder entdeckt.

Aber es gibt noch immer viel zu lernen.

Am meisten fürchte ich jedoch nicht das *Laran* selbst, sondern die Kluft, die sich allmählich zwischen den Menschen mit *Laran* und denen ohne auftut. Doch mein *Laran* befähigt mich nicht, in die Zukunft zu blicken, und so können meine Zweifel nur die verworrenen Gedanken einer alten Frau sein.

Dennoch ändert sich vieles, und man muss kein Hellseher

sein, um es zu bemerken. Schon jetzt ziehen Menschen in die Hügel unweit der Stelle, an der wir den Turm errichtet haben. In unserer Sprache, der Sprache der ersten Siedler, nennen wir ihn den Turm von Neuskay. Aber Sprachen sind lebendig und verändern sich, und schon jetzt sprechen die Menschen, die in diese Gegend ziehen, den Namen nicht mehr richtig aus, schleifen das Wort ab und fügen ihm einen rhythmischen Schwung hinzu, so dass es wie ein ganz neues klingt.

Neskaya.

»Vielleicht ist es besser so«, sage ich zu dem wütenden, geistig blinden Jungen, in dem keine Spur *Laran* zu entdecken ist und nie sein wird.

Aber es bricht mir das Herz, als ich ihn fortschicke.

So etwas wie Normalität gibt es nicht mehr.

Über Patricia Duffy Novak und »Haftfeuer«

Coryn Hastur, Bewahrer des Hali-Turms, und Arielle tauchten als Charaktere in meinem Roman *Herrin der Stürme* auf. *Haftfeuer* erzählt mehr von ihnen. Geschichten dieser Art sind leider viel zu selten, aber beispielhaft für jene, die ich gern lese. Viel zu viele Geschichten, besonders die über Darkover, erzählen mir nichts Neues. In der folgenden besteht ein ernstes moralisches Problem, und ich finde, dass eine Geschichte auf jeden Fall eine Aussage haben sollte. Diese hier hat eine.

Patricia Novak wurde in Boston geboren, lebte mehrere Jahre in Zaire und war als landwirtschaftliche Berufsschullehrerin beim Peace Corps tätig. Nachdem sie ein Jahr in Washington DC als Wahlhelferin eines Abgeordneten gearbeitet hatte, kehrte sie zur Lehrtätigkeit zurück und hat heute eine Assistenzprofessur für Agrarökonomie inne. Als Schriftstellerin ist sie noch in der Orientierungsphase. *Haftfeuer* ist ihre erste publizierte Kurzgeschichte, obwohl sie bereits einige Artikel in akademischen Blättern veröffentlicht hat. Sie ist mit einem Professor für Agronomie verheiratet und hat drei Katzen und zwei Hunde. Sie sollte weiterschreiben, denn ihre Story ist vielversprechend.

MZB

Haftfeuer

von Patricia Duffy Novak

Die sechs standen in telepathischem Kontakt, waren gedanklich verbunden und ließen ihre Energie dem Bewahrer zufließen, dessen Hände in den Kreis gestreckt waren, zur Matrix hin. Er steuerte den Energiefluss. Seine Hände waren schmal, zart wie die einer Frau, aber niemand, der darauf schaute, konnte ihre Stärke übersehen. Coryn Hastur, der Bewahrer des Hali-Turms, gehörte zu den stärksten Telepathen der Domänen. Er wusste es und akzeptierte es weder mit Stolz noch mit Demut; schließlich war es alles, was er hatte.

Coryns hageres Gesicht war vor Konzentration angespannt, Schweißtropfen bildeten sich auf seiner Stirn, als er nach und nach die kostbaren Kupfermoleküle aus dem widerspenstigen Fels zog. Derart harte Arbeit mochte er nicht, aber er bemerkte es kaum, als er den Kreis zusammenhielt. Irgendetwas war nicht in Ordnung, und ihm entglitt die Kontrolle. Er nahm am Rande seines Bewusstseins wahr, dass er einen Krampf im Bein hatte; einen ziemlich schlimmen, der sich wohl schon vor einer Weile aufgebaut hatte. Fast unbewusst schickte er schnell einen irritierten Gedanken an die junge Überwacherin Aliciane: *Beherrschst du deine Arbeit nicht? Pass auf!* Statt wie gewünscht seine Beinmuskulatur zu lockern, wurde die Überwacherin nervös, und er spürte ihre Unruhe in die Verbindung eindringen. Sein Einfluss auf den Kreis begann zu schwinden.

Während die anderen Angehörigen des Kreises noch verwirrt blinzelten, drehte Coryn sich zur Überwacherin um, sein Gesicht war unter dem flammendroten Haar kalkweiß. »Du blöde Kuh«, fauchte er.

Das Mädchen schaute ängstlich zu ihm auf. »Tut mir Leid«, sagte es demütig.

»Leid!«, höhnte er zornentbrannt. »Wenn du nicht richtig überwachen kannst, geh nach Hause und lass dich zur Zuchtstute vom Rest der Viehherde machen.« Seine Stimme klang gemein und hart. Er sah, wie das Mädchen sich duckte, hörte aber nicht auf. Er konnte einfach nicht. »Die ganze Arbeit umsonst!« Zornig gestikulierte er mit den Händen.

»Coryn, nicht.« Mira, eine ältere Frau, mit der er schon seit Jahren zusammenarbeitete, hatte sich genügend erholt, um zu sprechen.

Er funkelte sie einen Augenblick an, ohne etwas zu sagen, gab ihr mit seinem *Laran* eine mentale Ohrfeige und stürzte aus dem Raum.

Noch immer von Zorn bebend, stürzte er die Flure des Turms entlang und wusste kaum, wohin. Er fand sich im Erdgeschoss wieder, passierte das schützende Kraftfeld und stürmte nach draußen. Er konnte den Prozess der Metallgewinnung nicht ausstehen. Die Prozedur war anstrengend und langweilig und spottete seiner Fähigkeiten. Und jetzt war die Arbeit einer ganzen Nacht umsonst, weil diese blöde Kuh nicht wusste, wie man einen Krampf linderte.

Er wanderte am Seeufer entlang und ließ das sanfte Flüstern der Wolkenwellen auf seine überreizten Nerven wirken. Er wollte lieber wieder Mira als Überwacherin haben, statt unter der Lehrzeit dieses halb kopfblinden Mädchens zu leiden. Aber Mira musste im Kreis arbeiten, jetzt, da Arielle nach Hause gerufen worden war.

Götter, wie sehr er sich Arielle zurück wünschte! Er hatte immer gewusst, dass ihr Vater sie nicht ewig in Hali wohnen lassen würde. Und er hatte geglaubt, auf ihr Weggehen vorbereitet zu sein. Bei Zandrus Höllen, wie sehr sie ihm fehlte.

Er setzte sich an das feuchte Seeufer und rupfte eine Hand

voll Sumpfgras nach der anderen aus, um sie dann ärgerlich beiseite zu werfen. *Bloß ist dein Rücken ohne Bruder*, dachte er und wiederholte damit die alte Weisheit mit grimmiger Ironie. Sein Rücken war wohl gedeckt, allerdings mit Argwohn statt schützendem Wohlwollen. Er war zum Hali-Turm gesandt worden, als die ersten Anfälle der Schwellenkrankheit ihn überkommen hatten, doch soweit er wusste, würde man ihm nie erlauben, den Turm zu verlassen. Keine Festung, kein Saal, keine Gattin. All jene Dinge, die zu begehren ein Comyn-Fürst erzogen wurde, hatte ihm sein Bruder verweigert.

Er träumte einen Moment davon, Herr seiner eigenen Feste zu sein, fragte sich, wie es wohl wäre, nur zu seiner Freude Kinder zu zeugen statt für das Zuchtprogramm der *Leroni*. Einen Augenblick lang sah er im Geist ein schönes Bild: er und Arielle, ihre Kinder bei ihnen, warm und zufrieden am fröhlich prasselnden Herd.

Ein zufälliger Gedanke zerstörte, wie ein ins Wasser geworfener Stein, das schöne Traumbild. *Ein Bewahrer kontrolliert Macht,* dachte er. Er liebte die Macht. Es berauschte ihn, seinen Willen im Matrix-Kreis auf die Probe zu stellen. Es war die reine Befriedigung, etwas völlig Neues zu entdecken, das noch niemand zuvor erblickt hatte. Das Leben des Bewahrers war ihm aufgezwängt worden, er hätte es nie freiwillig gewählt. Aber es hatte seine Vorteile.

Er spürte, dass er ruhiger wurde. Das fürchterliche Auflodern seines Temperaments erstarb zu Asche. Als der Zorn ihn verließ, wurde er anderer Gefühle gewahr. Sein Magen knurrte. Plötzlich fühlte er sich schummerig. Er brauchte dringend etwas zu essen. Nach der Arbeit im Kreis verhielt es sich immer so, aber er war zu wütend gewesen, um innezuhalten und etwas mitzunehmen, bevor er den Turm verlassen hatte.

Er stand langsam auf und klopfte den Schmutz von sich ab. Offenbar führte kein Weg drumherum, er musste zurück und seinen Frieden mit den anderen schließen. Launenhaft wie er war, was seine Freunde sowohl zur Verzweiflung brachte als auch erheiterte, brach er unvermittelt in schallendes Gelächter aus. *Heiliger Lastenträger,* erinnerte er sich seiner Worte, *es wird diesmal verdammt teuer werden.*

Nachdem Coryn den Turm verlassen hatte, bewegte sich Mira auf Aliciane zu. Sie wollte die junge Überwacherin trösten, denn sie schien kurz davor, in Tränen auszubrechen.

»Nimm dir was zu essen, Kind«, sagte die ältere Frau. »Komm schon.« Sie führte das Mädchen zu einem Tisch am Ende des Raums, wo Erfrischungen bereitstanden. »Nimm Coryn nicht so ernst. Er hat's nicht so gemeint.«

Das Mädchen zog die Nase hoch und ließ sich einige Trockenfrüchte geben, sagte aber nichts. Mira legte den Arm um sie. »Er ist ungewöhnlich spät dran, *Chiya,* später als sonst.«

Das Mädchen wischte sich mit dem Handrücken über die Augen. »Ganz sicher, mein Kind, es ist nicht so schlimm, wie du glaubst«, redete Mira ihr gut zu. »Wir haben seinen Zorn alle schon zu spüren bekommen. Ihm fehlt Arielle. Das ist alles.«

Sie aßen eine Weile schweigend, dann kam Barak, der Kreistechniker, zu ihnen herüber und goss sich Wein ein.

»Coryn hätte nicht so mit dir reden sollen«, sagte der große Mann kopfschüttelnd zu Aliciane. »Es wird in letzter Zeit immer schlimmer mit ihm. Es ist eine Schande, dass sein Bruder ihn nicht heiraten lassen will.«

»Das würde die Sache auch nicht verbessern«, erwiderte Mira, tätschelte Aliciane und wandte sich wieder Barak zu. »Selbst wenn sein Bruder einer Heirat zustimmen würde, es wäre sicherlich keine mitgiftlose *Nedestro*-Tochter Di Asturiens.«

»Auch wieder wahr«, pflichtete Barak ihr bei. »Es ist schwierig für Coryn, aber ich wünschte, er würde sein Temperament endlich etwas besser zügeln.«

Coryn, der gerade rechtzeitig in der Tür auftauchte, um die Worte noch zu hören, lachte und sagte gutmütig: »Es wäre gut, wenn ich es könnte, Barak. Ich bin abscheulich, ein Banshee.« Er grinste. »Oder zumindest genauso hungrig wie ein Banshee im Fressrausch.« Er bewegte sich mit katzengleicher Anmut zum Tisch und verhalf sich zu Saft und süßen Kuchen.

Mira ließ ihn erst essen und schickte dann einen Gedanken zu ihm. *Du hast Alicianes Gefühle sehr verletzt, Coryn. Wie kannst du nur so unfreundlich sein?*

Ich hab's nicht so gemeint, Mira, erwiderte er. *Das weißt du doch.*

Aber sie ist nicht an dich gewöhnt, so wie wir.

Coryn stellte seine Tasse ab und ging zerknirscht zu Aliciane. »Wirst du mir vergeben, Base? Es war bei mir schon immer so. Mein Mundwerk hat einfach einen eigenen Willen, und die Worte sind mir entschlüpft, ehe ich zu Ende gedacht hatte.«

Aliciane lächelte ein wenig, und er nahm ihre Hand. »Siehst du, jetzt sag, dass wir Freunde sind, *Chiya*, und ich werde uns etwas Wein holen.«

Aliciane akzeptierte die Entschuldigung, und er unterhielt sich eine Weile mit ihr, neckte und foppte sie, bis sie mit ihm lachte und die gute Laune bei allen wieder hergestellt war.

Coryn machte es sich in einem Sessel neben Mira gemütlich. »Du kannst entzückend sein, wenn du willst«, bemerkte sie trocken. Er lachte.

Am nächsten Abend arbeitete Coryn allein. Alle dachten, er ruhe sich aus, aber er war im letzten Krieg so nahe an die Beschaffenheit des Haftfeuers herangekommen, dass es ihm nicht mehr aus dem Sinn ging. Er nahm ein Becherglas, das er mithilfe einer Matrix modifiziert hatte. Das Glas würde nicht zerspringen. Es enthielt nur ein wenig von der dunkelroten Substanz, die sich, wie er wusste, bei einer Berührung mit seinem Fleisch bis auf den Knochen durchbrennen würde.

Er machte sich keine Sorgen um seine Sicherheit, aber er arbeitete nicht gern so – allein –; wenn er die Zeit dazu fand, bevorzugte er den Kreis, wo er Dinge ausprobieren konnte, die er sonst nicht wagte. Da in den Domänen nun Frieden herrschte, hatte er nur selten Gelegenheit, sein beträchtliches Talent auf den vollen Umfang zu erweitern. *Ein Krieg wäre jetzt mal wieder ganz nett,* dachte er müßig.

Routiniert verschmolz er mit seiner Matrix und spürte, dass sich seine geistige Kraft zu einer durchdringenden Klinge schärfte. Mit geschlossenen Augen sah er das Haftfeuer, vergrößerte es immer weiter, bis er die Struktur der Atome erkennen konnte.

Da und dort sind die instabilen Punkte. Wenn man das Zeug doch nur dazu bringen könnte, von allein zu explodieren, was hätte man dann für eine Waffe! Er studierte es und berührte es mit seinem *Laran,* wie schon in vielen Nächten zuvor. Dann erkannte er, wie er die Instabilitäten gegeneinander verwenden könnte, um es von innen zu entzünden.

Als ihm dies klar wurde, konnte er sich nicht länger zurückhalten. Völlig begeistert von seiner Entdeckung, drückte er gegen die Verbindungen der Atome und spürte, dass sie nachgaben.

Coryn sah einen explodierenden Lichtblitz, heller als hundert Sonnen, hörte ein Krachen, lauter als der Donner in den Hellers, und dann sah und hörte er nichts mehr.

Sie stand in der offenen Tür seines Zimmers und wusste nicht, wie sie sich ihm am besten nähern sollte.

Wie hält er es nur aus, so ans Bett gefesselt zu sein, die Au-

gen bandagiert, während die langen Tage unbeachtet vorüberziehen?

Es hätte so viel schlimmer ausgehen können, das wusste sie. Sie schauderte plötzlich und zog das Tuch fester um ihre Schultern. Das matrixveränderte Becherglas hatte die Wucht der Explosion nicht ganz ausgehalten, allerdings war nur die zerbrechliche Tülle weggesprengt worden ... Die Wunden stammten von den umherfliegenden Glassplittern, das Haftfeuer hatte ihn nicht erreicht.

Sie spürte die Berührung seines *Laran.*

»Arielle?« Er wandte ihr die bandagierten Augen zu. »Bist du's wirklich, oder träume ich?«

»Ich bin hier, Coryn.« Sie betrat den Raum, schloss behutsam die Tür und setzte sich neben ihn auf das Bett. »Ich bin so schnell gekommen, wie ich konnte.«

»Bist du auch froh, mich zu sehen, *Chiya*?« Seine Stimme verriet eine absolut untypische Unsicherheit.

»Sehr, sehr froh«, antwortete sie.

»Aber meine Augen?«

»Deine Augen kommen wieder in Ordnung. Mira hat's gesagt.«

»Und mein Gesicht?« Er deutete auf die zerfetzten und geschwollenen roten Stellen auf seinen Wangen.

»Du hast nie besonders gut ausgesehen, Coryn Hastur, die paar Narben werden keinen großen Unterschied machen.«

»Nicht besonders gut ausgesehen?« Er zog sie an sich. »Welch ein Schlag für meine Eitelkeit! Ich dachte, ich wäre der schönste Comyn-Fürst, der dir je untergekommen ist.« Sein Atem strich warm über ihren Hals, und er nestelte an der Verschnürung ihres Kleides, als er flüsterte: »Wie sehr du mir gefehlt hast, *Preciosa*.«

Sanft drückte sie ihn zur Seite. »Tu das lieber nicht, Coryn. Es geht dir nicht gut.«

»Gut genug«, sagte er lachend. »Und es ist besser geworden in der Woche, seit ich mit der Matrix gearbeitet habe. Ich bin voller Energie. Du wirst schon sehen.« Er zog sie wieder an sich, diesmal bestimmter.

Arielle lachte. »Du bist unverbesserlich. Aber lass mich dir erst die guten Nachrichten erzählen.« Sie entzog sich ihm wieder, behielt seine Hand aber in der ihren. »Ich bin geradewegs von Allart und Cassandra gekommen. Sie wünschen dir eine schnelle Genesung und ... ach, Coryn!« Sie drückte seine Hand. »Allart hat deinen Bruder Regnald überredet, dir zu erlauben zu heiraten, wen du möchtest.«

»Wie hat er das denn geschafft?«, fragte Coryn, ließ ihre Hand fallen und setzte sich interessiert auf. »Ich hätte geschworen, mein Bruder will mich ewig im Hali-Turm lassen.«

»Dem war auch so«, stimmte Arielle zu, »aber Allart hat angeboten, eine seiner Elhalyn-Basen mit dem *Nedestro*-Erben deines Bruders zu verheiraten, falls er diesen Gefallen gewährt.«

»Das hat Allart gut gemacht!«, rief Coryn aus. »Aber warum tut er so etwas für mich?«

»Anscheinend fühlte sich das Mädchen sowieso schon zu Regnalds Sohn hingezogen und drohte, sich von einem Turm zu stürzen, wenn sie ihn nicht haben darf. Es war also kein schwieriger Handel. Und du weißt, dass du bei Allart und Cassandra einen Stein im Brett hast, selbst wenn du Haftfeuer gegen sie schicken oder einen Berg auf sie stürzen lassen würdest.«

Coryn lachte auf. »Das waren noch Zeiten«, sagte er und fügte rasch hinzu: »Nein, *Chiya*, ich wollte damit nicht sagen, dass ich Allart und Cassandra verletzten will. Es tat mir sehr Leid, sie in Damon Rafaels Netz gefangen zu sehen, aber es war eine hochinteressante Arbeit!« Er lächelte und tätschelte ihre Hand. »Und du warst bei mir, *Preciosa*.«

»Das ist noch nicht alles«, sagte sie mit wachsender Erregung. »Allart hat angeboten, mir eine Mitgift zu geben, wenn ich sein Pflegekind durch die Schwellenkrankheit leite. Ich brauche nicht als arme Frau zu dir zu kommen. – Natürlich nur«, sie zögerte, »falls du mich willst.«

»Ob ich dich will? Ob ich dich will, *Preciosa*? Lass mich dir zeigen, wie sehr ich dich will.« Sie schmiegte sich in seine ausgebreiteten Arme. Er strich über ihre Schulter, nahm die silberne Schmetterlingsspange aus ihrem Haar, dann drehte er sie mit Bestimmtheit zu sich herum.

»Vorsicht, Coryn, deine Augen«, flüsterte sie.

Kurz darauf saß Arielle vor dem Spiegel und steckte vorsichtig ihr Haar auf. Im Augenwinkel sah sie Coryn auf dem Bett liegen, die Hände hinter dem Kopf verschränkt, das Gesicht ihr zugewandt.

Arielle schenkte ihm ihr schönstes Lächeln, obwohl sie wusste, dass er es nicht sehen konnte. »Ich kann nicht lange bleiben«, sagte sie mit hörbarem Bedauern in der Stimme. »Das Pflegekind aus der Elhalyn-Sippe ist kurz vor der Schwelle, und ich muss mir meine Mitgift verdienen. Soll ich Allart und Cassandra sagen, dass sie dich erwarten können, sobald die Bandagen entfernt sind?«

»Wie das?«, fragte er, plötzlich wachsam. »Warum so schnell? Es wird doch noch dauern, bis du deine Pflicht erfüllt hast, oder?«

»So ist es«, beantwortete sie seine letzte Frage. Dann erklärte sie: »Aber Allarts Base ist schon mit Regnalds Sohn verlobt, und Regnald drängt auf die baldige Vollziehung der *Di-catenas*-Zeremonie. Wird sie vollzogen, ehe wir offiziell verheiratet sind, könnte Regnald beschließen, seinen Teil des Handels nicht zu erfüllen. Es gibt keinen Grund, warum wir nicht schon heiraten sollten, während ich mir die Mitgift noch verdiene. Allart hat keine Einwände. Er hat sogar selbst angeboten, die Feier für uns auszurichten, wenn wir es möchten.«

Coryn sagte kein Wort, aber Arielle war schon so lange mit ihm verbunden, dass sie spürte, wie er mit Zweifeln kämpfte.

»Coryn?« Tränen füllten ihre Augen, und ihre Stimme brach. Wie oft hatte er ihr geschworen, es sei sein größter Traum, Herr seiner eigenen Feste zu sein – mit ihr an seiner Seite? Warum jetzt diese Zweifel? Sie zwang sich, ihre Gefühle zu beherrschen, wie sie es gelernt hatte, und als sie weitersprach, klang ihre Stimme gleichmäßig.

»Was ist los, Coryn? Du haderst doch mit etwas.«

Er zögerte. Arielle spürte, dass er seine Gedanken zu ordnen versuchte.

»Chiya«, hob er schließlich an. »Ich will dich natürlich *di catenas* heiraten und ein dicker, fauler Gutsherr werden. Es ist nur ...« Er suchte nach Worten, zuckte die Achseln und fuhr fort: »Ich möchte Hali noch nicht verlassen. Das Haftfeuer«, seine Stimme wurde enthusiastisch. »Ich habe fast enthüllt, wie man eine Waffe daraus machen kann, machtvoller als jede, die wir bisher besitzen! Außerdem habe ich etwas im Boden gefunden, ein anderes Mineral, das man explodieren lassen kann. Ich möchte all das jetzt noch nicht aufgeben, Arielle. Nicht, bevor ich es zu Ende gebracht habe. Können wir nicht noch eine Weile warten? Oder kannst du nicht zurückkommen, wenn deine Pflicht bei dem Pflegekind beendet ist?«

Arielle hörte nicht alle gesprochenen Worte, aber ihre innere Wahrnehmung erfasste die volle Bedeutung. Sie fühlte sich einen Augenblick lang, als sähe sie ihn aus weiter Ferne, jedoch klar und deutlich. Er erschien ihr wie ein turmhoher Berg, den sie Stein für Stein zum ersten Mal in seiner Gesamtheit wahrnahm.

Dann war der Augenblick vorbei. Ihre Kontrolle zerbrach,

und kaum bewusste Worte entwichen stoßweise ihren Lippen. »Nein, Coryn!«, rief sie, und alle Farbe wich aus ihrem Gesicht. »Die Waffen, dein *Laran*. Es ist eine Besessenheit. Eine Krankheit, genau wie Haftfeuer. Es wird dich bis auf die Knochen zerfressen.« Sie hielt inne, unfähig weiterzusprechen, und rannte aus dem Zimmer.

»Arielle, komm zurück!«, hörte sie ihn rufen. Aber sie wollte nicht zurückkommen, nicht jetzt und nicht später.

Einige Stunden, nachdem Arielle aus seinem Zimmer gestürmt war, kam Mira, um nach ihm zu sehen. Sie fand den jungen Mann auf dem Boden sitzend vor. Mit Hilfe des *Laran* warf er Steinchen in eine Tasse.

Hat er eigentlich eine Ahnung, wie tief er sie verletzt hat?, fragte sich Mira. »Ich dachte, du könntest ein wenig Gesellschaft brauchen, Coryn«, sagte sie, »aber wie ich sehe, bist du nach all dem nicht im Mindesten aufgewühlt.«

Er legte die Steinchen beiseite. »Arielle hat es dir erzählt?« Es war eigentlich keine Frage, und er wartete auch nicht auf eine Antwort. »Ich weiß nicht, was ich tun soll, Mira. Ich bin glücklich über die Zustimmung meines Bruders zu unserer Heirat. Aber ich möchte noch nicht gehen. Wir können doch bestimmt noch ein wenig warten, oder sie kann hier bleiben. Ich mache mir nicht viel aus einer Mitgift. Ich möchte nur die Arbeit beenden, die ich begonnen habe.«

»Diese Arbeit hat dich fast geblendet und kann dich jederzeit töten.« Miras Stimme war streng.

»Ach, es war nur Nachlässigkeit, *Breda*. Ich werde nicht noch mal so dumm sein. Ich muss Allarts Erlaubnis bekommen, mit dem Haftfeuer in einer Matrix zwölften Grades zu arbeiten, damit wir die Kraft in Zaum halten können. Was für eine Waffe wird das sein!«

»Ich sehe, das Haftfeuer interessiert dich mehr als Arielle«, sagte Mira in bitterem Tonfall. »Dann werde ich gehen, ohne dir ihre Botschaft zu überbringen.«

»Nein, nicht, *Breda!*«, protestierte er. »Natürlich möchte ich Arielles Botschaft hören, aber warum überbringt sie sie nicht selbst? Sie wird doch nicht immer noch ungehalten sein?«

Mira fühlte sich durch Coryn mehr aus dem Konzept gebracht als je zuvor. Er konnte so gedankenlos sein, ohne wahrzunehmen, wie sehr er die Menschen verletzte. Obwohl sie vorgehabt hatte, ihm Arielles Botschaft schonend zu übermitteln, sprach sie die Nachricht offen aus. »Arielle ist fort.«

»Fort?« Coryn schien schwer getroffen und breitete die Hände in einer flehenden Geste aus. »Ihr Götter, wohin ist sie gegangen?«

»Sie ist zurück zu Allart und Cassandra und hat verkündet, sie will dreimal zehn Tage warten, um von dir zu hören. Nicht länger. Nach Ablauf dieser Zeit wird sie ihren Vater bitten, eine Heirat zu arrangieren. Da sie jetzt eine Mitgift hat, dürfte sich etwas Passendes finden lassen.«

»Dreimal zehn Tage?« Coryn schien benommen. »Wird sie nicht wiederkommen?«

»Sie hat geschworen, es nicht zu tun.«

»Ach, *Breda*«, sagte er leise. »Was soll ich nur tun?«

»Es ist dein Leben, Coryn. Das musst du entscheiden.« Sie spürte seinen Schmerz und fügte ein wenig sanfter hinzu: »Du bist ein begabter *Laranzu*. Ich würde dich ungern scheiden sehen, aber die einzige Chance, das zu bekommen, was du am meisten begehrst, hast du hier und jetzt.«

Aliciane war Überwacherin. Sie hatte die Herrschaft über ihr *Laran* erlangt und den Kreis mit Leichtigkeit im Griff. Die sechs waren in Konzentration verbunden, und die Energie floss über die Kanäle zum Bewahrer hin, der mit hagerer, bestimmter Hand den Fluss in die Reihe Batterien leitete. Außer den Narben, die wie Kraftlinien auf seinem schmalen Gesicht brannten, wirkte es nach außen hin, als hätte sich nichts geändert. Aber auf einer tieferen Ebene war nichts mehr so wie früher. Coryn Hastur, Bewahrer des Hali-Turms, wusste nun genau, was er von seinem Leben wollte.

Über Dorothy J. Heydt und »Tod in Thendara«

In der Welt von Science Fiction und Fantasy gibt es eine konstante Kontroverse über die Frage, ob die Darkover-Geschichten dem einen oder anderen Genre zugehörig sind. In Übereinstimmung mit dem, was ich schon in der Einleitung gesagt habe, ist meine Antwort darauf wohl von meiner jeweiligen Laune abhängig. Ich glaube beispielsweise, dass der Roman *Die Landung*, auch wenn er sich mehr mit den gesellschaftlichen Problemen der Kolonisation eines Planeten beschäftigt als mit Raumschiffen, eindeutig der Science Fiction zuzurechnen ist. Wie es bei den anderen aussieht, ist schwer zu sagen, obwohl ich eigentlich auch ziemlich sicher bin, dass *Herrin der Stürme* eine solide Fantasy darstellt.

Ich war mir allerdings auch immer sicher, dass die Geschichten, die Dorothy Heydt über das seltsame Paar Donald (einen Terraner) und Marguerida (eine Bewahrerin) geschrieben hat, zur Science Fiction gehören – es sei denn, man wollte sie als Detektivgeschichten bezeichnen. Zumindest in der folgenden geht es um die Suche nach dem Täter.

Dorothy Heydt lebt in Berkeley und ist mit einem Computerspezialisten verheiratet – was es ihr möglicherweise erleichtert, in Fantasy-Begriffen zu denken. Ihre Kinder, ein Junge und ein Mädchen, die jedes Mal, wenn ich ihnen begegne, größer auf mich wirken – bei Kindern ist so was wohl üblich –, sind fast beängstigend redegewandt. Es hat wohl mit ihren Eltern zu tun.

Auch Dorothy arbeitet an einem Roman. Also sollte ich ihre Kurzgeschichten wohl genießen, solange sie noch welche zu Papier bringt. Eines Tages wird ein Roman-Lektor dieses große Talent an Land ziehen, und was soll eine arme Anthologien-Herausgeberin dann noch tun?

MZB

Tod in Thendara

von Dorothy J. Heydt

Der Mann war noch nicht lange tot. Die Wärme seines Blutes stieg noch wie Rauch aus seinem Körper auf und brachte die Staubflocken zum Tanzen. Die kleinen Fliegen waren gerade erst im Begriff, sich auf ihm niederzulassen, um nachzuschauen, was sie wohl entdecken konnten.

Ein einzelner Sonnenstrahl fiel schräg über Margueridas Schulter, teilte den dunklen Raum in zwei Hälften und erhellte Staub und Fliegen. Ihr *Laran* zeigte ihr jedoch mehr: einen schäbigen Tisch mit einer staubverschmierten Platte, einen schäbigen Stuhl, seitwärts auf den schmutzigen Boden geworfen, eine Herde von Krabbeltieren, die durch Ritzen im Gemäuer schlüpften, um fürs Abendessen Fliegen zu erbeuten. An Orten wie diesem rechnete man eigentlich nicht damit, auf den Leichnam eines wohlgenährten, gut gekleideten Mannes zu stoßen. Die Seidenfalten eines scharlachroten Umhangs warfen auf dem Bauch des Toten Wellen. Marguerida machte einen Schritt nach vorn. Der Sonnenstrahl rutschte über die schillernde Seide und traf auf das grüne Feuer eines Dolchknaufs, der aus der Brust des Mannes ragte.

Irgendjemand hat mir die Mühe erspart.

Marguerida holte tief Luft und stieß sie wieder aus. In der Luft lag ein ätzender medizinischer Geruch. Er war fast stark genug, um den von der Straße hereindringenden Mief zu überdecken. Das Gebäude, an dem die schäbige kleine Hütte klebte, sah aus wie ein Lagerhaus. Vielleicht lagerte man dort Heu oder harziges Holz. Wie harziges Holz roch es freilich auch nicht ganz ... Wäre ihr Bewusstsein vor Erschöpfung nicht so abgestumpft gewesen, wäre ihr die richtige Bezeichnung gewiss eingefallen. Vielleicht hätte sie sogar das andere benennen können ...

Hinter ihr ertönten Stimmen. Sie kamen vom Ende der verwinkelten Gasse. Marguerida erkannte den Dialekt des Raumhafens. Und das Geräusch von Schritten. »Wissen Sie das genau? Ich hab nicht das Geringste gehört.« Der flache Tonfall einer Terranerstimme. Marguerida hatte schon ein Dutzend ähnlicher Stimmen gehört.

Als sie sich im Türrahmen umdrehte, kamen drei Männer auf sie zu: ein Darkovaner in der Uniform der Garde und zwei Mann von der Stadtpolizei der Terraner in sandfarbener Kleidung. »Was, in aller Welt, tut Ihr hier, *Vai Leronis?*«, fragte der Gardist. Man hörte seiner Stimme den Schrecken deutlich an.

»Ich habe einen Schrei gehört«, entgegnete Marguerida.

»Wir auch«, sagte der Gardist. Er war ein untersetzter Mann mit mausgrauer Haut, etwa zwanzig oder einundzwanzig Jahre alt. Wäre die Narbe auf seiner Wange nicht gewesen, hätte man ihn ansehnlich nennen können. »Habt Ihr ihn umgebracht, *Vai Domna?*«

Die beiden Terraner schauten sich an. Sie hatten eindeutig vorgehabt, ihr die gleiche Frage zu stellen – aber nicht in diesem respektvollen Tonfall. Einer der beiden war groß und kräftig, fast dick. Seine Haut sah aus wie geronnene Milch, sein Haar so rot wie ihr eigenes. Der andere war klein und schmächtig. Er hatte zarte Gesichtszüge, und seine Haut war so dunkel wie ein terranischer Schokoriegel. Einen wie ihn hatte sie noch nie gesehen.

»Ich war es nicht«, sagte sie.

»Habt Ihr jemanden gesehen?«

»Nein.« Dann schärften sich ihre Sinne ein wenig und sie fuhr fort: »Aber ganz in der Nähe ist jemand, der furchtbare Angst hat und sich verstecken will. Möglicherweise im Lagerhaus. Natürlich könnte jeder, der hier wohnt, bei der Ankunft der Garde so empfinden, aber wenn ich darf, möchte ich trotzdem vorschlagen, dass nach ihm gesucht wird.«

»Machen wir«, versicherte der große Terraner kurz darauf. »Rafael«, wandte er sich dann an den Gardisten, »bring die Dame doch bitte nach Hause.«

Aber Marguerida war bereits in die Hütte eingetreten und beugte sich über die Leiche. »Fassen Sie nichts an«, sagte der Terraner schnell.

»Tue ich nicht«, erwiderte Marguerida. »Ein Terraner, den ich kenne, hat mir erzählt, dass Sie am Hautmuster der Finger feststellen können, wer etwas getan oder angefasst hat. Ich bringe schon nichts durcheinander. – Der Mann ist zwar noch nicht lange tot, aber ich fürchte, lange genug. Seine Persönlichkeit ist fort. Außer einem Hauch Grundidentität ist nichts zurückgeblieben. Es ist wie der Rauch einer abgebrannten Kerze.«

»Wissen Sie, wer er war?«

»O ja. Ein kleiner Gauner namens Tamiano. Kein Auftrag war ihm zu gering, und er hat nie ein vernünftiges Angebot abgelehnt.« Sie beugte sich tiefer hinab. »Also, das ist ja interessant ...«

»*Rafael*«, sagte der Terraner.

»Er hat Recht, *Vai Domna*«, ergriff der Gardist das Wort. »Jemand von Eurer Stellung sollte sich nicht hier aufhalten. Bitte, lasst Euch von mir nach Hause bringen.«

Ich habe an der unfruchtbaren Seite eines Wintergebirges gelebt und gestern Abend dabei geholfen, elf Menschen zu töten, dachte Marguerida, *und du bietest mir an, meine hehre Unschuld vor den bösen Dingen des Lebens zu bewahren?*

Dennoch stand sie in scheinbarer Nachgiebigkeit auf und ließ sich von dem Gardisten ins Freie führen. Die Straftat des Toten war aus seinem Blut radiert. Wenn schon nicht durch ihre Hand, dann durch eine andere, die die Götter als Instrument ausgewählt hatten. Sie war nicht geneigt, es zu missbilligen.

»Tja, ich kann nicht sagen, dass es mir Leid tut«, begann Donald und fing an zu husten. Der Atembrand, der ihn seit zehn Tagen in Schach hielt, startete wieder einen Angriff auf seine geschwächte Verteidigung. Die terranischen Ärzte hatten ihn ins Bett gesteckt, sobald sie ihn in die Hände bekommen hatten. Das Schwarz seines Haars hob sich wie Tinte von seiner blassen Haut und den unnatürlich weißen terranischen Bettlaken ab. »Nicht, dass ich ihm irgendwie persönlich gegrollt hätte; eigentlich nicht. Aber dieser Planet ist ohne ihn einfach besser dran.«

»Er wollte dich umbringen. Ich kann Menschen nicht ausstehen, die den Versuch machen, das Leben eines mir verschworenen Paxmannes zu unterbrechen.«

Donald lächelte, denn sie hatte ihn erst am Abend zuvor auf sich eingeschworen. »Sogar im Nachhinein? Du ehrst mich, *Domna*, aber bitte, mach dir keine Sorgen. Es ist so, wie du gesagt hast: Die Götter haben sich seiner angenommen.«

»Sie haben *was* eingesetzt?«

»Dornblatt. Es wächst oben in den Bergen.«

Die Tür war aufgegangen. Zwei Terraner traten ein. Marguerida schob den Schleier zwar wieder über ihr Gesicht, doch sie kannte mindestens einen der Ankömmlinge. Jason Allison hatte sie in Empfang genommen, als sie am Morgen nach Thendara gekommen waren. Er war irgendeine Art Verbindungsoffizier zu Fürst Regis Hastur. Den anderen Mann kannte sie nicht. Es war irgendein großer, dünner Terraner in steriler weißer Kleidung terranischen Schnitts, und er schaute sie aus kalten terranischen Augen an.

»Am dritten Tag nach dem Zusammenbruch – *s'dia shaya, Domna* Marguerida; guten Morgen, Mr. Stewart – hat der Patient eine Entzündung der unteren Atemwege entwickelt, die man hier Atembrand nennt und deren Symptome überwiegend einer Lungenentzündung gleichen. Das infektiöse Agens ist freilich pilzartig. Am Abend des vierten Tages war der Patient fiebrig und komatös. Doch zum Glück tauchte dann diese Dame hier auf.« Jason wandte sich erneut Marguerida zu und verbeugte sich. »Darf ich Ihnen Dr. Ronald Curtis vorstellen, *Vai Domna?* Er ist gerade von Terra hier angekommen. – Dr. Curtis, dies ist Lady Marguerida Elhalyn aus dem Alba-Turm.«

Der Terraner hob eine blasse Augenbraue und streckte die Hand aus. Jason machte eine verängstigte Bewegung, als wollte er ihn daran hindern, doch Donald hatte Marguerida diese terranische Sitte längst erklärt, und sie war lange genug Bewahrerin, so dass sie berühren konnte, wen sie wollte. Curtis' dünne Hand war warm und feucht.

Ich nehme an, die Umkehrung des alten Sprichworts ist hier auch angebracht: Warme Hände, kaltes Herz.

»Dornblatt ...«, sagte Curtis nachdenklich, als er sich die Schalttafel mit den seltsam bunten Formen am Fuße von Donalds Bett anschaute. »Tja, es hätte leicht schlechter ausgehen können.« Er klang so, als täte ihm dieses Eingeständnis weh. »Seine weißen Blutkörperchen sind zwar zahlreicher, als es mir gefällt, aber bei der Infektion ist so etwas kaum überraschend. Ja, Sie haben Ihr Bestes getan.«

»Danke«, entgegnete Marguerida. Ihre Stimme klang sanft, und vielleicht konnte der Terraner das Glitzern in ihren Augen durch den roten Bewahrerinnenschleier nicht sehen.

Wieder ging die Tür auf. »Miss Elhalyn? Ah, da sind Sie ja.« Noch zwei uniformierte Terraner. Sie trugen die Insignien eines Raumschiffs mit gekreuzten Schwertern. »Kommen Sie bitte mit. Wir haben einige Fragen an Sie.«

»Warten Sie bitte noch einen Moment«, wandte Jason ein.

»Es ist nur eine Routinesache«, sagte der andere Terraner,

der tatsächlich gelangweilt und uninteressiert klang. »Wir haben ein Mordopfer unten in der Leichenhalle und brauchen Miss Elhalyn für die Identifikation.«

»Können das nicht die Stadtpolizisten erledigen, die den Leichnam hergebracht haben?«

»Wahrscheinlich schon, aber wir können sie nicht finden.«

»Sie können sie nicht *finden?«*, murmelte Marguerida. Sie und Donald tauschten einen Blick. »Dann schaue ich mir den Toten halt noch mal an, Donald, und gebe dir später Bescheid.«

Donald neigte den Kopf. Marguerida schritt zwischen den beiden Terranerpaaren wie eine Königin dahin, die ihre Truppen inspiziert. Sie hastete zur Tür hinaus. Die Uniformierten beeilten sich, mit ihr Schritt zu halten.

Sie gingen alle im Gleichschritt neben ihr her, so dass Marguerida sich vorkam wie eine eskortierte Gefangene. Freilich hinderte ihr Gebaren sie daran, es so wirken zu lassen. Ein grün gekleideter Mensch kann sich zwischen tausend anderen, die rot gekleidet sind, nämlich durchaus so bewegen, dass die anderen sich wie am falschen Ort fühlen. Marguerida, mit erhobenem Kopf unter einem ramponierten Schleier und einer hinter ihr herflatternden ausgefransten Robe, ließ die terranische Eskorte wie eine Bande von Stallburschen wirken, die man als Ehrengarde in ihre Dienste beordert hatte. Mehr als ein terranischer Büroangestellter, der zweckmäßige Shorts oder Latzhosen trug, fühlte sich unbehaglich, dass sie so wenig anhatte.

Die Leiche war inzwischen erkaltet. Sie lag in einem Kühlraum unter einem Kegel aus blauem Licht, der sie noch kälter wirken ließ. Ein dunkelrot gekleideter Angestellter zog das Tuch vom Gesicht des Toten zurück.

»Das ist der Mann«, bestätigte Marguerida. »Ich kann Ihnen zumindest sagen, dass ich ihn heute Morgen tot aufgefunden habe. Sobald die Ärzte meinem Paxmann Donald Stewart aufzustehen erlauben, wird er ihn für Sie als Tamiano identifizieren. Er hat in dem unerfreulichen Viertel, in dem wir ihn gefunden haben, als Mittelsmann für alles fungiert.«

»Das wird nicht nötig sein«, erwiderte Jason Allison. »Die Polizei von Thendara weiß bereits alles über ihn.«

»Aber das da ist nicht das Messer, mit dem er erstochen wurde«, fuhr Marguerida fort. »Haben Sie es so in der Leiche gefunden?«

Die Wachmänner schauten sich an. »Die Autopsie ist noch nicht erfolgt«, sagte der Mann in Rot. »Er sieht so aus, wie man ihn reingebracht hat. – Was meinen Sie damit, dass es nicht die Tatwaffe ist?«

»Das Messer, das ich in der Leiche gesehen habe, war alt«, sagte Marguerida. »Es war von guter Qualität, und die Steine im Griff waren echt. Es war Tamianos eigenes Messer, und es hat ihn über lange Zeit begleitet. Ich glaube, seine Familie hatte früher mal einen höheren Stand.«

»Woher wissen Sie das?«, fragte einer der Wachmänner.

»Wenn ein Gegenstand lange im Besitz eines Menschen ist und er ihn oft benutzt und mit ihm vertraut ist, nimmt er ein Abbild seines Charakters an. Ich weiß nicht, wie man es in Ihrer Sprache ausdrückt.«

»Psychische Resonanz«, warf Allison ein.

»Resonanz. Danke. Das ist ein gutes Wort. Das Messer hatte Resonanz zu Tamianos Leben – und auch zu seinem Tod, weil es ihn getötet hat. Der Todesschock lag über ihm wie eine dünne Schmutzschicht über dem Muster. Dieses Messer ...« Sie trat näher heran und streckte die Hand danach aus.

»Nicht anfassen«, bat Jason Allison. »Zuerst muss es überprüft werden.«

»Ich brauche es nicht anzufassen. Dieses Messer ist neu. Niemand kann es länger als ein paar Tage besessen haben.

Es weist nicht mal entfernte Spuren seines Schöpfers auf – weil es schnell, unpersönlich und ohne Sorgfalt hergestellt wurde.«

»Ja, es sieht aus wie ein Standardprodukt aus der Terranischen Zone«, sagte Allison. »So was bringt man höchstens mal als Andenken an Darkover mit nach Hause. – Wer nimmt die Autopsie vor? Dr. Ching? Ich hinterlasse ihm eine Nachricht.« Er berührte eine Wandplatte. »Dr. Allison an Dr. Ching. Wenn Sie die Tamiano-Autopsie vornehmen, möchte ich dabei sein. Es gibt Grund zu der Annahme, dass das Messer in der Wunde nach dem Tod ausgetauscht wurde. Wenn Sie wollen, kann ich eine Endonanoskopie machen lassen, um seine genaue Lage einzusehen. Bis dann.«

Er drehte sich um und schenkte den finster dreinblickenden Wachmännern ein Lächeln. »War das alles, meine Herren? Dann vielen Dank. – *Domna* Marguerida, ich werde Sie zum Essen einladen und erkläre Ihnen, welche Teile des Menüs Sie lieber auslassen.«

»Sie darf den Komplex nicht verlassen!«, sagte einer der Wachmänner.

»Wirklich nicht?«, erwiderte Allison, noch immer lächelnd. »Steht sie unter Arrest?«

Der Wachmann funkelte ihn an.

»Nach Ihnen, *Vai Domna*«, sagte Allison und geleitete Marguerida hinaus.

»Warum soll ich den Komplex nicht verlassen?«, fragte sie, als sie außer Hörweite waren.

»Weil man Sie verdächtigt, ihn umgebracht zu haben«, sagte Allison.

»Ist das alles? Was würde man tun, wenn ich ihn tatsächlich getötet hätte, wie es meine Absicht war?«

»Man würde versuchen, Sie zu verhaften«, erklärte Allison. »Der Legat würde die Polizei niedermachen, nachdem er sich mit Fürst Regis unterhalten hat. Dann würden die vor sich hinknurren und den Fall als amtlicherseits ungelöst zu den Akten legen. Ehrlich gesagt, es überrascht mich, dass die Polizei so viel Energie aufbringt, um diesen Fall zu lösen. Die Leute sind doch alle überarbeitet, wie heutzutage die meisten von uns. Und eigentlich scheren sie sich einen Dreck darum, wer einen kleinen Ganoven aus dem Slum von Thendara umgelegt hat.«

»Aber was ist mit dem Messer?«, fragte Marguerida. »Ich kann zwar verstehen, dass jemand das alte Messer stiehlt, schließlich ist es wertvoll, aber warum hat man es durch dieses billige Ding ersetzt?«

Allison zuckte die Achseln. »Vielleicht kommen wir irgendeines Tages dahinter. Da ist die Cafeteria.«

Ein Gewirr von Anblicken, Klängen und Gerüchen drang in schrägen Winkeln zusammen mit willkürlichen Gedankenbruchstücken von Lebewesen auf sie ein, die nie gelernt hatten, ihren Geist zu ordnen. Es war wie eine Schale mit Wilddiebeintopf, in dem noch sämtliche Krallen und Rückgratknochen enthalten waren, und Marguerida drosselte ihre Gedanken so fest, wie sie nur konnte.

»Tut mir Leid«, sagte Allison. »Es ist wohl alles ziemlich verwirrend? Man kann aber lernen, sich dagegen abzuschirmen. Ich kann Ihnen auch einen telepathischen Dämpfer besorgen, damit Sie die harten Stellen überstehen. Möchten Sie ihn vor dem Essen haben?«

»Nein. Ich komme schon damit zurecht. Und außerdem habe ich Hunger.«

Er führte sie an eine Wand voller terranischer Apparate und zeigte ihr, wie man die Knöpfe drückte. Sie trugen ihre Tabletts eigenhändig *(Ich muss mich daran gewöhnen,* dachte Marguerida, *dass die Terraner Tausende von Apparaten, aber keinerlei Personal haben)* zu einer Ansammlung von Tischen an einem Fenster, aus dem man in den Raumhafen hinausschauen konnte.

Zwei Männer standen von einem Tisch auf, als Marguerida und Allison ihn erreichten. Sie hielten Tabletts voller zerknüllter Servietten und Speisereste in den Händen. Der eine lächelte sie an und sagte: »Hallo, Jason. Wir sind hier fertig.« Der andere ließ sein Tablett fallen und verstreute unzählige Kunststoffscherben auf dem Boden. Dann kniete er sich hin und sammelte sie ein.

Allison und Marguerida stellten ihre Tabletts auf dem Tisch ab und bückten sich, um ihm zu helfen. Als Marguerida und der Mann nach der gleichen Scherbe griffen, berührte seine Hand die ihre und zuckte zurück, als wären ihre Finger glühend heiß. Als alle sich wieder aufrichteten, war sein Gesicht freundlich. »'zeihung«, sagte er und ging mit seinem Tablett fort, um es in einen Müllbehälter zu werfen.

»Was ist mit ihm los?«, fragte Marguerida.

»Tja, es könnte an Ihrem Bewahrerinnengewand oder der Farbe Ihres Haars liegen«, erklärte Allison. »Das ist Robinson, der Handelskommissar. Er ist schon so lange auf Darkover, dass er einen gewissen Respekt vor den Comyn hat, auch wenn sein Wissen hauptsächlich auf Legenden und Straßengeschwätz basiert. Außerdem sind Sie – verzeihen Sie, dass ich so offen rede – keine unattraktive Frau. Ich weiß, ich weiß, Sie haben Jahre damit verbracht, sich dazu auszubilden, Dinge dieser Art nie wahrzunehmen, aber wenn man viel Zeit in Thendara und der Terranischen Zone verbringt, muss man mit solchen Dingen rechnen. Robinson hat wahrscheinlich zuerst eine schöne Frau in Ihnen gesehen, dann ist ihm schlagartig eingefallen, dass eine Bewahrerin einen Mann mit einer einzigen Berührung in Flammen aufgehen lassen kann ...«

»Aber doch nicht bei einem gewöhnlichen gesellschaftlichen Zusammentreffen«, erwiderte Marguerida. »Er hätte schon etwas Bedrohliches tun müssen. Er hätte mir wenigstens auf den Zeh treten müssen.« Dann lachten sie, und Allison fragte Marguerida, wie es dazu gekommen war, dass sie einen terranischen Paxmann hatte. Sie nahmen Platz und verzehrten ihre Mahlzeit.

Später schoben sie die Tabletts in den Müllbehälter, damit sie (wie Allison es nannte) »wieder verwertet« und in neuen Kunststoff umgewandelt werden konnten. Die beiden Wachmänner begegneten ihnen an der Tür der Cafeteria, wo sie nebeneinander standen wie eine Barrikade.

»Wir haben Kevin Price gefunden«, sagte der eine.

»Glückwunsch«, erwiderte Allison freundlich. »Und wer ist Kevin Price?«

»Der Polizist, der Tamianos Leiche abgeliefert hat«, erläuterte der Wachmann.

»Hat er erklärt, wie die Messer vertauscht wurden?«

Der Wachmann verzog das Gesicht. »Price wird nie wieder etwas erklären. Wir haben ihn mit einem Sauerstoffschlauch um den Hals in einem Vorratsschrank gefunden.«

»Tot?«

»Und ob. Deswegen müssen wir jetzt Miss Elhalyn fragen: Wo waren Sie gegen 13 Uhr?«

»Vor zwanzig Minuten?«, mischte Allison sich ein. »Wir waren beide hier und haben gegessen. Sie können unter fünf- bis sechshundert Zeugen auswählen.«

Der Wachmann sagte ein terranisches Wort, das Marguerida nicht kannte. »Dann war es der Mann.«

»Welcher Mann?«, fragte Marguerida.

»Stewart. Er ist nicht weit vom Tatort.«

Marguerida atmete langsam ein, dann verbarg sie die Hände sicher in den Tiefen ihrer Ärmel. »Und wo ist Donald Stewart jetzt?«

Donald war noch im Bett. Vor seiner Tür stand ein Wachposten. Ein anderer Uniformierter war bei ihm. Er war groß und hatte schmale Augen. Die Jahre unter Darkovers kühler Sonne hatten ihn erbleichen lassen. »*Mierda*«, murmelte Allison, als er ihn sah. »Das ist Kommissar Grey von der Sicherheit.«

»Da sind Sie ja, Dr. Allison«, begrüßte der Kommissar ihn. »Ich habe Ihrem ... ähm ... Patienten gerade erklärt, dass es normalerweise schwierig wäre, ihn zu deportieren, bevor er aus dem Krankenhaus entlassen wurde. Ich bin aber der Meinung, dass sein Zustand stabil ist und er direkt ins Lazarett der *Crown Imperial* verlegt werden kann, die bei Sonnenaufgang startet. Dort kann man die von Ihnen begonnene Behandlung fortsetzen.«

»Glauben Sie etwa, bei so was mache ich mit?«, fragte Allison leise.

»Ich denke, ich werde es auch ohne Ihre Mitarbeit tun, Doktor. Möchten Sie die Sache vielleicht lieber in der Abgeschiedenheit Ihres Büros besprechen?«

»Ich werde ihn für ein paar Stunden hinhalten«, flüsterte Allison zu Marguerida leise. »Mehr kann ich nicht versprechen. Gehen Sie lieber zu Lord Regis, und zwar schnell.« Er folgte dem Kommissar zur Tür hinaus.

»Na schön«, sagte Donald. Er lag mit dem Kopf auf einem Kissen, sein Gesichtsausdruck war fast fröhlich. »Jetzt ergibt alles einen Sinn. Jemand will uns in die Pfanne hauen.«

»In die Pfanne hauen? Was bedeutet das?«

»Jemand möchte, dass es so aussieht, als hätten du oder ich die beiden umgebracht, und zwar, um den wirklichen Täter zu decken. Das Sicherheitspersonal ist schon davon überzeugt, also wird man in keine andere Richtung ermitteln. Was wiederum bedeutet, dass wir den wirklichen Mörder selbst aufspüren müssen. Zum Henker, warum habe ich so lange keine Kriminalromane mehr gelesen? Ich habe einen Haufen Verfahrenstechniken vergessen. Mir bleiben allerdings noch ein paar Stunden, um darüber nachzudenken.«

»*Mir* bleiben noch ein paar Stunden, um zur Comyn-Burg zu gehen«, sagte Marguerida. Sie zog den Schleier vors Gesicht und wandte sich zur Tür.

»Am Raumhafentor stehen Lufttaxis«, rief Donald ihr nach. »Die meisten Piloten sind Darkovaner; sie werden dich gratis befördern.« Die Tür knallte hinter ihr ins Schloss. »Weil es ihnen eine Ehre ist, dich zu befördern«, fügte er leise hinzu. Dann legte er sich auf das Kissen zurück und schaute zur Decke hinauf.

»Er hat befohlen, ihn nicht zu stören«, sagte der junge Mann, als er Marguerida durch die Gänge der Burg führte. »Aber die Sache ist wohl wirklich wichtig? Man kann doch wohl nicht zulassen, dass diese Tunichtgute Hand an Euren eingeschworenen Paxmann legen? Ich nehme an, Fürst Regis würde das Gleiche für mich tun, wenn es nötig wäre.« Er lächelte und öffnete eine schwere Holztür, die in einen mit dunklem Holz getäfelten Raum führte.

Dort saß Fürst Regis mit einer hoch gewachsenen, dünnen Frau, deren Haar sich in der Abendröte dunkel verfärbte.

Der Regent hob den Kopf, als die Tür aufging. Er war zwar unter seiner weißen Haarpracht noch immer ein junger Mann, aber seine Augen blickten müde. »Dani, habe ich nicht gesagt ...«, setzte er an. Doch dann hielt er inne. »Marguerida Elhalyn, nehme ich an«, sagte er. »Willkommen in der Comyn-Burg. Ihr beehrt uns zwar mit Eurem Besuch, aber ich schätze, er erfolgt nicht nur aus reiner Höflichkeit?«

Marguerida erläuterte in wenigen Sätzen, wie die Dinge lagen.

»Das ist eigenartig«, entgegnete Fürst Regis. »Ich kenne den Kommissar, und dies ist nicht eben typisch für ihn. Er ist ein anständiger und gewissenhafter Mensch – jedenfalls im öffentlichen Leben. Ich habe das Gefühl, er wird von jemandem unter Druck gesetzt. – Na schön, dann bekämpfen wir also, wie die Terraner sagen, Feuer mit Feuer. Auf Terra soll es tatsächlich funktionieren.« Er stand auf und trat an einen terranischen Kommunikator heran, der auf einem Nebentischchen stand. Der glatte Kunststoff bildete einen schrillen Kontrast zu dem altersdunklen Holz und den verblassten Wandteppichen, welche die Taten Varzils des Guten zeigten. »Der Legat hat es vor ein paar Tagen installieren lassen, als es in den Straßen zu Unruhen kam. Nun muss ich mich nur noch daran erinnern, wie es funktioniert ...«

»Lass mich es tun«, bat die Frau. Ihre Finger flogen über die Tasten, bis ein Gesicht auf dem Bildschirm erschien. Sie trat so schnell zurück, dass der Terraner sie nicht sehen konnte. »Keine Sorge«, raunte sie Marguerida zu. »Sollte Fürst Regis aus irgendeinem Grund nicht über den Legaten siegen, kann man auch andere Schritte einleiten. Wenn es sein muss, können wir auch die *Crown Imperial* am Starten hindern.«

»Vielen Dank, Legat, ich wünsche Ihnen einen ruhigen Tag«, sagte Fürst Regis und berührte den Knopf, der den Bildschirm abschaltete. »Euer Paxmann ist zumindest für die nächsten Tage sicher, *Domna«,* versprach er. »Wenigstens so lange, bis die Ärzte ihn als geheilt entlassen. Doch langfristig gesehen ist seine Aussage richtig: Ihr müsst denjenigen finden, der die beiden Männer wirklich umgebracht hat.«

»Donald hat angedeutet, es könnte derjenige gewesen sein, der ihn angeworben hat«, sagte Marguerida. »Um ihn, genau wie Price, am Reden zu hindern.«

»Tamiano hat zwar eine ganze Reihe von Aufträgen für mich erledigt«, erwiderte die Frau, »aber ich habe ihn nicht umgebracht. Ich bin seit dem Morgengrauen mit Fürst Regis zusammen.«

»Wer könnte ihn sonst getötet haben?«

»Jeder«, wandte die Frau ein. »Ich war nicht die Einzige, für die er gearbeitet hat.«

»Ich hoffe, wir sehen Euch wieder, *Domna* Marguerida, wenn Ihr den Fall aufgeklärt habt«, ergriff Regis wieder das Wort, »denn auch wir haben einige Probleme, die wir lösen müssen. – Danke, Dani, das wäre dann alles. – Andrea, was schlägst du vor für ...« Schon schloss sich hinter ihnen die Tür.

Das Lufttaxi flog trotz der Raumhafenvorschriften durch das Tor, um Marguerida vor dem Eingang des terranischen Krankenhauses abzusetzen. Als sie in Reichweite der Sensoren kam, ging die Tür auf und der Eingang wurde von der hoch gewachsenen Gestalt des Sicherheitskommissars blockiert.

»Man hat Ihnen doch mitgeteilt, dass Sie die Basis nicht verlassen dürfen«, begrüßte er sie.

»Wirklich?«, fragte Marguerida und erinnerte sich an Allisons Worte. »Stehe ich etwa unter Arrest?«

»Man könnte dafür sorgen«, erwiderte der Terraner. »Wenn Sie die Basis noch einmal verlassen, sorge ich höchstpersönlich dafür, dass Sie in einer bewachten Zelle landen. Außerdem lasse ich die Wachen auch noch bewachen.«

Er hat Angst, dachte Marguerida. *Fürst Regis hat Recht. Irgendjemand setzt ihn unter Druck. Er fürchtet sich davor, dass man ihn entehrt. Er fürchtet ... vielleicht sogar eine Enthüllung. Was gibt es in der Vergangenheit dieses anständigen und gewissenhaften Mannes, das so finster ist?*

»Mehr habe ich nicht erreicht«, sagte sie zu Donald. »Immerhin habe ich Zeit für uns herausgeschunden.«

»Tja, ich habe so angestrengt wie möglich nachgedacht«, entgegnete Donald. »Der klassische Mord – ich meine seine Auflösung und die Beweisführung, nicht die Ausführung der

Tat – steht auf drei Beinen: dem Motiv, den Mitteln und der Gelegenheit. Zwei Morde bedeuten sechs mögliche Spuren. Aber die meisten führen offenbar ins Nichts. In beiden Fällen – Tamiano und Price – hätte jeder ohne Alibi die Gelegenheit gehabt.«

»Ohne was?«

»Ein Alibi ist ein Beweis dafür, dass man sich zur Tatzeit anderswo aufgehalten hat. Ich habe ein Alibi für den Mord an Tamiano. Du hast eins für den an Price. Aber es hilft uns nicht weiter, weil man davon ausgeht, dass wir uns verschworen haben, den jeweils anderen zu decken. Es ist natürlich auch nicht sehr hilfreich, dass du *wirklich* vorhattest, ihn umzubringen. Hättest du mir davon erzählt, *Vai Domna,* hätte ich es für meine Pflicht gehalten, dir davon abzuraten.«

Sie lächelten beide. »Du hast doch hoffentlich keinen Mordplan eingereicht?«

»Für diesen Gossenabschaum? Natürlich nicht. Doch wenn mein Verdacht stimmt, dass er ursprünglich einer guten Familie entstammt, hätte ich es vielleicht besser tun sollen.«

»Ich danke Gott, der vielleicht gerade zuhört, dass du es nicht getan hast. Jedenfalls bringt uns die Gelegenheit auch nicht weiter. Die Mittel waren in beiden Fällen nicht weit vom Täter. Der Sauerstoffschlauch, mit dem Price erdrosselt wurde, befand sich in dem Vorratsraum, und wir können davon ausgehen, dass Tamiano seinen Dolch bei sich trug.«

»Tag und Nacht«, sagte Marguerida. »Hast du irgendeine Ahnung, warum der Dolch entwendet und an seiner Stelle das Stück Topfeisen hinterlassen wurde?«

»Wärst du nicht dort gewesen und hättest dich in den Fall eingemischt, hätte man es vielleicht für die Mordwaffe gehalten – und nicht nach einer anderen gesucht, auf der vielleicht die Fingerabdrücke des Mörders sind. Früher hat man Fingerabdrücke gesucht, die man natürlich auch abwischen konnte, aber heutzutage sucht man nach Hautzellen, die sich in alle Nischen drücken, die man berührt. – Bleibt uns also nur noch das Motiv, und das ist traditionell das schwächste Bein, auf dem ein Mordfall steht. Besonders bei Tamiano: Jeder, der ihn kannte, könnte ein Motiv gehabt haben, ihn umzubringen. Was Price angeht, so ist es wahrscheinlich, dass er getötet wurde, um ihn zum Schweigen zu bringen, bevor er erzählen konnte, was er über Tamiano wusste. – Dies gilt natürlich nur unter der Voraussetzung, dass beide vom gleichen Täter umgebracht wurden und Price nicht aus einem völlig anderen Grund ums Leben kam. Im Moment muss irgendjemand ziemlich große Angst empfinden. Zum Beispiel der Sicherheitskommissar?«

»Ich weiß nicht«, erwiderte Marguerida. »Ich bin zwar sicher, dass er etwas angestellt hat, aber wie Mord fühlt es sich nicht an. Vielleicht hat er sich bestechen lassen. Oder er hat etwas mit einer Frau, die ihm nicht zusteht.«

Donald errötete unter seinem dunklen Bart. »Ich traue deinem Urteil. Wen kennen wir denn noch, der Furcht empfindet?«

Bevor Marguerida antworten konnte, ging die Tür auf. Es war der terranische Arzt. Wie war doch noch sein Name? Curtis. Er hielt ein Klemmbrett in der Hand, und in seinen Augen glänzte ein unerwarteter Schimmer.

»Haben Sie Dr. Allison gesehen? Ich wollte ihm sagen ... Vielleicht hat er es schon erwähnt? Es geht um das Pantophag.«

»Er hat es wahrscheinlich vergessen«, antwortete Marguerida. »Er hatte Probleme mit der ...« Sie schaute Donald an.

»...administrativen Jurisdiktion«, half Donald ihr aus. »Was ist ein Pantophag?«

»Das, was wir Ihnen momentan geben«, erwiderte der Terraner. »Dr. Allison hat es vorgeschlagen, weil seine Wirkung auf Pilzinfektionen dieser Art den Ergebnissen des Dornblatts bemerkenswert ähnlich ist, Miss Elhalyn. Er dachte, es gäbe vielleicht eine Möglichkeit, Dornblatt für medizinische Zwecke zu exportieren ... Ich könnte mir vorstellen, dass Darkover auch das eine oder andere im Austausch dafür beziehen könnte. Ich war jedenfalls neugierig genug, um ins Labor zu gehen und es mir anzuschauen.«

Er hob das Klemmbrett hoch und schwenkte es leicht, wie eine kleine Siegesfahne. Sämtliche terranische Kompliziertheit war von ihm abgefallen. »Die aktive Kraft im Dornblatt ist das gleiche Molekül, das die Firma Solar Spices & Pharmaceuticals unter dem Namen Pantophag verkauft. Man hat es in den letzten Jahren getestet und kurz vor meinem Abflug von Terra auf den Markt gebracht. Ist es nicht interessant, dass unterschiedliche Lebensformen auf unterschiedlichen Planeten die gleiche Grundchemie verwenden können? Wie würden Sie Dornblatt vor der Einnahme zubereiten?«

»Man pflückt es, wenn es noch jung ist«, erklärte Marguerida, »und weicht es in Wasser ein. Frisch wirkt es zwar am besten, aber getrocknete Blätter reichen auch. Man muss sie sammeln, bevor es blüht, sonst helfen sie nicht richtig. Dann werden den Blättern nämlich sämtliche Wirkstoffe entzogen und verziehen sich in die Knolle.«

»Kann man die Knollen ebenfalls verarbeiten?«

Marguerida schüttelte den Kopf. »Sie enthalten irgendetwas Giftiges. Die Bergbewohner machen manchmal Kissen aus den Knollen – für Kinder, die Lungenleiden haben, oder für alte Leute. Man schläft die ganze Nacht auf einem solchen Kissen und inhaliert den Duft und dann ...« Ihre Stimme erstarb.

»Sind das die kleinen Kissen, die man früher auf den Basaren kaufen konnte?«, fragte Donald. »Die mit den Abbildungen roter Blätter bestickt sind? Ich erinnere mich daran. Als ich damals nach Darkover kam, waren sie an jedem Marktstand zu haben. Sie waren so was wie eine frei verkäufliche Droge. Aber heute sieht man sie nicht mehr.«

»Schade«, erwiderte Dr. Curtis. »Ich würde mir gern mal eins anschauen und die Knollen analysieren.« Ein leises Piepen erfüllte die Luft. Es schien aus dem Nichts zu kommen, doch Dr. Curtis brachte es zum Verstummen, indem er ein Band an seinem Arm berührte. »Schade. Mein Piepser. Wir sehen uns später.« Und er ging hinaus.

»*Das* habe ich also in der Hütte gerochen«, bemerkte Marguerida langsam. »Dornblattknollen. Sie müssen in dem Lagerhaus nebenan gewesen sein. Ich schätze, ich sollte dir einige besorgen ... Ach, ist er schon weg? Dr. Curtis?« Sie riss die Tür auf, und Donald hörte, dass sie heftig Luft holte. »Warten Sie! Sie, Sir! Wie heißen Sie? Kommen Sie bitte her.«

Sie führte einen Mann ins Zimmer, einen kleinen Terraner in der Uniform der Stadtpolizei.

»Sousa«, stellte er sich vor. »Fernando Sousa. Ich erinnere mich an Sie. Sie sind die Dame, die den Leichnam gefunden hat.«

»Sie und Price haben ihn im Krankenhaus abgeliefert, nicht wahr? Was haben Sie danach gemacht?«

»Was er gemacht hat, weiß ich nicht. Ich bin in meiner Unterkunft ins Bett gegangen. Wir haben in der Festnacht eine Schicht nach der anderen geschoben und uns mit Randalierern geschlagen. Ich war todmüde. Ich bin erst vor einer halben Stunde aufgestanden, weil ich mir einen Freund ansehen musste, dem man den Schädel eingeschlagen hat. Warum fragen Sie?«

»Erinnern Sie sich daran, dass jemand das Messer ausgetauscht hat, das in der Leiche steckte?«

»Nicht, als ich dabei war. Aber ich war nicht die ganze Zeit anwesend. Das kleine Gässchen ist auf keinem Stadtplan verzeichnet, also bin ich mal kurz zur Straße, um den Leichenwagen herzulotsen. Da fragen Sie lieber Kevin Price.«

»Ein anderes Mal«, sagte Marguerida, ohne sich festzulegen. »Da ist noch etwas anderes. Wissen Sie, wo der Kommissar den ganzen Morgen über war?«

»Meinen Sie Robinson?«

»Nein, nein, Kommissar Grey«, mischte Donald sich ein. »Ihren Chef.«

»Mein Gott, brauchen Sie ein Alibi für den Kommissar? Er war von sieben Uhr an in der Einsatzleitung, und ich nehme an, er ist noch immer dort. Er war auch da, als ich ihn von unserem Fahrzeug aus anrief.«

»In Ordnung«, entgegnete Donald. »Warum haben Sie Robinson erwähnt?«

»Tja, weil ich gesehen habe, dass er sich verspätet hat. Er ist ein reizbarer alter Knabe und hält sehr viel von Pünktlichkeit. Aber heute Morgen habe ich gesehen, dass er nur knapp vor mir und Price und der Leiche durchs Tor kam.«

Donald und Marguerida tauschten einen Blick. »Aber es gibt kein Motiv«, stellte Donald fest.

»Keins, das wir kennen«, sagte Marguerida. »Außerdem hast du doch behauptet, das Motiv sei das schwächste der drei Beine.«

»Das kann schon sein, aber du wirst noch merken, dass die Sicherheitsabteilung noch eins finden möchte, bevor sie einen Versuch macht, die Sache vor Gericht zu bringen. Mr. Sousa, was wissen Sie über Kommissar Robinson? Hat er irgendeine Leiche im Keller?«

»Irgendwo muss es eine geben«, erwiderte Sousa ironisch. »Immerhin ist er nach Darkover versetzt worden. Und da kommt man normalerweise nur hin, wenn man jemanden heftig gepiesackt hat. Aber es scheint ihm hier zu gefallen. Er hat seine Dienstzeit abgebrummt, ist nach Terra zurückgekehrt und dann wiedergekommen. Das war vor eineinhalb terranischen Standardjahren. Mehr weiß ich nicht über ihn.«

»Danke«, sagte Marguerida mit geistesabwesender Stimme. »Mr. Sousa, Sie sollten jetzt wieder gehen und sich bei Ihren Vorgesetzten melden. Ich habe das Gefühl, als würden Sie bereits erwartet. Danke, dass Sie Ihre Zeit geopfert haben.« Sie öffnete ihm die Tür und schloss sie hinter ihm.

»Die zeitliche Abstimmung passt«, stellte sie fest.

»Wir haben noch immer kein Motiv.«

»Ich weiß, wo ich vielleicht eins finden kann«, setzte Marguerida an. Dann brach sie unvermittelt ab. »Bei Zandrus Höllen! Wenn es noch da ist! Er hat den ganzen Tag Zeit gehabt!« Und schon eilte sie hinaus.

Donald, der kerzengerade dasaß, legte sich mit einiger Willensanstrengung wieder hin. Schließlich war es ihr Planet, und sie war bestens in der Lage, für sich selbst zu sorgen. Er hingegen unterstand den Anweisungen des Arztes und musste das Bett hüten. Sie würde es schon hinbekommen. Auch wenn es etwas später wurde ... Ja, der Himmel vor dem Fenster war praktisch schon dunkel. Donald berührte die Kontrollschalter neben dem Bett, die die Vorhänge schlossen, und schaltete die Zimmerbeleuchtung ein. Er lag da und holte tief Luft, dann hustete er und atmete ruhig weiter. Und die Tür ging auf.

Drei Männer betraten das Zimmer. Sie waren nicht uniformiert, sondern trugen Zivilkleidung, die ihnen nicht so recht passte. Sie hatten ausnahmslos auf Darkover hergestellte Stiefel an, hielten jedoch terranische Blaster in den Händen.

»Na schön, Mr. Stewart«, begann der größte der Männer. »Stehen Sie auf und ziehen Sie sich an. Sonst verpassen Sie noch das Schiff. Ich weiß, dass Sie sich nicht gut fühlen. Wenn Sie nicht allein gehen können, werden wir Sie tragen.«

»Ich glaube, Fürst Hastur hat mit dem Legaten über die Sache gesprochen ...«

»Das kann schon sein«, entgegnete der Mann, »aber sobald Sie den Planeten verlassen haben, hat Fürst Regis nichts mehr dazu zu sagen. Kommen Sie.« Er deutete mit der Mündung seines Blasters nach oben. Seine Hand steckte in einem dicken Lederhandschuh, an dem sich allerlei Nieten befanden.

Donald stand schweigend auf und legte den unscheinbaren Raumfahrer-Overall an, den man ihm reichte. Fort von diesem Planeten, zurück in den Weltraum, wo er hingehörte: Welch bittersüßer Gedanke. Für einen Menschen, der keine Welt seine Heimat nannte, war Darkover so schön wie jede andere.

Vielleicht spielt es keine Rolle, dachte er. *Der Atembrand wird meine Probleme möglicherweise alle auf einmal lösen.* »Ist es kalt draußen?«

»Nicht allzu kalt. Die Sonne ist gerade untergegangen.«

»Dann ziehe ich lieber meine Jacke an.« Er fand sie in dem kleinen Spind hinter dem Bett und kämpfte sich mit einiger Anstrengung in sie hinein, was ihn wieder husten ließ. Er stolperte, schrammte an den Bettkontrollschaltern vorbei – und das Licht ging aus.

Die Vorhänge hielten das spärliche Zwielicht draußen. Die an helle künstliche Beleuchtung gewöhnten Augen erblickten nichts mehr. Doch im Gegensatz zu den anderen wusste Donald, wo sich in diesem Raum die Gegenstände befanden. Er hörte zwei Männer aneinander stoßen und fluchen. Irgendetwas Hartes und Knotiges schrammte an seinem Arm vorbei, und irgendwann wurde ihm klar, dass es der Handschuh des Anführers war, was bedeutete, dass seine Waffe nicht auf *ihn* zielte. Donald streckte die Hand aus, packte die Waffe, riss sie an sich und rannte zur Tür. Wo die war, wusste er auch.

Draußen auf dem Gang stolperte er beinahe über die vor der Tür liegende Leiche des Wachpostens. Er richtete sich auf und nahm die Füße in die Hand. Adrenalin schoss ihm durchs Blut. Was sein Atmen anging, wollte er sich später darüber

Sorgen machen. *Ich komme, Marguerida.* Hinter sich hörte er die Männer stolpern und fluchen. Er fegte in den Lift hinein, holte noch einmal tief und keuchend Luft, dann glitt die Tür hinter ihm zu, und er war in Sicherheit.

Es war fast vollständig dunkel auf der Straße; so dunkel wie in Zandrus Keller. Marguerida fand ihren Weg, indem sie sich vorantastete. Außerdem hatte sie ihr *Laran* und den Geruch. Die Hütte, in der Tamiano den Tod gefunden hatte, war finster und leer, doch ein dünner Lichtstreifen zeigte sich unter der nächsten Tür, die ins Lagerhaus führte. Im Innern waren nichts als kalte Leere, eine terranische Atomlaterne und ein Mann. Die Tür öffnete sich nach innen.

Als Erstes sah sie einen kleinen Umriss, einen halb geleerten Sack. Seine Seite war mit Blattmustern bestickt. Eine Naht war aufgeplatzt und hatte den Inhalt auf den Boden strömen lassen. Selbst in der kalten Luft war ein leichter Dornblattgeruch spürbar.

Der Mann hielt einen Blaster in der Hand, dessen Mündung auf ihren Kopf gerichtet war. »Kommen Sie rein«, forderte er sie im Dialekt des Raumhafens auf. Marguerida lächelte.

»Danke, Mr. Robinson«, erwiderte sie. »Sie haben mir schon wieder Mühe erspart.«

»Kommen Sie *rein«,* zischte Robinson. »Was soll das heißen, ich habe Ihnen Mühe erspart? Und was meinen Sie mit *schon wieder?«*

»Ja, Sie haben doch Tamiano für mich umgebracht«, begann sie. »Er schuldete mir sein Blut, weil er versucht hat, meinen Paxmann umzubringen. Andererseits wusste ich nicht genau, warum Sie den Drang verspürten, ihn zu töten. Es wäre nett, wenn Sie mich darüber aufklären würden.«

»Von mir erfahren Sie nichts!«

»Sie erzählen es mir doch jetzt schon. Wissen Sie, ich bin

zwar keine besonders gute Telepathin, aber in Ihrer Brust kreischt die Angst wie ein Banshee. Sie schreien Ihre Angst förmlich in meine Ohren.«

Robinson fasste sich mit der freien Hand an den Mund, als wollte er seine innere Stimme zum Verstummen bringen. Der Blaster in seiner Hand zitterte zwar, aber sein Brennpunkt entfernte sich nie sehr weit von Margueridas Kopf. *Ihm fehlt die Kraft zum Abdrücken.*

Die Tür hinter ihr flog auf, so dass sie Robinson beinahe in die Arme gestolpert wäre. Der Mann stieß einen leisen, wimmernden Laut aus und packte die Waffe mit beiden Händen, drückte jedoch nicht ab. Eine hoch gewachsene Gestalt stand im Türrahmen.

»Sie stehen unter Arrest, Elhalyn. Ich hab Sie gewarnt: Verlassen Sie die Basis noch einmal ...« Dann erblickte er Robinson und den Blaster.

»Wenn Sie sich bewegen, ist sie tot«, hauchte Robinson.

Grey rührte sich nicht. Der Blaster lag so reglos in seiner Hand, dass sich die am Himmel stehenden Sterne auf seiner Oberfläche spiegelten.

»Lassen Sie mich kurz erzählen, was hier vor sich geht«, setzte Marguerida an. Robinsons Furcht schrillte noch immer wie ein Banshee in ihrem Geist und ließ ihr Blut erkalten, aber sie zwang sich, mit fester Stimme zu sprechen. »Er hat Dornblattknollen nach Terra geschickt. Er verkauft sie an Solar Spices & Pharmaceuticals, wo sie verarbeitet werden können, ohne dass das Gift wirksam wird. Tamiano hat die normale Arbeit des Sammelns und Versendens erledigt. Warum er sich die Mühe gemacht hat, sie in Kissen einnähen zu lassen, weiß ich nicht, es sei denn, das Imperium besteuert Arzneimittel.«

»So ist es«, bestätigt Grey. »Aber die Solar hätte dafür zahlen müssen, nicht Robinson. Wahrscheinlich haben sie ihm für das, was er ihnen eingespart hat, eine Prämie gezahlt.«

»Aha. Aber Tamiano wollte ebenfalls eine Prämie haben – oder einen größeren Anteil dessen, was er ohnehin bekam. Vielleicht auch nur Schweigegeld. Also hat Robinson ihn mit seinem eigenen Messer getötet und es dann ausgetauscht, da es seine Fingerabdrücke trug. Aber Price hat ihn dabei gesehen. Vielleicht wollte auch er Schweigegeld. Vielleicht wollte er aber auch keins annehmen und ihn anzeigen. Wohin schickt Terra Männer, die auch auf Darkover versagt haben?«

»Fragen Sie lieber nicht«, antwortete Grey. »Was sagen Sie dazu, Robinson? Sind Sie jetzt bereit, widerstandslos mitzukommen?«

»Wenn Sie sich bewegen, bringe ich sie um«, wiederholte Robinson.

»Wenn Sie schießen, schieße ich auch«, wandte Grey ein. Der Stern, der sich auf seinem Blaster spiegelte, rührte sich nicht von der Stelle. »Wenn Sie zuerst mich und dann sie erschießen, kriegen Sie uns vielleicht beide. Aber draußen stehen acht Männer, Robinson, an jeder Tür und auf dem Dach. Ich bin nämlich nicht hergekommen, um eine unbewaffnete Frau zu verhaften – nicht, nachdem der Autopsiebericht reinkam. Sie können nicht uns allen entwischen.«

»Sie bluffen doch nur«, hauchte Robinson. »Wir gehen jetzt.« Er machte einen seitlichen Schritt auf Marguerida zu und schlang einen Arm um ihre Kehle.

Es war seine letzte bewusste Handlung. Die Geräusche, die er ausstieß, als die Flammen über seinen Körper rasten, hatten nichts mit der Sprache eines Lebewesens gemein, das noch bei Sinnen war. Marguerida trat langsam zurück, als die Flammen knisterten. Sie klopfte die Funken aus, die auf ihren Ärmel übergesprungen waren. Der Blaster entfiel dem Überrest seiner Hand und schlitterte über den Boden in eine Ecke. Als Robinson zu Boden stürzte, bestand er nur noch aus verkohlter Asche.

Donald tauchte aus den dunklen Schatten auf, trat in den Lichtkegel, der aus der Tür nach draußen fiel, und kam rutschend zum Stehen. Er schaute zuerst Marguerida, dann Grey und schließlich das Aschehäufchen auf dem Boden an. »Dann hast du mich ja doch nicht gebraucht, was?«, stellte er lachend fest. Dann hustete er und setzte sich auf den Boden. Marguerida lehnte sich an den Türrahmen und nahm neben ihm Platz.

»Das ist auch ganz gut so«, sagte Grey und steckte seinen Blaster ein. »Weil ich nämlich *wirklich* nur geblufft habe.« Er knickte seine langen Beine ab und setzte sich neben die beiden.

Der Himmel war nun sehr dunkel, und etwa zwei Hände voller Sterne kamen hervor. Die vier Monde drängten sich über dem purpurroten Streifen, an dem die Sonne untergegangen war. »Abgesehen vom Autopsiebefund«, fuhr Grey fort. »Er beweist, dass in der Wunde eine schmalere Klinge gesteckt hat als zuvor. Also fing ich an, darüber nachzudenken, ob Sie nicht doch Recht haben könnten.«

Draußen hellte sich der Himmel kurz auf, und durch die offene Tür konnte man einen langen grünen Streifen erkennen, der sich von den Sternen abhob.

»Das ist die *Crown Imperial«,* bemerkte Grey. »Sie startet. Vielleicht sollte ich sie anfunken und dafür sorgen, dass sie in der Kreisbahn bleibt. An Bord befinden sich wer weiß wie viele Tonnen Dornblatt, die nun unterwegs nach Terra sind.«

»Sollen sie doch«, sagte Marguerida. »Schicken wir ruhig noch ein paar Ladungen hin. Vielleicht schaffen sie einen Markt.«

»Auf Terra braucht niemand von Robinsons Tod zu erfahren«, wandte Donald ein. »Wir kassieren das Honorar in seinem Namen. Wir werden das Geld brauchen – für einen guten Anwalt von der Erde.«

»Sollen sie ruhig einen Markt schaffen«, wiederholte Marguerida. »Dann machen wir eine ehrliche Gesellschaft aus der Firma. – Hier, Donald.« Sie griff hinter sich und hob das halb leere Kissen mit der aufgeplatzten Naht wie einen Sack hoch. »Du kannst es einatmen, bis wir wieder im Krankenhaus sind.«

Donald nahm es gehorsam an sich, dann stand er auf. »Das war Robinson, nicht wahr?«, sagte er. »Schau mal, er hatte den Dolch die ganze Zeit bei sich.«

Der grüne Stein glitzerte in der Asche, und ein kleiner Rauchfaden stieg im Laternenschein auf, bis er im Schatten der Sparren verschwand.

Über »Die Feuerfalle«, die ich zusammen mit Elisabeth Waters geschrieben habe

Ein Dialog, der – zumindest in mir – große Neugier erzeugt hat, befindet sich in *Der verbotene Turm*, als Damon von der Zeitsuche zurückkehrt und sich fragt, ob er möglicherweise an Erfrierungen leide. Callista zieht ihm die Schuhe aus, um nachzuschauen, und Damon versichert ihr, er habe nur einen Scherz gemacht. »Ich aber nicht«, entgegnet Callista. »Hilary hat sich mal auf eine Ebene begeben, in der es gebrannt hat, und sie hatte so viele Blasen an den Füßen, dass sie zehn Tage lang nicht auftreten konnte.«

Als Lisa und ich beschlossen, für diese Anthologie eine gemeinsame Geschichte zu schreiben (wir haben mit *Der Preis des Bewahrers* angefangen, die in der ersten dieser Anthologien erschienen ist), lasen wir diese Episode nach und sprachen ausführlich darüber. Dann erstellte ich eine Rohfassung, die Lisa überarbeitet hat. Wie soll man zusammen anders Geschichten schreiben?

Und wer sind wir? Tja, wenn Sie nicht wissen, wer ich bin, ist Ihnen dieses Buch wahrscheinlich zufällig in die Hände gefallen. Willkommen und viel Spaß. Lisa lebt seit mehreren Jahren in meinem Haushalt – genau genommen seit 1979 –, und da sie einen ausgeprägten Ordnungssinn hat, gelingt es ihr mit Erfolg, das Chaos zu bekämpfen und die Entropie abzuwehren. Sämtliche Geschichten, die ich über Hilary geschrieben habe, sind unter Lisas Einfluss entstanden, ob ihr Name nun darüber steht oder nicht.

Was mich angeht, ich habe die ganze Sache angefangen. Darkover, meine ich.

MZB

Die Feuerfalle

von Marion Zimmer Bradley/Elisabeth Waters

»... da wir eine Flaute und mithin wenig zu tun haben«, sagte Leonie, »ist es eine gute Übung für euch, an allen Orten, die euch einfallen, nach herrenlosen Matrixsteinen zu suchen. Einige sind seit dem Zeitalter des Chaos in Vergessenheit geraten. Außerdem habe ich das Gerücht gehört, dass Kermiac von Aldaran versucht, Matrixarbeiter auf seine Weise auszubilden. Dinge dieser Art sollten zwar nicht erlaubt sein, aber der Rat sagt, dass ich seine Domäne anerkenne, wenn ich mich einmische. Also sind mir im Moment die Hände gebunden. Doch in Zukunft ... Nun, genug der Reden.« Sie beendete ihre Ansprache. »Es müsste euch genügen, dass ihr wisst, dass ihr eurem Volk damit einen Dienst erweist.«

Sie ging hinaus, und das Grüppchen der jungen, in Ausbildung befindlichen Arbeiter versammelte sich, um hinter ihr herzuschauen. Jeder Einzelne hoffte insgeheim, er werde derjenige sein, dem es gelang, eine verschollene Matrix aus dem Zeitalter des Chaos aufzuspüren. Vielleicht sogar eine der alten und verbotenen Matrixwaffen dieser Ära.

»Gerüchten zufolge gibt es seit den Anfangstagen in unserer Familie einen uralten Matrixstein«, sagte Ronal Delleray. »Mir war gar nicht klar, wie wichtig er sein könnte. Ich glaube aber nicht, dass er gefährlich ist. Ich könnte ihn praktisch jederzeit herbeischaffen.«

»Dann solltest du ihn holen«, sagte die junge Unterbewahrerin Hilary. »Leonie wird sich freuen.«

Hilary Castamir war etwa fünfzehn Jahre alt und so schlank, dass sie fast ausgemergelt wirkte. Ihr lockiges Haar hatte die Farbe stumpfen, dunkelroten Kupfers. Ihr spitzknochiges Gesicht deutete an, dass sie gesundheitlich nicht ganz auf der Höhe war. Hätte sie weniger kränklich ausgesehen, wäre sie hübsch gewesen. Dennoch verfügte sie über Anmut und fein geschnittene Züge, in denen die Charakteristika der Comyn deutlich sichtbar waren. »Und wenn Leonie sich richtig freut ...«

Sie brach ab, aber Ronal wusste, was sie nicht aussprechen wollte. Wie alle Bewahrerinnen hatte auch Hilary früh gelernt, ihre Gedanken auch vor jenen abzuschirmen, mit denen sie im Turm zusammenarbeitete. *Wenn Leonie sich richtig freut, spricht sie nie wieder davon, mich fortzuschicken.*

Alle kannten Hilary als Telepathin mit überragenden Fähigkeiten – aber man wusste auch, dass ihre Gesundheit für die schwere Tätigkeit im Turm nicht robust genug war. Besonders nicht für die einer Bewahrerin.

Callista Lanart-Alton, der neue Lehrling, wirkte zwar noch zerbrechlicher, aber ihr gelang es irgendwie, den verheerenden Schmerzattacken und Krämpfen zu entgehen, die Hilary immer wieder ans Bett fesselten und jeden Mond für zehn Tage von den Übertragungsschirmen fern hielten. Und so wie Callista älter wurde und sich der Zeit näherte, in der sie die Pflichten einer Bewahrerin gänzlich übernehmen konnte, kam auch für Hilary der Tag immer näher, den sie so sehr fürchtete: der Tag, an dem sie freigestellt und fortgeschickt werden musste.

Ronal konnte Hilary sehr gut leiden. Mit ihr verband ihn etwas mehr als das Band, das die einzelnen Turmarbeiter aneinander kettete. Aber er war nicht im Geringsten der Mann, der seine Aufmerksamkeit einem kranken Mädchen schenkte, das zudem noch Bewahrerin war. Er glaubte, dass die Disziplin, mit der er verbarg, dass er (wenn auch nur platonisch) in sie vernarrt war, noch mal zu seinem Untergang führen würde. Aber er redete sich fest ein, dass er sehr diszipliniert war –

denn wenn Leonie auch nur einen Anflug seiner Gedanken aufgeschnappt hätte, wäre er auf der Stelle fortgeschickt worden. Leonie liebte Hilary. Keinem Arbeiter wäre gestattet worden, ihren Frieden auch nur für eine Sekunde zu stören. Und so schwieg er.

»Bist du bereit, den Matrixstein deiner Familie zu suchen?«, sagte Hilary drängend. »Ob wir ihn nun finden oder nicht – Leonie hat Recht. Es wäre eine gute Übung für uns.«

Ronal wiegelte ab. »Ich glaube nicht, dass mein Vater sie aufgeben will.« Aber er wusste schon jetzt, dass er alles tun würde, was Hilary wollte.

»Ich bin sicher, dass Leonie ihn überzeugen kann«, sagte sie. »Wann sollen wir anfangen?«

»Heute Abend vielleicht?«

Sie waren einer Meinung. Sie verabredeten sich und gingen auseinander.

Später am Abend trafen sich Hilary und Ronal im verlassenen Turmraum. Sie hatten beschlossen, die anderen nicht zu stören. In ihrer Begleitung befand sich Callista, die versprochen hatte, sie zu überwachen. Sie war kaum älter als dreizehn, ein hoch gewachsenes, schlankes Kind, von dem nicht die geringsten Anzeichen ausgingen, dass es sich irgendwann zur Frau entwickeln würde.

»Soll ich die Matrix suchen?«, fragte Ronal. »Ich weiß genau, wo sie in all den Jahren aufbewahrt wurde.«

»Wenn du möchtest«, sagte Hilary. »Dann kann Callista dich überwachen.«

»Bis später«, sagte er und tauchte in die Überwelt ein. Zehn Minuten später war er wieder da und umklammerte mit den Händen eine Matrix. »Ich habe sie in einem hohen Regal in der Bibliothek gefunden«, sagte er. »Außer meinem Vater hat nie jemand erfahren, was sie darstellt. Ich habe aber noch von einer anderen gehört. Sie liegt auf einem Altar des Schmiedvolkes. Mein Vater war auch mal in einem Turm, deswegen hat er sie erkannt. Er hat das Schmiedvolk besucht, als es ein Schwert für ihn gemacht hat, und dort hat er sie gesehen. Sie soll angeblich ein Talisman ihrer Feuergöttin sein. Aber sie ist mindestens ein Stein neunten Grades. Ich weiß nicht, ob ich sie mir schnappen kann ...«

»Nein, das ist Arbeit für eine Bewahrerin«, sagte Hilary. »Ich nehme an, dass Leonie es am liebsten selbst täte, aber natürlich kann ich es auch. Ich muss nur wissen, wo ich suchen muss. Schließlich gibt es beim Schmiedvolk mehr als nur ein Dorf. Lass uns inzwischen mal nachsehen, was du da hast.«

Hilary nahm Ronal die Matrix ab. Sie war staubbedeckt und stumpfblau. Sie wischte den Staub ab. »Ich kann mir gut vorstellen, dass sie all die Jahre vergessen in einer Bibliothek gelegen hat. Sie muss übersehen worden sein, als man vor einigen Generationen sämtliche Matrixsteine einberufen hat. Eine wie diese kann man aber auch leicht übersehen. Mal sehen, ob sie überhaupt je verwendet wurde.«

Sie legte die Matrix vorsichtig in eine Wiege und aktivierte einen kleinen Schirm. Sie schwieg eine geraume Weile, das Schirmlicht ging an und aus und spiegelte sich auf ihrem schmalen Gesicht. Die beiden anderen drängten sich dicht an sie. Endlich schaltete Hilary den Schirm aus, und die Lichter verblassten.

»Ich weiß zwar längst nicht alles über sie«, sagte sie, »und sie ist auch nicht wichtig genug, um eine Zeitsuche zu unternehmen, damit wir es erfahren, aber sie ist sehr alt. Vielleicht hat man sie schon vor den Türmen gemacht. – Oh, ja«, sagte sie, als sie Ronals erstaunten Blick sah. »Es ist eine künstliche, vielleicht sogar eine der allerersten. Leider weiß ich nicht, wer sie gemacht hat. Na, ja ...« Sie verpackte die Matrix sorgfältig in eine Seidenhülle. »Dein Vater hatte nichts dagegen, sie abzugeben?«

»Nein«, sagte Ronal. »Ich glaube nicht. Als ich ihm erschien, glaubte er, von mir zu träumen. Wenn er erfährt, dass ich wirklich zu Hause war, und sei es auch nur geistig, fällt ihm höchstens ein, mich dafür zu schelten, dass ich mich nicht zuerst meiner Mutter gezeigt habe. Dann hat er auf Jahre hinaus keine Zeit mehr, mich für den Verlust der Matrix zu tadeln – falls es ihm überhaupt je einfällt. Sie bedeutet ihm nichts, deswegen ist sie hier auch besser aufgehoben. Vielleicht fällt Leonie ein Verwendungszweck für sie ein. Wenn nicht, wird sie sie vernichten.«

»Was für alle Beteiligten das Sicherste wäre«, sagte Hilary zustimmend. »Willst du heute Abend noch nach der Matrix suchen, die das Schmiedvolk hat?«

»Nein«, sagte Ronal etwas zögerlich. Hilary sah müde und krank aus, und er wusste, dass Leonie wütend werden würde, wenn sie sich überanstrengte. So gern er auch mit ihr zusammenarbeitete, die Vorsicht sollte man grundsätzlich nie außer Acht lassen. Und noch etwas: »Vielleicht möchte Leonie selbst nach der Matrix suchen. Sie ist groß und wichtig. So etwas überlässt man nicht unbedingt den Lehrlingen.«

Als Leonie von der Matrix neunten Grades hörte, war sie sofort darauf erpicht, sie selbst zu suchen. Deswegen versammelten sie sich am nächsten Abend in einem Turmraum.

»In welchem Dorf des Schmiedvolkes ist sie also? Ich glaube, ich habe schon mal von einer großen verschollenen Matrix gehört. Das Schmiedvolk wird sich wahrscheinlich nicht sehr über die Vorstellung freuen, dass eine Matrix dieser Art hinter den Mauern eines Turms verschwindet und ihm verloren geht, aber vielleicht kann ich es überzeugen.«

Ronal zweifelte nicht daran. Es bedurfte mutigerer Männer als den ihm bekannten, um sich Leonie Hasturs Wünschen zu widersetzen.

Er nahm an, dass die Bewahrerin einst bemerkenswert schön gewesen war. Bestimmt hatte sie seine Lebzeit, die seiner Eltern und den größten Teil der seiner Großeltern hinter den Turmwänden verbracht. Nun fragte er sich plötzlich, wie alt sie war. Manche Frauen, speziell die der Familie Hastur, konnte man, wenn sie ein gewisses Alter erreicht hatten, unmöglich einschätzen, da sie normalerweise nicht verwitterten oder auszehrten. Die Frauen der Hasturs hatten ein gewisses Etwas, das sie sozusagen alterslos machte. Man sah noch immer, dass Leonie einst eine schöne Frau gewesen war, aber dies war vielleicht der einzige Überrest ihrer Menschlichkeit. In den steifen, förmlichen Purpurschleiern einer Bewahrerin sah sie fast unwirklich aus.

»Ich werde gehen«, sagte sie. »Und ihr überwacht mich.«

Nachdem sie dies gesagt hatte, glitt sie aus ihrem Körper. Die zuschauenden jungen Leute sahen keinen erkennbaren Unterschied – nur das kaum wahrnehmbare Zusammensacken ihrer Gestalt und den merkwürdig leeren Blick ihrer blauen Augen. Dennoch wussten alle, dass sie nicht mehr da war. Sie hatte sich sonst wohin begeben – in das seltsame und unbekannte Reich der Überwelt, in dem Raum und Zeit nicht mehr greifbar waren und nur Gedanken existierten. In der Überwelt waren die Dinge zwar nicht das, was sie zu sein vorgaben, doch unter bestimmten Voraussetzungen konnte man sie manipulieren, und zwar allein mit Geisteskraft.

Die Nacht zog sich dahin. Nach langer Zeit rührte sich Leonie allmählich wieder, die völlig regungslos in ihrem Sessel geruht hatte. Callista, die sofort wachsam wurde, murmelte: »Sie atmet nicht.« Doch bevor sie eingreifen konnte, stürzte Leonie aus ihrem Sessel und fiel in einem purpurnen Geflatter nach vorn. Sie atmete schwer, war aber weiterhin ohne Bewusstsein.

Ronal schrie auf und bückte sich, um die Bewahrerin aufzuheben. Bei der Berührung richtete sie sich halb auf und murmelte: »Zu stark für mich ...« Dann verlor sie wieder die Besinnung. Ronal hob ihren äußerlich leblosen Körper hoch und trug sie in den abgeschirmten Raum. Dort wartete er, bis die Bediensteten Leonie verschiedene Aufbaumittel verabreicht und festgestellt hatten, dass sie nur an einem Schock und an Erschöpfung litt.

Als er zu den anderen zurückkehrte, hatte sich Hilary bereits in Leonies nun verwaisten Sessel gesetzt.

»Nein, Hilary«, sagte Ronal ungehalten. »Wenn es schon für Leonie zu stark war ... Wie kannst du dir einbilden, dass du es schaffst?«

»Weißt du eigentlich, wie überarbeitet Leonie seit geraumer Zeit ist?«, erwiderte Hilary. »Nur deswegen ist sie zusammengebrochen. Es wäre ihr auch bei jeder anderen leichten Aufgabe passiert. Ich werde vollenden, was sie angefangen hat. Für mich steht fest, dass es dort etwas zu holen gibt – und das es gefunden werden muss, bevor das Schmiedvolk Zeit hat, es an einen anderen Ort zu bringen.«

Da Ronal noch immer zögerte, fuhr sie überzeugend fort: »Es macht doch nichts. Morgen bin ich ohnehin wieder zu nichts zu gebrauchen. Wahrscheinlich falle ich auch für die nächsten zehn Tage aus.«

»Aber wenn du dich jetzt ausruhst ...«, setzte Ronal an.

»Nein.« Hilary schüttelte entschlossen den Kopf. »So geht es nicht. Ich reite gerade jetzt auf einer Energiewoge, wie immer einen Tag zuvor. Wir können den Vorteil ebenso gut nutzen.«

Ronal zuckte hilflos die Achseln. Schon stärkere Männer

als er hatten erfolglos versucht, eine Bewahrerin von etwas abzuhalten, deren Geist sich auf etwas versteift hatte.

»Außerdem kann ich Leonies Spuren folgen, wenn ich jetzt gehe«, sagte Hilary.

»Du musst es ja wissen.« Mehr fiel Ronal nicht dazu ein.

Hilary nahm den Platz im Sessel ein und schlug sich in das lange, wollene Gewand, das sie über der normalen Arbeitskleidung trug. Sie reckte kurz die Schultern, um es sich bequem zu machen, und verließ ihren Körper.

Zuerst fand Hilary sich in einem Gelände wieder, das sie an eine eintönige graue Ebene erinnerte. Wenn man vom riesigen Turm von Arilinn absah, gab es keine sichtbaren Landmarkierungen. Es war aber nicht der Turm, wie er in der Außenwelt erschien, sondern, das wusste sie, eine idealisierte Form des Gebäudes. Es war seit vielen Generationen eine Landmarkierung in der Überwelt. Davor erspähte sie leuchtende Fußabdrücke. Spuren von leicht silbernem Glanz.

Leonies Fußspuren? Hat sie sie für mich hinterlassen?

Da es ihr Hauptgedanke gewesen war, Leonies Fußabdrücken zu folgen, legte sie ein schnelles Tempo vor, denn sie wusste, dass sie bald unsichtbar werden würden. Sie schritt ohne einen bestimmten Gedanken aus und war sich ihrer Bewegungen nicht bewusst. Ihr einziges Ziel bestand darin, der kaum wahrnehmbaren Spur nachzugehen, die Leonie hinterlassen hatte. Sie konzentrierte sich dermaßen auf ihre Verfolgung, dass sie im Gegensatz zu den Beobachtern in der Außenwelt glaubte, die Zeit verginge überhaupt nicht.

Plötzlich fand sie sich vor dem Eingang einer riesigen dunklen Grotte wieder, die zu einem gewaltigen Höhlenlabyrinth gehörte. Es durchzog das gesamte Vorgebirge. Ihr war nicht klar, woher sie es wusste; vielleicht war es eine ungreifbare Spur von Leonies Gedanken. Sie wusste auch, dass dies die Heimat der seltsamen Wesen war, die man als Schmiedvolk bezeichnete.

Sie wusste persönlich nichts von ihnen, aber Leonie hatte erzählt, es handle sich um die ersten Bewohner Darkovers, die gelernt hatten, Metall zu bearbeiten. Darkover war eine metallarme Welt. Schon in uralten Zeiten hatte das Metall hier eine fast heilige Bedeutung gehabt. Die kleine Metallmenge, die man brauchte, um ein Pferd zu beschlagen oder um Waffen und andere Dinge zu schmieden, die die Notwendigkeit diktierte ... Anfangs hatte man dafür sorgen müssen, dass eine Metallzuweisung echten Bedürfnissen entsprach und keine Habsucht befriedigte. Trotzdem gab es den menschlichen Charakter noch immer, und wirtschaftliche Zwänge schrieben den Menschen Statussymbole vor, die mit ihren tatsächlichen Bedürfnissen nichts zu tun hatten. Deswegen machten verschiedene politische Sachzwänge es für mächtige Menschen – hauptsächlich die Hasturs und die Comyn – erstrebenswert, mit dem Schmiedvolk auf gutem Fuß zu stehen. Deswegen hatte man ihm gewisse Vorrechte eingeräumt, und zwar speziell jene, die sich auf den Einsatz von Matrixsteinen bezogen. Dies ging bis in die Epoche vor dem Zeitalter des Chaos zurück.

Doch selbst mit diesen Privilegien, dachte Hilary, *dürften sie keinen Matrixstein neunten Grades zurückhalten – auch dann nicht, wenn sie ihn für einen heiligen Gegenstand halten.*

Sie wollte ihn für die Comyn und die Türme sichern, damit er nicht von jemandem eingesetzt werden konnte, der vielleicht auf einen Missbrauch aus war. Matrixsteine dieser Größenordnung waren eine sehr reale Gefahr für die Comyn und die Bevölkerung der Domänen. Und wenn es ihr gelang, ihn zu erbeuten, war die Gefahr viel weniger groß.

Eine gedankenschnelle Bewegung hatte sie an mehreren

glühenden Schmiedeöfen vorbeigeführt, und allmählich spürte sie in der Finsternis der Höhlen den strahlenden Nexus einer riesigen Matrix. Sie war eher zu spüren als zu sehen. Über ihr, im Dunkeln, erkannte Hilary die undeutliche Gestalt einer knienden Frau. Vielleicht war es gar kein lebendiges Wesen. Sie war mit goldenen Ketten behängt, die im matten Feuerschein leuchteten. Sharra, die Göttin des Schmiedvolkes. Ihr Abbild. Es stand genau genommen nicht auf dem Altar, war ihm jedoch so nahe, dass es keine Rolle spielte.

Nun verstand sie. Im Zeitalter des Chaos, als die Matrix erschaffen worden war, hatte man solche Dinge meist in Waffen eingefügt. Diese hier ruhte im Griff eines Zweihandschwerts. Hilary ging rasch näher heran und nahm das Schwert in beide Hände. Es war überraschend schwer. Sie war daran gewöhnt, in der Überwelt gewichtslos zu sein, aber Gegenstände wie dieser – Matrixsteine, dies wusste sie, hatten in sämtlichen Bewusstseinsebenen Form und Körper – hatten auch in der Überwelt Gewicht und Substanz.

Nun, dachte sie, *halte ich ihn in den Händen und werde ihn so schnell wie möglich nach Arilinn mitnehmen.* Sie drehte sich um, um den Weg zurückzugehen, den sie gekommen war, doch als sie den Matrixstein vom Altar entfernte, hörte sie einen lauten Schrei.

Sharra! Beschütze uns, du Goldgekettete!

Der Himmel steh uns bei, dachte Hilary. Das Schmiedvolk und der Altarwächter wussten, dass ein Eindringling die Matrix berührt hatte! Was sollte sie jetzt tun? In ihrer astralen Gestalt konnte sie nicht körperlich kämpfen. Ihre einzige Hoffnung bestand darin, so schnell nach Arilinn zurückzufinden, dass man sie nicht überrumpeln konnte.

Aber in welcher Richtung lag Arilinn? Das Höhlenlabyrinth hatte sie verwirrt. Sie musste irgendwie einen Ausgang finden. Die matt leuchtenden Abdrücke ihrer Fußabdrücke waren noch vorhanden. Nach Luft schnappend, denn hier qualmte es überall, so dass man nur schwer atmen konnte, folgte sie ihnen. Nun, es spielte keine Rolle. Callista, die ihre körperlichen Funktionen überwachte, würde dafür sorgen, dass sie das Atmen nicht vergaß. Sie redete sich fest ein, dass Hitze und Rauch nur Einbildung waren, und kämpfte sich weiter voran.

Während sie weitereilte und ihren Spuren folgte, nahm sie ein Leuchten wahr. Es lag weder vor noch hinter ihr, sondern schien tatsächlich von der Stelle unter ihren Füßen zu kommen. Tief unter ihr, auf einer Ebene, die ein Stück unter den Astralhöhlen lag, brannte ein Feuer.

Sie haben es angezündet, um mich zu ängstigen, dachte sie und erhöhte ihre Geschwindigkeit so weit wie möglich, ohne die matte Spur der Schrittmarkierungen aus dem Blickfeld zu verlieren, die sie brauchte, um den Rückweg nach Arilinn zu finden.

Der Boden unter ihren Füßen fing nun an zu brennen. Hilary eilte weiter. Sie trat vorsichtig über die größer werdenden Brandflächen hinweg und redete sich ständig ein, dass die Flammen nur Illusionen waren, die dazu dienen sollten, ihr Angst einzujagen. Sie waren nicht echt.

Sie können mir nicht wehtun.

Nun fingen die Sohlen ihrer Hausschuhe an zu schwelen. Sie empfand stechenden Schmerz in den Fußsohlen. *Es ist nur eine Illusion,* redete sie sich ein, klammerte sich fest an die Matrix, schritt behutsam über den Höhlenboden und durchquerte die leuchtenden Flammen. *Es ist alles nur eine Illusion ...*

Sie empfand Qualen und ein Schwächegefühl. Sie strauchelte und ließ den Matrixstein fallen. Bevor sie ihn wieder ergreifen konnte, drehte sie sich würgend im Kreis und kam durch Rauchschichten in einen ihr bestens bekannten Raum.

Sie war urplötzlich wieder in ihrem Körper in Arilinn. Sie war bei Bewusstsein, empfand einen brennenden Schmerz in den Fußsohlen und schaute Ronal und Callista an, die sie ängstlich musterten.

»Warum habt ihr mich zurückgeholt?«, sagte sie keuchend, als sie wieder sprechen konnte. »Ich hatte sie doch schon ...«

»Tut mir Leid, aber es ging nicht anders«, sagte Callista leise. »Ich konnte dich nicht noch länger dort lassen. Deine Füße haben gebrannt!«

»Aber es war doch nur eine Illusion, oder?«, fragte Hilary.

»Ich weiß nicht«, sagte Callista. Sie bückte sich und zog Hilary mit festen Griffen die Schuhe aus. Dann starrten sie mit offenem Mund die versengten und geschwärzten Schuhe an und erblickten bestürzt die Blasen auf ihrem geröteten Fleisch.

»In den nächsten Tagen wirst du nicht viel laufen können«, sagte Ronal schroff.

Hilary seufzte. Sie spürte schon den heraufziehenden Schmerz in ihrem Bauch.

»Na, schön«, sagte sie. »Ich hatte sowieso nicht vor, in den nächsten zehn Tagen viel zu gehen. Callista, bringst du mich in mein Zimmer? Ich hätte auch nichts gegen einen Becher Goldblütentee einzuwenden.«

Später an diesem Tag erhielt sie Besuch von Leonie. Als Hilary die zärtliche Besorgnis in den Augen der alten Bewahrerin sah, brach sie in Tränen aus.

»Ich hätte sie fast gehabt, aber Callista und Ronal haben mich zurückgeholt«, sagte sie schluchzend.

»Nein, nein, mein Kind. Sie haben es getan, um deine Füße zu retten – wenn nicht gar dein Leben. Ich habe gehört, dass du schlimm verletzt wurdest.«

Hilary wackelte mit den bandagierten Zehen. »So schlimm nun auch wieder nicht«, sagte sie.

»Ich glaube trotzdem, dass sie richtig gehandelt haben«, sagte Leonie. »Wir müssen die große Matrix vergessen – jedenfalls im Moment. Außerdem wird sie vom Schmiedvolk so gut bewacht, dass kein Außenstehender sie einsetzen kann, um uns zu schaden. Und das Schmiedvolk verfügt nicht über das *Laran*, das man als Waffe einsetzen kann.«

Aber sie wirkte dennoch bekümmert, als ahne sie Dunkles für die Zukunft.

Über Judith K. Kobylecky und »Freunde«

»Vor einigen Jahren«, schreibt Judith Kobylecky, »kaufte ich mir das Buch *Gildenhaus Thendara* und setzte mich hin, um es zu lesen. Ich ... war enttäuscht: die Personen gingen unbekümmert über alle Dinge hinweg, die ich genauer wissen wollte. Ich habe andere Bücher gelesen, die das Gefühl eines Ortes einfingen, aber wenige haben in mir den Wunsch erzeugt, die Handlung zu unterbrechen und noch einmal hinzuschauen, um vielleicht hinter der nächsten Ecke etwas Forschung zu betreiben. Ich glaube, die Anthologien sind der Beweis dafür, dass ich nicht allein so empfinde.«

Hier folgen nun, von sicherer Hand geschrieben, einige der interessanten Ecken, die Judith erforscht hat, und nur selten hat eine Anfängerin eine Geschichte so gut erzählt. Sie sagt: »Ich habe Geschichten, die ich las, zwar schon immer ›geistig neu verfasst‹, aber geschrieben habe ich zuvor noch keine.« Dass sie es aus gutem Grund getan hat, beweist diese Erzählung.

Sie behauptet, sie sei 36 und habe einen Ehemann und zwei kleine Kinder, die 5½ und 2½ Jahre alt seien. Sie fügt hinzu, dass sie auch zwei Hunde habe, die »etwas zu viel Persönlichkeit« aufweisen.

Ich hoffe, all dies ermutigt sie soweit, dass dieser Erzählung noch viele weitere folgen ... die nicht unbedingt alle auf Darkover spielen müssen.

MZB

Freunde

von Judith K. Kobylecky

Elorie öffnete langsam die Augen. Das Licht der einzelnen Kerze blendete sie schmerzhaft. Draußen tobte schon wieder ein Sturm. Das Fenster neben ihrem Bett knarrte und klapperte unter der Kraft des Windes.

Glas, dachte sie. *Es ist lange her, seit ich ein Glasfenster gesehen habe. Wo bin ich?*

Das Kerzenlicht wurde von dem abgeschrägten, facettierten Glas zu einem glitzernden Regenbogen gebrochen. *Es wäre leicht, mich darin zu verlieren.* Schon bildete der Regenbogen neue Muster. Sie hörte die Stimme des zu ihr sprechenden Sturms. Verängstigt wandte sie sich dem Zimmer zu. *Ich muss im hohen Haus sein.* Und sie fragte sich: *Wie lange bin ich schon hier?*

Wie zur Antwort ging die Zimmertür auf. Zwei Frauen und ein Mann traten ein und nahmen neben ihr Platz. Die Ältere beugte sich vor und nahm Elories Hände in die ihren. »Wirklich, Kind«, sagte sie besänftigend, »du brauchst dir keine Sorgen zu machen. Du bist seit Wochen krank, aber jetzt sind wir da, um dir zu helfen – wenn du es nur gestattest.«

Irgendetwas war mit ihrer Stimme. Elorie bemühte sich vergeblich, sich daran zu erinnern. Als sie in die Gesichter der beiden anderen schaute, erblickte sie eine junge Frau, die sie mit deutlicher Ungeduld musterte, und einen würdigen alten Mann, der ihr lächelnd in die Augen schaute. Sein Lächeln warnte sie. Es enthielt keine Wärme. Die Augen des Mannes blieben kalt und ungerührt. Dann fiel ihr ein, dass die Leute etwas von ihr wollten – und zwar ziemlich dringend. Doch was?

Als sie ihren Widerstand wachsen sahen, wandten sie den Blick von ihr ab und richteten ihre Aufmerksamkeit stattdessen auf einen blauen Stein, dessen Leuchten ihre Mienen in blaues Licht tauchte. Sie hatte die Schwellenkrankheit, es war ihr irgendwie gelungen, sich gegen die Sondierungen der anderen abzuschirmen. Doch die Abschirmung brach allmählich zusammen. Ihr *Laran* hatte spät eingesetzt; sein Ausbruch war plötzlich und schrecklich gewesen. Sie hatte keine Zeit gehabt, es zu meistern. Es hatte sie überwältigt. *Wie soll ich es beherrschen?,* dachte sie, *wenn ich es nicht mal begreifen kann?*

Als sie zum ersten Mal ins Chaos gestürzt war, hatte sie nach den sie umgebenden Geistern gegriffen, damit man ihr half. Doch dann hatte sie sich instinktiv von der Berührung durch die anderen zurückgezogen. Sie hatte genau gewusst, dass die Annahme der ihr angebotenen Hilfe einer Art Selbstmord gleichkam.

Das Trio schaute sie an. *Wie Kyorebni,* dachte sie, *die Aasvögel aus den Bergen.* In der älteren Frau erkannte sie nun die bestens ausgebildete Telepathin, die sie beim ersten Anzeichen der Schwellenkrankheit hierher gebracht hatte. Nach ihrer Ankunft war der Druck der Geister fast unerträglich geworden. Warum waren sie so sehr an jemandem interessiert, der in ihren Stallungen arbeitete und weder eine Familie noch Freunde hatte? Diese Leute waren nicht jene Art Familie, die sich Gedanken um Tagelöhner machte. Was wollten sie von ihr?

Schon zermürbt und müde, brauchte Elorie nun all ihre nachlassende Kraft, um ihre mentalen Mauern gegen die Angriffe der anderen aufrechtzuerhalten. Die Energie, die nötig war, um das Delirium der Krankheit abzuschmettern, war weg. Erneut verlagerte sich die Welt und zersplitterte. Das Gleiten in einen Alptraum neuer Sinne brachte ihr zu schnell zu viel.

Sie beobachtete besorgt, dass das Leuchten des Steins zunahm und sich langsam in ihre Richtung ausbreitete. Sie konnte nicht mehr hoffen, diese Leute abzuwehren. Erschöpft und verzweifelt sprang sie an einen anderen Ort.

Die Stille bedeutete Erleichterung. Elorie stand nun allein in blauer Bewegungslosigkeit. Hatte sie ihren Körper verlassen? Sie wusste es nicht genau. Sie hatte zwar ihr Leben lang Geschichten von der aus blauem Licht geschmiedeten Überwelt gehört, aber eigentlich wusste sie nur sehr wenig darüber. Die Geschichten, die ihr einfielen, hätten sie auch nicht darauf vorbereiten können, wie es hier wirklich war. Dann kam ihr ein unbehaglicher Gedanke. Niemand hatte je erwähnt, wie man zurückkam.

Nur schwach spürte sie die Wut der anderen über ihr Entkommen. Man konnte ihr offenbar nicht folgen. Elorie lächelte. Vielleicht fürchteten sie sich davor, ihr in den Irrsinn nachzusteigen. Da sie nicht wusste, was sie tun sollte, schritt sie langsam durch den Nebel. *Jedenfalls glaube ich, dass ich gehe,* dachte sie. *Hier kann man sich keiner Sache wirklich sicher sein.*

Nach einer Weile blieb sie stehen und schaute sich um. Es gab keine erkennbaren Landmarkierungen, nicht einmal ihr vertraute Konturen. Die einzige Konstante dieses Ortes war die sanfte Brise, die den sie umgebenden Nebel bewegte, ohne an ihrer Kleidung zu zupfen. Sie ging zielstrebig auf einige vage Formen in der Ferne zu, aber nach einer Weile, die ihr ziemlich lange vorkam, stellte sie fest, dass sie ihnen nicht näher gekommen war. Hatten sie sich etwa vor ihr zurückgezogen? Elorie schritt schneller aus, dann rannte sie sogar. Aber sie kam nicht näher an sie heran. Dann wurde ihr klar, dass sie sich eingestehen musste, dass sie sich verirrt hatte und Hilfe brauchte. Jeder Kontakt mit den anderen war längst unterbrochen. Außerdem zitterte sie bei der Vorstellung, sich einer

Telepathin anzuvertrauen, die sie mit dermaßen hungrigen Augen ansah.

Elorie fing an zu rufen. Sie hatte gehofft, der Klang ihrer Stimme würde sie in der Stille stärken und ihr wie ein Anker sein, mit dem sie sich an der Realität festhalten konnte. Doch ihre Stimme klang eigenartig flach und leise. Stark verängstigt schrie sie weiter, bis die Erschöpfung ein Flüstern aus ihrer Stimme machte. Wenigstens hatte die Mattigkeit ihr Entsetzen verringert, denn sie dachte nur noch daran, sich auszuruhen.

Ob es wohl schlimm wäre, dachte sie, *wenn ich mich eine Weile hinlege und die Augen schließe? Ich frage mich, wie es wohl ist, wenn man einfach nur dahintreibt.*

Die Vorstellung war erfreulich. Sie schloss die Augen, und der Nebel streichelte ihr sanft und kühl über die Wange.

Nein, kämpfe. Hör zu, Elorie, du musst kämpfen.

Wer ist das? Die Stimmen können nicht echt sein. Es ist fast so, als könnte ich euch sehen. Stimmen, ich habe Angst, dass ich den Rückweg nie wieder finde.

Doch, wir sind echt. Mach weiter, sonst bist du wirklich für immer verloren.

Ich bin zu müde. Ich bin so müde, dass es mir egal ist.

Uns ist es aber nicht egal. Wir können dir ein wenig von unserer Kraft geben. Bitte, lass dir helfen. Du musst dich mit uns zusammentun, wenn auch nur für einen Moment, oder es ist zu spät für deine Rettung.

Die Vorstellung, ihre Abschirmung fallen lassen zu müssen, war beängstigend. Sie hatte sie zu lange aufrechterhalten. Und doch musste sie den anderen trauen. Sie empfand eine ungeheure Erleichterung, als sie die Barriere endlich sinken ließ. Überraschenderweise war es sehr leicht, hinauszugreifen und zu verschmelzen. Die Kraft der Stimmen erneuerte ihre eigene.

Wir müssen dich in deinen Körper zurückbringen. Es ist schon fast zu spät. Mach dir keine Sorgen, wir halten den Kontakt mit dir aufrecht, bis du stabilisiert bist. Vertraue uns.

Ich vertraue euch.

Als der blaue Nebel rings um sie her langsam verblasste, nahm das vertraute Zimmer wieder Gestalt an. Nur ordnete sich die Welt diesmal von allein, als ihre neuen Sinne sich verlagerten und vermischten und nun mit den alten harmonierten. Sie war noch immer müde, doch schimmerten in ihren Augenwinkeln wunderbare Dinge.

Elorie war allein in dem finsteren Raum, in dem man sie wie eine Tote zurückgelassen hatte. Doch sie benötigte die Kerze nicht mehr, um die sie umgebende Schönheit zu erkennen.

Ja, es ist schön, Elorie, aber bitte, jetzt keine Untersuchungen. Du brauchst nun wirklich Ruhe.

Wie kann nur jemand ruhen, wenn er dem Druck all dieser Geister ausgesetzt ist? Ich spüre ihre Verblüffung, weil ich überlebt habe. Ihre Absicht, mich zu beherrschen, ist genauso stark wie zuvor.

Wir wissen zwar noch nicht, wohinter sie her sind, aber wir haben einen Verdacht, der uns beunruhigt. Im Moment besteht jedoch kein Grund zur Sorge. Deine Instinktbarrieren sind außergewöhnlich. Wir werden dir zeigen, wie du sie noch verstärken kannst.

Danke. Ich schulde euch mein Leben. Ihr stammt nicht aus dieser Domäne?

Gelächter. *Nein, wir sind ein Kreis aus Telepathen und weit von dir entfernt.*

Aber wer seid ihr? Und wo?

Wir sind Freunde. Wir leben hinter den Bergen. Du siehst also, dass du weiter gewandert bist, als du gedacht hast. Dein Laran *ist sehr stark. Wir können dir nur sagen, dass wir im*

Geheimen daran arbeiten, eine Freistatt aufzubauen. Aufgrund der Geschichten, von denen wir gehört haben, fürchten wir, dass man sie früher brauchen wird, als wir angenommen haben.

Wer braucht eine solche Freistatt?

Wir fürchten, das Wissen darum würde dich in deinem momentan geschwächten Zustand gefährden. Die anderen dürfen nicht ahnen, dass wir dir geholfen haben. Wir erzählen dir mehr, wenn du kräftiger bist.

Die Zustimmung und Wärme, die sie erfüllten, waren alles, was sie im Moment brauchte. Sie gestattete sich, die Augen zu schließen, und spürte, dass sie zum ersten Mal seit Wochen in einen erholsamen Schlaf eintauchte. *Danke, Freunde.*

Stunden später wachte Elorie auf. Sie befand sich noch immer in einem Raum im Haus der hohen Familie der Domäne. Ihre Unterkunft war zwar luxuriös, aber sie blieb weiterhin eine Gefangene.

Als sie wieder zu Kräften kam, verlangte man nur von ihr, dass sie an regelmäßigen Sitzungen mit der Telepathin teilnahm, die alle anderen mit dem neuen Titel *Leronis* ansprachen. Von ihr erwarb Elorie einiges Geschick im Umgang mit ihrem Sternenstein, aber von ihren neuen Freunden lernte sie weit mehr. Die Barrieren, die jene sie aufzurichten lehrten, widerstanden den vereinten Bemühungen ihrer Lehrerin und des Herrn und der Herrin des Hauses, die sich bemühten, sie zu brechen. Die Stimmen hielten regelmäßig Kontakt mit ihr und waren ihre geheime Reserve gegen alle Anstrengungen, sie und ihre langsam wirksam werdenden Kräfte zu beherrschen. Die Familie fand diesen Widerstand unerträglich.

Eines Morgens war *Domna* Darela, als sie mal wieder mit ihrem fast täglichen Vortrag zum Thema Undankbarkeit ansetzte, besonders erbost. Da Elorie begriffen hatte, dass sie eine geraume Weile bei ihr festgehalten würde, setzte sie die vage, fröhliche Miene auf, von der sie wusste, dass sie unter diesen Umständen am wirksamsten war. Darela trug das am üppigsten bestickte Gewand, das sie je gesehen hatte. Als sie an Elorie vorbeischritt, wehten die steifen Falten des Kleides ihr süßen Kräuterduft entgegen. Elorie konnte ein Gähnen nicht unterdrücken und sah, dass die *Domna* ihren Ausrutscher nicht übersehen hatte. Fast eingeschlossen von dem hohen steifen Kragen, ging das teigige Gesicht der Hausherrin mit der neuesten Unverschämtheit zu Gericht.

Diesmal hat Darela sich selbst übertroffen. In diesen Kleidern kann sie sich kaum bewegen.

»Diese Undankbarkeit von euch Bergbewohnern. Kaum wird das Wetter etwas kälter, fallen sie alle in unsere Ländereien ein. Wenn ihr glaubt, dass irgendwelche der so genannten uralten Rechte hier gelten ...«

Etwas kälter, hat sie gesagt, dachte Elorie. Jene mit dem Wettertalent hatten den Klimawechsel seit Jahrzehnten kommen sehen. Die meisten Bergbewohner waren vertraut mit dem alten Wettermusterwissen und hatten die Schwankungen überdauern wollen. Sie waren entschlossen gewesen, an der Unabhängigkeit von den sich entwickelnden Domänen und ihren verdrehten Vorstellungen von alten Geschenken festzuhalten. Die Zeit war vergangen, und ihnen war klar geworden, dass die Veränderung mehrere Generationen andauern würde. Eine kleine Eiszeit, hatten die Ältesten es genannt. Das zunehmend schlechter werdende Wetter bedeutete, dass das Land viel weniger Haushalte nähren konnte. Sie dachte traurig an all die Gemeinden, die sich aufgelöst hatten. An den schmerzhaften Abschied. Telepathische Netze, über Generationen hinweg aufgebaut, waren für immer zerrissen. Sie selbst hatte gehofft, eines Tages im kleinen Kreis ihres Dorfes arbeiten zu können. Obwohl nur wenige mit den wunderbaren Gaben gesegnet waren, verfügten die meisten über irgendeine kleine

Fähigkeit und konnten in einer eng gestrickten Dorfgemeinschaft ihre Gaben bündeln. Alle, die auch nur über einen Bruchteil der *Laran* genannten Gabe verfügten, freuten sich darauf, sich irgendwann zu einem kleinen Kreis zusammenzutun. Es galt nicht nur als die Pflicht aller Darkovaner, sondern auch als ihr Recht.

Doch dann war die Hungersnot gekommen. Viele waren, vom Hunger geschwächt, erkrankt. Es war ein alter Schrecken, der sie noch immer nachts aufwachen und die Toten beweinen ließ. Trotz der dezimierten Bevölkerung hatten viele Überlebende nur die schmerzhafte Wahl gehabt, zu gehen, damit die anderen überleben konnten.

Elorie schreckte aus ihren schmerzhaften Träumen auf und hörte Darela weiter zu.

»Während du, du übergebildete Eselin, anständiges darkovanisches Verhalten erlernen und alle barbarischen Methoden vergessen musst ...«

Elorie hatte dies zwar schon oft gehört, aber es war trotzdem erheiternd. *Barbaren? Wir sind die Einzigen, die noch zivilisiert leben.*

»Das habe ich gehört. Du schirmst dich zwar so gut ab, dass man nur wenige von deinen abscheulichen Kommentaren hören kann, aber mach dir keine Sorgen. Wir nähern uns dem Durchbruch jeden Tag mehr. Du kannst dich glücklich schätzen, dass wir überhaupt Interesse an dir haben.«

Der Ausdruck auf Darelas Gesicht zeigte, dass sie kurz davor stand, ein Ziel zu erreichen, auf das sie lange hingearbeitet hatte. Sie glättete den Pelzsaum ihres Kleides und tätschelte erwartungsvoll ihr kunstvoll gelocktes Haar.

Sie ist ziemlich selbstzufrieden, dachte Elorie. *Wahrscheinlich führt sie etwas im Schilde. Vielleicht glauben sie noch immer, dass sie mich zu ihrer Haustelepathin machen können. Für eine so ehrgeizige Familie wäre dies gewiss ein nicht zu verachtender Gewinn.* So sehr sie sich auch wünschte, die Vorhaben der Familie aufzudecken, so wenig wagte sie es, ihre mentale Mauer niederzureißen. Ihr war unbehaglich zu Mute, doch sie nahm sich vor, gut zuzuhören.

»Wir haben dich aufgenommen, obwohl wir dich zusammen mit den Bergbewohnern, die wir nicht auf unseren Ländereien haben siedeln lassen, hätten weiterschicken können. Es ist an der Zeit, die Unabhängigkeit zu vergessen und den gesegneten Nachfahren von Hastur und Cassilda zu dienen …«

Das war zu viel. Obwohl Elorie wusste, dass ein Ausbruch von ihrer Seite die Predigt nur verlängerte, fing sie an, nervös zu werden. Sie warf einen Blick auf Darelas lächerliche Frisur, griff mit ihrem Geist hinaus, zupfte vorsichtig eine Strähne los und ließ sie aufrecht in die Luft ragen. Sie hatte auf diesem Gebiet zwar nur geringe Fähigkeiten, aber sie konnte sich dennoch daran erfreuen.

»… der große Lord Hastur, der vom Himmel gefallen ist …«

Wir sind alle vom Himmel gefallen, in einem Raumschiff. In den Bergen. Wir wissen es noch. Als sie die Geschichte als kleines Kind zum ersten Mal gehört hatte, hatte sie sich vorgestellt, ein Raumschiff müsse wie die kleinen Segelboote aussehen, die in der Nähe ihrer alten Heimat den Fluss befuhren. Sie hatte sich Segel voller Sternenlicht vorgestellt, die zwischen den Monden dahinschwebten. Elorie hätte die selbstgefällige Darela am liebsten angeschrien, aber sie wollte nicht sterben, nur weil sie eine Domänenketzerei oder eine Gebirgswahrheit hinausbrüllte.

Sie löste eine weitere Strähne und schlang sie um das Ohr der Hausherrin.

Elorie gehörte zu denen, welche die Klimaveränderung vertrieben hatte. Sie hatte in die sich neu formierenden Domänen gehen wollen, in denen man sich wenigstens hin und wieder wärmen konnte. Die hohen Familien, die diese Länder regierten, würden es zwar nie eingestehen, aber sie profitierten von der im Übermaß vorhandenen billigen Arbeitskraft. Die Hungernden waren nur allzu gern bereit, für Nahrung und Unterkunft zu arbeiten. Es war jedoch verwirrend, dass einige Familien angefangen hatten, unter den Flüchtlingen eine Auswahl zu treffen; dass sie Leute suchten, die über gewisse *Laran*-Fähigkeiten verfügten – denn diese Kräfte reservierten sie normalerweise nur für sich selbst. Das Volk wusste lediglich, dass eine Reihe von Telepathen Kreise gebildet hatten, die von den alten Netzen unabhängig waren. Man sprach nur im Flüsterton über die unglaubliche Macht und den Verdacht, dass die hohen Familien versuchten, sämtliche alten Gaben in ihre Hände zu bringen. Vor einigen Jahren noch wäre dies unvorstellbar gewesen, aber auf Darkover veränderte sich das Leben.

Elorie war sicher, man wollte, dass sie sich einem der neuen Kreise zugesellte. Doch sie war entschlossen, dies niemals zu tun. Welchen Preis würden die neuen Domänen zahlen, wenn sie so viel Macht an einige Wenige abgab? Da die alten Gebirgsgemeinden nicht mehr existierten, was würde Darkover bezahlen müssen?

»... und so hast du nun Gelegenheit, es unserer Familie zurückzuzahlen.«

Wenn ich von hier entwische, kann ich vielleicht für eine Bezahlung sorgen.

Eine Haarsträhne verknotete sich aus eigener Kraft im rechten Winkel an Darelas Schläfe.

»... und sofort nach der offiziellen Aufnahme in unsere Familie wirst du verheiratet an *Dom* ...«

Elorie war verwirrt. *Verheiratet? Nein, sie wollen mich doch als* Leronis *haben.*

»Die *Leronis* hat festgestellt, dass du und deine Kindern einige sehr nützliche Eigenschaften haben werden.«

Kinder. Nun wurde Elorie zum ersten Mal mit aller Kraft bewusst, was hier passierte. Die geflüsterten Gerüchte stimmten irgendwie. Man wollte das *Laran* durch kontrollierte Züchtung in den Familien verankern. Sie hatte den Warnungen der Stimmen nicht glauben können. Sie waren zu ungeheuerlich gewesen.

»Nein, niemals. Das könnt Ihr nicht mit mir machen. Wie seid Ihr nur auf die Idee gekommen, ich würde mich einer solch grotesken Vorstellung beugen? Was für ein Leben würden die Kinder aus einer solchen Ehe führen? Ich habe von diesem Mann gehört. Viele seiner Kinder sind an der Schwellenkrankheit gestorben – und all seine Frauen im Kindbett.«

»Wenigstens spricht sie jetzt! Du bist stark und kannst viele Kinder gebären. Von ihnen werden genug überleben und unsere Familie mächtig machen. Später werden sie ebenso ihre Pflicht erfüllen, wie du es schließlich tun wirst. Du brauchst dir keine Sorgen zu machen. Wir würden dich nie mit ihrer Aufzucht betreuen. Die ehrenwerte *Leronis* wird ihre Ausbildung vom Kindesalter an in ihre Hände nehmen. Du brauchst sie nur zu gebären.«

»Ich weigere mich, so was zu tun. Dazu wird es nicht kommen.«

»O doch«, erwiderte die *Domna* sehr leise. Sogar durch ihre Abschirmung konnte Elorie den triumphierenden Aufschrei *Endlich!* vernehmen. Eine Sekunde lang sah sie sich durch Darelas Augen – ihr Gesicht strahlte nur Grauen aus. Die Verbindung zwischen ihnen zerbrach sofort, und es war eine Erleichterung für alle beide.

»Wir haben deine Ansichten zwar nicht brechen können, aber auf dein *Laran* warten wir nicht. Die Arrangements wurden in höchster Diskretion getroffen, um zu verhindern, dass du entwischst, bevor wir fertig sind. Bereite dich vor, denn du wirst wirklich heiraten. Und zwar in drei Tagen.«

Domna Darela raffte ihre voluminösen Röcke und verließ triumphierend den Raum.

Drei Tage. Sie wurde so scharf bewacht, dass sie es nur selten wagte, ihre fernen Freunde zu kontaktieren. Nun musste sie dieses Risiko eingehen. Sie brauchte ihren Beistand. Welcher geistig gesunde Mensch hätte die Geschichten geglaubt? Sie sprang schnell in die Überwelt und streckte ihre Gedanken nach ihnen aus.

Es war ein Fehler, nicht eher zu handeln. Ich hätte sofort über die Berge fliehen sollen. Vielleicht kann ich es noch immer. Ich muss. Kann ich die Freistatt finden, von der ihr gesprochen habt? Existiert sie schon?

Sie wird existieren, wurde sie von ihren Freunden getröstet. *Wir kommen zu dir.* Sie hielten inne. *Es ist eingetreten, was wir befürchtet haben. Du musst wissen, es ist notwendig, dass wir unseren Herrn und unsere Herrin über die Ereignisse informieren. Aber wir wissen nicht genau, wie sie auf unsere Pläne reagieren. Wir werden viele andere für unsere Sache anwerben müssen, dann wird sie unausweichlich auch in den anderen Domänen bekannt. Es wird große Schwierigkeiten in unserem Land geben, wenn unser Herr eine solche Freistatt zulässt. Aber wir versprechen dir, wir lassen dich nicht allein.*

Aber ich habe nur noch drei Tage.

Wir kommen, so schnell wir können.

Das Versprechen tröstete sie ein wenig. Es war unmöglich, das Gebirge in drei Tagen zu überqueren. Während sie dasaß und sich bemühte, die Verbindung aufrecht zu halten, begann im Saal ein großer Tumult. *Domna* Darela kreischte vor Wut.

Wahrscheinlich hat sie ihr Haar jetzt im Spiegel gesehen, dachte Elorie. Sie stellte sich vor, wie Darelas Hals sich aus dem Kragen reckte, und dies besserte ihre Laune so sehr, dass sie anfing zu planen. Ihr *Laran* war eine starke Kraft, das wusste sie jetzt. Die Familie schien es schon immer gewusst zu haben. Ihre fernen Verbündeten hatten ihr versprochen, dass sie für ihre unausgebildete Kraft das nötige Talent und den nötigen Fokus bereitstellen konnten. Theoretisch war sie dadurch befähigt, ihre Abschirmung beizubehalten und ihre beträchtlichen Gaben dennoch einzusetzen. Zumindest glaubten die anderen dies.

Elorie vergeudete keine Zeit. Sie zog das schöne Überkleid und ihr Hemd aus und schlüpfte in ihre alten Reithosen, die praktische Bergkleidung für die Reise. Ihre alten Kleider hatten wochenlang sorgfältig versteckt in der neuen Unterkunft gelegen. Es hatte sie beträchtliche Illusionskraft und all ihre Begabung für Täuschungsmanöver gekostet, sie aus dem alten Zimmer im Stall zurückzuholen. Sie empfand Dankbarkeit für den Impuls, sich darum gekümmert zu haben, bevor es ihr nötig erschienen war. Nun wurde sie zu stark bewacht, um sie fortzubringen. Es würde ein langer Abstieg aus dem Zimmer werden, und sie hielt es nicht für möglich, ihn in der Kleidung zu schaffen, mit der man sie versorgt hatte.

Als sie die feinen, sorgfältig ausgelegten Kleider auf ihrem Bett betrachtete, konnte sie nicht anders: Sie musste sie noch einmal tätscheln, bevor sie das Bündel in dem Versteck ablegte, das sie aus der Wand gehöhlt hatte. Sie waren wunderschön und warm gesäumt. Sie lief über das Parkett und fuhr zum letzten Mal mit der Hand über die Wildblumen-Wandtäfelung. Sie musste zugeben, dass der ganze Luxus ihr fehlen würde. Und die Wärme, wenn in diesem gewaltigen Haus die zunehmende Kälte auch bis ins Innere reichte und die Außenwände mit Frost bedeckte. Zögernd warf sie die weichen, blau gefärbten Stiefel auf den Rest ihrer Kleider. Solche Stiefel würden auf dem Weg, die sie nehmen musste, keinen Tag lang halten. Sie grub die nackten Zehen in den hellen Teppich und lächelte.

Und ich habe Teppiche wie diesen immer für verschwende-

risch gehalten. Ich glaube, er wird mir am meisten fehlen. Zögerlich schlüpfte sie in die schweren Stiefel mit dem warmen Pelzbesatz.

Die Stimmen lachten. Sie hielten wohl alles für ziemlich amüsant. *Denk nur an Darelas belämmertes Gesicht, falls dir all dies zu sehr abgeht,* neckten sie Elorie. *Wird sie dir etwa auch fehlen?*

Sie rümpfte bei diesem Gedanken die Nase. Als sie sich aus dem kleinen gebogenen Fenster schwingen wollte, erstarrte sie. Beim Schmieden des Plans war ihr der Abgrund nicht so tief erschienen, aber jetzt, als ihr Bein über dem Nichts hing, wurde ihr mulmig zumute.

Wie kann jemand, der in den Bergen aufgewachsen ist, an Höhenangst leiden?, fragten die anderen.

Ich habe wie jeder andere in einem Haus gewohnt, nicht am Rande eines Abgrundes. Außerdem habe ich keine Höhenangst. Ich fürchte mich nur vor dem Absturz – das ist etwas anderes. So schwer es auch war, Würde zu bewahren, wenn man aus einem winzigen Fenster krabbelte und bei dem Versuch, sich festzuhalten, in zerbröselnden Mörtel griff, gab sie ihr Bestes. Die Tatsache, dass die Familie sie in einem der höchsten Türme untergebracht hatte, machte sie nur noch wütender, deswegen gab sie nicht auf. Als sie den langen Abstieg in Angriff nahm, empfand sie Dankbarkeit darüber, dass die Familie einst die Wand aus purer Eitelkeit mit einem riesigen Falkenrelief verzieren ließ – dem Familienwappen. Elorie brauchte eine geraume Weile, um es zu erreichen, und sie verbrachte ebenso viel Zeit mit dem Wagnis, sich an den Falkenschnabel zu hängen und dabei das Atmen nicht zu vergessen. Der Vogel war der letzte sichere Halt, den sie kannte. Bevor sie weiterkletterte, tätschelte sie ihn liebevoll.

Eine unbekannte Anzahl von Stunden später hing sie zitternd nicht weit vom Boden der kahlen Mauer entfernt.

Ich habe eigentlich nie geglaubt, dass ich so weit kommen würde, und jetzt sieht es ganz danach aus, als könnte ich mich nicht mal mehr bewegen. Meine Schultern verkrampfen sich, und meine Hände sind zu taub, um Halt zu finden.

Die Domna *würde auch nie glauben, dass du es schaffst. Sie hatte andere Pläne mit dir. Und vielleicht hat sie Recht gehabt.* Sie projizierten ein Bild in ihr Bewusstsein, auf dem Elorie als amtliche *Domna* mit aufgestecktem Haupthaar Darela bemerkenswert ähnlich sah.

Ich habe immer gedacht, niemand könne so närrisch aussehen wie Darela, dachte sie ironisch. *Ich habe mich geirrt. Und ihr haltet euch wohl für sehr witzig.* Aufgeregt führte sie den Abstieg fort und ignorierte die Schmerzen und ihre Furcht, so gut es möglich war. *Wenn ich abstürze, kann ich auch gleich auf den Misthaufen zuhalten. Er ist weich, und vielleicht will die Familie mich dann nicht mehr haben.* Mehrere Minuten später fand sie sich auf dem Boden vor dem Turm wieder und zitterte so heftig, dass sie nicht mehr stehen konnte.

Ich bin unten. Ich habe es geschafft. Und ihr, meine Freunde, habt mich mit Absicht verspottet.

Jetzt lernt sie. Weil der Misthaufen die einzige Alternative war.

Elorie rappelte sich müde auf. Als sie auf den Stall und die vertrauten und beruhigenden Gerüche zukroch, versuchte sie das Bündel davon abzuhalten, ihr gegen die Beine zu klatschen. Sie hatte fast ein Jahr im Stall gearbeitet, bis ihr zu Tage tretendes *Laran* sie für die Familie so wertvoll gemacht hatte.

Ich wäre fast damit zufrieden gewesen, eine Weile dort zu bleiben. Ich habe nur um ehrliche Arbeit gebeten, aber ich wollte mich nicht von ihnen benutzen lassen. Dann waren die Gerüchte über die schrecklichen Fähigkeiten, die nun hörbar wurden, wahrscheinlich doch wahr. Das Ergebnis des Zuchtprogramms. Fröstelnd kämpfte sie die Übelkeit nieder, die sie jedes Mal überkam, wenn sie daran dachte.

Wenigstens hat dieser Gedanke meinen Mut aufgefrischt, was aber auch nicht viel ist.

Elorie, jetzt reicht es. Beeil dich.

Sie wählte ein in den Bergen gezüchtetes Pony aus, das sie gut kannte, und sattelte es. Als sie hinter sich ein leises Geräusch vernahm, fuhr sie hastig herum und erblickte den großen Jagdhund, den sie aus ihrem alten Dorf mitgebracht hatte. Er sprang auf sie zu und überschlug sich beinahe, so freudig wedelte er mit dem Schwanz.

»Braver Hund.« Elorie klopfte ihm liebevoll auf die Flanke. »Freut mich, dich zu sehen. Ich habe mir solche Sorgen gemacht, dass du nicht kommen kannst, wenn ich dich rufe. Wenn wir jetzt schön leise sind, können wir entwischen.« Sie drückte das Tier an sich und bestieg das Pony. Der Hund legte seinen großen Kopf auf ihren Fuß und schenkte ihr seinen typischen traurigen Blick.

»Hör auf damit«, zischte sie, »bevor du mich zum Lachen bringst. Denn sonst kommen wir nie hier raus. Ja, du darfst auch mit. Ich kann ein wenig Gesellschaft gebrauchen.« *Von Schutz ganz zu schweigen,* dachte sie. *Der Weg über die Berge ist lang.*

Sie gestattete einem ihrer fernen Verbündeten, sich auf ihr *Laran* zu richten, dann ritt sie unentdeckt hinaus und fand sich in einem der schlimmsten Wolkenbrüche aller Zeiten wieder. Sie zog ihre Kapuze zwar fest unter dem Kinn zu, aber sie wusste natürlich, dass auch dies nicht viel helfen würde.

»Ein gutes Zeichen«, bemerkte sie unglücklich. »Welcher Narr käme je auf die Idee, sich in einer solchen Nacht davonzustehlen?«

Am Tag der Hochzeit wurde die schweigende Braut von einer Ehrengarde in eigens dafür geschneiderten Livreen aus ihrem Zimmer geholt. *Domna* Darela musste die Livreen einfach bewundern. Sie hatte sie selbst entworfen. Die Familie wurde rasch größer, und die neue Allianz war ein weiterer Beweis für ihren Erfolg. Sie zog den Hauptmann der Garde beiseite. »Vergesst nicht, Hauptmann, der *Dom* und ich möchten, dass Ihr sie genau beobachtet. Wir möchten keine weiteren Tricks mehr erleben, deswegen dürft Ihr keine Szene dulden. Ihr habt für alle Maßnahmen freie Hand. Sorgt nur dafür, dass sie sich still verhält.«

Sie glättete das Gewand, das ihrer neuen Stellung entsprach, und schlenderte glücklich lächelnd zu ihrem Gatten hinüber; erleichtert, dass ihre unangenehme Last nachgegeben hatte und im Begriff war, ohne irgendwelche Szenen ihrem neuen Ehemann aufgehalst zu werden.

»Sie ist zwar still, scheint sich aber damit abgefunden zu haben«, sagte sie zum *Dom.* »Ich glaube wirklich, sie ist zu Sinnen gekommen und wird endlich ihre Pflicht tun.«

»Wie es sich gehört, um uns den Ärger zu vergelten, dass wir sie aufgenommen haben.«

Die *Domna* seufzte zufrieden. Der Bräutigam, den die *Leronis* ausgesucht hatte, würde schon dafür sorgen, dass diese Eselin sich bald in den Stall zurück wünschte, aus dem sie gekommen war. Insgesamt gesehen war es doch ein zufriedenstellender Tag.

Von den Gardisten umgeben blieb die Braut stehen. Sie schaute verwirrt drein, doch dann ging sie weiter dorthin, wo ihr zukünftiger Gatte stand. Er drehte sich langsam um und musterte sie geringschätzig.

Die Ponyhufe knirschten auf der Eisschicht, die den Morast bedeckte. Elorie lachte und schüttelte sich den Schnee vom

Kopf. So schnell wie das Wetter sich geändert hatte, fiel es ihr schwer, zu sagen, welche Jahreszeit gerade herrschte.

Es tat unglaublich gut, der Freiheit so nahe zu sein. In zwei Tagen würde sie endlich einigen ihrer Freunde begegnen. Drei Tage harten Reitens und dazu die ständige Anstrengung, ihr *Laran* über eine solche Entfernung anzuwenden, hatten sie erschöpft – trotz des Brennpunkts und der Kraft, die ihr der wachsende Kreis hinter den Bergen verlieh. Sie wusste, dass sie vor Ermüdung wankte und ihre Nerven bloßlagen, aber nun war das Ende nah. Einzig das Wissen, dass die versprochene Freistatt wirklich existierte, hielt sie noch aufrecht. Der *Dom* und die *Domna* der fernen Domäne hatten gerade zugestimmt, all jenen einen Zufluchtsort zu bieten, die vor dem Wahnsinn des Zuchtprogramms flohen.

Es war eine mutige Handlung, sich gegen die mächtigen *Leroni* und ihre Verbündeten in den anderen Domänen zu stellen. Sie würden bestimmt versuchen, eine solche Zurschaustellung des Trotzes zu zerschlagen. Vor ihnen allen lagen gefährliche Zeiten, wenn die anderen Domänen nicht dazu gebracht werden konnten, den Irrsinn ihrer Pläne einzusehen. Möglicherweise war dies erst der Anfang eines langen und blutigen Konflikts. Elorie empfand jedoch etwas Trost angesichts der Meldungen, dass auch andere begabte Einzelpersonen schon zur Freistatt unterwegs waren. Bestimmt waren sie auch bereit, sie zu verteidigen.

Obwohl sie sich um ihre Person und die Zukunft ihrer neuen Heimat fürchtete, verspürte sie in ihrem Innern eine alles überragende Dankbarkeit. Wenn für sie die Zeit kam, Kinder zu bekommen, wollte sie diese auf traditionelle Weise erziehen und ihnen von dem verirrten Raumschiff erzählen, das auf Darkover niedergefallen war.

Bist du bereit, Elorie?

Ja, ich habe jetzt trotz eurer Hilfe die Grenzen meiner Kraft erreicht. Im gleichen Augenblick, in dem ihre Freunde sich zurückzogen, ließ sie die Illusion dahinschwinden und das Tier los.

Ich wünsche mir beinahe, ich wäre jetzt im Saal, um ihre Gesichter zu sehen, wenn die Illusion zusammenfällt. Man stelle sich vor: der große Fürst Durraman bemerkt gerade, dass man ihn di catenas *mit einer Eselin verheiratet hat.*

Singend und lachend nahm sie trotz ihrer Müdigkeit den Schritt wieder auf. Einige ihrer neuen Landsleute schmiedeten schon Pläne, andere aus diesem Wahnsinn zu befreien, und sie wollte daran teilhaben. Doch im Moment war sie nur glücklich, der Freistatt entgegenzureiten. Ins mutige Land Aldaran.

Über L. D. Woeltjen und »Menschenkind«

Menschenkind wurde ursprünglich für die Anthologie *Die rote Sonne* eingesandt. Leider war sie jedoch schon inhaltlich abgeschlossen, und so musste ich Linda Woeltjen bitten, sie ein Jahr später noch einmal zu schicken. Hier ist nun die Geschichte. Sie hat mir gefallen.

Linda schreibt von sich: »Was biografische Informationen angeht, so ist noch alles so wie Anfang dieses Jahres, als Sie meine Erzählung *Heldenverehrung* annahmen. Meine drei Kinder sind etwas älter geworden, und es sieht so aus, als fände ich etwas mehr Zeit zum Schreiben.« (In dieser Hinsicht muss sie einmalig sein; ich hatte wesentlich mehr Zeit zum Schreiben, als meine Kinder noch klein und tragbar waren, also dort blieben, wo man sie hinlegte, und solange sie satt und trocken waren, nichts verlangten. Wenn sie erst einmal so groß sind, dass sie sich selbst die Schuhe zubinden und um ein Butterbrot bitten können, nehmen ihre Forderungen kein Ende mehr – bis zum Collegeabschluss, den meine drei nun hinter sich haben.) Außerdem fügt sie hinzu: »Gegenwärtig erweitere ich mein Arbeitsfeld, indem ich einen Horror-Reißer schreibe ... Ich habe Texte in *Modern Liturgy* und einigen Spielezeitschriften veröffentlicht.« Ich sollte noch hinzufügen, dass ich Linda auf einem Kongress aus einem in Arbeit befindlichen Sword & Sorcery-Roman habe vorlesen hören, und fühle mich geneigt zu sagen: »Mach weiter so; du hast einen guten Anfang hingelegt.« MZB

Menschenkind

von L. D. Woeltjen

Was bist du nur für ein Mann?«, fragte der Junge. Die Geringschätzung in seiner Stimme war nicht zu überhören.

»Ein sehr zufriedener«, erwiderte der Gelehrte. Er nahm die Brille ab und musterte den Jungen. »Wie sollte ein Mann deiner Meinung nach sein?«

»Stark und mutig«, sagte Ewen. Er dachte hastig nach. »Und abenteuerlustig.«

»Ich bin stark genug, um auf einem Bauernhof zu arbeiten«, entgegnete der Mann und zupfte geistesabwesend an seinem grauen Bart. »Ich bin auch mutig genug, um im Weltraum Lichtjahre hinter mich zu bringen und auf einer fremden, unwirtlichen Welt namens Darkover zu siedeln. Und wenn's um Abenteuer geht, bin ich unersättlich.«

»Terranan«, murmelte der Junge.

Der Alte ignorierte ihn und sprach weiter.

»Ich wollte mich nicht auf eine Welt festlegen, um nur einmal auf die Suche zu gehen. Ich wollte alles haben.« Er klopfte auf das ausgefranste, lose gebundene Buch, das in seinem Schoß lag.

»Bücher!«, fuhr er fort, als er Ewens finstere Miene sah. »Bücher, mein Junge. Ich erlebe Abenteuer durch Bücher.«

»Bäh!« Der Junge spuckte aus. »Für dich zählen doch nur Rinder und Bücher. Ich muss unbedingt die Dinge lernen, die richtige Männer tun. Zeig mir, wie man jagt. Bring mir das Fechten bei. Das will ich lernen – aber doch keine Buchstaben, wie die Mönche in Nevarsin.« Ewen zerknüllte seinen Zettel und warf ihn auf den Boden. »Ich bin elf Jahre alt. Ich muss endlich lernen, wie man sich verteidigt und eine Familie ernährt.«

»Wenn du lernen willst, wie man jagt und kämpft, frag Tara. Sie weiß von beidem viel mehr als ich.«

»Frauen können Männern doch nichts beibringen«, bemerkte Ewen abfällig.

»Und Mütter?«

»Tara ist Piers Mutter, nicht meine.« Ewens Antwort klang selbstgefällig und kalt.

»Dann warte, bis Shani zurückkommt.« Mikhails ruhiger Tonfall ließ Ewen zusammenzucken. Wieso hatte er sich von dem Alten in die Ecke drängen lassen? »Gib ihr die Gelegenheit dazu, und sie wird dir bestimmt gern alles beibringen, was du lernen möchtest.«

»Ich bin ihr doch gar nicht wichtig.« Ewen bemühte sich, seinen Worten einen endgültigen Klang zu verleihen. Dann eilte er zur Tür.

»Wirklich nicht?« Warum war der Alte nur so beharrlich?

»Weil sie mich hier gelassen hat – in einem Haus, das sogar die Freien Amazonen verschmähen. Ich weiß, dass man es das Gildenhaus der Abtrünnigen nennt.«

»Falls du es vergessen hast ... Deine Mutter wollte dich nicht hier lassen. Sie hat es erst getan, als Tara sie davon überzeugt hatte, dass wir die Gilde nicht schwächen wollen.«

»Nun, wenn sie so sehr davon überzeugt ist, warum bleibt sie dann nicht hier, wie Piers Mutter?«

»Shani ist Händlerin von Beruf. Sie muss reisen. Ich nehme an, dass sie dich ausbildet, sobald ihr miteinander vertraut seid, und dich auf ihre Reisen mitnimmt.«

»Nein, sie wird mich nicht mitnehmen«, beharrte Ewen stur.

»Nicht, wenn du ständig schmollst, sobald sie auftaucht«, sagte Mikhail. »Was glaubst du, wie ihr zumute ist, wenn sie immerzu das Gefühl hat, du könntest nicht mal ihren Anblick ertragen?«

»Ich kann sie nicht ausstehen.« Ewen ballte seine Fäuste. Er war wütend, und nicht nur, weil Mihkail ihn dazu provozierte.

»Wirklich?«

»Ja«, zischte er.

»Und warum?«

»Weil sie eine Amazonenhure ist!«

Mikhail hob die Hand, um den Jungen zu ohrfeigen, doch dann hielt er inne. Sein Arm sank herab, und er begegnete Ewens finsterem Blick.

»Weißt du überhaupt, was dieses Wort bedeutet?«, fragte er leise.

Ewen antwortete nicht.

»Du kommst mir wie ein Papagei vor«, fuhr der Alte fort. »Dieser Vogel plappert ohne nachzudenken alles nach, was er hört. Man sollte solche Worte nur aussprechen, wenn man genau weiß, was sie bedeuten, weil man nämlich für die Konsequenzen geradestehen muss.«

Ewen verließ den Raum. Als er außerhalb von Mikhails Sichtweite war, lief er zur Eingangstür hinaus und ging in Richtung Stall. Er wollte allein sein, aber der kleine Pier saß dort und baute sich aus Erde, kleinen Zweigen und Strohhalmen einen Bauernhof zum Spielen. Ewen lehnte sein Angebot ab, sich an dem Vergnügen zu beteiligen. Sein Blick fiel auf den Wald, der sich hinter dem Acker ausbreitete. Dort würde er Zuflucht finden.

Wird Zeit, dass ich endlich abhaue, dachte er im Laufen. Seit dem Tag, an dem seine Mutter ihn hier abgeliefert hatte, plante er die Flucht. Er hatte bisher damit gewartet, da er noch keinen zufrieden stellenden Plan entwickelt hatte, um von hier zu entwischen. Der schwierigste Teil des Plans war der

Ort, an den er gehen konnte. Nach Hause konnte er nicht. Er hatte nämlich kein Zuhause mehr.

Warum hat mein Vater sterben müssen?, fragte er sich wütend. Außer ihm war kein Mensch bei dem Waldbrand ums Leben gekommen. Man hatte Ewens Stiefmutter erzählt, es sei Schicksal gewesen. Eduin war zurückgeblieben, um eine noch schmorende Stelle zu löschen. Dann hatte der Wind sich plötzlich gedreht, und das Feuer hatte ihn eingeschlossen.

Tränen verwischten Ewens Blick, als er sich an diesen Tag erinnerte. Er blieb stehen und fühlte sich allein und ungeliebt. So wie damals. Niemand tröstete ihn. Der Tod seines Vaters hatte sein ganzes Leben durcheinander gebracht. Danach hatte er nicht mehr zur Familie gehört. Da er ein *Nedestro*-Kind war, hatte man seine Anwesenheit im Haushalt seines Vaters nur so lange toleriert, bis seine Mutter gekommen war, um Anspruch auf ihn anzumelden.

Ewen krümmte sich bei der Erinnerung an seine älteren Vettern. Sie hatten gekichert, als er hinter der Frau vom Hof geritten war. Ihr dunkles Haar, das farblich dem seinen entsprach, war kurz geschnitten und kräuselte sich auf obszöne Weise im Nacken und an den Ohren. Obwohl sie Hosen und Stiefel getragen hatte, war ihre Weiblichkeit nur allzu deutlich zu sehen gewesen.

Damals hatte er sie hassen gelernt. Das rote Feuer auf seinen gedemütigten Jungenwangen hatte sich bis in sein Herz gebrannt. Es schwelte noch immer. Shanis Distanziertheit nährte dieses Feuer, und als sie ihn hier, bei völlig fremden Menschen, zurückgelassen hatte, war es noch stärker aufgeflammt und hatte ihn eingehüllt – wie der Waldbrand, der seinen Vater vernichtet hatte.

Tief im Innern wusste Ewen, dass Shani die Kraft hatte, den in seiner Seele brennenden Zorn zu löschen. Doch ein anderer

Teil seines Ichs, vielleicht war es das Feuer selbst, wollte nicht, dass sein Zorn sich verringerte.

Bald ist sie wieder hier, dachte Ewen. Er setzte sich auf einen Stein und fing ernsthaft an zu planen. *Ich wüsste gern, ob es sie überhaupt kümmert, wenn sie erfährt, dass ich ausgerissen bin. Aber wohin soll ich nur gehen?*

Ardais und Nevarsin lagen am nächsten. *Nein,* dachte er und hakte den letzteren Ort ab. *Ich habe genug vom Leben bei den Cristoforos.* Mikhail und seine Freipartnerin Mhari hatten ihm ihre Religion zwar nicht aufgezwungen, doch er war ihrer Frömmigkeit trotzdem ausgesetzt gewesen. Außerdem wusste er, dass der Winter vor der Tür stand. Und in Nevarsin war es angeblich noch kälter als in Zandrus fünfter Hölle.

Also Ardais. Er hielt inne, denn ihm wurde klar, dass er dann nach Osten gehen musste. Er war gerade aufgestanden, um loszugehen, als er ein scharfes Klatschen hörte. In der Nähe bewegte sich jemand. Ewen pirschte sich an das Geräusch heran.

Tara! Sie kniete neben einem toten Rabbithorn. Ewen beobachtete die Geschicklichkeit, mit der die junge Frau das Tier an der Beute festband, die sie schon erlegt hatte.

Mikhail hat Recht, sie könnte mir wirklich beibringen, wie man jagt, dachte er. *Also reiße ich erst später aus.* Sobald er wusste, wie man seine eigene Nahrung fing, brauchte er auf dem Weg nach Ardais wenigstens nicht zu hungern.

»Du hast ja ordentlich Beute gemacht«, rief Ewen, als er sein Versteck verließ.

»Ewen?« Tara schaute auf. In ihrer Stimme mischten sich Überraschung und Verblüffung. »Hast du deine Aufgaben denn schon gemacht?«

»Mikhail hat gesagt, ich soll zu dir gehen und lernen, wie man jagt.«

»Ach so.« Sie schwang die Leine mit der Beute über ihre

Schulter. »Es ist zwar längst genug, aber Mhari hat sicher nichts dagegen, wenn sie noch einen Braten für den Winter räuchern kann.«

Als Tara zwischen den Bäumen herging, lief Ewen hinter ihr her. Kurz darauf zeigte sie ihm anhand von Spuren auf dem Boden, welche Tiere sich in der Umgebung aufhielten.

Willig sog Ewen alles in sich auf, was Tara bereit war, ihn zu lehren. In den folgenden Tagen wurde er ihr Jagdgefährte. Früher hatte sie ihre Zeit allein damit zugebracht, den Hof mit Fleisch zu versorgen. Nun konnte sie dank Ewens Hilfe oft schon gegen Mittag nach Hause zurückkehren.

Der Junge überzeugte sie, dass es für Pier an der Zeit sei, den Umgang mit einem Schwert zu erlernen. Er schenkte Pier das kleine Holzschwert, das er mitgebracht hatte. Sein Vater hatte es gemacht, als er sechs Jahre alt gewesen war, doch jetzt war er zu groß dafür. Nachdem er sich ein Übungsschwert geschnitzt hatte, führte er Tara vor, was er damit alles anstellen konnte. Sie lobte ihn wegen seiner Geschicklichkeit, und er versprach, ihr bei Piers Ausbildung zu helfen.

»Weißt du«, vertraute sie ihm an, »wir Entsagenden verwenden nur selten Schwerter. Es ist uns verboten, sie zu tragen. All meine Fertigkeiten habe ich mit einem langen Messer erlernt, aber manche Prinzipien sind halt identisch.«

Ohne dass Ewen es bemerkte, mochte er Tara immer mehr. Schließlich vergaß er sogar seinen Plan, eines Tages auszureißen. Er fiel ihm erst an dem Tag wieder an, an dem Shani eintraf. Tara und Ewen kehrten gerade von der Jagd zurück, als Pier ihnen die Neuigkeit überbrachte.

»Deine Mutter ist da!«, rief er und lief ihnen entgegen. »Jetzt brauche ich meine nicht mehr mit dir zu teilen!«

In Ewens Bauch schien sich alles zu verknoten. Wortlos folgte er Tara ins Haus. Pier kam mit. Er brabbelte über die

Armreife, die Shani ihnen aus der Stadt mitgebracht hatte. »Beeil dich. Wenn's zu nah an der Essenszeit ist, verbietet Mhari uns, dass wir sie jetzt schon kriegen.«

»Hallo, *Chiyu*«, begrüßte Shani ihn, als sie ihm an der Haustür begegnete.

Ewen versteifte sich bei den Worten, aber er erwiderte nichts. Er ging an der Frau vorbei, als wäre sie nur der Schatten des Türrahmens. Dann hörte er hinter sich plötzlich ein Rumsen und lächelte in sich hinein. Entweder hatte sie die Tür enttäuscht zugeknallt oder getreten.

Später, am Nachmittag, hörte Ewen, wie Shani sich beim Ausnehmen des Wildes mit Mhari unterhielt.

»Danke, dass du mich zum Bleiben eingeladen hast, aber ich glaube nicht, dass auch nur eine von uns darauf aus ist, den Winter eingesperrt mit einem mürrischen Kind zu verbringen. Nach allem, was du mir erzählst, gewöhnt Ewen sich an das Leben hier. Ich möchte ihn nicht dabei stören.«

»Aber die Tatsache, dass es Ewen gelungen ist, seine Vorurteile gegenüber Tara zu überwinden, beweist doch, dass er sich ändern kann«, wandte Mhari ein. »Wenn er die Gelegenheit bekommt, dich kennen zu lernen, baut er vielleicht auch seinen Groll dir gegenüber ab. Er ist doch fast schon ein Mann. Dir bleiben nicht mehr viele Jahre, um ihn für dich zu gewinnen.«

»Glaubst du wirklich, dass ich das kann?«

Ewen schluckte schwer, als er die Gewissheit in Shanis Stimme hörte. In seiner Kehle hatte sich wohl irgendein Klumpen verfangen.

»Ist es den Versuch denn nicht wert?«, hörte er Mhari fragen. »Wenn der Schnee kommt, musst du dich doch irgendwo einigeln. Warum also nicht hier?«

Shani antwortete nicht.

»Offen gesagt«, fuhr die alte Frau fort, »brauchen wir dich

hier. Es ist der erste Winter, in dem unser Haus so leer ist. Die Gerüchte über die Banshees, die im letzten Jahr hier heruntergekommen sind, haben uns ziemliche Angst eingejagt. Ich glaube, mit einer erfahrenen Kämpferin an der Seite wären wir alle sicherer.«

Shani blieb.

Zuerst zeigte Ewen seine Geringschätzung für seine Mutter, indem er ihr aus dem Weg ging. Er setzte sich auch nicht zu den anderen, wenn sie abends am Feuer Platz nahmen, um Mikhails Erzählungen zu lauschen. Aber es schien niemanden zu stören, dass er nicht aß. Niemand kam, um ihn an den Tisch zu locken. Nicht mal Pier schmuggelte ihm abends etwas Essbares aufs Zimmer.

»Deine Mama ist lieb«, sagte der jüngere Knabe. »Zwar nicht so hübsch wie meine, aber freundlich. Weißt du noch, wie sie uns Süßigkeiten mitgebracht hat?«

Es ist sinnlos, es Pier zu erklären, dachte Ewen. *Das Bürschlein hat sich den Bauch vollgeschlagen, und trotzdem lechzt seine Zunge nach Süßigkeiten.* Sein Magen hingegen war leer und knurrte. Am dritten Tag gab er klein bei.

Nachdem Ewen sich an die Anwesenheit seiner Mutter gewöhnt hatte, stellte er fest, dass sie sich eigentlich nicht sehr von Tara unterschied. Doch wenn er die beiden Frauen vor dem Feuer sitzen sah und sie zusammen arbeiteten, nagte ein anderer Argwohn an ihm. Wie hatte man die Amazonen noch mal genannt? Frauen, die Frauen liebten?

Ewen hatte nur eine vage und unbehagliche Vorstellung davon, was dies bedeutete. Er studierte jedes Wort und jede Bewegung, welche die Frauen machten. Abends, wenn Pier schlief, drückte er verschämt ein Ohr an die Wand, die das Jungenschlafzimmer von dem trennte, das ihre beiden Mütter sich teilten. Er wusste zwar nicht genau, was er zu hören wünschte, aber er vernahm nie etwas anderes als müßiges Geplauder.

Sie nannten sich gegenseitig »Schwester«, aber diesen Begriff benutzte auch Mhari. Selbst Mikhail schien nicht über Gebühr mit den beiden jungen Frauen vertraut zu sein. Ewen wusste sehr wohl, was die Wörter bedeuteten, mit denen man seine Mutter belegte. Je länger er darüber nachdachte, desto weniger deutete darauf hin, dass sich diese Vorwürfe bestätigten. Seine Mutter kleidete sich zwar anders und lebte anders als die Frauen, die ihn erzogen hatten, aber sie wirkte weder schlimmer noch unmenschlicher als sie.

»Wie kannst du nur so leben?«, hörte er Shani Tara eines Abends fragen, als er wieder an der Wand lauschte. »Weißt du eigentlich, was man in den Gildenhäusern über euch sagt?«

»Weißt du, was man sich über die Entsagenden erzählt?« Tara lachte. »Tratsch bleibt Tratsch. Wenn du willst, kannst du ihn glauben. Die Wahrheit ist und bleibt die Wahrheit. Ich bin glücklich hier. Ich habe den Eid nicht verletzt. Ich kann meinen Sohn heranwachsen sehen und weiß, dass er nicht von den zotigen Kerlen beeinflusst wird, die sein Vater seine Freunde nennt.«

Shanis Stimme klang traurig, als sie antwortete. »Ich glaube nicht, dass es mir je gelingen wird, Ewen die Dinge vergessen zu lassen, die man ihm über mich erzählt hat. Er kann mich nicht ausstehen.«

»Nach allem, was du sagst, kennt er dich doch gar nicht. Mhari hat so was immer wieder gesehen, seit die erste unserer Schwestern vor einem Sturm hier Schutz suchte. Sie hat einen Sohn geboren und wollte ihn sich nicht wegnehmen lassen. Mhari hat ihr angeboten, ihn aufzunehmen und ihr eine Unterkunft zu stellen, wenn sie ihn besuchen wolle. Die Entsagende blieb, und nach ihr blieben auch andere. Manche, wie ich, bringen ihre Söhne gleich vom Gildenhaus mit. Aber viele sind wie du, Shani. Es war richtig, dass Mhari dich gebeten hat zu bleiben. Ich sehe schon, dass er nachgibt.«

Sie hatte Recht. Es wurde Ewen beim Lauschen klar. Er war sich der Mühen bewusst, die Shani in ihn investierte. Er war ihr wichtig, und allmählich wurde auch sie ihm immer wichtiger.

Nein!, kam ein sengendes Gefühl aus den Tiefen seiner Seele. *Sie lässt mich zu oft allein. Sie geht weg, wie mein Vater. Irgendwann kehrt sie nicht mehr zurück.*

Ewen schüttelte sich. Manchmal brennt Eis ebenso heiß wie Feuer. Er empfand nun keine Verärgerung, sondern etwas Kaltes und Erschreckendes: Angst. Er gab sich alle Mühe, seine Gefühle zu verstehen.

Jedes Mal, wenn sie sich auf die Bergstraßen hinaus wagt, sagte er sich, *riskiert sie ihr Leben, so wie mein Vater. Ich werde sie nicht lieben. Ich will nicht noch einen Elternteil verlieren. Wenn ich ihr wirklich wichtig bin, bleibt sie hier, wie man es von einer Mutter erwarten kann.*

Momentan hatte sie ohnehin keine andere Wahl. Shani konnte erst gehen, wenn der Schnee schmolz und die Pässe wieder frei waren. Doch manche Reisende ließen sich auch von Eis und Schnee nicht aufhalten.

Eines Nachts wurde Ewen von einem gespenstischen Heulen geweckt. Es war der erste von vielen weiteren schrecklichen Schreien dieser Art. Bald versammelten sich die Hausbewohner, um über das Vorrücken der Banshees zu sprechen. Auch die Jungen wurden für den Fall, dass einer der riesigen Vögel ihnen zu nahe kam, in die Verteidigungsstrategie des Hofes einbezogen.

»Vielleicht sollten wir den Verlust einiger Rinder einfach in Kauf nehmen«, schlug Mhari vor. »Sie sind doch nur darauf aus.«

»Und wenn sie das Vieh gefressen und noch immer Hunger

haben?«, entgegnete Shani. »Was ist, wenn sie beschließen, ihre Nester in unseren Wald zu verlegen?«

»Sie haben sich doch noch nie länger als zehn Tage bis hierhin vorgewagt«, wandte Mikhail ein. »Es gibt keine Aufzeichnungen darüber, dass sie je in unseren Höhen genistet haben.«

»Es hat noch nie einen besseren Markt für Vogelfedern gegeben«, sagte Shani. »Die Gier der *Terranan* nach darkovanischem Zierrat hat dazu geführt, dass man heute doppelt so viele Fallen stellt wie früher. Das ist zumindest einer der Gründe, weshalb diese Biester sich immer weiter vorwagen, um nach Nahrung zu suchen.«

»Demnach ist es also wahrscheinlich, dass wir uns selbst verteidigen müssen?«, fragte Mikhail.

Shani zuckte die Achseln. »Wer weiß? Aber man sollte sich nicht erst dann einen Unterstand bauen, wenn der Schneesturm schon da ist.«

»Vorbereitung ist demnach die beste Verteidigung?«, umschrieb Mikhail ihre Worte.

Shani nickte. »Und wenn wir uns schon mal entschlossen haben, gegen die Banshees zu kämpfen, warum sollen wir uns dann das Vieh rauben lassen? Wir werden es ebenfalls beschützen.«

»Und wie?«, fragte Tara. »Banshees sind größer als Menschen. Ich habe gehört, sie können ein Pferd mit einem Schlag umhauen.«

Pier, der auf ihrem Schoß saß, schmiegte sich enger an sie. Er schien ihre Furcht zu spüren.

»Was kann man schon mit einem Messer gegen solche Krallen ausrichten?«

»Vielleicht könnte ich im Hauptquartier ein paar Blaster requirieren«, schlug Mikhail vor.

Die drei Frauen schienen über diese Idee verschreckt zu

sein. »Glaubt ihr etwa, die Banshees halten sich an den Vertrag?« Mikhail bemühte sich, unbeschwert zu klingen, doch seine Worte munterten niemanden auf.

»Beim Koordinator bist du ohnehin schon in Ungnade gefallen«, bemerkte Mhari. »Doch in einem deiner vielen Bücher müsstest du eigentlich auch eine Waffe finden, die den Gesetzen entspricht und trotzdem etwas gegen diese Geschöpfe bewirkt.«

»Hmmm ...« Mikhail zupfte an seinem Bart, dann wandte er sich zu Tara und Shani um. »Kommt mit, ihr beiden. – Mhari, die Jungs sollen dir helfen, unsere Nahrungsvorräte aufzulisten. Vielleicht müssen wir sie strecken ...« Er war schon in seiner Bibliothek, und die Entsagenden folgten ihm auf dem Fuße.

Zusätzlich zu Taras Jagdbogen bewaffnete sich die auf dem Hof lebende Familie mit Lanzen, die man nach den Abbildungen aus einem von Mikhails Büchern herstellte. Sie wurden aus langen, dicken Ästen geschnitzt. Ewen half beim Zuschneiden der Schaftspitzen. Mikhail brachte allen außer Pier bei, wie man Lanzen in den Boden rammt.

»Wenn mein Plan aufgeht«, erklärte er, »spießen sich die angreifenden Biester selbst auf.«

»Ich glaube nicht, dass Banshees in Rudeln umherziehen«, erwiderte Shani. »Schon einer wird uns genug Ärger machen.«

»Wenn sie kommen, wird zunächst der Stall sie anziehen«, fuhr Mikhail fort. »Tara wird versuchen, sie abzuschießen ...« Als ihm Shanis hochgezogene Augenbrauen auffielen, verbesserte er sich: »Sie wird versuchen, *ihn* abzuschießen. Falls es schief geht, stehen die Lanzen bereit.«

»Ich halte es trotzdem für klüger, ein Rind zu opfern«, brummte Mhari. »Was sind schon ein oder zwei Rinder gegen ein Menschenleben?«

»Kann man einen Wolf abwehren, indem man ihn mit einem Huhn füttert?«, konterte Shani.

Mhari seufzte nur. Man fasste einen Beschluss. Die Jungen lagen jede Nacht wach und lauschten den immer näher kommenden entsetzlichen Schreien. Sie beteten zum Gott der *Cristoforos,* dass die Banshees nicht kamen.

Vielleicht hatte der Halbgott sie erhört, vielleicht hatte aber auch Shani Recht, dass Banshees nicht in Rudeln umherzogen. Schließlich zeigte sich ein einzelner Banshee. Sein Geheul warf auf dem Bauernhof Echos und übertönte das entsetzte Muhen der Rinder.

Ewen ignorierte die über seinen Rücken laufende Kälte und gesellte sich zu den anderen, die an der Eingangstür standen.

»Er hält auf den Stall zu«, flüsterte Shani. Sie beobachtete den Hof durch einen Spalt in der Tür.

Tara baute sich neben ihr auf. Sie trug einen Bogen und einen Köcher bei sich. Nachdem sie dem Köcher einen Pfeil entnommen hatte, gab sie ihn an Shani weiter. Ewen trat zurück, als seine Mutter die Tür aufschob. Gleichzeitig spannte Tara die Bogensehne. Sie trat in den Türrahmen, legte an und zielte.

Der kalte Winterwind ließ Ewen noch mehr frösteln. Mhari hatte Pier einen Schal umgebunden und trug ihn in die Ecke ans Feuer. Tara schoss den Pfeil ab. Sobald er fortgeflogen war, griff sie nach dem nächsten, den Shani ihr reichte.

»Streifschuss«, gab Mikhail bekannt, als Tara sich zum zweiten Schuss bereitmachte.

»Treffer!«, rief er Sekunden später. »Es scheint ihm aber nicht mal aufgefallen zu sein.«

Ewen wagte es, einen Blick an Mikhail vorbeizuwerfen. Das Geschöpf krallte sich in die Stalltür. Sein Kopf ragte über dem Türsturz auf. Taras Pfeil baumelte an der losen Haut seines Hinterkopfes.

Ein dritter Pfeil bohrte sich in die Schulter des Vogels, an der eine seiner nutzlosen Schwingen schlaff herabhing. Der Kopf des Banshees fuhr herum, dann auch sein Körper. Ewen sah noch, dass die Bestie schwerfällig auf das Haus zukam, dann warf Shani die Tür ins Schloss. Mikhail trug aus der Ecke neben der Tür die Lanzen heran. Er verteilte sie an die Entsagenden und behielt eine für sich.

»Bring Pier in die Speisekammer«, wandte Shani sich an Mhari. »Dort gibt es weder Türen noch Fenster, durch die der Banshee eindringen kann.«

Während Mhari Pier aus dem Raum brachte, ließ das Geschöpf seinen Körper gegen die Hausecke krachen.

»Was bedeutet das?«, fragte Mikhail leise.

»Die Wärme der Feuerstelle zieht ihn an«, erwiderte Shani. Die Wand klapperte unter dem Aufschlag des tierischen Körpers. »Sollen wir warten, bis er ein Loch in die Hauswand schlägt?«

»Vielleicht hatte Mhari doch Recht«, hörte Ewen sich zu seiner Überraschung sagen. »Vielleicht wären wir sicherer, wenn wir ihn ein Rind fressen ließen.« Zum ersten Mal richtete er seine Worte direkt an seine Mutter.

»Dafür ist es nun zu spät, mein Junge«, erklärte Mikhail.

»Wenn du es unbedingt willst«, sagte Shani rasselnd, während ihr Blick verärgert über Ewen hinweghuschte und sich dem alten Mann zuwandte, »gibt es eine Möglichkeit. Ich lenke ihn ab. Du schleichst dich in den Stall und besorgst ihm einen ordentlichen Happen.« Ihre Stimme klang grimmig und Furcht einflößend, aber sie schien es ebenfalls zu bemerken. Sie holte tief Luft und beendete ihre Anweisung. »Aber geh langsam. Bewegungen ziehen die Viecher an.«

Shani ignorierte Mikhails Protest. Sie trat, die Lanze fest an sich gepresst, auf den Hof hinaus und schlich voran, bis sie hinter dem Vogel stand. Er war zu sehr damit beschäftigt, sich gegen die Wand zu werfen, um ihre vorsichtigen Schritte wahrzunehmen. Als sie auf einer Höhe war lief sie in Richtung Wald davon. Der Banshee hörte auf, sich gegen die Wand zu werfen. Er hob seinen grotesk geformten Kopf, als spürte er etwas. Shani lief noch immer, als er den spitzen Schnabel in ihre Richtung drehte. Sein Körper drehte sich auf riesigen Krallen.

Nun ging Mikhail gemessenen Schritts zum Stall. Der Vogel hatte sich inzwischen vollständig umgedreht und folgte Shani. Sein Tempo ließ Ewen vor Schreck keuchen. Er schlüpfte an Tara vorbei auf den verschneiten Hof hinaus. Shani fuhr herum, um sich der Bestie zu stellen. Sie stieß das stumpfe Ende der Lanze in den gefrorenen Boden und hielt sich bereit. Ewen erspähte den auf sie zuschießenden großen Schnabel.

»Mutter!«, schrie er.

Die Lanzenspitze ragte aus dem Rücken des Vogels hervor. Shani verschwand unter dem schweren Körper des fallenden Geschöpfs.

»Mutter!«, schrie Ewen erneut und rannte los. Der Vogel zuckte noch, und er hatte Angst, er könnte die unter ihm liegende Frau erdrücken. Hektisch stieß er mit seiner Lanze auf das Tier ein. Das Fleisch schien undurchdringlich zu sein, aber als seine Panik nachließ, wurde ihm klar, dass er eine verletzliche Stelle finden musste. Ein großes, blindes Auge richtete sich auf ihn. Ewen bohrte die Lanze in das leere Starren hinein und stieß so fest er konnte zu, bis es nicht mehr tiefer ging.

Als das Wesen sich nicht mehr rührte, tauchte Tara neben ihm auf. Sie bohrte ihre Lanze von einer Schwinge zur anderen quer durch den Banshee. Dann setzten sie die Waffe gemeinsam als Hebel ein, um den Kadaver von Shani zu wälzen.

Sobald das Gewicht nicht mehr auf ihr lag, holte Shani tief Luft. Ewen sank im Schnee auf die Knie.

»Mutter?«

»Ewen ...«, hauchte Shani. Dann schnappte sie erneut nach Luft.

Tara kniete sich neben ihn. Ihre Hände betasteten vorsichtig den blutbefleckten Oberkörper der Gestürzten.

»Hast du dir vielleicht ein paar Rippen gebrochen? Ich spüre aber keine ernsthaften Verletzungen. – Was glaubst du, Shani?«

Ewen verfolgte, wie seine Mutter zuversichtlich nickte. Sie schaute ihn unentwegt an.

»Mikhail«, rief Tara, »hilf mir mal, sie ins Haus zu tragen!«

Der Mann kam und bückte sich, um Shani an den Schultern hochzuheben. Tara packte ihre Beine. Als sie Shani aufrichteten, verzog sie das Gesicht. Dann drehte sie den Kopf, um Ewen anzulächeln.

»Bringen wir sie ans Feuer«, sagte Mikhail drängend.

Für Ewen, der fröstelnd neben ihm herging, hatten seine Worte einen guten Klang.

Ihm fiel voller Bestürzung das Feuer ein, das einst in seinem Inneren getobt hatte – der Zorn über den Verlust seines Vaters. Er erinnerte sich an die eiskalte Angst, die ihn daran gehindert hatte, die Hand nach seiner Mutter auszustrecken. Beides war nun weg. An diesem Abend hatte sich das eine dem anderen stellen müssen: Das Feuer hatte das Eis geschmolzen, und das schmelzende Eis hatte das Feuer gelöscht.

Ewen fühlte sich nun als Ganzes und folgte den anderen ins Haus.

»Jetzt weiß ich, woher der Junge seine Hitzköpfigkeit hat«, hörte er Mikhail sagen.

Über Lynne Armstrong-Jones
und
»Nur eine Kleinigkeit«

Ich beginne mit dem Hinweis, dass Lynne Armstrong-Jones nicht mit Lord Snowdon verwandt ist. Soweit ich weiß, kann sie nicht einmal fotografieren. Momentan geht sie dem Beruf einer Psychometrikerin nach, der aber nicht, wie in den USA, darin besteht, dass man ein Artefakt anfasst und anhand der Psyche erkennt – oder zu erkennen vorgibt – woher es stammt. In Kanada, wo sie lebt, unterziehen Psychometriker Kinder einer Prüfung, um ihre Intelligenz und Fähigkeiten zu messen. (Ich habe dergleichen auch eine Weile gemacht. Bei uns nennt man so was Erziehungsberater. Aber die meisten messen gar keine Intelligenz – denn derlei hält man für undemokratisch –, sondern bringen in Erfahrung, welches College für bestimmte junge Leute das richtige ist oder für welchen Beruf sie möglicherweise qualifiziert sind.)

Lynne Armstrong-Jones sagt über sich: »Ich habe mein Leben lang geschrieben, aber der größte Teil meiner Ideen befindet sich noch als Phantasien – was wohl sonst? – in meinem Kopf. Dies hat sich verändert, als ich entdeckte, wie leicht man Texte mit Hilfe eines PC bearbeiten kann.«

Sie ist 37 Jahre alt und lebt in London, Ontario, mit zwei Katzen, einem Computer und einem »nach allerlei verlangenden dreijährigen Sohn«. Außerdem ist sie ein Musterbeispiel für den Spruch »Wenn's beim ersten Mal nicht klappt, versuch es immer wieder.« Eine Zeit lang landete alle paar Wochen eine ihrer Erzählungen auf meinem Schreibtisch, bis aufgrund reiner Hartnäckigkeit und Übung eine davon druckreif wurde. Ihre erste veröffentlichte Erzählung *The Lady, the Wizard, and the Thing* erschien in der zweiten Ausgabe von *Marion Zimmer Bradley's Fantasy Magazine*. Ihre ersten sieben oder acht Kurzgeschichten wurden, glaube ich, für die erste Nummer eingeschickt. Eine davon war sogar die Erste, die ich für das Magazin begutachtet habe. Obwohl ich sie ablehnen musste, habe ich Lynnes Namen nicht vergessen und mich sehr gefreut, als sie mir schließlich etwas schickte, das ich veröffentlichen konnte. MZB

Nur eine Kleinigkeit

von Lynne Armstrong-Jones

Donalla lief. Sie lief blindlings, ohne sich darum zu kümmern, wohin. Es hätte ohnehin keine Rolle gespielt, denn die Tränen ließen alles um sie herum verschwimmen.

Es war in letzter Zeit immer so. Jedes Mal, wenn sich ihre Enttäuschung in Zorn verwandelte, hatte sie die Gelegenheit wahrgenommen, im Gegenzug in den Wald zu laufen.

In letzter Zeit war sie sehr oft enttäuscht gewesen. *Laran!* Gab es denn überhaupt kein anderes Thema?

O ja, mein lieber Bruder, dachte Donalla. *Du hast diese großartige Gabe, und man schmiedet wunderbare Pläne mit dir! Nun bist du mit einer ebenso begabten Frau verheiratet und wirst bald Kinder zeugen, die Kräfte haben werden, von denen die* Leroni *bisher nur träumen!*

Donalla hatte ihren Schritt verlangsamt und gab sich völlig den Tränen hin, die ihren Augen entströmten. Sie nahm auf einem Baumstamm Platz und fragte sich weinend, warum sie wohl eine so große Enttäuschung war. Das *Laran* war nicht urplötzlich beim Beginn der Pubertät über ihren Bruder und ihre Schwester gekommen, sondern irgendwie mit ihnen gewachsen.

Und jetzt, dachte die junge Frau, *bin ich fast fünfzehn und habe es noch immer nicht!*

Sie dachte seufzend an ihre Eltern und deren Verwirrung: Welche begabte Familie würde sie trotz ihrer Abstammung als Braut ihres Sohnes annehmen wollen, wenn sie über kein einziges Talent verfügte?

Wahrscheinlich werde ich als Gattin eines Lumpensammlers enden, dachte sie mit einem Seufzer.

Ach, es hatte Zeiten gegeben, in denen sie sich ziemlich sicher gewesen war, dass sie das *Laran* bekam. Denn was sonst konnte die eigenartigen Gefühle erklären, die sie manchmal grundlos durchströmten?

Doch alle hatten »Nein« gesagt, denn die Haushalt-*Leronis* hatte, den Sternenstein noch in der Hand, den Kopf geschüttelt. Wenn die *Leronis* dieser Meinung war, musste es so sein.

Der Schrei eines Kyorebni irgendwo über ihr ließ sie zusammenzucken und in die Wirklichkeit zurückkehren. Donalla stand auf. Ihr Blick suchte den Himmel nach einem Anzeichen des Riesenvogels ab. Sie sah ihn jedoch nicht, und als sie gerade anfangen wollte, sich zu entspannen ...

Donalla keuchte auf. Plötzlich spürte sie, dass ihr Herz schneller zu schlagen begann ...

Sie lief und lief ... *Nein,* dachte sie, *ich stehe still ... Warum fühlt sich mein Verstand an, als liefe mein Körper?*

Sie empfand einen Schmerz, aber er war nicht körperlich. Sie spürte Entsetzen und sah den Tod vor Augen – und doch wieder nicht.

Irgendwie wusste sie, woher es kam. Ihre grauen Augen musterten die Bäume im Westen. Dann ging sie in ebendiese Richtung ... Schnell, schnell!

Nun konnte sie es hören. Hastig schob sie das buschige Gewächs beiseite.

Da – ein Kind. Ein Junge. Sie eilte zu ihm. Blut tropfte ihm aus einer Schnittwunde auf der Stirn und lief ihm in die Augen, so dass er nicht mehr deutlich sah. Donalla murmelte beruhigende Worte, riss einen Streifen vom Saum ihres Gewandes ab und säuberte das Gesicht des Knaben. Einen weiteren Streifen band sie ihm um den Schädel, um die Blutung zu stillen. Sie lächelte erleichtert, als sie sah, wie das Blut nun langsamer floss.

Er war noch klein – kaum älter als vier, schätzte sie – und sah aus, als stamme er aus dem Dorf. Er gab ihr schluchzend zu verstehen, er sei mit seiner älteren Schwester unterwegs gewesen und habe sich verirrt. Dann war er einen Abhang hinuntergerutscht und hatte sich die Stirn aufgeschlagen.

Der Rest seines Gebrabbels klang in Donallas Ohren wie die Phantasien eines verängstigten Kindes. Sie lächelte.

»Dann komm mit«, forderte sie ihn freundlich auf. »Ich kenne einen Hügel, der so aussieht wie der, den du beschrieben hast. – Komm, Kleiner, suchen wir deine Schwester.«

Er war glücklich, ihre Hand anfassen zu dürfen.

Sie waren noch nicht weit gegangen, als sie eine weibliche Stimme hörten, die den Namen des Jungen rief. Die Schwester war unendlich erleichtert, als sie das Kind in die Arme schloss.

Der Waldspaziergang erschien Donalla nun sehr viel erfreulicher.

Sie hatte ihrer Mutter *Domna* Jamilla zwar von dem Erlebnis erzählt, aber auch gelernt, mit keinem Wort anzudeuten, *wie* sie auf das Kind gestoßen war. Man würde ohnehin behaupten, dass es kein *Laran* gewesen war.

Doch in dieser Nacht, als alle Hausbewohner schliefen, saß Donalla am Fenster und musterte den Himmel. »Idriel«, murmelte sie zu dem malvenfarbenen Mond hinauf, »was stimmt nicht mit mir?«

Obwohl sie nichts von der Wiederkehr ihres »Problems« erzählte, stellte sie fest, dass sie immer öfter darüber nachdachte – und sich jedes Mal, wenn es auftrat, bemühte, einen Sinn darin zu sehen.

»Was ist denn, *Chiya?«*, fragte *Dom* Mintus. »Bist du krank, mein Kind?«

»Nein, Vater«, hauchte sie. »Tut mir Leid – ich war mit den Gedanken woanders.«

Ihr Vater sagte nichts, sondern streichelte nur ihre rötlichen Locken und fragte sich, wie Haar, das ebenso rot war wie das seine, auf einem Schädel wachsen konnte, der nicht über das geringste *Laran* verfügte.

Plötzlich spürte er die Anspannung der jungen Frau. Er war wie vom Donner gerührt. »Was ist denn, Kind?« Mintus kniete sich neben seine Tochter hin und fragte sich, ob sie etwa doch krank war.

Donalla wollte antworten, doch die Furcht, die sie mit einem Mal überkam, überwältigte sie: Entsetzen und das Verlangen zu fliehen – doch sie war nicht dazu in der Lage. *Tod!* Vor ihr schien das Gesicht des Todes zu sein.

Plötzlich stand sie auf: halb aus eigener und halb aus anderer Kraft.

Aus der Kraft eines anderen, um dessen Leben es ging.

Und sie wusste, wo er war!

»Vater«, brach es keuchend aus ihr hervor, »schnell – hol Hilfe! Wir müssen zu ihm hin!«

Bevor Mintus sie befragen konnte, war sie durch die Tür ins Freie geflohen. Der Vater folgte ihr eilig und rief einem Bediensteten zu, ein Chervine zu holen und rasch nachzukommen.

Mit der Hand auf dem Schwertgriff rannte Mintus hinter seiner Tochter her in den Wald. Erst lief sie auf einen Weg zu, doch dann bog sie ab und eilte in Richtung der Klippen weiter.

Einen Moment lang befürchtete er, sie sei nicht bei Sinnen und wolle sich den Abgrund hinunterstürzen – doch dann verlangsamte sie ihren Schritt und blieb stehen, um nach unten zu blicken.

»Er ist dort unten«, stieß sie keuchend hervor.

Dom Mintus brauchte sein *Laran* nicht einzusetzen, um die Stelle ausfindig zu machen, an der sich der Mann aufhielt. Er saß auf einem Vorsprung und hatte sich offenbar bei dem Versuch verletzt, einen ziemlich gefräßigen Raubvogel abzuwehren.

Der Diener sicherte das Seil an einem in der Nähe stehenden Baum und kletterte zu dem Verletzten hinab. Der Vogel hatte offenbar erkannt, dass es anderswo leichter zugängliche Beute gab. Mintus und dem Diener gelang es, für den gebrochenen Arm und das gebrochene Bein des Mannes Schienen anzufertigen. Dann holten sie ihn irgendwie nach oben.

Den Rückweg über schwiegen sie.

Der Mann wurde zu Bett gebracht und versorgt. Er dankte *Dom* Mintus überschwänglich, weil er ihm das Leben gerettet hatte. Donalla stand im Korridor und hörte ihn fragen: »Aber woher wusstet Ihr, wo ich war?«

Mintus gab eine ausweichende Antwort. Als er den Raum dann verließ, schaute er seiner Tochter in die Augen.

»Vielleicht«, sagte er leise und streichelte die Wange der jungen Frau mit der Hand, »vielleicht hast du doch eine ›Kleinigkeit‹ *Laran*. Es ist sehr schmal in der Reichweite, aber auch sehr empfänglich. Du musst lernen, es klug einzusetzen, meine Tochter – aber ich weiß nicht, wie ...«

»Keine Angst, Vater«, sagte Donalla leise. »Mir ist völlig klar, was ich tun muss.«

Der Winter war schließlich zu Ende gegangen; und mit ihm auch die Gefahren, die Wind und Kälte mit sich brachten.

Donalla lächelte, als sie an die vielen Reisenden dachte, denen sie dabei geholfen hatte, den richtigen Weg zu finden. Ihre Angst- und Panikgefühle waren wie ein Leuchtfeuer für die junge Frau gewesen.

Nun wusste sie, dass sie nicht heiraten würde. Ihr *Laran* war noch immer zu schwach, um sie für eine hohe Familie begehrlich zu machen.

»Bist du ganz sicher, Tochter?«, fragte *Domna* Jamilla schon wieder.

»Ja, Mutter«, entgegnete Donalla lächelnd. »Obwohl der Frühling nun in unser Land gekommen ist, gibt es noch viele andere, in denen der Winter länger dauert. Und genau dort kann ich meine ›Kleinigkeit‹ am wirkungsvollsten einsetzen. Denk doch nur mal an die Menschen, die ich vielleicht retten kann!«

»Ein edler Gedanke, Tochter.«

Als Donalla das Pferd bestieg und fortritt, warf sie einen Blick über die Schulter auf das Anwesen zurück, das einst ihr Zuhause gewesen war.

Meine Eltern, dachte sie. *Meine armen Eltern! Wie es sie geängstigt hat, dass ihre Tochter nicht ihrem Sehnen entsprach! Das Traurigste von allem ist, dass sie wirklich nicht sehen, dass eine ›Kleinigkeit‹, die man für etwas Gutes einsetzt, wertvoller sein kann als das stärkste* Laran *überhaupt.*

Mit einem Seufzer, dann mit einem Kichern, gab sie ihrem Pferd die Sporen.

Über Joan Marie Verba und »Bewusstseinsfresser«

In einer dieser Einleitungen habe ich die Kontroverse über die Frage erwähnt, ob die Darkover-Geschichten zur Science Fiction oder zur Fantasy zählen. Einer Sache hat man sie jedoch nie beschuldigt: dass sie zum Genre des Horrors gehören, es sei denn im begrenztesten Sinne. Aber ich glaube, Miss Verba würde zustimmen, dass *Bewusstseinsfresser* zu den seltenen Horrorgeschichten gehört, die über Darkover geschrieben wurden ... genauer gesagt, in dem speziellen ursprünglichen Sinn jener Geschichten, bei denen man eine Gänsehaut bekommt und die eine Atmosphäre des Entsetzens erzeugen. Mit dem allzu gegenwärtigen modernen Horror, frei nach dem Motto: »Wenn du sie nicht in Angst und Schrecken versetzen kannst, schlachte sie ab«, hat dies nichts zu tun.

Joan Marie Verba wurde in Massachusetts geboren, lebt aber seit dem vierten Lebensjahr in Minnesota. Sie hat die University of Minnesota und die University of Chicago besucht und einen Hochschulabschluss in Physik. Ein Jahr lang hat sie als Dozentin an der Graduate School of Astronomy an der Indiana University gearbeitet und war zehn Jahre lang Computerprogrammiererin. Ich glaube, nach all dem hätte ich auch Horrorgeschichten geschrieben. Sie liest die Darkover-Bücher seit 1978 und hat bereits Erzählungen in *Die Freien Amazonen* und *Die vier Monde* veröffentlicht. MZB

Bewusstseinsfresser

von Joan Marie Verba

Domenic MacAran versuchte die finstere Vorahnung abzuschütteln, die mit jedem seiner verbissenen Schritte die uralte Steintreppe hinauf zunahm.

Als *Nedestro*-Sohn der Familie Alton verfügte zwar auch er über die Alton-Gabe, doch seine Mutter war eine *Nedestro*-Tochter der Aldarans gewesen, so dass er hin und wieder auch blitzartige Zukunftsvisionen empfing. Dieses Gefühl machte ihm nun zu schaffen. Aber er konnte nicht mehr zurück: Der Turm, in dem er als Unterbewahrer gelebt hatte, war nun eine in den Tieflandkriegen, die in den Domänen tobten, zerstörte Ruine.

Nein, die einzige Kur für seine Kriegsmüdigkeit bestand darin, sich den Kämpfen zu entziehen und so tief in die Hellers vorzustoßen wie möglich, um ein Dorf zu finden, das so isoliert lag, dass seine Bewohner die Domänen nur gerüchteweise kannten und *Laran*-Waffen für eine Legende hielten. Er war von einer Familie aufgezogen worden, die nur über bescheidene Mittel verfügte; er konnte seinen Lebensunterhalt auch als Hirte, Zimmermann oder Maurer verdienen. Er hatte in der Garde gedient; vielleicht konnte er auch ein Auskommen als Leibwächter finden, wenn sich einer der Bergfürsten einen solchen leisten konnte. Doch wo er sich auch niederließ – er musste es rasch tun, denn der Winter stand unmittelbar vor der Tür, und er konnte in den unausweichlichen Gewittern und Schneestürmen nicht allein in den Hellers umherziehen.

Doch zunächst hatte er die Treppe vor sich. Sie war am Ende einer zugewachsenen unbefestigten Straße aufgetaucht. Jahrelanger Frost hatte das Gestein splittern lassen, aber es war durch die Beanspruchung nicht glatt geworden. Überall in den Ritzen wuchs Unkraut. Er hatte die Treppe für eine natürliche Steigung gehalten, bis er einen Fleck entdeckt hatte, an dem zwei Steinplatten einander angepasst waren.

Er hatte den Matrixstein von seinem Hals genommen und sie genauer untersucht. Das Fundament wies keinen Mörtel auf und auch keinerlei Anzeichen, dass man es mit Werkzeugen bearbeitet hatte. Die Treppe war vor sehr langer Zeit von Matrixarbeitern gebaut worden. Um sich zu versichern, dass in der Nähe kein Turm existierte, war er kurz in die Überwelt gegangen, in der jeder Turm seine Markierung hinterließ. Es gab hier keinen, aber das Gefühl einer drohenden Gefahr hatte im gleichen Augenblick eingesetzt.

Domenic erreichte das Ende der Treppe. Als er aufschaute, fiel ihm auf, dass die Nacht hereinbrach. Die schartigen Ränder einer dunklen, sternenübersäten Decke kamen auf ihn zu, waren erst über, dann hinter ihm, reichten bis an den fernen Horizont. Idriel und Liriel waren aufgegangen und beleuchteten seinen Weg.

Eine Steinstraße tauchte vor ihm auf. Er kam in ein Dorf. Auf dem Dorfplatz befand sich ein Springbrunnen. Er blieb stehen, um zu trinken, sich zu waschen und seine Feldflasche zu füllen. Er schaute sich nach einem Haus um, an dessen Tür man vielleicht klopfen konnte, um ein Obdach für die Nacht zu erbitten. Durch die geschlossenen Läden der kleinen Steinhäuser strömte Licht, aber seine Aufmerksamkeit wurde vom finsteren Antlitz eines Gebäudes außerhalb der Ortschaft angezogen.

Nein! Lass mich in Ruhe!

Domenic legte die Hand auf den Griff seines Schwertes und drehte sich um.

Da war niemand. Er hörte kein Geräusch. Mit einer Hand auf dem Matrixstein lugte er in die Überwelt. Er sah einen Jugendlichen mit der Statur eines Kuriers, der durch die graue Ebene eilte. Er nahm an, dass ein junger Bursche mit frisch entwickeltem *Laran* einen Alptraum hatte. In diesem Fall konnte er seiner Familie, falls er sein Haus fand, als *Laranzu* seine Dienste anbieten. *Laran*-begabte Kinder in abgelegenen Gebieten mussten leiden, es sei denn, sie lernten sich zu beherrschen oder hatten mildere Formen der Schwellenkrankheit.

Als er sich den Häusern zuwandte, war das Abbild der Überwelt verschwunden. Bevor er den Matrixstein einsteckte, erweckte irgendetwas an den Gebäuden seine Beachtung. Sie waren ebenso matrixgebaut wie früher die Burg in Thendara. Wer würde diese Energie wohl an gewöhnliche Dorfbauten verschwenden? Und das noch in einem Gebiet, dessen nächster Turm zehn Tagesritte entfernt war?

Wolken verdeckten die Monde. Es fing an zu schneien. Domenic klopfte an die Tür eines Hauses. Bevor er nur ein Wort sagen konnte, erblickte die Frau, die ihm öffnete, seinen Sternenstein und sagte leise und verblüfft: »*Laranzu*!«

Dann knallte sie ihm die Tür vor der Nase zu.

In jedem anderen Haus des Dorfes war es das Gleiche.

Domenic saß im Pulverschnee und wischte sich mit dem Ärmel über die Stirn, obwohl er nicht schwitzte. Im Tiefland war man ihm mit Respekt begegnet, sogar mit Ehrfurcht, und niemand hatte ihn je gemieden. In den Domänen fand bestimmt selbst der letzte Bettler in den primitivsten Hütten ein Quartier für die Nacht. Warum verweigerten sich ihm diese Dörfler?

Domenic wandte sich wieder dem Gebäude außerhalb der Ortschaft zu. Es war größer als die Burg in Thendara. Hätte er es nicht zuvor bei Tageslicht gesehen, hätte er es vielleicht für einen Berg gehalten. Aus den Türen und Fenstern drang kein Licht hervor. Natürlich hätte er versuchen können, die Nacht in irgendeinem Stall zu verbringen, doch der Geruch von Heu und Stroh verstopfte ihm die Nase. Er ging zu der Burg.

Vor den hölzernen Flügeln des Tores blieb er stehen. Sie waren in gutem Zustand, bewegten sich auf Scharnieren und waren nicht verschlossen. Er bewegte den Riegel und drückte. Das Tor ließ sich leicht und geräuschlos öffnen. Er rief nach den Bewohnern. Niemand antwortete ihm. Mit Hilfe des Matrixsteins erzeugte er ein kaltes blaues Licht in seiner Hand. Dann trat er ein und zog die Tür hinter sich zu.

Domenic stand in einer Eingangshalle. Links vor ihm befand sich eine Steintreppe. Daneben war ein Korridor. Rechts von ihm lag eine weitere Tür, die möglicherweise in eine Kammer führte. Ganz weit links bemerkte er einen offenen Eingang, der in einen gewölbeartigen Saal führte. Er hielt das Licht in der Hand vor sich ausgestreckt und trat ein.

Der glatte Holzboden war sauber. Seine empfindliche Nase nahm keinen Staub wahr. In der Mitte des langen Saales befand sich eine Feuerstelle. Sie war größer als er. Daneben war trockenes Holz gestapelt. Er ging darauf zu, legte Gepäck und Schwert ab, warf ein paar Holzscheite auf die Feuerstelle und entzündete sie mit dem Matrixstein. Dann löschte er das blaue Licht. Da er von dem langen Klettermarsch und dem *Laran*-Einsatz hungrig war, vertilgte er eine ordentliche Portion seines Nahrungsvorrats. Dann breitete er seinen Schlafsack vor dem Feuer aus und legte sich hin.

Ein grauenhafter Schrei ließ ihn hochfahren und zum Schwert greifen. Schrille Flüche echoten in seinen Ohren; er vernahm die zotigsten Ausdrücke seit seinem Austritt aus der Garde. Sie echoten durch die Gänge und erreichten sein Gehör im großen Saal. Dann hörten sie auf.

Domenic saß still da. Sein Herz raste. Er erinnerte sich an Geschichten aus seiner Kindheit: an Spukschlösser und Gegenstände, die von Dämonen besessen waren. Aber er war ein in einem Turm ausgebildeter Telepath und wusste, dass es derlei Dinge nicht gab.

Wirklich nicht, Menschlein?

Domenic stand auf, packte sein Schwert mit fester Hand und fuhr herum. Erst dann wurde ihm klar, dass er keine Stimme gehört, sondern eine telepathische Botschaft empfangen hatte.

»Zeig dich!«, schrie er. Obwohl von kleiner Gestalt, war er der beste Fechter der Garde gewesen. Als er einst so schwer verwundet worden war, dass man ihn zur Heilung in einen Turm geschickt hatte, war er dort zum talentiertesten Telepathen aufgestiegen. Er hätte sogar zum Nachfolger der Bewahrerin werden können, wäre er dort geblieben, bis sie ihr Amt niederlegte. Niemand verhöhnte Domenic MacAran wegen seiner Körpergröße, ohne eins auf die Nase zu bekommen.

Wie zur Antwort zupfte etwas an seinem Verstand – als wären die Klauen eines Banshee im Begriff, Rillen in sein Gehirn zu ziehen. Domenic legte eine Hand aufs Gesicht und atmete schwer. Nachdem der Angriffsschock vergangen war, erkannte er die zerrende Verbindung als Reflexion seiner eigenen Gabe. Er schlug verärgert zurück und legte all seine Kraft in den Widerstand. In seinen Gedanken warf ein Schrei ein Echo. Der Schmerz hörte auf, und er sank auf die Knie.

Sein erster Instinkt war: Flucht. Ein einzelner Telepath konnte nicht über eine Reichweite verfügen, der man sich nicht entziehen konnte. Doch draußen tobte ein Schneesturm. Er musste das Dorf verlassen. Bis dahin hatte die Kälte ihn vielleicht schon umgebracht. Nein, wer es auch war oder was es auch war, er musste sich ihm stellen. Hier und jetzt.

Domenic legte sein Schwert nieder, setzte sich und zog den Matrixstein hervor, um seinen Gegenspieler ausfindig zu machen.

In der Überwelt war sein Abbild das eines großen, muskulösen Kerls. Na, den sollte sich sein Gegenspieler erst einmal ansehen! Aber er erblickte keinen Gegenspieler. Da waren nur der Kurier, eine große, schweigende Frau, eine *Emmasca*, zusammengekauert und verängstigt, und ein klauenbewehrtes Schalentier, das aussah wie die Bewohner des Meeres, das sich hinter der Domäne der Aillards erstreckte.

Traumbilder, keines davon bedrohlich.

Sein Gegenspieler verbarg sich auf telepathische Weise, aber er – Domenic spürte, dass er männlichen Geschlechts war – hatte eine physische Präsenz, und *diese* konnte man finden. Domenic nahm seinen aus kleinen Matrixsteinen und telepathischen Werkzeugen bestehenden Bewahrersatz und das Schwert und verließ den Saal. Den Schlafsack und den Rest des Gepäcks ließ er zurück.

Nicht zum ersten Mal drang er in eine Festung ein. Er wusste, wie man Gegenspieler suchte, die sich versteckten. Er wusste auch, welche Vorsichtsmaßnahmen man ergreifen musste. Mit dem Schwert in der einen und dem blauen Matrixlicht in der anderen Hand ging er die Stufen zum obersten Stockwerk hinauf. Die Böden waren geputzt, die Betten gemacht, aber niemand war da. Er fragte sich, wie man eine so große Burg wohl sauber halten konnte. Man hätte ein Heer von Bediensteten gebraucht, um ein so großes Bauwerk zu unterhalten.

Schließlich kehrte er in die nächst tiefere Etage zurück und ging dann noch tiefer. Wieder hörte er einen Schrei, danach ein Fluchen. Mit erhobenem Schwert näherte er sich dem Lärm. An einer Gangkreuzung schaute er zuerst nach rechts, dann nach links. Das mattblaue Licht enthüllte eine Ausbuchtung in der Wand.

»Ich kann dich sehen«, rief Domenic. »Zeig dich!«

Die Ausbuchtung rührte sich nicht, aber Domenic hörte ein angestrengtes Atmen. Vorsichtig trat er näher. Eine Gestalt nahm Formen an. Es war ein großer junger Mann, seine Arme und Beine waren auf eigenartige Weise verdreht. Die dicken Finger des Mannes griffen bebend nach einer um seinen Hals hängenden Matrix. Da Domenic nicht darauf aus war, von seiner eigenen Gabe geschlagen zu werden, griff sein Geist hinaus und überwältigte das Bewusstsein der Gestalt. Der jüngere Mann stieß daraufhin einen leisen Schrei aus. Domenic erblickte das Abbild des Kuriers und zog sich auf der Stelle zurück.

Dann hielt er das blaue Licht unter die Nase der Gestalt. »Tut mir Leid«, sagte er. »Ich habe dich für jemand anderen gehalten.«

Die Gestalt wandte sich ihm zu. Sie hatte Tränen des Schmerzes in den Augen. Erneut tasteten die Finger nach der Matrix, die im Gegensatz zu der Domenics nicht abgeschirmt war.

Ich heiße Ruyvil, sagte die Gestalt in Domenics Geist. *Ich kann nicht deutlich sprechen. Ich wurde mit diesen verdrehten Gliedern geboren.*

Ruyvil ließ die Hand sinken und trat von der Wand zurück. Er machte ein paar Schritte, wobei er ein Bein nachzog, und blieb vor Domenic stehen.

»Ach so«, entgegnete Domenic. »Ich habe einen anderen gesucht. Ist hier noch jemand? Vielleicht ein *Laranzu,* wie ich?«

Das runde Gesicht legte sich in Falten. Ruyvils Ausdruck wirkte verkniffen, als empfände er Schmerzen. Er schüttelte wie unter Zwang wiederholt den Kopf. Domenic versuchte vorsichtig seine Gedanken zu erreichen, aber sie waren abgeschirmt, und er hatte nicht das Herz, noch einmal gewaltsam in Ruyvils Bewusstsein vorzudringen.

Ein Schrei ließ ihn mit erhobenem Schwert herumfahren. Dann kehrte er in die Mitte der Gangkreuzung zurück. Er hörte ein Schlurfen. Ruyvil kam auf ihn zu und streckte bittend einen verdrehten Arm aus. Domenic vernahm eine Reihe von Flüchen. Eine Frau trat in sein Blickfeld. Sie ging zwar normal, doch ihr Kopf ruckte immerzu hin und her.

Eine Berührung an der Schulter ließ Domenic zusammenfahren. Ruyvils andere Hand lag auf seiner Matrix. *Sie heißt Mirella. Ehrlich, sie ist harmlos.*

Mirella blieb vor ihnen stehen. Eine dicke Kordel schlang sich um ihren Hals, an der an einer Strähne aus Spinnenseide ihr Matrixstein befestigt war. Domenic erblickte in seinem Geist die stille, reglose Frau, die er in der Überwelt gesehen hatte – den Kontrast ihres wahren Ichs.

Eine hoch gewachsene Gestalt trat aus der Dunkelheit. Domenic hörte den Mann nicht kommen, er sah ihn erst, als er in den Schein des blauen Handlichts trat. Der *Emmasca?*

»Ja«, sagte er. »Ich heiße Gareth. Wir ...«

Mirella, Ruyvil und Gareth schrien auf. Sie duckten sich und pressten die Hände auf die Ohren, als wollten sie schmerzhaften Lärm abwehren. Domenic verschloss schlagartig seinen Geist vor der Auswirkung, aber zuvor erhaschte er noch einen Gedanken seines Gegenspielers:

Du Narr! Glaubst du etwa, du kannst mir entgehen? Hier stehen alle unter meiner Kontrolle!

Dies war nicht annehmbar. Obwohl Domenic die volle Kraft der Alton-Gabe einsetzte, um sich abzuschirmen, spürte er, dass irgendetwas gegen seine Barriere anrannte – wie ein Rammbock gegen ein Burgtor. Er schritt der ihm am nächsten befindlichen Tür entgegen. Jedes hohe Haus, in dem Telepathen lebten, musste über einen Dämpferraum verfügen. Er musste ihn finden, selbst wenn es bedeutete, jeden vorhandenen Raum zu betreten.

Zum Glück fand er den Raum auf der gleichen Etage. Es war möglicherweise eine kleine Präsenzkammer, die der vergessene Herr dieser Burg benutzt hatte. Er ging zur Gangkreuzung zurück und zog Mirella und Gareth an den Armen in den Raum hinein. Dann kehrte er zu Ruyvil zurück. Er musste den jungen Mann halb zerren und halb tragen, aber irgendwie gelang es ihm schließlich. Er nahm einen seiner Matrixsteine, passte ihn seinem Hirnmuster an und schloss mit ihm die Tür. Dann aktivierte er den Dämpfer.

Die drei anderen Telepathen brachen stöhnend zusammen. Gareth richtete sich als Erster wieder auf. »Danke«, sagte er.

»Schnell, sprecht«, forderte Domenic ihn auf. »Unser Gegner kann jeden Moment hier sein, die Tür aufbrechen und den Dämpfer abschalten.«

»Nein«, widersprach Gareth, »das kann er nicht.«

»Natürlich kann er es«, behauptete Domenic. »Der Matrixstein hält die Tür zwar geschlossen, wird ihn aber nicht daran hindern, die Scharniere zu sprengen.«

»Gareth hat Recht«, stimmte Mirella ihm zu. Dann schrie sie auf. »Castimir hat keine Beine. Er kann nirgendwo hingehen ...« Sie stieß eine Reihe lauter Flüche aus. »Er kann nur kriechen.«

»Ich habe in seinem Geist etwas aus seinem Leben erfahren«, sagte Gareth. »Seine Mutter wurde während des Tiefland-Feldzuges vergewaltigt. Sie ist in das Haus eines kleinen Edelmannes geflüchtet und hat dort als Zofe gearbeitet. Castimir hat sich als Söldner einen Namen gemacht. Er hat Körperbehinderten gegenüber immer nur Verachtung gezeigt. Irgendwie wurde er in eine Blutfehde verwickelt. Leute, die seine Einstellung kannten, haben ihn mit Drogen behandelt, damit er sein *Laran* nicht einsetzen konnte – dann haben sie ihm, statt ihn zu töten, die Beine abgetrennt. Als er wieder zu Kräften kam und sein *Laran* einsetzen konnte, hat er es benutzt, um sie umzubringen. Dann hat er sich den Geist eines starken Mannes untertan gemacht und ihn dazu gebracht, ihn auf dem Rücken aus dem Tiefland fortzutragen. Er hat den Mann gezwungen, ihn zu ernähren, zu kleiden und ihm ein Obdach zu verschaffen. Als er über die Treppe in unseren Ort kam, hatte Castimir ihn völlig erschöpft. Der Mann starb, und Castimir nötigte die Einheimischen, ihn fortan hier unterzubringen, zu nähren, alles für ihn zu säubern und für seine Bedürfnisse zu sorgen, als wäre er hier der Herr.«

»Hat denn niemand versucht, ihn umzubringen?«, fragte Domenic.

»Jene, die es versucht haben ...«, Mirella schrie auf, »... sind gestorben.« Sie stieß eine Kette von Flüchen aus.

»Er kann Menschen dazu bringen, sich von einer Klippe zu stürzen oder in einen Brunnen zu werfen ...« Gareth zuckte die Achseln.

»Hat er eine Matrix? Einen Sternenstein?«, fragte Domenic.

»Ja«, erwiderte Gareth. »Er hat einem der Tiefländer, die er getötet hat, einen Stein abgenommen und ihn auf sich abgestimmt.«

»Verdammt!«, rief Domenic. »Wären wir doch nur in der Nähe eines Turms.«

»Sind wir«, sagte Gareth. »Sozusagen.«

Domenic schaute ihn an.

»Wir sind hier zwar in einem kleinen, aber stolzen Dorf«, sagte Gareth. »Wir waren einst der Mittelpunkt der *Laran*-Fertigkeiten Darkovers. Wir sind mit den *Chieri* verwandt, wie man an mir und manchen anderen Menschen noch sehen kann. Der erste telepathische Kreis befand sich in dieser Burg, nur unterirdisch. Die Türme wurden später gebaut, als unser Wissen sich im Tiefland ausbreitete und dort Wurzeln schlug. Wir sind zwar nicht mehr das, was wir einst waren, aber in dieser Gegend lernen die Säuglinge schon auf den Knien ihrer Eltern, was ein Matrixstein und was *Laran* ist, was man macht, wenn man sie am Körper trägt und wie man später mit ihnen lebt. Unser Geschick und unser Wissen ist zwar nicht mehr so groß wie im Tiefland, aber hier hat alles angefangen.«

»Wie viele Telepathen leben noch im Dorf?«

»Wir sind die stärksten«, antwortete Gareth. »Deswegen behält Castimir uns auch hier, weil er uns dann leichter kontrollieren kann.«

»Das ist aber ...«, Mirella stieß erneut eine Reihe von Flüchen aus, »... noch nicht alles.«

Gareth ließ verlegen den Kopf hängen.

Mirella erklärte, was sie meinte. Sie hielt nur inne, wenn ihr Kopf hin und her ruckte und sie schrie oder fluchte. »Wir sind nicht nur ... wegen unseres *Laran* hier. Wir sind hier, weil die Dörfler, als Castimir hier ankam ... und anfing die *Laran*-Begabten zu beherrschen ... ein Abkommen mit ihm getroffen haben ... Er durfte sich unserer annehmen ... damit sie ihre Verwandten mit der *Laran*-Gabe aus seiner Reichweite bringen konnten.«

Domenic nickte. Nun wusste er, warum man ihn in den Häusern abgewiesen hatte. Die Dörfler hatten ihn für einen zweiten Castimir gehalten. »Aber ihr sagt doch, dass er die Dörfler zwingt, für ihn zu sorgen.«

»Ja«, bestätigte Gareth. »Auch das ist Teil der Abmachung. Sie sorgen für ihn, damit er sie in Ruhe lässt. Und wenn sie es vergessen, zwingt er sie dazu.«

Domenic setzte sich hin. Nach kurzem Nachdenken sagte er: »Ihr sagt, hier hat es einst einen Telepathenkreis gegeben?«

»Ja«, entgegnete Gareth. »Aber unterirdisch, in den tieferen Ebenen der Burg.«

»Ist einer von euch schon mal dort gewesen?«

Sie schauten sich an. »Nein«, erwiderte Gareth. »Dazu gibt es keinen Grund.«

Domenic stand wieder auf. »Zeigt mir den Ort.«

Die anderen blickten entsetzt zur Tür. Mirella schrie erneut auf. »Aber sobald wir diesen Raum verlassen«, wandte Gareth ein, »beherrscht er uns wieder.«

»Wir können nicht hier bleiben«, sagte Domenic. »Wir würden verhungern. Und außerdem müssen wir ihn schlagen.«

»Und wie?«, fragte Gareth.

»Wenn es hier einst einen Turmkreis gegeben hat, muss auch irgendwo ein Matrixstein zweiten, dritten oder vierten Grades existieren. Wenn wir zusammenwirken, könnten wir ihn mithilfe des Steins überwältigen.«

»Aber wir verstehen nichts ...«, Mirella fluchte, »... von dieser Zauberei.«

»Ich schon«, beruhigte Domenic sie. »Es besteht zwar ein Risiko, weil wir niemanden haben, der uns überwachen kann, und keiner von euch je in einem Turmkreis gearbeitet hat. Aber ihr seid in der Ausübung eures *Laran* nicht unerfahren. Ich kann euch einbeziehen und stabilisieren. Vorausgesetzt, dass es nicht die ganze Nacht dauert, müssten wir sicher sein. Was meint ihr dazu?«

Die anderen schauten sich an. »Wir stimmen dir zu«, erwiderte Gareth schließlich, »aber wie erreichen wir die Matrixkammer, ohne dass Castimir unseren Geist in Fetzen reißt? Denn das wird er gewiss tun, wenn er spürt, was wir vorhaben.«

»Lasst mich Folgendes versuchen«, schlug Domenic vor. »Der Dämpfer hat ihn sozusagen erst mal unserer Witterung beraubt. Wenn ich ihn abschalte, wird er wahrscheinlich nicht sofort wissen, wo ihr seid. Ich kann euren Geist mit meiner Gabe überwältigen und euch so mit meiner Widerstandskraft schützen. Dann kann ich euch an die Hand nehmen und in die untersten Ebenen führen. Traut ihr mir zu, dass ich es schaffe? Es wird mir nämlich nur gelingen, wenn ihr dazu bereit seid.«

Die anderen willigten ein, und Domenic schaltete den Dämpfer ab. Danach unterstellte er ihr *Laran* nach und nach seiner Kontrolle. Während er damit beschäftigt war, wurde ihm zudem klar, dass es ihnen außerdem helfen würde, im Matrixkreis reibungslos zu arbeiten. Denn wenn sie die unterirdischen Räume bei Ruyvils schleichendem Tempo erreicht hatten, mussten sie längst zu einer eingehenden Verbindung gefunden haben und aufeinander abgestimmt sein.

Als ihre Geister durch den seinen geschützt und seine Gedanken vollständig abgeschirmt waren, fasste er Mirella an der linken und Ruyvil an der rechten Seite an. Gareth ergriff Ruyvils anderen Arm, um ihn zu stabilisieren. Dann gingen sie sehr langsam durch den Korridor und die Treppe hinunter. Trotz der Abschirmung spürte Domenic Castimirs Gedanken, die an der Oberfläche seines Bewusstseins nach ihm suchten.

Du Narr! Glaubst du etwa, du kannst mir so einen Strich durch die Rechnung machen?

Domenic ignorierte seinen Gegner. Es kostete ihn große geistige Anstrengung, sie alle vor Castimir zu schützen. Er verstand nun, wie Castimir die drei Telepathen und die Dörfler hatte versklaven können. Doch der Matrixstein – und er hoffte, dass es hier einen solchen gab – würde ihre Gedanken mindestens vierfach verstärken.

Endlich erreichte das Quartett die tieferen Regionen der Burg. Sie stießen auf eine Tür mit einem uralten Matrixschloss, das noch immer aktiviert war. Domenic enthüllte seinen Matrixstein, stellte den Kontakt zu den anderen her, stimmte die Resonanzen auf das Schloss ab und öffnete es. Die Tür schwang auf.

Domenic führte die anderen in den Raum. Auch dort gab es einen Dämpfer. Er ließ das Trio los und aktivierte ihn. Dann machte er die Tür zu. Sobald er das Matrixschloss wieder eingeschaltet hatte, war der Raum sicher.

»Was jetzt?«, fragte Mirella und fluchte.

Nachdem Domenic den telepathischen Dämpfer aktiviert

hatte, kam ein schwaches Leuchten von der Decke. »Wir suchen den Matrixstein«, sagte er. Er schritt durch die Kammern der unterirdisch gelegenen Ebenen. Sie wirkten vertraut auf ihn. Er konnte sich sehr gut vorstellen, dass es hier einst einen Telepathenkreis gegeben hatte, vielleicht sogar den ersten auf ganz Darkover.

Er fand einen Raum mit einem Matrixstein dritten Grades. Als er um ihn herumging und ihn untersuchte, stellte er fest, dass er noch verwendbar war. Dann wandte er sich dem Eingang zu und erblickte Mirella, Gareth und Ruyvil. Sie schauten sich neugierig um.

»Wir gehen auf folgende Weise vor«, sagte Domenic. »Mirella, setz dich hier hin. Gareth, du hier. Ruyvil hier. Ich schalte den Dämpfer von hier aus ab. Wenn ich mich hinsetze, fangen wir an.«

»Und was ...«, Mirella fluchte erneut, »... passiert dann?«

»Wir bekämpfen ihn in der Überwelt«, erklärte Domenic.

»In der grauen Ebene?«, wollte Gareth wissen. »Aber die ist doch nur eine Illusion.«

»Das mag zwar sein«, entgegnete Domenic, »aber die Wirkung kann ziemlich real ausfallen. Man hat schon früher in der Überwelt Turmschlachten ausgefochten. Man weiß auch von Verletzungen der Teilnehmer. Sogar von Toten.«

»Können wir dabei sterben?«, fragte Gareth.

»Das können wir«, bestätigte Domenic. »Aber wenn wir zusammenarbeiten und die Hilfe des Matrixsteins nutzen, müssten wir einen Vorteil haben. Wenn du nicht mitmachen willst, versuche ich es mit einem oder zweien von euch und mit einem kleineren Matrixstein. Wenn du auch nur den geringsten Zweifel an der Sache hast, möchte ich, dass du sofort aussteigst. Es ist nicht ehrlos, an einer solchen Aktion nicht teilzunehmen, aber wenn ich nicht die gesamte Unterstützung aller Mitwirkenden habe, kann es tödlich für uns ausgehen.«

»Ich helfe dir!«, rief Mirella.

Ruyvil gab ihm mit einer Geste zu verstehen, dass auch er sich dem Kreis anschließen wollte.

»Der Tod ist immer noch besser, als für den Rest meines Lebens sein Werkzeug zu sein«, sagte Gareth.

»Dann denkt einfach *mit* mir«, befahl Domenic. »Wir müssen genauso übereinstimmen wie vorhin, als ich euch hier herunter brachte.«

Er setzte sich hin und schaltete den Dämpfer ab. Erneut kam es zu einer Verzögerung. Der Dämpfer warf Castimir offenbar aus dem Gleichgewicht, so dass er seine Opfer zeitweise nicht erreichen konnte. Domenic trat in eine zaghafte Verbindung mit dem großen Matrixstein, dann zog er die anderen nacheinander hinein. Mirella war als Telepathin trotz ihres zuckenden Körpers hart wie Granit. Ruyvil war trotz seiner Behinderung stark und geschmeidig. Gareth war energiegeladen und standfest. Sobald Castimir sie berührte, warf Domenic alle in die Überwelt. Hier agierte er als ein großer, muskulöser Krieger, der Castimirs Angriff abwehrte: Er zeigte sich in der grauen Traumlandschaft in Form von Speeren, die seinen undurchdringlichen Schild attackierten.

Das ist Castimir, sagte Ruyvil, dessen Gedanken in der Überwelt Sprache waren. *Das Schalentier.*

Domenic lugte über den psychischen Schild hinweg, der Castimirs Widerhaken abwehrte, und erblickte das Schalentier, das er zuvor schon gesehen hatte. *Es war also doch seine Gestalt,* dachte er. *Undurchdringlich und unerreichbar.*

Aber Domenic war einst am Meer gewesen und hatte solche Lebewesen zum Mittagessen verspeist. Er wusste, wie man ihren Panzer knackte. Er hielt seinen Schild aufrecht und veränderte seine Traumgestalt in die Zandrus in seiner Schmiede. Seine Gefährten fingen sein Abbild schnell auf, und als Domenic wuchs und mit prallen Armmuskeln über Castimir aufragte, wurde Ruyvil zu einem Hammer in seiner Hand. Gareth bildete eine Mauer, um sie vor Castimirs Widerhaken zu schützen, und Mirella wurde zu einem Amboss, der unter Castimirs Gestalt schlüpfte. Von der strategischen Änderung der Lage verwirrt, hatte Castimir gerade noch die Zeit, seine Scheren in dem sinnlosen Versuch zu heben, den Hammer abzuwehren, der auf seine Schale niederschlug.

Keuchend kehrten die vier Telepathen in ihre in der Matrixkammer befindlichen Körper zurück. Domenic prüfte die Überwelt schnell mit seinem persönlichen Matrixstein. Das Castimir-Abbild war weg. Es herrschte mentale Stille. Domenics Geist griff hinaus und suchte nach dem Castimirs. Ihr Gegner war entweder abgeschirmt oder tot.

»Ist er weg?«, fragte Gareth.

Ruyvil berührte seinen Matrixstein. *Bevor ich seine Leiche nicht gesehen habe, bin ich nicht zufrieden.*

»Wo hält er sich normalerweise auf?«, wollte Domenic wissen. »Wir könnten in seinen Räumen nachsehen.«

Gareth führte ihn in eine Zimmerflucht in der Mitte der Burg, in einer höheren Etage. Dort lag ein beinloser Leichnam auf einem Bett. Er sah aus, als wäre er zerschmettert worden.

Gareth lehnte sich an die Wand und rutschte erschöpft zu Boden. »Es ist aus.«

Kurz darauf kam Mirella. Sie stützte sich auf Ruyvils Arm. Sie schauten sich die Leiche an und seufzten.

»Für Castimir ist es aus«, bemerkte Domenic, »aber ich empfinde es als unbehaglich, eine Matrix dritten Grades in solcher Nähe zu haben. Hätte er von ihr gewusst – und hätte er sie einsetzen können –, wäre er unbesiegbar gewesen. Oder noch schlimmer: Hätte sich eine Gruppe ausgebildeter Turm-Telepathen verschworen, euch ihren Willen aufzuzwingen, hätten sie die Burg und die ganze Umgebung in Trümmer legen können.«

Was also sollen wir tun?, fragte Ruyvil.

»Hier bleiben und den Stein vor Missbrauch schützen«, erwiderte Domenic. »Außerdem können wir ihn dann zum Guten einsetzen. Ein kleiner Kreis kann, auch wenn er nur über einen Matrixstein dieser Ordnung verfügt, eine Menge bewirken: Wir könnten in der Nähe befindliche Erze aufspüren und damit die Straßen in Schuss und die Sommerbrände unter Kontrolle halten. Wenn ihr wollt, kann ich es euch lehren. Ich könnte auch die *Laran*-Begabten aus dem Dorf ausbilden, die bestimmt zurückkehren wollen, wenn sie von Castimirs Tod erfahren.«

Anderswo könnte es uns nicht besser gehen, sagte Ruyvil.

»Ich hege keinen Zorn auf meine Verwandten im Dorf«, sagte Gareth. »Sie haben nur etwas getan, von dem sie glaubten, es werde sie retten.«

»Ich werde ...«, Mirella schrie auf, »... bleiben.«

Domenic nickte. »Gut. Möglicherweise können wir unseren Lebensunterhalt allein durch die Erzsuche verdienen. Ich glaube, die Dörfler werden uns, nach allem, was wir getan haben, die Burg bestimmt überlassen. Eines Tages, wenn die Domänen den Krieg beenden, können wir den anderen Türmen melden, dass wir einen Matrixstein besitzen, damit er registriert und überwacht wird. Bis dahin liegt eine Menge Arbeit vor uns.«

Mit uns wird nie wieder jemand Tyrann spielen, sagte Ruyvil.

»Genau«, stimmte Domenic zu. »Hier können wir in Frieden leben – wenn wir uns die Mühe machen, ihn zu erhalten.« Und sein Weitblick sagte ihm, dass es so sein würde.

Über Meg MacDonald und »Nebel«

Diese Erzählung hieß ursprünglich *In den Nebeln von Hali*, und ich behielt sie bis zum letzten Augenblick für *Die rote Sonne* zurück, eine meiner früheren Anthologien. Schließlich ergab es sich, dass ich sie doch nicht verwenden konnte. Die Charaktere der Geschichte traten schon in »My Father's Son« in *Die vier Monde* auf, so dass ich endlich mehr über sie erfahren kann. Die Akzeptanz dieser Geschichte, behauptet Meg MacDonald, »inspirierte mich, sie noch einmal umfassend zu überarbeiten. Dies führte dazu, dass das Manuskript um 1500 Worte kürzer und die Handlung dichter wurde und überflüssige Personen herausfielen.«

Genau so geht man vor. Der größte Anfängerfehler besteht darin, dass man zu sehr in seine »makellose« Prosa verliebt ist. Selbst wenn man so erfahren ist wie ich, ist der zweite Einfall oft besser als der erste, und kurze Geschichten sind besser als lange – es sei denn, sie sind extrem gut.

Meg MacDonald lebt in Michigan – und obwohl ich nicht allzu viel über Michigan weiß, so weiß ich doch, dass ich jedes Mal, wenn ich mich dort aufhalte, wie vom Donner gerührt feststelle, wie sehr das dortige Klima dem Klima Darkovers ähnelt. Aus irgendeinem Grund lande ich immer im Februar in Michigan (oder Minnesota) und im August in Phoenix. Jemand, der das dazu nötige Köpfchen hat, sollte die Zeiten mal umkehren. MZB

Nebel

von Meg MacDonald

Sag's ihnen! Seanon schlug einen Staubballen über den Boden. Er war fest entschlossen, diesmal eine Reaktion hervorzurufen. *Diesmal ...*

Sein junger Vetter schaute kurz auf und legte den strohblonden Kopf schief, als wollte er antworten, doch dann gähnte er, und der Blick seiner hellen Augen wandte sich dem roten Himmel vor dem ladenlosen Fenster zu. Seanon wartete ganze zehn Sekunden, in denen er erwartungsvoll den Atem anhielt.

Dori zog laut die Nase hoch und fing an, sich im Rhythmus eines unhörbaren Liedes zu wiegen. Es war sein inneres Lied, und es war lauter als der Streit zwischen Seanons Eltern und ihren Gästen im Nebenraum.

Verärgert sank Seanon auf den Hartholzboden. Die Absätze seiner Rehfellstiefel schlugen gegen den kastenförmigen Stuhl am Fenster, dann fuhr er auf zerknitterten Falten herum. Fast bis zu den Knien hochgerutschte, ungefärbte Beinkleider ragten unter seinem gegürteten Kittel hervor und ruhten auf dem ungefegten Boden. Er versetzte dem Besen einen groben Stoß. Schon jetzt färbten die scharlachroten Sonnenuntergangsstrahlen den kleinen Raum von Eierschale zu Rosé. Bald würden sich die langen Schatten des frühen Abends über die Wände erstrecken, und dann war Essenszeit. Unterhalb der Hausrückseite brandeten kalte Herbstwogen ans Ufer, als die Flut gleichzeitig mit dem violetten Mond Liriel kam. Sie würden bald gehen müssen.

Seanon befummelte den Anhänger an seinem Hals und fuhr an der schnürbandartigen Distelschnitzerei entlang. Der blaue Steinkopf blinkte einladend. Erdrückende Schönheit wartete auf ihn, Nebel und Geheimnisse, die über alle Vorstellungskraft hinausgingen.

Hinter den zugezogenen Vorhängen unterbrach Jaes MacDomhnalls Stimme Seanons Gedanken. Das Geräusch splitternden Holzes betonte den Streit seines Vaters mit ihrem Verwandten Damar Morough.

Seanon rümpfte die Nase bei dem Gedanken an den feisten Wanst und die protzigen Kleider des Lehnsmannes. Es war schändlich, dass dieser fette alte Kerl einen offenbar geistig zurückgebliebenen Jungen von seinem schönen Gut vertrieben und in ihrem Haus abgeladen hatte, um zu verhindern, dass seine nicht weniger protzigen Gäste aus dem Norden auf die Idee kamen, er könnte sein Sohn sein, statt das halb gescheite Balg irgendeiner Melkerin. Wie furchtbar, ihn aus der einzigen Familie zu entfernen, die er je gekannt hatte! Die Verwandtenschuld hatte man, um Seanons Tante Doria willen, im Übermaß eingelöst.

Fünf Sommer lang hatte Morough sich damit zufrieden gegeben, dass Dori ungestört im Haus der MacDomhnalls lebte. Nun zeigte er erneut Interesse an dem Kind. Seine Besuche lösten das Chaos aus. Morough bekundete Bereitschaft, den Sohn seiner Gattin aufzuziehen ... falls Dori an diesem schicksalsträchtigen Tag in seinem Versteck aufzustöbern war.

Doris Fuß an seinem Nacken ließ Seanon zusammenzucken.

»Du hast kein Blut von dem alten Idioten«, sagte Seanon und zupfte verspielt an einem losen Schuhband. Dori zog die Beine aus seiner Reichweite und schob sie unter Seanons – ein übergroßes Plaid und ausgebeulte weißblaue Beinkleider. Seine blassen Augen funkelten rot in der untergehenden Sonne.

»Du musst's ihnen sagen, Dori«, bemerkte Seanon.

Dori zuckte mit keiner Wimper.

»Sie müssen erfahren, dass er nich dein Papa is, sonst isses zu spät ... He, warte mal.« Seanon putzte seinem Pflegebruder die Nase, dann sank er wieder auf den Boden. Der Sternensteinanhänger kratzte an seinem Hals wie ein Lebewesen, das um die Gunst seines Herrn buhlt.

Matrix, korrigierte er sich. Torm nannte das Ding eine Matrix. Der Zauberer aus dem Norden, ein *Laranzu,* hatte ihn, als er acht gewesen war, genug über den geheimnisvollen Edelstein gelehrt, in dem man Dinge von irgendwo anders sah, um zu wissen, dass er nicht nur irgendein Stein war. Seanon hatte die Geschichten über das freundliche Waldvolk und die Sternensteine schon gehört. Und die Volkslieder hatte er schon gelernt, als er sein erstes Netz gewoben hatte. Mit dem Herzen kannte er sie alle.

Torm nannte es allerdings eine Wissenschaft. Es war durchaus eine Wissenschaft, Energie durch eine Matrix zu schicken – eine gefährliche sogar. Seanon respektierte dies, weil er nicht genau wusste, was eine Wissenschaft war. Alaric Hastur-Elhalyn hatte darauf bestanden, Torm zu vertrauen. Er hatte Alaric ebenfalls fasziniert vertraut, dem jungen Mann, der – wie Doria – über den Boden des Hali wandelte. Der Hali-See war zwar gar kein See, aber Seanon wusste nicht, was er sonst sein sollte.

Alaric war als erster Fremdling zu ihnen gekommen. Er war eines Morgens ohne Hirschpony auf dem schneebedeckten Kamm aufgetaucht, ohne Umhang, mit einem verdutzten Gesichtsausdruck, und hatte sich fasziniert und entsetzt die Wintergipfel angeschaut.

Seine sehnsuchtsvollen Finger spielten wieder mit dem Anhänger. Beim letzten Blick in den Stein hatte er sich verlaufen, war Dori in die blau wirbelnde Verwirrung gefolgt und dann erwacht. Seine besorgten Eltern hatten neben ihm gesessen. Doch Alaric hatte Seanon gedrängt, seine Talente zu erforschen. Er hatte oft seinen scharfen Instinkt gelobt. Es war Alarics Stimme, die im Nebel winkte.

»Dori«, sagte Seanon. Er lehnte sich an den Fenstersitz und beobachtete die verblassenden Farben der ihm gegenüberliegenden Wand. Er schloss die Augen. *Dori, worauf warteste noch?*

Das Kind ignorierte ihn.

Red wenigstens mit mir ... Seanon drückte gegen seine Schläfen. Er wünschte sich, Alaric sei noch am Leben und könne ihm helfen, das Rätsel des Nebels zu lösen ... und das Rätsel Dori.

Als die Stimmen hinter den Vorhängen wie Wellen auf und ab schwollen, wanderte Seanon MacDomhnalls Phantasie zu den Geschichten, die Alaric ihm erzählt hatte – von miteinander verbundenen Menschen, die Matrixsteine im Einklang einsetzten. Eine Verschmelzung, ein Mischen, eine perfekte Verbindung von Geistern, die nur durch das schwächste Glied des Kreises begrenzt war. Seanon stellte sich vor, dass die Musik verschmolzener Geister so etwas war wie die melancholische Kraft der Abendzeit. Und wenn viele Kreise mitmachten? Es musste ebenso prächtig sein wie die Sippen, die sich im Sommer zu Ceilidh versammelten. Der Klang der Pfeifen und Trommeln. Die ächzenden Stimmen, welche in eine Melodie einfielen, die so süß und durchdringend war wie eine tragische Erzählung.

Der blaue Stein schillerte an Seanons Kehle. Ohne einen weiteren Gedanken zog er sich den Anhänger über den Kopf. Er wog ihn in den Händen, arbeitete sich tief in das Leuchten vor, bis er frei schwamm und mit unausgebildetem Können nach Dori griff, damit er ihm folgte, als er in das zitternde Licht eintauchte.

Die neblige flache Landschaft tauchte wieder auf. Durchsichtige Blumen duckten sich unter dem lautlosen Wind. Das

Bild erfüllte den ihn umgebenden Raum, als er weiter vordrang und im Dunst nach der Hand seines Pflegebruders griff. Als jemand rief, drehte er sich um. Eine Stimme – Alarics Stimme – rief leise nach ihm. Er ging angestrengt durch den Nebel, spürte die wogende, berstende Strömung, die ihn feucht und schwer umgab. Fast wie das Meer. Sie reinigte ihn, saugte ihn immer tiefer in eine Wirklichkeit, die er zuvor nur vorsichtig durchquert hatte. Er rief, lauschte, rief erneut. Nur grenzenlose Stille verwob sich um ihn her, erfüllte den Nebel mit der köstlichen, behaglichen Verträumtheit des Schlafes. Seanon schwankte, seine nackten Füße schlurften durch rosafarbenen Sand und verheddertes Unkraut. Eine schillernde, flatternde Masse umgab ihn; ein Vogelschwarm – wie wogende Fische – glitt in der Luft vorbei. Langsam sank er in die blaue Weichheit, hörte eine im Dunst lockende Stimme, die ihn drängend rief, aber keinen Ursprung hatte. Dann nur scharfe, kalte Schwärze.

Seanon öffnete blinzelnd die Augen, und sein Magen hob sich. Er kämpfte gegen den Drang an, sich zu übergeben, und konzentrierte sich auf Doris blau umrandete, über ihm aufragende Gestalt – ein winziger Finger wich von dem Sternensteinanhänger zurück, den er unbeholfen in der Hand hielt. Seanon drückte auf seine Augen, um klarer zu sehen, und unterdrückte bei dem Versuch, seinen schweren Kopf zu heben, ein Stöhnen. Ein Zittern brodelte an seinem Rückgrat entlang und ließ seine Hand zucken, bis die Matrix abrutschte und auf dem Holzboden liegen blieb. Er stierte vor sich hin, ein Schrei war in seiner Kehle gefangen, bis Dori den Distelanhänger wieder fand und langsam über Seanons Kopf gleiten ließ. Der Schmerz nahm schnell ab, als Dori an seinem Arm zupfte und mit der anderen Hand drängend aufs Fenster deutete.

Wie haste 'n das gemacht?, fragte Seanon sich, als der Dunst aus seinem Blickfeld verschwand. Als er sich auf die

Knie kämpfte, überkam ihn wieder eine stechende Übelkeit, und er stützte sich auf den Blumenkasten, um in die Richtung zu schauen, in die sein Pflegebruder zeigte.

Am Rand des nun roten Waldes sprachen zwei Männer mit Morough und Seanons Vater. Seine Mutter stand mit verschränkten Armen etwas abseits. Rothaarige Fremde. Sie waren prächtig gekleidet. Einer trug ein hochwertiges Schwert an der Taille. Große Hirschponys aus einer guten Zucht standen untätig hinter ihnen.

Seanon ...

Warum antwortest du erst jetzt?

Bring mich in den Nebel, Seanon – sofort!

Wir können jetzt nicht zurückgehen, Kleiner. Ich ...

Seanon! Doris Finger strichen über seinen Hals, berührten die dort von ihrem letzten Streifzug noch vorhandene Feuchtigkeit. *Bitte, Seanon ...*, flüsterte eine Stimme. Doch es war nicht Doris Stimme. Sie entstammte seinem Geist. Die Flut der Verbindung ließ Seanon wanken und mit Dori in den Armen zu Boden sinken.

Ein See lag neben einem halb erbauten Turm, rot von der untergehenden Sonne und sommerruhig. Alarics robuste Gestalt, den Kopf von goldenen Locken umrahmt, stapfte in das dunstige Wasser. Ein rothaariger Mann mit kantigen Gesichtszügen folgte ihm wütend und neidisch. Ein quälendes, betäubendes Brüllen blähte den fließenden Nebel auf. Der Fremde war wieder da, umklammerte einen Sternenstein und heulte in irrsinniger, perverser Freude, als er den flammend blauen Edelstein auf den rosafarbenen Sand am Ufer des Geistersees fallen ließ. Morough, der bei diesem Anblick ungestüm lachte, eilte zum Ufer hinab, wo das blaue Leuchten im Sand zu sehen war. Er zerschmetterte es in unbändigem Zorn, der die Szene erbeben ließ, bis sie in Seanons Bewusstsein zersprang.

Seanon keuchte. Alaric war sein Freund gewesen. Er hatte tagelang geweint, als er gehört hatte, dass er in den See gegangen war, um nie wieder zurückzukehren – und sogar seine Matrix am Ufer zerschmettert hatte. Es war *wirklich* Alarics sanfte Stimme, die ihn immer dann aus seinem feuchten Grab rief, wenn er in den wirbelnden Nebel des Sternensteins schaute. *Morough* hatte Alarics Matrix zerschlagen, und einer der Fremden, die nur einen Steinwurf von ihrem Haus entfernt standen, hatte ihm dabei geholfen!

Seanon hob Dori hoch, stand auf und wankte in den hinteren Teil des Hauses, bevor seine Eltern und ihre unerwarteten Gäste die Eingangstür erreichten. Die Ödnis, die Kälte, die Furcht und die Abscheu vor dem Lehnsmann Morough ließen sein Bewusstsein nicht los. Die Erinnerung an etwas, an das Dori sich nicht erinnern sollte – schließlich war er noch gar nicht geboren gewesen! Alarics Braut, Doria, war mit zerrütteter Gesundheit auf den Kamm zurückgekehrt, und der Lehnsmann, der bekundet hatte, sie zu lieben, hatte sie aufgenommen. Der Mörder ihres Gatten!

Die Scharniere der salzverkrusteten Tür, die in den Keller führte, quietschten. Seanon stolperte die glitschigen Stufen hinab. Er hätte seinen Vetter beinahe fallen lassen. Sein Kopf war voller Schwingungen. Hatte Doria Muir gewusst, was der alte Morough getan hatte? Sie hatte ihm ein Kind geboren, das alle auf dem Kamm töricht nannten, und als sie gestorben war, hatte man es seiner Familie aufgehalst. Ein Kind, dem Morough sich sogar geweigert hatte, einen Namen zu geben! Natürlich! Wie konnte er auch? Dori war nicht vom Blut des alten Mannes. Er war Alarics Kind, geboren aus dem Nebel, um den alten Mann heimzusuchen.

Seanon trat die Kellertür hinter sich zu und schnappte in der feuchten, nach Fisch riechenden Kammer kurz nach Luft. Dann schulterte er die Reiseausrüstung seines Vaters und schob sich ein *Skean Dhu* in den Gürtel. Vor dem Keller und ihnen breitete sich das riesige Meer aus, kalt vom sich nähernden Winter, schillernd im Licht der untergehenden Sonne. Dori barg sein Gesicht an Seanons Schulter.

»Pssst, *Alenya,* ich weiß, dass du wasserscheu bist.«

Er setzte Dori in das größere der beiden Boote, band die losen Schnürbänder seiner Straßenschuhe fest und zog die heruntergerutschten Socken über die Schenkel des Jungen. Dann hielt er inne und schaute in das verängstigte Gesicht des Kleinen. »Es ist zwar nicht die beste Zeit, aber ...« Er schluckte schwer und zerzauste Doris Haar.

Kurz darauf hatte sich das kleine Boot vom Steg gelöst. Seanon sprang an Bord und haderte mit den Riemen, um gegen die ansteigende Flut anzukämpfen. Er ruderte sie aus der kleinen Bucht und aufs offene Meer hinaus.

Die Nachtluft war eiskalt.

Fürsorglich hüllte Seanon seinen Pflegebruder in eine Decke. Seine Mutter würde ihm das Fell gerben, wenn Dori sich erkältete. Blasse Augen glitzerten im Schein der Monde, und Dori lächelte, als sie auf der Strömung dahinglitten. Der Wind hatte sich gelegt, Seanon musste noch das kleine Segel setzen. Einen Moment lang ließen sie sich von den Sternen des frühen Abends leiten.

»Ich konnt ihn nie leiden, Dori. Aber ich hab nie gewusst, was er dei'm Papa angetan hat ...«

Seanon saß neben dem Kind, schaute auf das finstere Meer hinaus und beobachtete die sich sanft hebenden und senkenden Wogen mit den silbernen Schaumkronen. Er suchte den Horizont ab, hielt nach Wolken Ausschau. Eine kitzelnde Furcht im Magen warnte ihn, dass ein Sturm, dem sich zu stellen er nicht vorbereitet war, eine ernsthafte Gefahr für sie bedeutete. All seine Pläne für eine sichere Reise hatten sich erübrigt, als Dori darauf bestanden hatte, sofort aufzubrechen. Er fragte sich, was seine Eltern wohl dachten, wenn sie das Abendessen auftrugen und er und Dori nirgendwo zu finden waren. Irgendwie würden sie es wissen, es konnte gar nicht anders sein.

»Imma, wenn ich inne Matrix geschaut hab, hab ich Hali gesehen«, sagte er leise und wandte seine Gedanken anderen Dingen zu. »Und ich hab immer Alaric gehört.«

Lächerlich, dachte er. Niemand konnte auf dem Boden eines Sees leben – weder auf magische noch auf andere Weise. Er spielte mit der Kette an seinem Hals und ließ den Anhänger hin und her schwingen. Der Nebel lockte, und er ließ den blitzenden Stein gegen sein nicht mehr ganz weißes Hemd fallen. Alarics Stimme flüsterte leise aus der Ferne.

»Ah, nein«, murmelte er vor sich hin. »Nicht jetzt, nicht jetzt.« Er schaute auf Dori hinab, der zwischen seinen Knien saß. »Tja, Bürschlein, wir ham's geschafft, oder nich?«, sagte er. »'s gibt kein Zurück mehr. Wird 'ne Menge Arbeit machen, die Elhalyn-Leute zu finden, aber wenn sie dich erst mal gesehen ham, helfen sie uns bestimmt. Mach dir keine Sorgen, *Alenya,* ich pass schon auf, dass dir niemand was tut. Wir behalten unser Geheimnis für uns.«

Dori antwortete mit einem Seufzer und lehnte seinen strohblonden Kopf an Seanons Brustkorb.

Geheimnisse ... Ja, Seanon. Geheimnisse ...

Seanon lächelte über das Wort, das leise in seinem Kopf entstand. »Unser Geheimnis«, sagte er. »Hab's hier drin.« Er deutete auf den Distelanhänger, den Torm ihm geschenkt hatte, als er mit Alaric nach Marcone gekommen war. Damals war er acht gewesen. »Nich mal Lehnsmann Morough hat einen. Der kriegt nie raus, wo wir sind. Er kriegt dich nich. Ich versprech's.«

Als Seanon jemanden seinen Namen rufen hörte, drehte er sich um.

Er blinzelte in die sternenübersäte Nacht hinaus und lauschte der Brise, in der sich das gelbe Segel blähte. Er hatte es am Abend gesetzt. Ein steifer Wind trieb sie rasch voran. Neben ihm, unter zwei Decken zusammengerollt, lag Dori. Seanon selbst war zweimal eingeschlafen. Nun mühte er sich, wach zu bleiben. Es war gefährlich, wenn man so dicht vor der Küste einschlief. Wenn das kleine Boot vom Kurs abkam, konnten sie auf Grund laufen.

Er kratzte sich an einer plötzlich heißen Stelle am Hals und setzte sich auf. Sein Hemd hatte die zarte Haut dort wohl aufgescheuert. Die wollenen Socken, feucht vom Spritzwasser, ließen seine Beine jetzt schon jucken. Erneut kratzte er sich, und seine Finger streiften die Kette. Er hörte auf und lauschte. Hatte da eine Stimme gerade seinen Namen gerufen? Er musterte Doris schlafende Gestalt. Torm hatte ihm erzählt, ein Bewusstsein könne im Traum zu einem anderen sprechen. *Dori?*

Wieder ein brennendes Gefühl. Ein Pulsieren an seiner Kehle. Seine Matrix! Jemand versuchte *wirklich,* ihn zu erreichen. Seanon widerstand dem Drang, sich dem Ruf weit zu öffnen, und dachte schnell nach. Niemand hatte die Fähigkeit ... Er fröstelte. Die beiden Fremden bei Morough kamen aus dem Norden – rothaarige Menschen aus dem Norden!

Wenn er ihren Ruf beantwortete, setzte er alles aufs Spiel. Er klammerte sich an seine Barrieren, wie Torm es ihn gelehrt hatte, schob die auf ihn eindringenden Gedanken beiseite und beschäftigte sich mit dem Boot, indem er das sich aufblähende Segel neu justierte, um den größten Teil des bescheidenen Heckwindes einzufangen.

Beim nächsten Mal war der Impuls stärker. Da er mehr war

als ein irritierendes Zwicken, musste Seanon fest schlucken und zuckte zusammen.

Nein, dachte er, *ich antworte euch nicht. Wenn ich euch lange genug ignoriere, glaubt ihr bestimmt, ich kann euch nich hörn; dass ich zu weit weg bin ...*

Aber was war zu weit? Alaric hatte zugegeben, dass eine gewisse Entfernung die einfache Funktion einer Matrix beeinflusste. Ein Mensch konnte nicht mehr und nicht weniger tun – aber was war mit Alaric? Dem Mann, der tagelang in den geheimnisvollen nebelhaften Wassern des Hali verschwunden war? Alaric, der wie niemand zuvor nach Marcone gekommen war – aus dem Nichts?

Seanons Schläfe pochte beim nächsten Impuls, und er keuchte auf. Dori rührte sich bei dem Geräusch, setzte sich im bleichen Licht der Monde auf und schaute seinen Pflegebruder aus grauen Augen an.

»Jemand versucht uns aufzuspüren, Dori. Er will ... Er will ... dich. Er will dich zurückhaben.« Seanon schloss die Augen, drückte die Fingerspitzen an seine Schläfen und bekämpfte das stärkere, unendlich besser geschulte Bewusstsein, welches in das seine eindrang. Das Bild eines Mannes mit Hakennase aus dem Norden brannte in seinem Geist. Das Boot wankte, als Dori sich unter den Decken wand und nach dem Sternensteinanhänger an Seanons Hals griff.

»Nein.« Seanon schlug die Augen auf. »Nich, Dori ... Es könnte mich umbringen ...« Aber es brachte ihn nicht um, und der sengende Impuls hörte auf. Das Abbild des fremden *Laranzu* zersplitterte in seinem Geist. Seanon musterte den Jungen mit den blassen Augen, der vor ihm kniete. Sie zitterten beide in der kühlen Brise. Sein Atem war in der Nachtluft zu sehen. Ihr Atmen war das einzige Geräusch neben dem Klatschen der Wellen gegen den hölzernen Bootsrumpf und dem Flattern des Segels. »Torm sagt, das können nur wenige«, flüsterte Seanon. »Als du's zum ersten Mal gemacht hast, hab ich's nicht geglaubt, aber jetzt machst du's schon wieder.«

Ein schmales Lächeln glitt über Doris Lippen, und Seanon erwartete fast schon eine Antwort, als er in seinem Geist einen neuen Stich verspürte. Diesmal war er hartnäckiger als die anderen. Der Schmerz ließ seinen Körper erbeben und warf ihn zur Seite. Sein Kopf prallte gegen die Pinne, und das kleine Boot wankte, als der zunehmende Wind mit dem schlagenden Segel spielte.

»Hör auf! Bitte, du tust mir weh!«, bat Seanon, und Tränen strömten ihm aus den Augenwinkeln. »Dori«, hauchte er. »Dori ...«

Kleine Hände griffen nach dem flackernden Anhänger. Das Boot blieb schlagartig auf dem Wasser stehen, der Wind erstarb. Dori fiel nach vorn, er grapschte nach der dünnen Reling. Ihr gemeinsames Gewicht auf der Pinne drehte das Boot in eine Gegenwoge. Kurz darauf waren sie von der kalten Finsternis des Wassers umgeben.

Seanon, der seinen Schmerz vergaß, quälte sich in der salzigen Gischt auf das gekenterte Boot zu. Die mit Wasser vollgesogenen Socken zogen an seinen Beinen, während er heftig um sich trat.

»Dori?«, sprudelte er hervor. »Dori, wo bist du?« Er spürte ein Ziehen, doch diesmal nicht in seinem Geist, sondern an seinen Füßen. Dori! Seanon atmete tief ein, tauchte unter den Wasserspiegel und warf die schweren Beinkleider und Stiefel ab, indem er sich mit den Beinen abstieß. Er schloss die Augen vor dem stechenden Salz und suchte blindlings. Die Schwere des wirbelnden kalten Wassers erinnerte ihn an die Matrixvision. Blaue Schönheit, rollender, wogender Friede. Seine Finger schlossen sich um den zerrissenen Rand des Kilts seines Vetters. Seanon zog Dori heran und fragte sich, ob sie nicht besser dran wären, wenn sie langsam in der salzigen

Tiefe versanken, fort von der beharrlichen Berührung dieses widerlichen Geistes. Er wehrte die Annäherungsversuche ab, wie er die Schnauze eines spitzzahnigen Fisches weggestoßen hätte.

Was mache ich jetzt?, fragte er sich. Er spürte, dass seine und Doris Verzweiflung zu einem starken, ängstlichen Schrei des Entsetzens verschmolzen, als sie sich nach oben kämpften. Die Furcht wirbelte in ihm umher wie ein Tintenklecks in Milch, dunkler und dunkler, bis sie in alle Richtungen explodierte. *Torm, hör mich bitte an, was soll ich nur tun?*

Verhöre. Fragen stoben in der Landschaft seines Geistes auseinander, wie eine Silbergravur auf tintenschwarzer Oberfläche. Gegen die Erschöpfung ankämpfend, schob Seanon sich durchs Wasser nach oben und zog Dori hinter sich her, er drängte hoch, immer höher, durch die Luftblasen, die seinem Mund entwichen, durch die plötzlichen Fragen, die sich um ihn drehten und glänzende Stränge geistiger Gesundheit in seine Verwirrung stachen.

Wer ist das, Torm?, fragte eine Stimme. Sie klang verwundert.

Heiliger Hastur, was für eine Kraft! Torm, was für eine Matrix kann das sein? Was haben sie jetzt gefunden?

Damit könnte man ...

Friede, Freunde. Seanon erkannte Torms Stimme, erkannte die sanfte, beruhigende Berührung seines Geistes, weit weg, sehr weit weg. *Wir müssen eins sein. Wir sind ein Kreis, wir sind wie ein Geist, wir sind wie eine Seele, wir sind verbunden, eine Kraft.*

Fließende Zustimmung wallte beim Schwimmen rings um Seanon auf. Sie erwärmte ihn in kurzer Zeit, obwohl die Oberfläche sich ihm entzog. Bewegte er sich etwa in die falsche Richtung? Dem düsteren Boden statt der Luft entgegen? Neben sich spürte er die Rückkehr des heimtückischen Bewusstseins. Es pflügte auf ihn zu. Auf der anderen Seite brandete Alarics Stimme durch die Tiefen, wurde vom Flüstern zum Dröhnen in der Finsternis. Verwirrt hörte Seanon auf zu schwimmen. Die beiden Kräfte prallten aufeinander und pressten ihm die Luft aus der Lunge.

Seanon? Es war Torm, der ihn nun rief. *Seanon MacDomhnall? Wo bist du?*

Torm? Alaric? Helft mir!, schrie Seanon im Dunkeln. Seine Beine schlugen hektisch durchs Wasser, seine Lunge verkrampfte sich zwischen den sich gegenüberstehenden Kräften. *Sie wollen Dori haben! Torm, ich kann das Boot nich finden! Wir ertrinken!*

Langsamer, langsamer, Chiyu. *Ich höre dich, wir alle hören dich. Welche Matrix benutzt du, Junge?*

Die, die du mir gegeben hast.

Ablehnung. Seanon knallte im Dunkeln gegen irgendetwas. Erleichtert, da er glaubte, das Boot gefunden zu haben, ignorierte er den schrecklichen Kopfschmerz und griff nach oben. Die kühle Glätte von Eis drückte gegen seine Hand. Seine Fingerspitzen brannten. Er zog Dori weiterhin hinter sich her, trat um sich und schaute durch die kristallklare Barriere auf den von Sternen wimmelnden Himmel.

Torm? Torm! Etwas stimmt hier nicht … Ich kann nicht aus dem Wasser! Er schlug gegen die Barriere. Das widerhallende Brummen warf im Wasser Echos. Die Wellen ließen ihn Purzelbäume schlagen. Er wurde gegen eine andere Barriere geschleudert, prallte ab, traf eine weitere. Eingesperrt, sank er dem kalten, glatten Boden seines unwirklichen Gefängnisses entgegen.

Tut mir Leid, Dori, dachte er und musterte die leblose Gestalt seines Vetters, die auf den eisigen, matrixerzeugten Boden zustürzte. *Tut mir wirklich Leid …*

Durch einen aufsteigenden blauen Dunstschleier fing Doris

Leib an zu schimmern und durchstieß die kristallartige Barriere, die ein nasses Grab versiegelte.

»Nein!« Seanons Hände durchstießen Doris Körper. *NEIN!* Über sich entdeckte er Alaric, der auf ihn hinabschaute, kristalline Tränen salbten sein Gesicht, liefen an den harten Kanten von Seanons Gefängnis entlang, hinterließen zischende Streifen auf dem Eis. Seine Lippen bewegten sich lautlos, seine schlanke sechsfingrige Hand konnte sie nicht berühren. Seanon schwang sein *Skean Dhu* und hackte heftig auf den Boden ein. Das Messer verschwand.

Alaric! Er schaute auf, sein Blick traf den der flackernden grauen Augen. *Alaric, hilf mir! Ich verliere ihn. Alaric, tu etwas!* Er griff nach oben, strengte sich an, Alarics Finger auf der anderen Seite der Barriere zu treffen. Dann schloss er die Augen und schob sich durch den blauen Dunstschleier, schrie die sengende Kälte an, bis seine Hand die Alarics berührte. Seine Verbindung mit Torm zerbrach, die Eisfragmente explodierten in die Dunkelheit hinein.

Seanon wankte und fiel in die Weichheit des Nebels. Seine Hände gruben sich in den feinen weichen Sand. Feuchte, weiche Schneeflocken küssten seine tränenfleckigen Wangen.

Als er den Kopf vom nebelumhängten Ufer Halis hob, lugte er durch den schweren Dunst, der dem verwischenden Mantel des Sees entströmte. Eine Hand legte sich ihm auf die Schulter und hob ihn auf die schwachen Beine. Er kniff die Augen zusammen und sah Dori vor dem breiten Brustkorb seines Vaters.

»Alaric!« Torms Stimme durchdrang die Stille. Der *Laranzu* gesellte sich am Strand zu ihnen. »Alaric, wie hast ... Wir haben nie damit gerechnet, dich wieder aus dem Wasser zurückkehren zu sehen.«

»Das Kind ...« Torm streichelte über das Köpfchen, als Alaric sich müde im Sand niederließ. Seanon setzte sich neben ihn, sein patschnasses Plaid halb aufgezogen. »Mir war verboten, ihn zu sehen.«

»Natürlich«, flüsterte Alaric und streichelte das nasse Haar des Jungen. »Natürlich war es so, mein Freund.«

»Deine Matrix war zerstört ...«, sagte ein anderer Mann aus dem Norden und hüllte erst Seanon und dann Alaric und Dori in eine Decke.

»Ich habe eine andere gefunden.«

»Das ist unmöglich! Du hast dich auf eine andere Matrix eingestimmt?«

»Ist gar nicht so schwer, wenn die Matrix die Saat deines eigenen Kindes ist. Ich wusste nicht, dass man es nicht tun kann ...«

»Du bist nicht gestorben«, murmelte Seanon schwach und zitterte unter der trockenen Decke. Er klapperte mit den Zähnen.

Der junge Mann – er war jung, da er im Hali nicht gealtert war – lächelte. Er schaute auf Seanon hinab, eine freundliche Fingerspitze schob tropfende Locken aus den Augen des Jungen. »Nein, Junge. Aber ich nehme an, jetzt muss ich eine andere Matrix finden.«

»Kannste das?«, fragte Seanon. »Kannste 'n neuen Stern ... 'ne neue Matrix haben?«

»Unmögliches hat Alaric noch nie von etwas abgehalten, *Chiyu*«, sagte Torm. »Und wie es aussieht, auch dich nicht. Kann mir mal jemand was zu essen reichen, bevor er einen Schock kriegt? Alaric hat zwar gesagt, dass du talentiert bist, aber *davon* hat er nie etwas erzählt.«

»Aber ich hab doch nix gemacht. – Alaric ...«

»Nein, Seanon«, entgegnete Alaric kopfschüttelnd. »Du hast dich selbst aus der Falle meines lieben Vetters gezogen – und du hast mich mitgerissen. Du hast es jahrelang versucht. Ja, ich weiß. Ich habe es gespürt.« Er lächelte. »Du hast endlich gelernt, wie man eine sehr starke Matrix einsetzt, Junge.«

»Aber ich habe es nicht gewusst«, erwiderte Seanon leise. Sein Blick fiel auf den klatschnassen Körper Doris, den Alaric in den Armen hielt. »Ich wusste, ich musste weg von ...« Er schaute sich um und lauschte dem anderen *Laranzu.*

»Er ist weg«, beruhigte Alaric ihn. »Als ich spürte, dass dein Geist den meinen und der seine den deinen berührt hat, habe ich ihn rausgeworfen, bevor er meine Anwesenheit überhaupt bemerkt hatte. Ich habe offenbar mehr Einfluss auf diese Dinge, als ich geglaubt habe.«

»Wohin hast du ... ihn geworfen?«, fragte Seanon und nahm das Brot, das Torm ihm reichte. Als er den süßen Duft roch, lief ihm das Wasser im Mund zusammen.

»Ach, wahrscheinlich in die Überwelt. Oder in den Hali. In Richtungen war ich immer schlecht. So bin ich auch nach Marcone gekommen. Ich wollte eigentlich nach Burg Elhalyn ...«

»Seanon ...« Torm berührte ihn an der Schulter. »Wir geben deinen Eltern Bescheid, dass du in Sicherheit bist. Bevor du nach Hause gehst, musst du dich jedoch erst mal ordentlich ausruhen.«

»Bitte, kann ich nicht bleiben?«, fragte er und rutschte vor Schmerzen hin und her. Erst jetzt wurde ihm bewusst, wie wund er war. Er schaute in merkwürdig mitfühlende Gesichter. »Ist dies der Kreis? Kann ich nicht bleiben? Ich möchte es lernen, Torm. Ich möchte erfahren, wie ich es gemacht hab.«

»Verlass dich bloß nicht drauf«, schnaubte jemand und reichte ihn ein Stück Nusskuchen. »Du wirst nie erfahren, wie du es gemacht hast. Es ist unmöglich.«

»Du hast schon mehr gelernt, als manche Menschen in einem ganzen Leben«, erklärte Torm. »Wir leben in gefährlichen

Zeiten, Seanon. In sehr gefährlichen Zeiten. Bist du sicher, dass du ein Teil davon sein möchtest?«

»Eins weiß ich: Wenn ich wieder zum Kamm zurückkehre, werde ich nie mehr über meine Matrix erfahren. Bei uns nutzt man sie ohnehin nur zur Vorausschau.« Er hörte, dass da und dort jemand Luft holte oder kicherte, aber er sprach weiter. »Ich bin kein begeisterter Zimmermann. Vielleicht wäre ich ein besserer ... Ich weiß nicht. Was fängt man mit *Laran* eigentlich an?«

Die Erwachsenen lachten über seine Frage und schüttelten den Kopf. Dori glitt aus den Armen seines Vaters und kniete sich vor Seanon hin. Seine kleinen Finger berührten sanft den Distelanhänger an Seanons Hals, und er schaute dem älteren Jungen tief in die Augen.

»Du bist der Unmögliche«, sagte Seanon zu ihm. »Aber ich bin froh darüber, *Alenya.*« Er drückte den Kleinen an sich. »Ich könnte nicht ohne dich zurückgehen, Dori. Und das willst du doch auch nicht, oder?«

Dori lächelte.

»Wie hast du's nur geschafft, da unten zu bleiben, Alaric? Ist im Hali irgendwas?« Seanon warf einen Blick auf das dunstige Wasser, das gar kein Wasser war. Seine Augen wurden feucht.

Alaric lächelte. »So was in der Art«, erwiderte er.

Dori lächelte, das Geheimnis noch immer verborgen hinter dem Schleier seiner schläfrigen, nebelgrauen Augen. Seanon seufzte. Irgendwann würde er auf die Antwort stoßen. Er hatte Zeit zum Lernen und wusste, dass er noch eine Menge lernen musste, bevor er so war wie die anderen. *Aber nicht jetzt*, dachte er gähnend. Jetzt war er müde, und die rollenden Nebel Halis lockten ihn zum Schlafe.

Laut Mary Frey handelt diese Geschichte von einer neuen *Laran*-Form, die man »Cassilda-Gabe« nennt. Sie spielt irgendwo im Dunkel des Chaos-Zeitalters – zwischen *Die Landung* und *Herrin der Stürme*.

Vor Jahren hat sie sich gesagt, sie wolle mit vierzig etwas schreiben, das gut genug sei, um veröffentlicht zu werden. Und »zwei Monate vorher« ist es ihr gelungen.

Ihre Erzählung im ersten Darkover-Kurzgeschichtenwettbewerb (vor zehn Jahren verlegte ich ein Fanzine und schrieb Wettbewerbe aus, statt professionelle Anthologien und eine Zeitschrift herauszugeben) hieß *Reise nach Newskye* und kam zusammen mit einer anderen auf den 1. Platz. Mary hält es für »äußerst nett«, dass ich sie »persönlich auf einem Science-Fiction-Kongress« aufsuchte, um ihr zu erklären, warum ihre Geschichte nicht in den Band *Der Preis des Bewahrers* passte (meine erste Anthologie). Sie fügt hinzu: »Es zahlt sich also doch aus, genau nach den Richtlinien der Herausgeberin zu arbeiten.«

Mary unterrichtet Französisch an einer High School und hat »zwei darkovanische Kostüme für einen Kostümwettbewerb gestaltet und für beide einen Preis erhalten«. An eins kann ich mich sehr gut erinnern: Es war ein Kostüm der Freien Amazonen, inklusive kunstvoll gestalteter Unterwäsche. Sie kam mit einem dazu passenden Umhang und Stiefeln auf die Bühne, zog beides aus und machte weiter: das Überkleid, das Unterkleid, bis zum bestickten Petticoat und Schlüpfer – und alles ohne die geringste Unanständigkeit. Freie Amazonen strippen zwar in der Regel nicht öffentlich, aber täten sie es, sähe es genau so aus.

Dies erinnert mich an das einzige Mal, als ich eine Eingabe wegen eines Titelbildes machte. Die Leute haben mich immer gefragt: »Warum lassen Sie zu, dass man Ihre Bücher mit solchen Umschlägen verunziert?« Als hätte ich in dieser Hinsicht etwas zu sagen! Die meisten Umschläge meiner Bücher überlasse ich gern der Grafikabteilung meines Verlags. Doch als ich den Roman *Die zerbrochene Kette* schrieb, der ursprünglich einfach *Die Freien Amazonen* hieß, hatte ich gerade einen Kostümwettbewerb gesehen, auf dem eine so genannte Amazone, die fast so nackt war wie die Frauen auf den Titelbildern von Frank Frazetta, den ersten Preis abstaubte. Also sagte ich zu meinem amerikanischen Verleger Don Wollheim: »Don, wenn du eine nackte oder halb nackte Amazone auf den Umschlag bringst, spreche ich kein Wort mehr mit dir.«

Er hat's nicht getan. MZB

Unser Häschen

von Mary K. Frey

Kurz vor Einbruch der Dunkelheit bog Kelan Darriell mit seinem Chervine vom Weg ab und wandte sich der aus grauen Steinen bestehenden Reisehütte zu. Nachdem er drei Nächte auf dem Boden geschlafen hatte, sehnte er sich nach einem richtigen Bett. Und noch wichtiger: Er war nur noch zwei Tagesreisen von Nevarsin entfernt. Er würde, ob mit oder ohne Bett, viel besser schlafen, wenn sich die Papiere, die er bei sich trug, sicher hinter den Mauern des Klosters befanden, in das noch keine Frau einen Fuß gesetzt hatte.

Zwar hatte es eigentlich noch keine Drohung gegeben, doch war es ihm in den letzten Monaten nicht gelungen, die leise Stimme verstummen zu lassen, die ihn beharrlich daran erinnerte, dass *Domna* Ysabet sein Wissen bestimmt für eine Bedrohung ihrer Sicherheit hielt.

Doch wie weit würde sie gehen, um ihr Geheimnis zu bewahren? Er glaubte nicht daran, dass sie die Kriegerinnen der Aillards in Marsch setzen würde, auch wenn sie ihrer Meinung nach der Aufgabe gewachsen waren – denn die Nachricht, dass sie sich in den Bergen aufhielten, würde sich zu schnell verbreiten. Allerdings würden auch einige Männer ihr Geld nur allzu gern annehmen und nicht vorlaut fragen, aus welchen Gründen die Dame sie in ihre Dienste stellte.

Die Hütte war klein und schlicht. Sie glich in dieser Hinsicht den anderen selten benutzten Gebäuden, die er im Laufe seiner weiten Reise kennen gelernt hatte. Es war viel zu riskant, die nördliche Hauptstraße zu nehmen, auf der andere Reisende sich nach ihm, dem Ziel seiner Reise und den Gründen dafür erkundigen konnten. Vielleicht erkannte ihn sogar jemand trotz des zottigen, langsam gehenden Tiers, auf dem er nun ritt; trotz seiner sandfarbenen Bauernkleidung und des starken Tees, mit dem er sein Haar gewaschen hatte, um die rotesten Stellen zu verdecken.

Kelan lenkte das Chervine in jene Hälfte der Hütte, die als Stall diente, und nahm ihm den Sattel ab. Nachdem er das Reittier gefüttert und getränkt hatte, trug er das Gepäck in den Hauptraum der Unterkunft, zündete ein Feuerchen an und hoffte, dadurch die Kälte zu verdrängen. Dann nahm er sein Beil und suchte den nächstgelegenen Waldstreifen nach Holz ab, das er für ein Abendfeuer fällen konnte. Solange es trocken war, wollte er sich nicht an dem Feuerholzstapel bedienen, mit dem die Bergwachen die Unterkunft ausgestattet hatten. Wäre es nicht so dunkel gewesen, hätte er vielleicht noch eine Falle aufgestellt. Ein Kleinvogel oder ein Waldtier wäre eine willkommene Bereicherung des üblichen Abendessens aus Trockenfrüchten und Nüssen gewesen.

Er wünschte sich, es wäre möglich, *Domna* Ysabet direkt aufzusuchen und ihr zu sagen, dass er nicht vorhatte, ihr zu schaden. Bei der Ratsversammlung im letzten Mittsommer, lange bevor er die ganze Geschichte begriffen hatte, war er zur Zimmerflucht der Aillards gegangen und hatte versucht, eine Audienz zu erhalten. Wie tölpelhaft von ihm, sie wissen zu lassen, wer er war! Obwohl er der jungen Frau keine seiner wirklichen Mutmaßungen enthüllt und sie ihm abgesagt hatte, musste ihr klar geworden sein, wie nahe er der Wahrheit gekommen war. Danach hatte er zum ersten Mal um sein Leben gefürchtet.

Wie viele Sicherheitsvorkehrungen konnte ein Mensch treffen? Er hatte seine Familie über den Grund der Reise nach Nevarsin belogen, weil er hoffte, dass ihre Ahnungslosigkeit seinen Bruder und dessen Söhne vor Gewalttaten schützte. Er war seinen Freunden aus dem Weg gegangen, damit sie nicht in Erfahrung brachten, wie weit er über die ursprüngliche Herausforderung jener Nacht in der Taverne hinausgegangen war.

Die Arme voll mit frisch geschlagenem Holz, schob Kelan die Tür der Unterkunft mit der Schulter auf und trat ein.

Einen Moment lang war ihm nicht genau bewusst, was hier nicht stimmte, dann erkannte er, dass zusätzlich zu dem Feuer, das er zuvor an der Feuerstelle entzündet hatte, einige Kerzen brannten. Es roch nach geschmortem Hasen.

War etwa ein anderer Reisender – oder eine ganze Gruppe – hier angekommen, als er im Wald gewesen war? Als er am Stall vorbeigelaufen war, hatte er nicht daran gedacht, einen Blick hineinzuwerfen, um nachzusehen, ob jemand dort ein Reittier abgestellt hatte. Er drehte sich um und erblickte eine Frau. Sie wandte ihm den Rücken zu und rührte in einem Topf, der über dem Feuer hing.

»Ich glaube, dies wird Euch besser munden als die Mahlzeit, die Ihr essen wolltet, Herr«, sagte sie, ohne ihn anzuschauen.

»Ich bin Euch zu Diensten, *Domna«*, erwiderte Kelan höflich. »Euer Gatte ist wohl noch im Stall und kümmert sich um die Tiere.«

Ihre Stimme klang nicht wie die einer Bauersfrau, und das, was er von ihrem Gewand erblicken konnte, sah nach teurem Stoff aus. Es war durchgehend bestickt. Derlei trugen nur Frauen, die viele Bedienstete hatten, die sich um alles kümmerten, so dass ihnen genügend Zeit zum Sticken blieb. Dann kam ihm der Gedanke, dass die Unterkunft sehr klein war und es keinen Vorhang gab, mit dem man den Raum teilen konnte, und er fragte sich, ob er seinem hochwohlgeborenen Nachbarspärchen genügend Intimsphäre ließ, wenn er sich zu den Tieren in den Stall zurückzog.

Die Frau wandte sich um, und er spürte, dass sich ihm die

Haare im Nacken und auf den Armen aufrichteten – denn er kannte das ingwerfarbene Haar und das Gesicht der jungen Frau. *Domna* Ysabet hatte sie zu ihm geschickt, als er in der Zimmerflucht der Aillards in Thendara gewesen war, um mit ihm zu reden.

»Ich habe weder einen Ehemann noch ein Reittier, *Dom* Kelan«, ließ sie ihn wissen. »Und diesmal nicht einmal einen Bewacher oder eine Dienerin. Außer uns beiden ist niemand hier.«

Kelan schaute sie nur an.

»Legt doch das Holz ab und setzt Euch ans warme Feuer, damit wir uns unterhalten können.«

Kelan schob die Tür mit dem Fuß zu, durchquerte den Raum, um das Holz in die Kiste zu legen, und wartete ab, was sie als Nächstes tat.

»Ich werde *gar nichts* tun«, sagte sie lächelnd. »Ihr braucht Euch nicht zu fürchten. Ihr könnt ruhig sprechen. Oder fällt Euch gerade der Schlammhase ein, der bei einem Wolkenbruch so lange nicht ertrinkt, wie er das Maul geschlossen hält?«

Kelan räusperte sich. »Ich bin neugierig. Wie seid Ihr an diesen Ort gekommen?« Wenn *Domna* Ysabet glaubte, ihn auf dem falschen Bein zu erwischen, warum hatte sie ihm dann Liane Delleray geschickt, den einzigen Menschen, den er erkennen würde?

»Vielleicht passt das Sprichwort nicht zur momentanen Situation«, fuhr Liane fort und warf einen Blick auf den brodelnden Kessel über dem Feuer. »Weil schon ein Häschen hier ist, das sich, obwohl es das Maul gehalten hat, trotzdem im Kochtopf wieder findet.«

Kelan wusste, dass inzwischen Schweißperlen auf seiner Stirn standen. Gütige Avarra, beschütze mich vor ... Er hätte beinahe laut gelacht, als er begriff, dass er unbewusst angefangen hatte zu beten. »Hat sie Euch geschickt, weil Ihr jünger und stärker seid?«

Liane war nicht wie eine Kriegerin gekleidet. Sie schien nicht mal ein Fleischmesser bei sich zu haben. Er war größer als sie – mindestens um zwei Handbreit.

»Ich versichere Euch, Ihr seid nicht in körperlicher Gefahr.«

Kelan bemühte sich, eine geistige Abschirmung aufzubauen. Spielte es überhaupt eine Rolle?

»Kommt, setzt Euch doch. Vielleicht sollten wir vor dem Essen ein Glas Wein trinken. Es könnte Euren Magen beruhigen.«

Sie bückte sich und entnahm dem ledernen Packsack, der zu ihren Füßen stand, zwei Kelche. »Schenkt Euch ruhig selbst ein, wenn Ihr wollt – damit Ihr sicher seid, dass ich Eurem Getränk kein Gift oder irgendwelche Drogen beimische.«

Kelan nahm die dunkle Glasflasche aus ihrer Hand entgegen. Seine Hände bebten so sehr, dass es ihm kaum gelang, den Korken aus der Flasche zu ziehen. Sie schien seiner Aufregung keine Beachtung zu schenken, sondern hielt ihm nur die Kelche entgegen, damit er sie füllte.

»Wir sollten auf irgendetwas anstoßen«, schlug Liane vor, als er die Flasche abgestellt hatte und beide einen Kelch in der Hand hielten. »Doch wen sollen wir ehren? Wie wäre es mit der Wahrheit? Sie kann eine rücksichtslose Geliebte sein, und nur wenige haben den Mut, an sie zu glauben.«

»Auf die Wahrheit«, stimmte Kelan zu und trank einen Schluck Wein. Er stellte fest, dass es sich um den berühmten Apfelwein aus den Gärten südlich von Valeron handelte.

»Das Essen braucht noch eine Weile«, sagte Liane. »Es ist aber auch etwas Brot und Käse da, falls Ihr jetzt schon hungrig seid. Aber ich hoffe, dass Ihr noch ein wenig Platz für den Hauptgang des Abends reserviert.«

Kelan studierte das Blätter- und Blumenmuster, das in sein

Trinkgefäß eingraviert war. Er musste wachsam bleiben und auf jeden Trick vorbereitet sein, den sie vielleicht anwandte. »Und der, nehme ich an, hat sehr wenig mit dem Essen zu tun. Man hat Euch doch nicht bloß an diesen Ort geschickt, damit Ihr mit einem einsamen Reisenden eine Mahlzeit und eine Feuerstelle teilt.«

Liane musterte ihn über den Rand ihres Kelchs hinweg. »Angesichts dessen, was der Hase unseretwegen aufgibt, wäre es unhöflich von uns, wenn wir uns ihm nicht verpflichtet fühlten.«

Glaubte sie, seine Wachsamkeit würde nachlassen, wenn sein Magen mit einer warmen Mahlzeit und ein paar Gläsern Wein gefüllt war? »Ich weiß, wer und *was* Ihr seid, *Domna*. Kommen wir doch gleich zum Grund Eurer Anwesenheit. Ich weiß mehr, als ich nach Lady Aillards Meinung wissen dürfte – und sie fürchtet sich vor dem, was ich mit meiner Information anfange.«

»Wir fürchten uns nicht, *Dom* Kelan. Selbst wenn Ihr dem Hastur-König alles berichtet, was Ihr für wahr haltet, und er seine Heere ausschickt, um die Führer von Aillard zu vernichten ... Und selbst wenn es ihnen irgendwie gelänge – es wird immer Frauen geben, die der Tradition der Göttin folgen.«

»Bestimmt würde dann von Hali aus Euer Leben bedroht, wenn nicht gar Euer Glaube.«

»Cassilda hat viele Töchter, mein Herr. Wir sind eine Schwesternschaft, die, wenn Ihr so wollt, weit über einzelne Familien hinausgeht. Daran wird auch das Getöse und Posieren der Hastur-Könige nichts ändern.« Sie stellte ihren Kelch auf dem kleinen Holztisch neben dem Feuer ab. »Wäre es Euch nicht bequemer, wenn wir Platz nähmen, um die Diskussion fortzuführen?«

»Wie es Euch beliebt, *Domna*.« Kelan nickte und tat so, als konzentrierte er seine gesamte Aufmerksamkeit auf das Glätten seiner Reithose über den Knien, als er vor dem Feuer auf der Bank Platz nahm. Wenn Lady Aillard sich nicht fürchtete, warum war Lady Delleray dann hier? Er wurde das Gefühl nicht los, dass sie irgendetwas mit ihm vorhatte, aber wenn es nicht aus Furcht heraus so war ... Wie damals, als er in Thendara mit der Frau gesprochen hatte, empfand er es als irritierend, dass sie die Situation stärker beherrschte als er.

Liane drehte einen der einfachen Holzstühle herum, die am Tisch standen, so dass er zum Feuer hin ausgerichtet war, doch statt sofort Platz zu nehmen, trat sie an die Feuerstelle, um den Topfinhalt noch einmal umzurühren. »Ich glaube nicht, dass Ihr genau versteht, wie unwichtig für uns die Dinge sind, die Lorenz-Rafael Hastur und andere seiner Art treiben ...«

»Solange er den Familien südlich von Valeron gestattet, so zu leben wie sie wollen ...«

Sie seufzte, setzte sich endlich hin und trank einen weiteren Schluck Wein. »Als Mann habt Ihr keinen guten Grund, unsere Methoden zu begreifen, aber ich dachte, im Licht Eurer Forschung und der Informationen, die Ihr zu besitzen behauptet, hättet Ihr vielleicht angefangen, ein klein wenig davon wahrzunehmen. Ihr seid kein dummer Mensch, sonst wärt Ihr nicht so weit gekommen – ohne mehr als ein paar Bruchstücke alter Geschichten zu kennen.«

Kelan lächelte. »Wenigstens sprecht Ihr nun nicht mehr von wunderlichen Erzählungen und bizarren Geschichten, die ein Verrückter erfunden hat – wie damals in Thendara.«

»Vor wenigen Minuten haben wir auf die Wahrheit getrunken, *Dom* Kelan. Würdet Ihr mir nicht zustimmen, wenn ich vorschlage, dass die Zeit des verbalen Schlagabtauschs vorbei ist und wir einander die Wahrheit sagen sollten?«

»Ich habe nie behauptet, auf irgendetwas anderes aus zu sein«, bestätigte Kelan nickend.

»Als Ihr in Thendara wart, habt Ihr mir gewisse Dinge erzählt, von denen Ihr glaubt, dass sie stimmen. Aber Ihr habt nichts über die Schlussfolgerungen gesagt, die Ihr daraus gezogen habt.«

»Schlussfolgerungen?«, fragte Kelan.

»Schlussfolgerungen«, wiederholte Liane. Sie griff nach unten, zog den Ledersack an sich und kramte darin, bis sie das Brot und den Weichkäse fand, von dem sie zuvor gesprochen hatte. »Ihr müsst doch auch darüber nachgedacht haben, was die Existenz der Erben von Cassilda und der Cassilda-Gabe bedeutet.«

Kelan schaute zu, als sie sich zur Seite drehte, um das Brot auf der Tischplatte zu schneiden.

»Habe ich«, stimmte er zu, nachdem sie die erste Scheibe mit Käse bestrichen hatte und ihm reichte. »Danke. Ich würde mir gern vorstellen, ich wäre empfindsam genug, um zu glauben, dass die Cassilda-Gabe irgendeinen anderen Zweck hat als jenen, den so viele junge Männer ihr gemeinhin andichten.«

Die »legendäre« Gabe hatte ihn vor drei Jahren an diesen Ort gebracht. Jeder kannte die Geschichte Hasturs: dass der Gott aus Liebe zu Cassilda zum Menschen geworden war. Sobald ein Junge in einen Turm ging, um zu lernen, wie man das *Laran* steuerte, wurde ihm von einem Älteren dieses Geheimnis zugetragen: dass es irgendwo noch eine von Cassilda abstammende Frau gab, die die Gabe besaß, einen *Emmasca* in einen Mann zu verwandeln – oder (und an dieser Stelle flüsterte der ältere Junge dann nur noch) einen normalen Mann vor Verlangen verrückt zu machen.

Die Geschichte war ziemlich albern, aber an jenem Abend in der Taverne hatten einige von ihnen nach ein paar Gläsern zu viel angefangen, darüber zu debattieren, ob sie nicht doch ein Körnchen Wahrheit enthielte. Kelan hatte sich mehr als einmal gewünscht, nie damit geprahlt zu haben, er werde die Wahrheit ans Tageslicht bringen – denn das, worauf er gestoßen war, war viel mehr als die Phantasievorstellungen junger Männer.

Lianes Lippen zuckten. »Ihr glaubt nicht, dass ich *das* für Euch tun könnte, wenn ich es wollte?«

»Ich bin sicher, dass Ihr es könnt«, erwiderte Kelan und stierte in seinen Wein, damit er ihr nicht zufällig in die Augen schaute. Wäre es denn so schlimm, wenn er sich mit dieser intelligenten und ansehnlichen Frau im Bett wieder fände? Die Vorstellung erschien ihm plötzlich verlockender als damals, als ... Nein, er musste seine Gedanken auf die Schlussfolgerungen richten, nach denen sie gefragt hatte. »Der Hastur-König beansprucht das Recht, die Welt zu beherrschen, weil er vom Herrn des Lichts abstammt, als dessen Sohn am Ufer des Hali-Sees wandelte und einen Knaben von Cassilda geschenkt bekam.«

»Und ebendiese Söhne Hasturs haben sich in ihrem Trachten, andere zu beherrschen, dazu entschlossen, das Wissen um Cassildas Tochter zu unterdrücken«, erinnerte Liane ihn. »Welcher Tor glaubt denn, dass eine Frau einen *Ehemann* braucht, um ein Kind zu gebären?«

»Und doch haben die Frauen von Aillard, die sich insgeheim die Erben Cassildas nennen, nichts getan, um die Hasturs daran zu hindern, ihre Fassung der Ereignisse zu verbreiten«, gab Kelan zurück. »Tatsächlich sind die Euren an dieser Geheimniskrämerei schuldiger als die Hasturs.« Er leerte sein Glas mit einem langen Zug. »Warum, wenn die Gabe der Euren nicht weniger stark ist als jene, über welche die Herrscherfamilie angeblich verfügt? Ein Mann mit der Hastur-Gabe kann vielleicht der Kanal für Aldones sein, aber eine Frau mit der Cassilda-Gabe ist der Kanal für die Göttin, oder etwa nicht?«

Endlich hatte er es laut ausgesprochen. Er hatte es nicht nur gedacht oder versucht, seine Ansichten zu jeder anderen möglichen Schlussfolgerung darzulegen, um dann festzustellen, dass seine Ansicht die Einzige war, die zu den von ihm gesammelten Fakten passte. Er hatte es ausgesprochen.

Liane antwortete nicht. Sie beugte sich nur vor, um nachzuschauen, wie weit der Braten gediehen war. »Ich glaube, das Essen ist fertig, *Dom* Kelan. In dem Schrank über der Holzkiste sind Schalen und Löffel. Seid Ihr so nett und holt sie uns?«

»Ich habe eine Frage gestellt, die Ihr noch nicht beantwortet habt«, bemerkte Kelan, als er aufstand und auf den Schrank zutrat.

»Ja, ich glaube, unser Häschen hat lange genug geschmort«, lenkte Liane ab und hob den langstieligen Löffel, um am Inhalt des Kochtopfes zu riechen. »Also, ich kann die Mahlzeit kaum erwarten.«

Wenn er falsch gelegen hätte, nahm Kelan an, hätte sie es ihm schon gesagt. »Angenommen, die Macht ist vorhanden, sich gegen die Herrschaft der Hasturs zu wenden«, sagte er, während sie das Essen verteilte und die Schalen auf den Tisch stellte, »muss ich mich doch fragen, warum Lady Aillard sie nicht einsetzt. Warum die Geheimnistuerei über ihre Fähigkeiten, wenn es gar kein Geheimnis ist, dass Aillard bei den Mittsommersitzungen nur selten mit dem Willen Hasturs übereinstimmt? Oder müsstet Ihr dann zugeben, dass der Gott mächtiger ist als die Göttin und auch Eurer Ansicht nach die Männer herrschen und die Frauen gehorchen sollen?«

»Aus Euch spricht ein wahrer Sohn Hasturs«, entgegnete Liane seufzend. Sie drehte den Stuhl wieder um, setzte sich hin und musterte Kelan über den Tisch hinweg. »Glaubt Ihr, der Wettstreit der Körperkraft und der Fähigkeit, das Leben anderer zu beherrschen, ist der einzig mögliche? Natürlich gibt es einen Wettstreit, aber nicht so, wie ein Mann ihn sich vorstellt.«

»Werdet Ihr es mir erklären, oder erwartet man von mir, dass ich noch weitere Jahre damit verbringe, den Rest der Antworten selbst herauszufinden?«

»Esst Eure Mahlzeit, Sohn eines Hastur.«

Kelan nahm den Holzlöffel und musterte seine Portion. Es war das gleiche Gericht, das er sein Leben lang gegessen hatte, aber plötzlich empfand er es als unbehaglich, etwas zu verzehren, das einst ein Lebewesen gewesen war. Vor ein paar Stunden war das Tier noch seiner üblichen Routine nachgegangen, ohne zu ahnen, was die Zukunft bereithielt. Er schob den Löffel vorsichtig in die Schale, lud sich jedoch nur ein bisschen Gemüse und etwas Brühe auf.

»Wir kämpfen nicht gegen die Macht des Hastur-Königs, weil es nicht unsere Absicht ist«, erklärte Liane. »Was wir für die Welt tun müssen, kann nicht ohne Kampf und den Tod anderer Lebewesen errungen werden. Die Söhne Hasturs glauben nämlich, das *Laran* müsste auf einige Auserwählte begrenzt bleiben, und zwar auf jene, die irgendwie eine Blutsverwandtschaft mit Hasturs Sohn beanspruchen können. Sie würden jeden töten, der eine andere Lehre verbreitet, und Kriege im Namen der Verbreitung dessen anzetteln, was sie für den einzig richtigen Weg halten. *Ihren* Weg.«

»Was ist Euer Weg?«, fragte Kelan.

Liana beobachtete, dass er es noch immer vermied, ein Stück Fleisch auf seinem Löffel landen zu lassen. »Eure Skrupel retten unser Häschen auch nicht mehr. Das Tier ist seinem Schicksal längst begegnet. Ihr könnt es ruhig essen, das Fleisch und alles andere.«

Kelan schaute zu ihr auf. Im Schein der zwischen ihnen auf dem Tisch stehenden Kerze leuchtete ihr Gesicht golden. Er bemerkte einige Sommersprossen auf ihrem Nasenrücken und eine dünne weiße Linie, die der Krümmung ihrer linken Augenbraue folgte. Wahrscheinlich eine Narbe. Er wusste, es war gefährlich, wenn er zuließ, dass der Beweis ihrer körperlichen Unvollkommenheit ihn über den wahren Grund ihrer Anwesenheit in trügerische Sicherheit wiegte. »Was ist Euer Weg?«, fragte er noch einmal.

»Unser Weg ist der des Ausharrens«, erwiderte sie. »Es steht uns nicht zu, uns der Wahl entgegenzustellen, welche die Söhne Hasturs getroffen haben. Wir müssen weiterhin jenen eine andere Wahlmöglichkeit bieten, die sich ihrer Tyrannei nicht unterwerfen können oder wollen. Für Euch ist es natürlich keine Tyrannei. Ihr habt von Geburt an alle Vorrechte des Systems genossen.«

»Meine Familie ist nicht reich. Das Leben in den Bergen ist härter als dort, wo Ihr lebt. Ich habe in vielen Sommern mit den Bauern und Dörflern gearbeitet, um die Ernte einzufahren, und meine Mutter und meine Schwestern tragen keine eleganten Seidenkleider oder teure Duftstoffe, die am Hof von Hali üblich sind.«

Liane wies diese Tatsachen mit einer Handbewegung zurück. »Ihr und die anderen Männer Eurer Familie habt dem Hastur-König ewige Treue geschworen. Er hat Euch dafür die Vorteile der Türme garantiert. Wo, glaubt Ihr, hättet Ihr wohl lernen können, Euer *Laran* zu steuern, würde Hali Euch nicht zu den Angehörigen Hasturs zählen? Welcher Turm hätte Euch aufgenommen, wenn in Euren Adern nicht das Blut der Hasturs flösse?«

»Ich weiß nicht«, gab Kelan zu. Ihre Hand lag nun auf der Tischplatte. Sie war nur wenige Zentimeter von der seinen entfernt, und er bemerkte plötzlich, dass er gegen den Drang kämpfte, sie auszustrecken und Liane zu berühren.

»Die Töchter Cassildas hätten Euch ausfindig gemacht und

dafür gesorgt, dass Ihr die notwendige Kontrolle erlernt, damit Ihr Euch und anderen nicht zur Gefahr werdet.«

»Obwohl ich ein Mann bin?«

»Die Göttin sorgt für *all* ihre Kinder, *Dom* Kelan, ob sie ihren Wegen nun folgen oder nicht. Könnt Ihr das Gleiche auch über den Herrn des Lichts sagen?«

»Eure Bemühungen können nicht so weit verbreitet sein, wie es aus Eurem Munde klingt, sonst wären sie kein so großes Geheimnis«, wandte Kelan ein.

»Es gibt im Moment nur sehr wenige, die so viel wissen wie Ihr«, stimmte sie zu. »Die Geheimhaltung, die Euch so unheimlich erscheint, ist nur eine Methode, dafür zu sorgen, dass unser System bestehen bleibt. Gerieten wir je in einen direkten Konflikt mit den Zielen der Hasturs ...«

»Ihr gebt also zu, dass der König stärker ist als ihr und gewinnen würde, wenn es zu einem Krieg käme?«

»Habt Ihr mir eigentlich überhaupt nicht zugehört, mein Herr? Wir *wollen* keine Konfrontation mit den Söhnen Hasturs. Aus diesem Grund gibt es uns nicht. Wir müssen als Alternative bestehen bleiben. Irgendwann, wenn der Weg Hasturs zu begrenzt wird und allmählich auf sich selbst zurückfällt, werden die Töchter Cassildas weiterhin für jene da sein, die das suchen, was die Göttin anzubieten hat.«

Kelan nahm nun doch einen Happen Hasenfleisch auf seinen Löffel. Er kaute ihn langsam, während er über die Auswirkungen der Existenz eines gesamten Netzes wie dem der Türme – doch von ihnen getrennt – nachdachte. Wer trug die Verantwortung dafür, wenn nicht die Herrin von Aillard?

»Aillard hat einen Sitz im Rat des Königs«, sagte er. »Wollt Ihr damit im Auge behalten, was er tut?«

»Aillard hatte von Anfang an einen Platz unter der Hastur-Verwandtschaft. Wir sehen keinen Grund, es zu ändern, da es uns befähigt, in den Türmen eine Rolle zu spielen, in der wir die Entwicklung der Fähigkeiten vorantreiben können, die noch nicht überall anerkannt sind. Wir setzen jedes mögliche uns zur Verfügung stehende Mittel ein, damit jeder Mensch, ob Mann oder Frau, Hastur-Verwandtschaft oder nicht, die Gelegenheit erhält, seine Kraft voll zu entwickeln.«

»Ich habe selbst im Rat darüber diskutieren hören, ob der Zweck alle Mittel heiligt. Glaubt Ihr denn nicht, es könnte für die Herrin von Aillard unmoralisch sein, den wahren Charakter ihrer Gabe geheim zu halten?«

»Der Hastur-König – und andere wie er – sehen nur, was sie sehen wollen, und wissen nur, was sie wissen wollen. Es ist typisch für die Söhne Hasturs, zu glauben, dass die Cassilda-Gabe nur von Bedeutung ist, um einem *Emmasca* zu helfen, den Status eines Mannes zu erringen, der ihnen so unendlich wichtig ist. Wenn sie sich weigern, den Wert der Weiblichkeit über das Gebären und gewisse Formen der sexuellen Befriedigung hinaus zuzugeben, ist es nicht an *mir*, sie aufzuklären.«

»Auch nicht an mir«, versicherte Kelan ihr. »Ihr sagt, Euch verlangt nicht danach, dem Hastur-König zu trotzen, dass Ihr nur in Ruhe gelassen werden wollt, um den Weg zu verfolgen, den Ihr gewählt habt. Auch ich will nichts anderes, wenn ich dafür sorgen möchte, dass die Wahrheit nicht in Vergessenheit gerät. Ich bin keine Bedrohung für die Fürstin Aillard.«

»Bereitet Euch der Gedanke an die Macht, die sie Eurer Meinung nach hat, irgendwelchen Kummer?«, fragte Liane und kratzte die letzten Bröckchen ihrer Mahlzeit aus der Schale.

Bei Zandrus Höllen, natürlich, dachte Kelan. Ihm fiel eine Zeit ein, in der er an ein einsam gelegenes Bauernhaus in den Bergen gekommen war. Dort hatte eine Frau ein Kind zur Welt gebracht und nur ein junges Mädchen als Hilfe gehabt. Sie hatte vor Schmerzen geschrien und Avarras Gnade erfleht. Damals hatte er sich gefragt, warum die Frau wohl unfähig gewesen war, sich auf ihre eigene innere Kraft zu verlassen, um mit der Qual fertig zu werden. Nun verstand er das Gefühl der Hilflosigkeit, das aus der Tatsache resultierte, dass man sich im Griff einer stärkeren Macht befand.

Kelan legte den Löffel hin und schob seine Schale beiseite. »Ich bin auch fertig.«

»Fertig? Oder habt Ihr nur Euren Appetit befriedigt?« Liane lächelte und stand auf, um die Schalen abzuräumen. »Das Häschen hat seine Rolle nach bestem Wissen und Gewissen gespielt. Sollen wir es in Ruhe lassen und uns dem Nachtisch zuwenden?«

»Was wird es sein?«

»Ach, ich bin sicher, es gibt etwas, das Eure Phantasie anregt«, erwiderte Liane und schenkte ihm einen so kühnen Blick, dass er, wäre sie keine Aillard-Frau gewesen, hätte schwören können, es sei eine äußerst deutliche Einladung.

Sie hob den Kochtopf mit der Spitze des Schüreisens vom Feuer, klopfte auf die teilweise abgebrannten Scheite und legte einige neue auf, die Kelan zuvor in der Kiste gestapelt hatte. Er bot ihr seine Hilfe nicht an, sondern blieb auf dem Stuhl sitzen und beobachtete sie. Wäre sie eine Frau aus den Bergen gewesen, hätte er die Zeit dazu genutzt, sich an den Rundungen zu erfreuen, die ihr Gewand bei der Arbeit enthüllte, und sich Worte zurechtgelegt, mit denen er sie möglicherweise bewegen konnte, sich mit seinen Vorstellungen über den restlichen Verlauf des Abends einverstanden zu erklären. Und dann hätte er seinen Appetit angeregt, indem er sich vorstellte, wie sie duftete und wie ihre nackte Haut sich anfühlte.

Aber sie ist eine Aillard, sagte er sich. Sie war an diesen Ort geschickt worden, um ihn daran zu hindern, die Wahrheit über die Gabe, die er in Erfahrung gebracht hatte, gegen sie zu verwenden. Er versuchte sich an jedes ihrer Worte zu erinnern und suchte nach Hinweisen, was wohl als Nächstes käme und wie er sein Wissen und sich selbst am besten schützen könnte. Einerseits hatte sie behauptet, etwas gegen das Töten zu haben, doch andererseits hatte sie ihn auch gefragt, ob er sich vor dem fürchtete, was *Domna* Ysabet ihm antun konnte, falls ihr danach war. Er zog den Schluss, dass es am besten war, wenn er ihr nicht zeigte, dass er sich vor der Cassilda-Gabe fürchtete. Dann kam er vielleicht aus der Sache heraus.

»Ihr könntet Euch auch nützlich machen«, forderte Liane ihn auf, als feststand, dass er keinen Handschlag tun würde, um ihr zu helfen. »In dem Ledersack zu Euren Füßen müssten noch ein kleiner Kuchen und ein Topf mit Obstsirup sein.«

Kelan beugte sich vor, klappte die Lasche auf und schob eine Hand in den Sack. Seine Finger berührten etwas, das sich anfühlte wie mit einem Lederriemen zusammengebundene Papiere. Er hob das Bündel hoch, nur um sicherzugehen. Sie hatte sein Gepäck offensichtlich schon durchsucht und die Ergebnisse seiner Forschungen an sich genommen. Diese diebische kleine ... Aber vielleicht war es ein Vorteil, wenn sie nichts von seiner Entdeckung wusste. Er schob das Paket zurück und zog den mit Wachs versiegelten Siruptopf und den Kuchen hervor. Er war in ein feuchtes Tuch eingeschlagen.

»Ich hätte mir denken können, dass Maura den Beerensirup nicht vergisst. Sie verwöhnt mich seit meiner Kindheit damit, weil sie und die anderen Bediensteten Mitleid mit mir hatten, als meine Mutter starb.«

Kelan versuchte sich Liane, die mehr Selbstvertrauen zeigte als jede Frau in seiner Familie, als Waise vorzustellen, die auf die Freundlichkeit eines Kindermädchens oder ihrer Zofen angewiesen war, wenn sie Zuneigung brauchte. Hatte sie sich je in den Schlaf geweint oder sich gewünscht, wie die anderen Mädchen zu sein, die eine Mutter hatten? Oder von einem Mann geträumt, der sie liebte ...? *Hör auf damit!*, schalt er sich. *Du gehst ihr auf den Leim. Du musst den Kurs dessen be-*

stimmen, was passiert. Erlaube ihr nicht, das Gespräch zu dirigieren oder zu bestimmen, was als Nächstes kommt.

»Wenn es Euer Lieblingssirup ist, müsst Ihr ihn unter allen Umständen essen«, sagte er. »Ich gebe mich ohne weiteres mit noch einem Glas Wein zufrieden.«

»Lasst mich Euren Kelch nachfüllen«, bat sie, nahm ihn vom Tisch und wandte sich um, um die Weinflasche zu suchen. »Eure Muskeln sind nach dem Ritt dieses Tages gewiss steif. Der Wein wird Euch helfen zu entspannen.«

Entspannung, das wusste er, war das Einzige, was er sich jetzt nicht leisten konnte.

»Danke«, erwiderte er höflich, als sie ihm den Kelch zurückgab. Der Weinspiegel zitterte. Bebten ihre Hände? War es möglich, dass sie nervös war? Oder wollte sie nur, dass er es glaubte? »Möchtet Ihr den Rest denn nicht trinken?«, fragte er, als sie die Flasche neben seiner Hand auf dem Tisch abstellen wollte. Er hatte noch nie eine Frau getroffen, der Wein die Zunge nicht löste. Vielleicht konnte er sie dazu bringen, mehr über das zu enthüllen, was ihm bevorstand, als sie wollte. Auch in seinem Gepäck befand sich Wein – falls der vorhandene nicht ausreichte, um seinen Zweck zu erfüllen.

Liane nahm wieder Platz und schenkte auch sich nach. Oder hatte sie ihn gerade dazu verleiten wollen? Wie sollte er unterscheiden, welche Gedanken seine eigenen waren und welche sie vielleicht in sein Bewusstsein legte?

»Wisst Ihr«, sagte sie, nachdem sie einen Schluck getrunken hatte, »ich muss gestehen, dass es mich ziemlich überrascht hat zu erfahren, wie lange Ihr in Nevarsin gewesen seid. Ihr seht gar nicht wie ein *Cristoforo* aus.«

»Und wie sieht ein *Cristoforo* angeblich aus?«

»Knauserig und müde, als hätte er seit dreißig oder vierzig Jahren keine ordentliche Mahlzeit gegessen, nicht in einem weichen Bett geschlafen, keine Frau und keinen warmen Tag mehr erlebt. Ihr seht auch nicht wie ein Turmarbeiter aus, obwohl ich es überprüft und in Erfahrung gebracht habe, dass Ihr die Wahrheit gesprochen habt, als Ihr sagtet, Ihr hättet im dritten Zyklus fünf Jahre in Neskaya verbracht.«

Sie hat Erkundigungen über mich eingezogen?

»Was habt Ihr über mich erfahren, was Ihr nicht auch hättet herausbekommen können, wenn Ihr mich danach gefragt hättet?«

»Eigentlich nichts. Ihr schert Euch nicht um die Ratspolitik. Ihr nehmt zwar Euren Sitz wahr, äußert aber nie eine Meinung. Und anschließend geht Ihr fort und tut das, was Ihr schon vor dem Mittsommer getan habt. Ihr dient in der Gebirgsgarde. Daher auch Eure Schultern. Sagt mir, habt Ihr je kaltblütig einen Menschen getötet, als Ihr Soldat wart?«

Kelan nickte. »Doch bevor Ihr mich als Mörder abstempelt, muss ich zugeben, dass es ein Bandit war, der eine große Menge unschuldiger Frauen und Kinder getötet hat – und dass ich in Notwehr gehandelt habe.«

Liane schüttelte sich. »Ich glaube nicht, dass ich je ... Jemanden zu verwunden und ihm dann beim Sterben zusehen zu müssen ... Ich habe nicht mal einen Jagdfalken, und den haben die meisten Aillard-Frauen.«

Sie wird mich nicht umbringen! Kelan hätte vor Erleichterung beinahe aufgeschrien. *Selbst wenn man sie deswegen geschickt hat, sie ist zu so etwas nicht fähig!* Doch dann kam ihm ein beunruhigender Gedanke. *Wenn sie gegen das Töten eingestellt ist, muss es* Domna *Ysabet bekannt sein. Warum also schickt sie jemanden, der für eine solche Aufgabe viel zu weich ist?*

»Warum seid Ihr hier?«, fragte er. »Wenn *Domna* Ysabet mich daran hindern will, allen Leuten die Wahrheit über die Gabe zu sagen ...«

»Fürstin Aillard verfügt nicht über die Cassilda-Gabe«,

schnitt Liane ihm das Wort ab. »Sie ist nur das Oberhaupt der Familie, dem ein Hastur-König einst das Recht verliehen hat, in seinem Rat zu sitzen. Wenn die Gabe in *Domna* Ysabet erwacht wäre ... Glaubt Ihr nicht auch, Lorenz-Rafael hätte es gespürt?«

»Aber die Töchter Cassildas ...«

»Jede Frau mit *Laran* ist eine Tochter Cassildas, *Dom* Kelan, sogar Eure Verwandten, die vor ihren Gatten und Vätern knien und behaupten, sie hätten keinen eigenen Willen.« Der Abscheu in ihrer Stimme war offensichtlich, und ihm ging der Gedanke durch den Kopf, dass ein Mann, der eine Aillard-Frau ehelichte, einmalige Erfahrungen machen musste. »Zu dem, was Ihr bisher erfahren habt, gehört doch bestimmt auch das Wissen, dass die ›Töchter Cassildas‹ nicht genau das Gleiche sind wie die ›Erbinnen Cassildas‹.«

»Eine Tochter ist nur ein Kind«, erwiderte Kelan nachdenklich. »Sogar ein Mann kann Töchter haben, obwohl sie nicht seine Erben sein können. Das Erbe tritt dann vielleicht der Sohn seines Bruders an und nicht sein eigener. Wenn ein Mann einen Erben hat, besagt dies, dass es auch etwas zu vererben gibt ... Die Cassilda-Gabe ist das Erbe, und nur einige Aillard-Frauen sind qualifiziert ... in ununterbrochener Abstammung durch Frauen, die bis zu Robardins Tochter zurückreichen.«

»Bis zur Tochter von Robardins Gattin«, korrigierte Liane ihn.

»Wenn *Domna* Ysabet nicht über die Gabe verfügt«, versuchte Kelan das Gespräch wieder auf das zu bringen, was *er* wissen wollte, »wer hat sie dann?«

»Ihr habt doch die gesamte Sitzungsperiode mitgemacht. Euch muss doch aufgefallen sein, dass *Domna* Yllane an ihrer rechten Seite sitzt.«

Kelan stellte sich den Ratssaal vor. »Links von *Domna* Ysabet sitzt ihre älteste Tochter, die einst Herrin von Aillard sein wird.«

»Katarina.« Liane nickte. »Die Schwester meiner Mutter.«

»Und rechts von ihr ... eine sehr alte Frau. Ich dachte immer, man hat ihr diese Ehre aus Respekt vor ihrem fortgeschrittenen Alter erwiesen. Sie – *Domna* Yllane? – muss um die neunzig sein. Die Schwester ihrer Großmutter oder dergleichen.«

»Oder dergleichen«, stimmte Liane mit einem Lächeln zu. »Ihr habt Recht. Sie ist *wirklich* sehr alt. Sie ist im Rosenmonat vierundneunzig geworden.«

Kelan richtete sich auf. »Dann war also *Domna* Yllane vor etwa siebzig Jahren diejenige, die, als Geremy, der *Emmasca*-Sohn König Ardrans, in den Augen des Rates ein Mann sein musste? Ich weiß, dass *Domna* Serena damals die Herrin von Aillard war. Sie war aber auch in jenem Sommer schwanger, und ich habe nie verstanden, wie es ihr gelungen ist, sich beiden Dingen gleichzeitig zu widmen.« Diese scheinbare Unmöglichkeit wollte als Einziges nicht zu den anderen Dingen passen, die er über die Gabe in Erfahrung gebracht hatte. Was gab es jetzt noch zu tun, als sämtliche Informationen an einem sicheren Ort zu lagern?

»Wir sind noch nicht fertig, mein Herr«, erinnerte Liane ihn, als er Anstalten machte, sich vom Tisch zu erheben. »Eure Fragen mögen zwar nun alle beantwortet sein, aber was ist mit dem Rest? Eine Mahlzeit besteht aus mehr als nur einem Häschen, das einen wunderbaren Braten ergeben hat.«

»Ich bin nicht darauf aus, *alle* Geheimnisse der Töchter Cassildas zu erfahren, *Domna* Liane. Was ich erfahren wollte, habe ich auch erfahren. Es reicht mir.«

»Nein, es reicht nicht. Ihr werdet noch mehr erfahren, ob Ihr wollt oder nicht, und deswegen bin ich hier.« Ihrer Stimme haftete ein Ton an, der es ihm kalt über den Rücken laufen ließ. »Ihr werdet davon Kenntnis erhalten, bevor ich gehe. Es ist ihr Wunsch.«

»Ich würde *Domna* Yllane gern zu Diensten sein, wenn sie wirklich glaubt ...«

Liane schüttelte den Kopf. »Es geht hier nicht um *Domna* Yllane, *Dom* Kelan. Es ist der Wunsch der Göttin. Ihr wart so unüberlegt, Angelegenheiten zu erforschen, die Euch nichts angehen, und sie hat die Absicht, Euch genau das zu geben, wonach Ihr sucht.«

Trotz seiner Erziehung fiel es Kelan schwer, die Wünsche zu billigen, die Götter in Sachen menschlichen Verhaltens hatten. Die Götter waren einfach *da,* irgendwie gütig, aber im Grunde kümmerten sie sich nicht um das auf der Welt herrschende tägliche Einerlei. »Woher wisst Ihr, was die Göttin wünscht oder nicht wünscht?«

»Und ich habe Euch für einen intelligenten Menschen gehalten!«, schnaubte Liane.

»Wenn *Domna* Yllane es Euch nicht mitgeteilt hat, bevor sie Euch hierher schickte, oder wenn ...« Kelan fröstelte trotz der Wärme des Feuers, und er brauchte nicht einmal auf seine Arme zu schauen, um zu wissen, dass sie von einer Gänsehaut bedeckt waren. Kurz zog er in Erwägung, aufzuspringen und in die kalte Nachtluft hinaus zu fliehen, doch dann verdrängte er den Gedanken wieder. Es gab auf der ganzen Welt keinen Ort, an dem man sich vor Avarra verbergen konnte. Sein früher gefasstes Vorhaben, keine Angst zu zeigen, erschien ihm nun absolut sinnlos. »Ihr seid die Nächste, nicht wahr?«

Liane schaute ihn nicht an, als sie die letzten Tropfen Wein in ihren Kelch schüttete. »Ihr braucht keine Überraschung vorzutäuschen. Unehrlichkeit steht Euch nicht.«

»Es ist keine Unehrlichkeit. Es ist ... Aber Ihr seid noch so jung. Wie alt seid Ihr? Neunzehn? Zwanzig? Ihr seht auch nicht wie eine ... eine ...«

»Wie eine Göttin?«, meinte sie. »Wenigstens habe ich einen Grund für meine Worte, wenn ich Euch sage, dass Ihr nicht wie ein *Cristoforo* oder ein Turmarbeiter wirkt. Wie sieht Avarra denn nach Eurer Meinung aus?«

Kelan konnte nur an den Wandteppich denken, den er einst im Großen Saal von Hali gesehen hatte. Dort schwebte die Finstere Göttin wie ein riesiger Raubvogel über der Welt. Ihre Augen waren so schwarz wie eine mondlose, bewölkte Nacht, und sie trug einen riesigen, mit spitzen Dornen versehenen Kopfschmuck aus schillernden Federn. Rachsüchtig, gnadenlos, Furcht erregender noch als Zandru in den Schmieden seiner Höllen, denn sie behandelte den Bauer und den Fürsten, den Gutherzigen und den Bösen gleich. Die ihm gegenübersitzende Frau war jung und anziehend. Sie sah fast verletzlich aus, wenn man sie mit der Abbildung auf dem Teppich verglich.

Kelan holte tief Luft. »Ist sie jetzt hier, bei Euch? Als Teil von Euch?«

»Ein Teil von ihr steckt in jedem Menschen. Wenn Ihr meint, dass ich gegenwärtig als Kanal der Göttin agiere, so dass Ihr in Wirklichkeit sie ansprecht statt Liane Delleray, müsste die Antwort lauten ...« Liane leerte ihren Kelch und bemerkte, dass er die Luft anhielt und sogar sein Herz einen Augenblick lang pausierte. »Noch nicht. Vielleicht, wenn ich versage, ihre Anweisungen auszuführen, oder Ihr eine Möglichkeit findet, mich zu übertölpeln. Dann könnte sie durchaus herkommen.«

Kelan atmete weiter. »Euch übertölpeln?«, wiederholte er. »Wie sollte es mir wohl je gelingen, Euch zu ... Ich meine, wenn sie Euch beisteht, ist es doch unmöglich ... Dann kann sie doch ebenso das tun, was sie tun muss, und es schnell hinter sich bringen.«

»Seid Ihr so sehr darauf aus, ihr persönlich zu begegnen?

Glaubt Ihr wirklich, dass Ihr in diesem Augenblick so tapfer seid?«

»Ja«, log er. »Wenn es keine Tapferkeit ist, dann ist es zumindest der Glaube, dass es am besten ist, sich dem Gegner offen zu stellen.«

Liane lachte. »Sie ist nicht Euer Gegner, *Dom* Kelan. Und ich bin es ebenso wenig. Das Letzte, was ich sein möchte, ist ein Gegner.«

»Was also *wollt* Ihr?«

Es war totenstill. Dann vernahm er ein Geräusch auf dem Dach der Unterkunft, das sich wie Schneeregen anhörte. Wie wäre es ihm in dieser Nacht im Wald ergangen? Es fiel ihm nicht leicht, sich einzureden, dass seine gegenwärtige Lage besser war, als in Kälte und Nässe zu liegen. Das Feuer zischte und spuckte einen kleinen Funkenstrom über den Rand der Feuerstelle.

»Euch.« Sie sprach so leise, dass er sich im ersten Moment nicht sicher war, ob sie das Wort überhaupt ausgesprochen hatte. *Sie ist natürlich Telepathin,* fiel ihm ein. *Sonst hätte sie die Gabe nicht.* »Findet Ihr das erheiternd?«

»Nein.« Kelan schüttelte den Kopf. »Ich habe ... an etwas anderes gedacht.«

Liane seufzte. »Wie erniedrigend ... Da erklärt man einem Mann, dass man ihn haben möchte, und er denkt an etwas anderes.«

»Ihr wärt nicht hergekommen, wenn Ihr nicht etwas von ...«

»Man kann es so und so verstehen.«

Kelan wandte den Blick vom Feuer ab und stellte fest, dass sie ihn beobachtete. Ihre dunklen Augen hatten den berechnenden Ausdruck verloren, und er wusste ganz genau, was ihre momentan sanfte Intensität bedeuten konnte. Einen Moment lang glaubte er beinahe selbst, dass sie es aufrichtig meinte. »Hat denn die Göttin Euch aufgetragen, mich zu verführen?«

Liane schüttelte den Kopf. »Nicht alles, was ich sage oder denke, kommt von ihr. Ich habe *wirklich* einen eigenen Willen und ein eigenes Verlangen. Ihr glaubt doch nicht, ich verbringe mein ganzes Leben in ihrem Schatten? Wenn es so wäre, hätte ich mich wohl schon längst umgebracht.«

Kelan sagte sich, dass sie seine Wachsamkeit einzulullen versuchte, indem sie seine Sympathie erweckte. Gerade diese Frau brauchte nicht an die männlichen Instinkte zu appellieren, um einen Mann zu finden, der sie vor den Launen des Lebens beschützte. Obwohl er sich gern als überdurchschnittlichen Fechter sah, verblassten seine Fähigkeiten, für sich selbst zu sorgen, zum Nichts neben dem, was sie tun konnte, wenn sie nur wollte. Wenn sie sagte, dass sie ihn haben wollte, hieß es, dass es nur simples, ehrliches körperliches Begehren war?

»Warum ich?«, fragte er.

»Weil Ihr meine Neugier weckt. Ihr seid intelligent und viel klüger, als ich an Eurer Stelle gewesen wäre. Ich weiß schon aus Eurer Reaktion auf das, was Ihr heute Abend erfahren habt, dass Ihr viel mutiger seid, als ich je sein könnte. Und ich nehme nicht an, dass ich die Erste bin, die Euch sagt, dass Ihr ein außergewöhnlich gut aussehender Mann seid. Ihr habt bestimmt sehr oft Frauen geliebt, die weit weniger Urteilsvermögen besaßen.«

Kelan lächelte. »Es wäre nicht sehr ritterlich, wenn ich gerade auf diese Beschuldigung antworten würde.« Er verlagerte sein Gewicht auf dem Stuhl. Verdammt, reagierte er vielleicht auf etwas, das sie über ihn gesagt hatte oder ... »Ihr braucht Eure Gabe nicht auf mich anzuwenden, *Domna*.«

»Tue ich gar nicht.« Sie stand auf und streckte einen Arm nach ihm aus. »Wollen wir das Warum und Weshalb die ganze

Nacht besprechen, oder nehmen wir uns den nächsten Schritt vor?«

»Wie Ihr wünscht«, erwiderte er, ergriff die ihm dargebotene Hand und stand auf. Er versuchte, sie nicht anzuschauen, doch er musste feststellen, dass es ihm nicht gelang.

Sie hob seine Hand an ihre Lippen, schaute ihn jedoch fortwährend an. »Ich habe gehört, dass nördlich von Valeron gewöhnlich der Mann die Initiative ergreift. Ich frage mich, Kelan, ob es dir trotz deiner Behauptung, dass du im Einzelnen ritterlich verfährst, je passiert ist, dass eine Frau *dich* geliebt hat. Glaubst du, diese Vorstellung könnte dir widerlich sein?« Sie drehte seine Hand sanft um, drückte seine Finger auseinander und fuhr mit den Lippen über seine Handfläche.

Er schluckte schwer und bemühte sich, gleichmäßig zu atmen. Als ihre Zungenspitze seine Haut berührte, konnte er ein Stöhnen nur noch halb unterdrücken.

»Ist das ein Ja?« Sie lächelte. »Ich hoffe es, denn genau das möchte ich mit dir tun. Und ich hoffe, du bist Manns genug, es zu genießen.«

»Ich ... Ich bin mir ... ganz sicher ...«, Kelan räusperte sich, »... dass ich es schaffe.«

»Ja«, stimmte sie zu und schaute ihn von Kopf bis Fuß an. »Das glaube ich auch.« Dann ließ sie ihn los und kam näher, streckte die Hände aus, ergriff seinen Kopf und küsste ihn.

Er schlang die Arme um sie und drückte sie fest an sich. Auf rein körperlicher Ebene war der Kuss eindeutig erregend. Gefühlsmäßig wunderte er sich über die Leere.

Liane wich so weit zurück, wie die Umarmung es erlaubte, und schaute zu ihm auf. »Kannst du deine Abschirmung nicht ein bisschen senken, damit wir wenigstens einige unserer Gefühle miteinander teilen können?«

Kelan zögerte. War es wirklich möglich, dass er sie den ganzen Abend lang erfolgreich daran gehindert hatte, seine Gedanken zu lesen und zu manipulieren? Beherrschte er sich selbst? Bestand weniger Gefahr, als er geglaubt hatte? Herr des Lichts, er wollte diese Frau haben, und zwar ganz und gar. Er wollte ihren Geist ebenso berühren wie ihren Körper, lediglich so lange, bis er genau wusste, dass es nur *ihr* Bewusstsein war, das sich zu dem seinen gesellte.

»Avarra«, sagte er schließlich. »Gibt es eine Möglichkeit festzustellen, dass sie nicht ...? Ich möchte meine Augen nach einem Kuss wie diesem nicht wieder öffnen und feststellen, dass ich statt in deine in ihre Augen schaue.«

Auch Liane zögerte, als suchte sie etwas in seinem Gesicht. Sie schien es gefunden zu haben, denn sie nickte langsam. »Wenn es dir so wichtig ist, ja, es gibt eine Möglichkeit. Ihre Sorge gilt den Papieren, die du nach Nevarsin bringst. Wenn sie genau weiß, dass die Wahrheit über die Gabe vor den neugierigen Blicken des Hastur-Königs sicher ist, hat sie keinen Grund mehr, durch mich hierher zu kommen. Wenn du sie ins Feuer werfen würdest ...«

»Nein«, entgegnete Kelan automatisch. Er hatte zu viel Zeit in die Papiere gesteckt, um sie so leicht aufzugeben. Es war ihm unvorstellbar, drei Jahre erschöpfender Anstrengung zu verbrennen, nur um diese Frau zu lieben, egal wie sehr er sie im Moment auch begehrte. Jede einzelne Zeile, die er geschrieben hatte, war fester in seinem Gehirn verankert, als jeder Kuss und jede Umarmung es je sein würden ...

In seinem Gehirn verankert! Selbst wenn die Papiere vernichtet waren ... Er konnte sie aus dem Gedächtnis erneut niederschreiben, sobald er Nevarsin erreichte. Er konnte Liane jetzt haben und die Wahrheit trotzdem daran hindern, verloren zu gehen!

Liane löste sich aus seinen Armen. Er fühlte sich plötzlich

schrecklich kalt und allein. »Ich brauche die Papiere nur zu verbrennen, dann behelligt sie uns nicht mehr?«, wiederholte er.

Sie kniete sich neben den Ledersack und hielt ihm die Papiere hin. »Du musst es entscheiden, Kelan.«

Er nahm das Paket, löste die Lederschnur und blätterte die Papiere durch. Dann zerknüllte er ein Blatt nach dem anderen und warf sie ins Feuer.

Als nur noch ein schwarzes, zerfallenes Aschehäufchen übrig war, schob er die mentale Mauer zurück, bis nur noch die Erinnerungen abgeschirmt waren, die den Inhalt der Papiere enthielten. Er wandte sich vom Feuer ab und nahm Liane wieder in die Arme.

»Warum lächelst du?«, fragte sie.

»Du wirst es bald erfahren«, antwortete er leise und neigte den Kopf, um sie zu küssen. Sie hatte vielleicht ein Häschen übertölpeln können, damit es im Kochtopf landete ...

Was für einen Wein habe ich gestern Abend getrunken?, fragte Kelan sich, als er den Sattelgurt ein Loch enger zog. Das Letzte, woran er sich deutlich erinnerte, war das Holzsammeln für das Feuer – und dass er sich gefragt hatte, ob noch genug Licht zum Aufstellen einer Falle für einen Schlammhasen oder ein anderes Tier vorhanden war, um seinen Speisezettel zu erweitern.

Der Rest des Abends war verschwommen und wurde von den wirren Bildern eines eigenartigen Traums überlagert, den er in der Nacht gehabt hatte. Eine Frau. Er war ihr einst in Thendara begegnet. Die legendäre Cassilda-Gabe.

Wie lange noch, fragte er sich, als er mit einem Fuß in den Steigbügel trat und das andere Bein über den Rücken des Chervine schwang, *muss ich herumziehen, um meine Wette zu gewinnen? Zwischen Nevarsin und den Ebenen von Valeron existiert nicht der kleinste Fetzen eines Beweises, dass in dieser Legende ein Körnchen Wahrheit steckt.*

Als das Chervine sich der Straße näherte, erregte irgendetwas in den Büschen seine Aufmerksamkeit. Kelan saß ab und ging hinüber, um es anzuschauen. Es war eine Falle. Hatte er am vergangenen Abend doch eine aufgestellt?

Die Schnüre waren aufgesprungen, als wäre es dem Hasen gelungen, sich aus der tödlichen Falle zu befreien. Er sah jedoch keine Anzeichen eines Kampfes – weder Haarbüschel, noch Blutstropfen, und zwischen den Büschen nicht mal einen abgebrochenen Zweig. Mit einem Seufzer baute er die Falle ab, steckte sie vorn in sein über die Hose hängendes Hemd und zog sich wieder in den Sattel.

Es war nun wirklich Zeit, die Suche nach dem abzubrechen, das es nicht gab.

Er wandte den Kopf des Chervine um und ritt die Straße hinunter nach Hause.

Über Barbara Denz und »Ein Geschenk des Hauses Ardais«

Barbara Denz beginnt ihren Brief mit dem Hinweis, dass sie zwar (noch) keine SF-Kongressteilnehmerin sei und auch noch keine Bücher signiere, aber man frage sie schon, woher sie ihre Ideen habe. Stephen Kings Antwort auf diese Frage gefällt mir eigentlich am besten: »Aus Ithaca.« Sie hat nichts zu bedeuten, klingt aber gut, und er hat die Frager vom Hals. Dann gibt es den angestaubten Witz, den schalkhafte alte Profis den Neulingen erzählen (den manche sogar glauben): Aus einer Zeitschrift namens *Ideen*, die man erst beziehen kann, wenn man Mitglied bei den SFWA *(Science Fiction Writers of America)* oder den MWA *(Mystery Writers of America)* wird. Ich habe früher immer gesagt: »Ach, ich habe in meinem Keller eine alte Dame angekettet, die sich so was ausdenkt.« Was übrigens die beste Umschreibung für das Unterbewusstsein ist, die mir einfällt. Seit kurzem behaupte ich jedoch, dass ich ein Schälchen mit Milch auf die Gartenveranda stelle.

Doch wenn ich glaube, dass die Menschen sich ernsthaft bemühen, etwas über den schöpferischen Prozess in Erfahrung zu bringen, antworte ich wahrheitsgemäßer und erwidere, wie früher Pogo die Beutelratte: »Aus mei'm eignen Kopp.«

Ich hielte es für viel realistischer, wenn diese Leute fragten: »Wie *verhindern* Sie, dass Ihnen Ideen kommen?« Ein Schriftsteller ist laut Definition ein Mensch, der Ideen hat – Nicht-Schriftsteller haben keine.

Barbara Denz sagt, ihre Mutter habe ihren Drang zum Schreiben erkannt und sie in eine Klasse eingeschrieben, in der man kreatives Schreiben lehrte. Damals war sie sechs Jahre alt. Nun habe ich zwar auch schon Menschen in kreativem Schreiben unterrichtet, aber es haut einen förmlich um, wenn man sich vorstellt, so etwas einer *Sechsjährigen* beizubringen. Barbara hat einen Abschluss in Shakespearescher und Mittelalterlicher Literatur, hat zehn Jahre in amerikanischen und schwedischen Bibliotheken gearbeitet und war acht Jahre beim öffentlich-rechtlichen Rundfunk beschäftigt.

Sie war vor kurzem in der Bezuschussungsverwaltung tätig, aber wenn man sie fragt, was sie macht, antwortet sie, dass sie schreibe. (Und nach dieser Erzählung würde ich sagen, dass sie das Recht dazu hat.)

Sie lebt zusammen mit ihrem Ehemann David, einem Komponisten und Lautenspieler, der aber auch Computer programmiert, und ihren »wunderschönen lebhaften Frettchen« in Baltimore, hält sich aber noch immer für jemanden aus dem Nordwesten. (Ist Ihnen eigentlich aufgefallen, dass es in dieser Anthologie von Computerprogrammierern nur so wimmelt? Misty Lackey, Lisa Waters, der Ehemann von Dorothy Heydt, um nur einige zu nennen ...) Huh, das letzte Frettchen, dem ich begegnet bin, hat mich gebissen, was nur beweist, dass das Ungeheuer des einen das Haustier des anderen ist. Ich kannte sogar mal ein Mädchen, das einen Komodowaran in der Badewanne hielt. Ich hätte an sich nichts dagegen gehabt, aber das Mädchen, dem das Frettchen gehörte, hatte mir feierlich versichert, dass »Frettchen niemals beißen«. Nachdem das Tier mich gebissen hatte, versicherte mir die Besitzerin ebenso feierlich, dass Frettchenbisse nie zu Entzündungen führten, weil die Tierchen ja so sauber seien. Tja, vielleicht hat es an der Karbolsäure gelegen ...

Wie dem auch sei, lieber du als ich ... Ich bleibe bei Hunden, aber manche Leute mögen eben Frettchen, Komodowarane, Goldfische oder gar Teddybären – die wirklich nie beißen. Zumindest meine nicht. Das heißt, sie haben zumindest mich noch nicht gebissen. (Aber ich gehe auch keine Risiken ein.)

Dies ist Barbara Denz' zweite Prosaveröffentlichung, und aufgrund meiner Erfahrung bezweifle ich, dass es ihre letzte bleibt.

MZB

Ein Geschenk des Hauses Ardais

von Barbara Denz

Der Winterwind hatte schon begonnen, seine bösartige Zunge durch die Straßen Thendaras zu fächeln, als Larisa den Laden ihres Vaters mit einem Bündel fein gewebter Woll- und Baumwollstoffe verließ, aus denen sie Festkleidung für das Mittwinterfest machen sollte. In diesem Jahr war ihr zum ersten Mal erlaubt worden, die Maße der Kundschaft in der Burg abzunehmen.

Darkovanische Schneiderinnen wurden nur selten hinter diese Mauern gelassen, und normalerweise übernahm ihre Mutter oder ihre Schwester diesen Auftrag. Doch in diesem Jahr hatte Larisas Mutter entschieden, sie sei mit ihren sechzehn Jahren alt und reif genug, eng mit den *Comynari* zusammenzuarbeiten und dem strengen Terminplan nachzukommen, der eingehalten werden musste, damit die Arbeit fertig wurde.

Larisa war stolz auf ihre Kreationen. Ihre Begabung für reich verzierte, neue Stickereientwürfe, ihr Auge für die perfekte Gestaltung aller Schnittformen, ihre Schnelligkeit bei der Ausführung selbst kompliziertester Arbeiten und ihr Geschick im Umgang mit der Nadel machten sie zusammen mit den feinen Stoffen, die ihr Vater und ihre Brüder webten, sehr begehrt. Im Alter von zwölf Jahren hatte man sie eingeladen, der Schneidergilde beizutreten. Ihrer Mutter war diese Ehre erst mit vierzehn zuteil geworden. Nun hatte Larisa kaum noch Zeit zum Ausruhen, denn die Feste waren gleichmäßig über das ganze Jahr verteilt. Sie freute sich schon auf die Wintermitte, wenn niemand mehr ausging. Nur in dem kurzen Zeitraum zwischen Mittwinterfest und Frühlingstau konnte sie wieder neue Kraft schöpfen und mit der Planung neuer Stickmuster beginnen.

Bei dem Gedanken an die Ruhezeit seufzte sie und verlor das Gleichgewicht auf dem Eis. Ein Arm schoss aus dem Nichts auf sie zu und hielt sie fest. Larisa fuhr herum, doch sie entglitt dem festen männlichen Griff und stürzte in den kniehohen Schnee, der rings um sie aufstob. Das Paket mit dem feinen Stoff landete in einem Schneehaufen.

»Die *Comynari,* die dich gut bezahlen, wären bestimmt sehr bestürzt, wenn sie wüssten, wie du ihre feinen Stoffe behandelst«, fauchte eine Stimme, die ihre Seele erstarren ließ.

»Herr ...«, erwiderte sie und wollte das wertvolle Paket wieder an sich nehmen. Ihr Vater würde sie tüchtig schelten, wenn der Stoff nass wurde und die Farben verschossen. Der Wind ließ ihre Tränen an den Lidern gefrieren. Sie hatte Schwierigkeiten, das dunkle Papier ausfindig zu machen, in das der Stoff eingeschlagen war. Als sie das Bündel erblickte, griffen erneut stahlharte Muskeln nach ihr und zogen sie mitsamt dem Paket hoch.

»Ihr tut mir weh, Herr«, stieß Larisa durch ihre zusammengebissenen Zähne hervor. »Danke für Eure starke Hand, als ich gestürzt bin. Aber jetzt muss ich gehen.« Sie drehte sich um und stolperte trotz der Tränen, die ihre Sicht verschwimmen ließen, so schnell wie möglich weiter. Beim Gehen hoffte sie, den Mann nicht richtig verstanden zu haben, denn in ihren Ohren hallten Wörter nach, die man zu einer anständigen Frau nicht sagte.

»Meine starke Hand ist nicht das Einzige, das du spüren wirst, *Grezalis,* aber ich kann warten.«

Als Larisa nach Hause stürzte, fiel ihr der Abend ein, an dem sie in die Gilde eingetreten war. Man hatte ihr erlaubt, Wein zu trinken und länger fortzubleiben, und die Ehre hatte sie mehr als nur leicht trunken gemacht. Die Sommerluft war warm über ihre nackten Arme gestrichen, und sie hatte noch das berauschende Wunder und die Erregung des Abends gespürt. Mit dieser schönen Erinnerung verband sie die gleiche trunkene und sadistische Stimme, der sie gerade entronnen war.

»Ihr Weiber, die ihr glaubt, etwas Besonderes zu sein ... Ihr seid dazu bestimmt, jenen Männern zu dienen, die stark genug sind, euch zu beherrschen. Du bist genau wie deine Mutter. Du stellst deine Freiheit zur Schau, indem du allein herumspazierst. Ich werde dir die gleiche Lektion erteilen wie ihr.«

Die Worte spukten ihr noch immer im Kopf herum. Sie hatte sich aus dem Griff des Betrunkenen befreit und sich dabei an beiden Armen und den Handgelenken tiefe Schrammen zugezogen. Sie war weinend fortgerannt, so wie jetzt, und hatte ihren Heimweg gesucht. Als ihre Mutter die Schrammen gesehen hatte, waren die Geschichte und die Beschreibung des Mannes herausgekommen.

»Fürst Kyril Ardais«, hatte sie zwischen zusammengebissenen Zähnen hervorgestoßen. Ihr aschfahles Gesicht und ihre bebenden Fäuste hatten Larisa verraten, dass ihre Mutter ihn tatsächlich kannte. Erst dann hatte sie erfahren, dass der Mann, der sie angesprochen hatte, ihr leiblicher Vater war und die Umstände ihrer Zeugung fast mit dem Angriff identisch waren, der hinter ihr lag. Von diesem Tag an war Fürst Kyril Ardais für sie ein Mensch, dem man unter allen Umständen aus dem Weg ging.

Larisa warf sich fluchend aufs Bett. Mit noch immer zitternden, fast erfrorenen Händen bemühte sie sich, das Bündel auszupacken, um den Stoff zu überprüfen. Sie war, ohne anzuhalten, durch das Haus in ihr Zimmer geeilt und hatte ihre Mutter und die jüngeren Geschwister nicht begrüßt, die gerade damit beschäftigt waren, einem einfachen, aber reichlichen

Abendessen den letzten Schliff zu verleihen. Ihr Vater und ihre drei Brüder kamen sicher auch bald, und sobald sie eintrafen, würden sie zum Essen Platz nehmen.

Larisa hörte ein leises Klopfen an der Tür des Zimmers, das sie sich mit ihren beiden jüngeren Schwestern teilte. Bevor sie antworten konnte, trat ihre Mutter ein.

»Gibt es Ärger, *Chiya?* Du rennst doch sonst nicht durchs Haus, ohne uns zu grüßen.«

»Ich bin im Schnee ausgerutscht und habe das Paket fallen lassen«, entgegnete Larisa nur, ohne sie anzuschauen. »Ich wollte nur nachschauen, ob der Stoff nass geworden ist.« Da er gerade auf dem Bett ausgebreitet war, klang ihre Erklärung durchaus logisch.

»Und sonst macht dir nichts Sorgen, Lari?«, fragte ihre Mutter beharrlich. Ihre Hand ruhte nun leicht auf Larisas Schulter.

Larisa nahm sich zusammen. Sie log ihre Mutter nie an, aber sie wusste, sie würde ihre Erklärung nicht gut aufnehmen.

»Fürst Kyril hat meinen Arm erwischt, als ich hinfiel«, stieß sie hervor. »Er kam praktisch aus dem Nichts.« Sie schaute ihrer Mutter in die Augen und sah den zutiefst empfundenen Zorn und Hass, den sie erwartet hatte.

»Er ist in diesem Jahr früh nach Thendara gekommen. Normalerweise verlässt er die Hellers erst im Frühling. Und beim Mittwinterfest ist er selten hier. Er hat Pflichten in seiner Domäne.« Die starre Aufzählung bekannter Tatsachen über Kyril verstärkte Larisas Furcht vor dem Zorn ihrer Mutter. Der Abscheu in ihrer sonst liebevollen Stimme war kaum erträglich.

»Ich frage mich, was er jetzt hier will? Egal. Welchen Grund er auch hat, wir müssen früher als erwartet Vorsichtsmaßnahme ergreifen. Du hattest das Bündel bei dir, und er hat dich seit vier Jahren nicht gesehen ... Wie hat er dich erkannt?«

»Ich weiß nicht. Er hat mich *Grezalis* genannt und eine schändliche Andeutung gemacht. Aber vielleicht hat er auch nicht gewusst, wer ich bin.«

»Du sagst, du bist gerade aus der Weberei gekommen, als er dich gesehen hat? Dann muss er auf dich gewartet haben. Du hast den Stoff getragen, und er ist nicht so dumm, dass er die Jahre nicht berechnen kann.« Ihre Mutter sprach mit so eisiger Stimme, dass Larisa sich schütteln musste. »Solange er in Thendara ist, wirst du das Haus nicht mehr ohne Begleitung verlassen. Ich werde es auch deinem Vater und deinen Brüdern sagen.«

Seit dem ersten Blick auf ihre Mutter hatte Larisa die Augen gesenkt gehalten – vorgeblich, damit sie den Stoff genau betrachten konnte. Sie hörte das unverwechselbare Rauschen des mütterlichen Gewandes und ihre weichen Stiefel auf dem Boden, als sie an der Tür stehen blieb.

»Das Ardais-Balg hat *mich* zwar allein erwischt und vergewaltigt, aber ich werde nicht zulassen, dass er meiner Tochter das Gleiche antut«, wütete sie mit kalter Stimme. »Ich schlage vor, du nimmst die längste Schere mit, die wir haben, und lässt sie vorher noch mal schleifen. Trage sie vom Moment des Aufwachens bis du zu Bett gehst bei dir und bereite dich darauf vor, sie einzusetzen. Wenn du glaubst, dass du es nicht kannst, zeigen dir deine Brüder, wie es geht. Hör auf mich, Larisa. Der Mann ist gefährlich.«

Ihre Stimme versagte, und bevor sie weitersprach, floh sie aus dem Raum. Larisa hörte, wie das Schluchzen ihrer Mutter auf der Treppe Echos warf. Sie ließ den Stoff sinken und in einem zerknitterten Haufen liegen.

Die drei älteren Brüder und eine ältere Schwester Larisas hatten zwar damals gemerkt, dass es mit der Schwangerschaft ihrer Mutter irgendetwas auf sich hatte, doch sie hatten erst nach der Geburt davon erfahren. Ihre Brüder waren acht, sechs und fünf und ihre Schwester sieben Jahre älter als sie, so dass sie eigentlich noch zu jung gewesen waren, um die Situation zu verstehen. Und so dachten sie, dass dies die lang erwartete Schwester war, die sie innig lieben und verwöhnen konnten.

Larisa hatte nach der ersten Begegnung mit Kyril Ardais alles erfahren. In entsetztem Schweigen hatte sie sich angehört, dass ihre Mutter sich der Vergewaltigung geschämt und sie hatte abtreiben wollen, als sie von ihrer Schwangerschaft erfahren hatte. Doch der sanfte, liebevolle Mann, den Larisa stets für ihren Vater gehalten hatte, war schon kurz nach der Tat über die grauenhaften Ereignisse im Bilde. Außerdem, hatte er sich gedacht, konnte das Kind ebenso leicht das seine wie das Fürst Kyrils sein. Auch Larisa gefiel dieser Gedanke, doch ihrer Mutter sagte er weniger zu.

Bei der Geburt ihrer Zwillingsschwestern war Larisa fünf Jahre alt gewesen. In ihrer Erinnerung waren diese fünf Jahre ruhig und einsam verlaufen. Sie war sich der Liebe ihres Vaters und ihrer Geschwister zwar sicher, doch ihre Mutter wirkte immer merkwürdig geistesabwesend. Man hatte Larisa einer Amme übergeben, und erst als die Zwillinge zur Welt kamen, kehrte wieder Liebe und Sanftmut in den Blick ihrer Mutter zurück. Die beiden jüngsten Brüder waren in den folgenden drei Jahren geboren worden, und plötzlich waren sie wieder eine Familie gewesen. Aufgrund des Altersunterschieds zu ihren Geschwistern hatte Larisa sich oft aus der Familie und von der Liebe ihrer Mutter ausgeschlossen gefühlt. Erst vor vier Jahren hatte sie den Grund dafür erfahren. Seither arbeiteten sie und ihre Mutter daran, die Kluft zu überbrücken, welche die Jahre der Vernachlässigung in ihrer Beziehung hinterlassen hatten. Sie standen sich nun ziemlich nahe. Sie waren sich durch einen Angriff näher gekommen.

Doch jetzt fühlte sie sich schrecklich allein, denn die Tatsache, dass ihr Erlebnis dem ihrer Mutter glich, trug nicht zu ihrer Beruhigung bei. Sie fühlte sich erniedrigt, obwohl sie nichts Schlimmes getan hatte.

Als Larisa schließlich zum Abendessen herunterkam, erkannte sie, dass ihre Mutter der Familie bereits erzählt hatte, was passiert war. Ihr Vater und ihre Brüder speisten in kaum verhüllter Wut. Sie empfand Dankbarkeit, dass Eliann mit ihrem Gatten und ihrem Kind anderswo lebte, damit sie ihre Schande nicht mit anzusehen brauchte. Ihre beiden jüngeren Brüder waren zwar noch zu klein, um zu verstehen, was sie gehört hatten, doch die Stille, die an dem normalerweise lauten Tisch herrschte, hatte sie ungewöhnlich zahm gemacht. Loren, ihr ältester Bruder, ergriff als Erster das Wort. Er war stets ihr Beschützer gewesen und war ihr vertrauter als alle anderen. Nun war er so wütend, dass seine grauen Augen Blitze zu sprühen schienen. Er konnte seine Zunge nicht mehr im Zaum halten.

»Lari, wir gehen abwechselnd mit dir, wenn du deine Botengänge zur Weberei machst. Versprich uns, dass du das Haus nicht allein verlässt und nicht allein dorthin gehst. Und bleib allen Orten fern, an denen sich *Grezu* aufhalten könnte.«

Er schlug mit der Faust auf den Tisch, so dass die Teller sprangen und zwei Becher umkippten. Der Inhalt bespritzte die Zwillinge, die vom Tisch aufsprangen und Lappen ergriffen, um das Chaos zu beseitigen. Ihre Mutter stierte in eisigem Schweigen vor sich hin. Ihr Vater stieß sich vom Tisch ab, stand auf und verlangte Mäßigung. Loren hob die Hand, um den Tadel abzuwehren, dann stand er auf. Larisas Vater setzte sich langsam wieder hin. In seinen Augen lag ein warnender Blick. Er duldete derlei Ausdrücke nicht in seinem Haus und ebenso wenig dermaßen deutliche Wut. Es war nicht seine Art; er schämte sich, dass sein Sohn so sehr über die Stränge schlug.

»Tut mir Leid, Vater. Entschuldige, Mutter. Ich hätte nicht vor den Kindern fluchen sollen. Doch es ist eine Untat, was Fürst Kyril ungestraft tun darf. Wieso er die Freiheit haben soll, Larisa – seiner eigenen Tochter – aufzulauern, ist mir unverständlich. Es macht mich unglaublich wütend, dass die Comyn tun dürfen, was ihnen gefällt, und niemand sie verurteilt, wenn sie Untaten begehen. So war es damals, als Larisa gezeugt wurde, und so ist es noch heute.« Seine Wut legte sich, dann kehrte die Sanftheit zurück, die Larisa an ihrem ältesten Bruder so liebte. Um ihn zornig zu machen, bedurfte es schon extremer Umstände, doch seine Wut ebbte auch ebenso schnell wieder ab.

»Wir beschützen dich, wo wir können, aber du darfst in dieser Jahreszeit keine Arbeiten mehr in der Burg der Comyn ausführen. Mutter oder Eliann können sie übernehmen. Ich weiß zwar, dass es dir wichtig ist, aber du bist dort nicht sicher.«

Lorens Worten folgte eine verlegene Stille. Die starre Miene der Mutter warnte die Kinder, dass Fragen jetzt nicht willkommen waren. Larisa ließ den Kopf in verbittertem Schweigen hängen, weil ihr leiblicher Vater in so kurzer Zeit so viel von ihrem Leben zerstört hatte.

»So darfst du nicht über die Comyn reden, Loren«, wandte ihre Mutter mit kaum wärmerer Stimme als zuvor ein. »Wenn dich jemand hört, kann es dich das Leben kosten.« Sie sah die Verärgerung ihrer Tochter und empfand das gleiche Übelkeitsgefühl, dass sie vor über sechzehn Jahren verspürt hatte. Sie konnte Larisa die Schande ihrer Vergewaltigung nicht aufbürden. Und sie musste sie um jeden Preis vor dem gleichen Schicksal bewahren.

»Lari, *Chiya*«, begann ihr Vater – der einzige Vater, den sie je gekannt hatte. »Du weißt, dass wir dich lieben und nur wollen, dass du sicher bist.«

»Ich weiß, Vater.« Larisas Augen füllten sich schlagartig mit Tränen und unterhöhlten jeden Mut, den sie noch hatte. »Aber ich fühle mich so schmutzig, wenn er in der Nähe ist und mir alles verdirbt.« Damit ließ ihre Entschlossenheit nach, und sie lief hinaus. Ihr Vater wollte ihr folgen, doch die Mutter winkte ihn zu seiner Mahlzeit zurück, und er gehorchte.

In ihrem Zimmer warf Larisa sich mit einem zornigen und ängstlichen Schluchzen aufs Bett und schob den zerknüllten Haufen kostbaren Stoffs von ihren nassen Augen fort. Seit ihrem zwölften Lebensjahr verdarb die Anwesenheit von Fürst Ardais ihr in Thendara jedes Jahr das Leben. Zwar hatte er ihr bisher noch nichts getan, doch seine drohende Anwesenheit riss sie und die Familie auseinander. Obwohl sie ihn bei der ersten Begegnung vor vier Jahren nur von fern gesehen hatte, wusste sie nach dem heutigen Zwischenfall nicht mehr, wie viele solcher Begegnungen sie noch ertragen konnte. Im vergangenen Jahr hatte sie sich in Garth verliebt, der in der Weberei arbeitete. Sie wollten im Frühjahr einen eigenen Hausstand gründen. Was würde passieren, wenn Kyril sich wieder einmischte? Sie hatte alles, wofür es sich zu leben lohnte; doch zwischen ihr und einem schönen Leben stand der sadistische und trunksüchtige Fürst Ardais. In Zeiten wie diesen hasste sie ihn ebenso inbrünstig wie ihre Mutter.

Sie hörte die weichen Stiefel ihrer Mutter auf der Treppe, wischte sich die Augen ab und legte die Stoffe zusammen. Ihre Mutter trat ein. Ein zweites, fachkundiges Händepaar half ihr. Sie waren beide froh, dass sie sich mechanisch beschäftigen konnten, und beendeten schweigend ihre Arbeit.

»Du darfst nicht zulassen, dass dieser Mann dein Leben ruiniert, Lari«, begann ihre Mutter. »Aber genau danach steht ihm der Sinn. Wenn du seinem Willen nachgibst, bahnst du ihm den Weg zum Erfolg.« Als Larisa protestierend auf ihre Unschuld verwies, hob sie eine Hand. »Nein«, fuhr sie fort,

»mit Nachgeben meine ich etwas anderes. Wenn du Angst zeigst oder vor ihm davonläufst, befriedigt es ihn ebenso wie irgendeine sexuelle Lust. Vielleicht sogar noch mehr. Er blüht auf, wenn er starke Frauen dazu bringen kann, sich seiner Folter zu ergeben. Ich war nicht die Erste, und du wirst nicht die Letzte sein. Geh ihm um jeden Preis aus dem Weg, *Chiya*. Loren hat Recht mit dem, was er über diesen Mann gesagt und wozu er dich ermahnt hat. Komm früh nach Hause – bevor es dunkel wird. Und lass mich oder deine Schwester die letzten Arbeiten vornehmen. Noch besser wäre es, wenn du ab sofort hier arbeitest und uns die Botengänge erledigen lässt.«

Larisa fing erneut an zu schluchzen und stürzte sich in die verständnisvoll ausgestreckten Arme ihrer Mutter.

»Aber es wäre meine erste Gelegenheit gewesen, die Burg zu betreten. Ich hätte meine Kleider gern so gesehen, wie die Öffentlichkeit sie sieht – nicht nur so, wie ich sie schneidere. Es ist ungerecht. Er macht mir alles kaputt.«

»Tut mir Leid, *Chiya*. Doch es ist besser, er verdirbt dir dein Vergnügen als dein Leben. Denk darüber nach.« Ihre langen, flinken Finger hoben das Kinn ihrer Tochter an und strichen über die Tränen. Eine Zärtlichkeit, die sie ihrer mittleren Tochter nur selten gegenüber verspürte, ließ sie erröten. Sie küsste Larisas Stirn. »Nun komm zurück und iss etwas. Du wirst deine Kräfte in dieser Jahreszeit brauchen, wenn wir alles pünktlich fertig haben wollen.«

Die nächsten Tage vergingen ereignislos. Laria stellte fest, dass die Heimarbeit eigentlich ziemlich leicht war. Normalerweise gingen die jüngeren Geschwister zum Haus ihrer Schwester und sorgten für ihren kleinen Sohn. Larisa schaffte zu Hause mehr, da ihr Verstand hier nicht von Fragen, Garth und dem Geplauder der anderen abgelenkt wurde. Trotzdem kam sie sich sehr einsam und isoliert vor. Ihre Abwesenheit wurde als notwendig erklärt, um alles pünktlich fertig zu bekommen. Auf Einzelheiten ging man nicht ein.

Bevor Garth die Erlaubnis erhielt, sie zu besuchen, wurde eine Familienkonferenz anberaumt. Alle stimmten überein, dass er den wahren Grund für Larisas Abwesenheit in der Weberei erfahren sollte. Larisa befürchtete, dass er sie vielleicht zurückwies, wenn er hörte, dass sie ein uneheliches Kind war, und sie sich über den Verlust nicht hinwegtrösten könne. Loren, Garths bester Freund – er hatte die beiden auch miteinander bekannt gemacht –, wurde ausersehen, ihm die Lage zu erklären. Dies tat er auch am nächsten Tag, als sie die Weberei verließen. Wie von Loren vorhergesagt, nahm Garth die Neuigkeit mit der gleichen Besorgnis auf wie die Familie – aber nur, weil er um Larisas Sicherheit fürchtete, nicht wegen ihrer Abstammung väterlicherseits. Von nun an aß Garth oft mit der Familie, und Larisa war sichtlich weniger angespannt, auch wenn sie keine Privatsphäre mehr hatte und Garth oft zu erschöpft war, um ihr ein guter Gesellschafter zu sein.

Larisa sah mit Tränen in den Augen, dass ihre Mutter und ihre Schwester sich mit den hektischen und zeitraubenden Anproben abwechselten, oft früh am Morgen das Haus verließen und erst spät abends heimkehrten. Aber sie blieb ruhig. Stets begleitete einer ihrer Brüder oder Elianns Gatte die Näherinnen zur Burg und zurück. Hin und wieder schickte man auch Garth, wenn er sich seinen Pflichten in der Weberei entziehen konnte. Mit seiner sich vertiefenden Beziehung zu Larisa übernahm er auch zusätzliche Pflichten in der Weberei, und Larisa freute sich zu sehen, dass er ein ebenso guter Führer wie Arbeiter war.

Zu Beginn des letzten Monats vor dem Mittwinterfest wurde die Weberei für diese Jahreszeit geschlossen. Alle nötigen Tuche waren hergestellt. Nun blieb nur noch das Beenden der Zuschnitte und das Nähen der leichteren Festtagsgewänder. Jene Kleidungsstücke, die den größten Aufwand an Stickereien und Perlenapplikationen erforderten, befanden sich schon im Endstadium der Anprobe. Larisa verlieh ihrer feinen dekorativen Kunst den letzten Schliff. Wenn in der Weberei weniger zu tun war, nahmen die Arbeiter die Vorbereitungen für das Mittwinterfest in Angriff. Garth verbrachte immer mehr Zeit mit Larisa.

Während all dieser Wochen war Larisa keinen Schritt ohne einen sie begleitenden Erwachsenen gegangen. Fürst Kyril galt zwar als berüchtigter Schläger, aber die Familie war sich ziemlich sicher, dass er Larisa nicht angriff, wenn jemand bei ihr war oder sich Kinder in ihrer Gesellschaft aufhielten. Garth war zu einem grimmigen Beschützer geworden und bekam in der Regel für den »Wachdienst« frei. Da er stets in ihrer Nähe war, brachte Larisa ihm die Feinheiten des Nähens bei und zeigte ihm, wie man einem Schnittmuster folgt. Dies hinderte ihn daran, sich zu langweilen und beschleunigte erheblich ihre Arbeit. Garths Handarbeit war zwar nicht von ihrer gleichmäßigen Qualität, aber auch nicht schlampig oder plump. Sie lachten oft miteinander und genossen ihre Gespräche, sofern die Zeit es ihnen erlaubte. Garth wurde ziemlich stolz auf seinen Erfolg, auch wenn Larisas Brüder ihn damit aufzogen.

Als die Tage kürzer wurden, zogen Eliann und ihre Familie in das größere Haus. Da Garth und Larisa sich dort aufhielten, blieben die jüngeren Geschwister und Elianns Sohn tagsüber und abends bei ihnen und brauchten nicht zwischen dem Haus Elianns und dem der Familie durch die dunklen Straßen zu stapfen. Die kleineren Kinder vergötterten Garth, und er und Larisa gaben ihnen kleine Aufträge, um sie zu beschäftigen. Mit Garth als Vorbild fingen sogar Larisas kleinster Bruder und Elianns Jüngster an zu nähen. Durch das Zusammensein wuchs die Liebe des Paares, da es seine Ängste, Träume und Verlegenheiten miteinander teilte.

»Du hast dir deinen Vater nicht ausgesucht«, hatte Garth mehr als einmal betont. »Und deine Mutter leider auch nicht. Dass der Mann, den du freiwillig Vater nennst, dich nicht gezeugt hat, ist nicht weiter von Bedeutung. Ihm gehört deine Zuneigung, und er liebt dich, als wärst du sein eigenes Kind. Mir ist dies genug. Es sollte auch dir genügen.«

Immer wenn er dies gesagt hatte, nahm Larisa ihn in die Arme und streichelte sein Gesicht so liebevoll, dass der Raum von Liebe erfüllt war. Dann schauten sie sich schweigend in die Augen, bis irgendeins der Kinder den Bann brach.

Die letzte Woche vor Mittwinter begann mit einer Larisa bisher unbekannten Hektik. Sie war stolz auf ihren guten Ruf, der dazu geführt hatte, dass die *Comynari* von ihr nur die besten Arbeiten verlangten. Sie arbeitete hart, denn ihre Tätigkeit war ihr die liebste, und dies zeigte sich in der Feinheit dessen, was sie schuf.

Larisas Mutter und Schwester hatten sie zum Abschied auf die Wange geküsst, waren früh zur Burg aufgebrochen und hatten die Kinder so lange zu einem Vetter gebracht, bis alle Kleider am nächsten Tag abgeliefert waren. Larisa arbeitete in aller Ruhe, empfand das stille Haus jedoch als eigenartig einsam. Die Männer waren ausnahmslos damit beschäftigt, die Weberei für diese Jahreszeit zu schließen. Sie gingen davon aus, dass dies nur etwa eine Stunde in Anspruch nahm. Kyril hatte sich seit fast drei Wochen nicht mehr in Thendara sehen lassen, und die Familie nahm allmählich an, dass er beschlossen hatte, in die Hellers zurückzukehren, wo das Mittwinterfest seiner Domäne anstand. Larisas Mutter und ihre Schwester hatten geäußert, dass sie sich in der Burg schon wie Spione vorkamen, denn sie lauschten fortwährend und vorsichtig, um mehr über Kyril zu erfahren. Sie hatten berichtet, dass sein Name nur selten fiel – und meist nur unter den Frauen und auf abfällige Weise. Offenbar scherte sich niemand groß darum, wo er war, solange er sich nicht in der Nähe aufhielt.

Larisa war mit der Stickerei des letzten Kleides fast fertig, als ihr auffiel, dass der feine Silberfaden zu Ende ging, den sie dafür brauchte. Sie saß an der Feuerstelle, und obwohl nur einige Minuten vergangen waren, hatte sie das Gefühl, seit Stunden nichts getan zu haben. Sollte sie das Risiko eingehen, das Haus zu verlassen, bevor die Männer heimkamen? Kyril hatte sich nicht mehr gezeigt, also war sie eventuell im hellen Tageslicht auf dem kurzen Weg zur Weberei sicher. Wenn sie das benötigte Garn erst hatte, würde es auch nicht mehr lange dauern, bis sie mit Garth nach Hause gehen konnte. Was war die Alternative? Sie konnte darauf warten, dass die Männer die Arbeit beendeten, und dann einen von ihnen zur Weberei zurückschicken, die sie gerade saisonbedingt geschlossen hatten.

Nein, dachte sie. *Es wäre albern. Mir passiert schon nichts.*

Sie mummelte sich dick ein, bis sie kaum noch zu erkennen war. Dann nahm sie die lange Schere und steckte sie so in den Gürtel, dass sie sie, wenn nötig, auch mit Handschuhen an den Fingern ergreifen konnte. Schließlich begutachtete sie ihr Äußeres in einem hohen Anprobenspiegel und kicherte. Falls Kyril sie jetzt noch erkannte, hatte er es fast verdient, dass er durch alle diese Schichten kam. Doch sie empfand sofortige Ernüchterung, denn ihr wurde klar, dass dies keineswegs zum Lachen war. Still, nachdenklich und ziemlich vorsichtig schloss sie die Tür ab, schaute sich um und ging festen Schrittes in Richtung Weberei.

Der Tag war atemberaubend schön, frisch und klar, und Larisa fühlte sich quicklebendig. Später würde es vielleicht schneien, denn dunkle Wolken bildeten sich am Himmel, und der Schnee der letzten Tage reichte ihr fast bis an die Knie. Doch da und dort hatte man Pfade ausgetreten, über die sie gehen konnte. Das Knirschen des Schnees unter ihren Füßen erzeugte in ihr ein eigenartig warmes und sicheres Gefühl. Die Straßen waren zu der frühen Stunde zwar noch nicht voller Menschen, aber die wenigen Passanten gaben ihr ein Gefühl der Sicherheit. Larisa war zum ersten Mal seit über zwei Monaten glücklich und unbeschwert.

Als sie um eine Ecke bog und die Weberei kaum mehr als hundert Meter von ihr entfernt lag, trat ihr ein Mann mit Kapuze in den Weg und packte sie am Arm.

»Ich habe lange darauf gewartet, dass du endlich wieder herkommst«, zischte er. »Ich wusste doch, dass du nicht für immer wegbleibst. – Glaubst du etwa, deine dicken Gewänder könnten deinen stolzen Gang vor mir verbergen? Wer außer dir würde es wagen, diesen Weg ohne Begleitung zu gehen? Und wenn du es nicht gewesen wärst, hätte es auch keine Rolle gespielt. Jede Frau, die sich allein auf die Straße wagt, muss wissen, dass es nicht sicher ist.«

Larisas Herzschlag setzte aus. Sie erstarrte auf der Stelle, und ein Donnern in ihren Ohren ließ alles bis auf die verhasste Stimme verstummen. Sie öffnete den Mund, um zu schreien, doch eine eiserne Faust legte sich über ihre Lippen und verhinderte, dass sie Luft bekam.

»Und jetzt, meine Kleine, wollen wir doch mal sehen, inwiefern du deiner Mutter ähnlich bist«, knurrte Kyril. Ein irrsinniges Lachen kam aus seiner Kehle. Es kündete von Hysterie. Dann erstarb es so schnell, wie es eingesetzt hatte. Großspurigkeit lag in seiner Stimme, als er fortfuhr: »Der Vergleich mit ihr gefällt mir. Sie hat sich heftig gewehrt, aber meine Mühen wurden vorzüglich belohnt. Wenn du ebenso gut bist, versuche ich es vielleicht auch mit deiner Tochter.«

Bei diesen Worten trieben Angst und Sauerstoffmangel Larisa zur Verzweiflung. Sie trat um sich, wie ihre Mutter es sie gelehrt hatte, und biss in die sie umklammernde Hand. Kyril stieß einen leisen Schrei aus und ließ sie los, so dass sie auf eine Schneeverwehung fiel. Sie schrie auf und tastete nach der Schere, die nun doch nicht so leicht zu packen war, wie sie es sich vorgestellt hatte. Sie schob die Hand unter ihre Gewänder, bis sie durch den Handschuh endlich den abgerundeten Griff spürte. Bevor sie den Arm ausstrecken konnte, war Kyril auf ihr.

»Halt's Maul!«, schrie er und drückte sie in den Schnee, als sie darum kämpfte, wieder auf die Beine zu gelangen. »Du machst mir keine Schwierigkeiten.«

Er kniete mit einem Bein auf ihrem Bauch und mit dem anderen im Schnee. Eine Hand lag an ihrer Kehle, mit der anderen fummelte er unter ihren ineinander verhedderten Röcken. Nun wirkten die Schichten all ihrer Kleider wie ein fester Schutzschirm, der seinen Absichten nicht entgegenkam. Doch sie konnte ihre Hände, welche die kostbare, sie vielleicht rettende Waffe hielten, noch immer nicht ausstrecken. Und er konnte die ihren zuckenden Leib bedeckenden Kleider nicht entwirren.

»Hör auf, dich dem Geschenk zu widersetzen, das ich dir geben will, sonst schlage ich dich bewusstlos und lasse es deinem besinnungslosen Körper angedeihen. Und das möchte ich nicht. Ich will, dass du dir dessen völlig bewusst bist, was ich tue. Du musst lernen, dich über solche Geschenke zu freuen, denn ich habe vor, sie noch oft zu vergeben.«

Larisa kämpfte weiter. In der Ferne hörte sie Rufe, die ihr sagten, dass ihr Vater, ihr ältester Bruder und ihr Verlobter zu ihrer Rettung herbeieilten.

Kyril hörte sie ebenfalls. Er versuchte, die Tochter, die er ausgesucht hatte, um sein nächstes Kind zu gebären, zu verdecken.

»Wenn du auch nur einen Laut von dir gibst«, zischte er, »töte ich euch alle.« Bevor er sich umdrehen konnte, stürzte

Garth sich auf ihn. Seine Hände, die Larisa liebevoll umarmt hatten und die so vorsichtig mit Nadel und Faden umgehen konnten, schlugen auf Gesicht und Körper des Angreifers ein. Kyril wehrte sich nicht. Er brüllte lauthals, er sei unschuldig, und fiel auf Larisa, die aufschrie und erschlaffte.

Loren zerrte Kyril von ihr herunter und packte ihn mit zum Töten bereiten Fäusten.

»Nicht jetzt!«, rief sein Vater. »Halt ihn fest, bis die Garde kommt!«

Während Vater und Sohn sich über Lord Ardais stritten, wog Garth die Tochter in seinen Armen. Sie war schlaff und erkaltete allmählich, aber den Grund dafür konnte man nicht erkennen. Sekunden zuvor hatte sie noch gelebt und geschrien, und Lord Ardais' Schwert war nicht gezogen.

»Helft mir«, rief Garth. »Irgendetwas stimmt mit Lari nicht!«

Er griff unter sie, um eine Falte ihres Umhangs zu glätten. Ihr Vater zerrte an den Kleidern und Spangen. Sobald seine Hände, die Larisa zum ersten Mal hielten, sich auf die ihren legten und spürten, dass die gerundeten Enden einer Schneiderschere rechtwinklig von ihrem Körper abstanden, schrie Garth auf. Er entdeckte den roten Fleck auf ihrem Umhang – und zwei Einstiche, die er durch seinen Handschuh gespürt hatte.

Als die Gardisten um die Ecke bogen, die Larisas Schreie vernommen hatten, wurden sie von Kyrils wahnsinnigem Gelächter begrüßt. Es vermischte sich mit dem Klagen der anderen und erzeugte einen Chor, der in den Straßen Thendaras Echos warf.

Über Diann Partridge und »Das Pferderennen«

Diann Partridge führt ihre Erzählung mit folgenden Worten ein: »Wir waren zum Picknick auf den Campingplatz von Five Springs gefahren, deswegen war möglicherweise die klare Luft der Berge schuld. Aber die Geschichte kam einfach von selbst ... Ich bin in Kentucky aufgewachsen. Seit jeher bin ich auf allem geritten, das lange genug stillstand, um mich aufsitzen zu lassen, und auch auf manchem, das es nicht getan hat. Ich habe nie verstanden, warum andere die übermächtige Liebe nicht teilten, die ich empfand ... und Pferde spielen in meiner Phantasie noch immer eine große Rolle.«

Tja, wenn man auf Pferden reitet, ist es wohl anders. Auch ich bin auf einem Bauernhof aufgewachsen. Ich bin nicht nur keine Pferdeliebhaberin, ich kann Pferde eigentlich nicht ausstehen. Allerdings gehöre ich zu den wenigen Frauen unter sechzig, die sie noch einspannen und auch ein Gespann lenken können. Im Zweiten Weltkrieg, als das Benzin rationiert war, habe ich oft Gespanne gelenkt. Mein Bruder wollte nicht, dass ich den Mähdrescher fahre, aber Rechwender und Heuwagen habe ich oft genug gesteuert.

Da ich der Meinung bin, dass Pferde auf Darkover ein primäres Transportmittel sind, heiße ich Geschichten über Pferde stets willkommen, wenn sie von Menschen stammen, denen sie sympathisch sind. Mir persönlich sind Falken lieber.

Diann stellt die Frage, ob schwarze Armidas wie Lipizzaner mit zunehmendem Alter weiß würden. Es ist wohl offensichtlich, dass ich – obwohl ich für verschiedene Darkover-Bücher Recherchen über Pferde angestellt habe – eigentlich nicht genug über sie weiß, um dies beantworten zu können. Wissen Sie es?

Diann Partridge hat drei Kinder, einen Ehemann (ist dies so Sitte, eine gesetzliche Beschränkung oder so was?), zwei Katzen und einen Hund. Der Hamster ist, seit ich sie letztmals um eine Biografie gebeten habe, verstorben. Sie hat vor ein paar Jahren die sommerlichen

Waldbrände im Yellowstone Park (wie auf Darkover) miterlebt und sagt, dass es manchmal so finster war, dass die Straßenlaternen schon am Nachmittag eingeschaltet werden mussten. MZB

Das Pferderennen

von Diann Partridge

Den letzten Kilometer zu den Stallungen ließ Arliss Aillard die Stute gehen. Sie war ordentlich gelaufen. Abgesehen vom Pferd der Ridenows hatte sie beim am nächsten Tag stattfindenden Rennen keine Konkurrenz zu befürchten. Der junge Ridenow war ihrer Meinung nach außer ihr der einzige Domänenerbe, der mit einem Pferd nicht nur reiten konnte.

Sie hatte die Stute Ondulara getauft, was »Die mit den Wogen geht« bedeutete. Ondulara war ein großes Tier, eine Kreuzung zwischen den langgliedrigen Dünenpferden der Aillards und einer neuen, schwereren Alton-Rasse. Sie hatte die Farbe von goldenem Sand, dazwischen die weißen Schaumwogen ihrer Mähne und ihres Schweifs. Es gab, egal ob Hengst oder Stute, kein anderes Pferd auf den Ebenen von Valeron, das ihr in Geschwindigkeit und Ausdauer nahe kam.

Als Arliss in den Stall einritt, kam Tomas, der Stallmeister, auf sie zu, um ihr die Zügel abzunehmen. Sie schickte ihn fort, da sie Ondulara lieber selbst abreiben wollte. Obwohl sie ziemlich weit vom Festgelände entfernt war, hörte sie den Lärm, den die Teilnehmer der Versammlung der Sieben Domänen veranstalteten: Fürsten und Damen, Diener, Kinder, Kaufleute und Hausierer. Und das stets präsente Klingeln der Glöckchen, welche die *Oudhraki* der inneren Wüstennomaden trugen. Jeder, der gehen oder reiten konnte, war gekommen, um sich das Wettrennen anzuschauen, das in diesem Jahr in der Aillard-Domäne stattfand.

Als Arliss mit dem Pferd fertig war, war die rote Sonne Darkovers untergegangen. Sie zerschnitt einen Apfel in vier Stücke und fütterte Ondulara damit. Dann überließ sie das glänzende Pferd dem Heu. Der Stall war dunkel. Tomas war noch nicht zurückgekommen, um die Laternen anzuzünden. In letzter Zeit hatte sie im Stall geschlafen. Den jungen Fürsten, die sich auf dem Festgelände herumtrieben und tranken, junge Frauen begafften und mit ihrem Können prahlten, war nicht zu trauen.

Ondulara wieherte plötzlich hell auf, und Arliss fuhr herum. Jemand packte sie von hinten und hielt mit starken Händen ihre Arme fest. In der Dunkelheit tasteten andere Hände ihre Brüste ab, und jemand versuchte sie zu küssen. Arliss würgte, als sie den Geruch starken Wüsten-*Kiris* und ungeputzter Zähne wahrnahm, und wollte schreien.

Die schlabbrigen Lippen wurden durch eine schwielige Hand ersetzt. »Hochnäsiges Luder«, murmelte der Mann boshaft, der sie festhielt. »Was fällt dir ein, wie 'n echter Mann an 'nem Rennen teilzunehmen!«

Arliss konnte zwar nicht schreien, aber sie trat mit ihren festen Stiefeln zu und wurde mit einem gedämpften schmerzhaften Grunzen und Flüchen belohnt. Dann packte einer der Angreifer sie an den Beinen, und man trug sie, wobei sie sich noch immer wehrte, in eine leere Box. Die anderen Pferde im Stall rührten sich nervös. Ondulara gab wiehernd ihre Verärgerung bekannt und stampfte mit harten Hufen auf den Stallboden.

»Bring den Gaul zum Schweigen«, hörte sie einen Mann mit trunkener Stimme flüstern. Arliss geriet außer sich bei dem Gedanken, dass jemand der Stute etwas antat. Schließlich bekam sie eine Hand frei. Sie schwang die Faust und traf etwas, dann wurde ihre Hand zur Kralle und kratzte los.

»Autsch!«, schrie der Mann auf. »Die *Grezalis* hat mich gekratzt!«

In ihrem Kinn explodierte ein Schmerz. Sie sah Sterne und dann nichts mehr.

Schmerz.

Als sie sich bewegen wollte, flammte er rot in jedem Nerv ihres Körpers auf. Sie wurde von sanften Händen angehoben und schlug sofort wieder um sich.

»Nicht, Arliss! Lieg still. Ich bin es, Anya. Anya. Hörst du mich, Arliss?«

Arliss schlug die Augen auf und setzte sich hin. Der Schmerz kreischte in ihren wunden Handgelenken und Schultern. Sie schaute in das besorgte Gesicht ihrer Schwester. Zwei weitere Schwestern knieten neben ihr im plattgetretenen Stroh.

»Ist Ondulara verletzt?« Ihr erster Gedanke galt der Stute.

»Nein, es geht ihr gut. Sie benimmt sich zwar etwas träge, aber das ist alles. Was ist passiert, Arliss? Wer hat dir das angetan?«

Arliss rappelte sich auf. Das heiße Brennen der wunden Stelle zwischen ihren Schenkeln nahm ihr den Atem. Sie stöhnte, und ihre Schwestern fingen sie auf, bevor sie umfallen konnte. Sie stützten die Gepeinigte und öffneten ihren Geist, um den Schmerz zu teilen und zu lindern. Ihr heftiger Zorn über das, was man ihrer Schwester angetan hatte, wurde für einen Moment beiseite geschoben. Als Arliss den Schmerz unter Kontrolle hatte, konnte sie allein stehen.

»Wer hat dir das angetan, Arliss? Wer?«, fragte Anya wild und leise.

»Ich weiß es nicht. Nachdem ich Ondulara gestern Abend in den Stall gebracht und gestriegelt hatte, wollte ich eigentlich hier schlafen. Tomas war nicht mehr da. Drei Männer ... ich glaube, dass es drei waren ... sind über mich hergefallen, als ich ihre Box verließ. Ich hatte Angst, sie könnten ihr etwas antun, und da ...«

Sie schob sich an ihren Schwestern vorbei und wankte in die Box der Stute. Das goldfarbene Pferd stand am anderen

Ende und blinzelte schläfrig. Arliss griff mit ihrem *Laran* hinaus und berührte es, doch das warme Leuchten des Erkennens zwischen den beiden war nicht mehr da. Jemand – sie verfluchte die Angreifer und wünschte sie in Zandrus kälteste Hölle – hatte einen Schweigebann über das Pferd gelegt. Welcher Art er auch war, es lag nicht in ihrer Macht, ihn zu brechen.

Sie öffnete die Boxentür und ging langsam auf die Stute zu. Ondulara stand nur da, ohne den Kopf zu senken, wie sie es sonst immer tat, wenn sie Arliss dazu bewegen wollte, sie hinter den Ohren zu kraulen. Arliss lehnte kurz den Kopf an den Hals des Pferdes und bemühte sich, ihren Zorn zu beherrschen. Dafür würde sie die Kerle umbringen!

»Arliss, wir müssen nach der Garde schicken. Wer immer dir dies angetan hat, wird bestraft werden.«

Arliss wandte sich von der Stute ab und verließ den Stall.

»Keine Garde, Anya. Das regeln wir selbst. Arly, geh und suche Alarice. Dann muss eine von euch mir neue Kleider holen.«

»Was willst du von der Bewahrerin?«, fragte Anya.

»Sie soll den Bann brechen, den man über Ondulara gelegt hat. So kann ich sie heute nicht reiten.«

»Wie kannst du nur davon ausgehen, dass du heute *überhaupt* reiten kannst?« Anya deutete auf die nackten und blutigen Beine ihrer Schwester. »Alarice wird dich nur kurz anschauen und dir dann befehlen, ins Bett zu gehen. Dann müssen Alida oder Alena eben reiten. Du kannst es heute nicht.«

Arliss wandte sich um und schaute Anya finster an.

»Bringt mir nur etwas Wasser, Seife und saubere Lappen. Ich wasche mich hier im Stall. Ich reite heute auf jeden Fall, Anya. Die verdammten Kerle aus den Domänen werden mich nicht daran hindern, dass ich ihn schlage. Beim Pfeifer, ich schwöre es!«

Anyas Kinnlade sank herab, als ihr etwas siedend heiß einfiel. »Der Pfeifer! Bei allen Göttern, Arliss! Du hast jetzt andere Sorgen als deinen Sieg. Mutter möchte dich sehen. Deswegen sind wir auch so früh hergekommen, um dich zu suchen. Sie hat gestern Abend nach dir geschickt und ist dann eingeschlafen, bevor wir es dir ausrichten konnten. Heute Morgen wird sie vor Zorn außer sich sein.«

Und so trug Anya zwei Eimer Wasser herein, während Arly zur Bewahrerin ging. Alison, die dritte Schwester, lief hinaus, um Arliss saubere Kleider zu holen. Wer zur Domänenmutter gerufen wurde, musste seine besten Gewänder anziehen. Wenn man mit einem Gesicht vor der alten Frau erschien, das so zerschrammt und blau war wie das ihre – nun ja, Arliss wollte nicht mal darüber nachdenken, was dann passierte.

Anya half ihrer Schwester, sich vom Blut und vom Schmutz zu säubern. Sie behandelte die Kratzer und Schrammen mit einer Heilsalbe, die man normalerweise für Pferde verwendete. Arliss stand reglos da und hielt sich an der Innenseite der Stalltür fest. Sie spreizte die Beine, als Anya abgerissene Streifen ihres Unterrocks um die schlimmsten Schürfwunden wickelte. Sie faltete ein Stück Stoff, das Arliss als Polster tragen konnte, und band die Enden um ihre Taille.

»Du blutest kaum noch, *Chiya*. Aber wenn du heute reitest, kann alles nur noch schlimmer werden.«

»Ich werde reiten. Dieser *Sharug*-Abschaum schlägt mich nicht. So, wie die reiten, könnten sie nicht mal ihre eigene Großmutter auf einem dreibeinigen Chervine besiegen.«

»Dies bedeutet eine Blutfehde. Wenn Alarice sieht, was man dir angetan hat, sagt sie es der Mutter. Und was *sie* dann macht, weißt du.«

»Dann erzählen wir es ihr eben nicht. Jedenfalls nicht vor dem Rennen. Ich möchte sie schlagen, Anya. Es wird ihnen größeren Schmerz bereiten als der, den sie mir zugefügt haben. Verstehst du?« Sie streckte den Arm aus und griff nach Anyas Hand.

»Wir schließen also einen Pakt«, erwiderte Anya und drückte sie sanft. »Du sagst mir, wer es war, und ich werde darüber schweigen.«

Arliss schaute in Anyas grüne Augen. Sie waren den ihren sehr ähnlich. Dann nickte sie.

»Es war zwar dunkel, aber ich habe bemerkt, dass Radolv Ardais bei ihnen war. Auch sein versoffener Kumpan El Halayn und sein Hastur-Vetter. Du weißt doch, dass sie das Fest nicht in Aillard abhalten wollten. Ardais schreit doch seit Wochen überall herum, wie schrecklich es ist, dass Aillard von Frauen beherrscht wird.«

Anya erinnerte sich daran und nickte. »Weißt du es genau?«

»Ich bin sicher, dass Radolv dabei war. Und da die beiden anderen nie weit von ihm sind, würde ich um Ondularas erstes Fohlen wetten, dass sie ebenfalls dabei waren. – Wo ist eigentlich Tomas?«, fragte sie plötzlich. »Warum war er gestern Abend nicht hier?«

»Sie haben ihn umgebracht. Wir haben ihn heute Morgen in der Sattelkammer gefunden – mit einem Messer im Herzen.«

In diesem Moment kam Alison mit frischen Kleidern für Arliss zurück. Sie nahm einen Kamm, um sich das Stroh aus den kurzen roten Locken zu zupfen, dann halfen sie ihr in saubere Höschen und eine spitzenbesetzte Hemdhose. Als Nächstes war der schwere Baumwollunterrock an der Reihe, und sie hob die Arme in die Luft, damit ihre Schwestern ihr die rosenrote Seidenbluse über den Kopf streifen konnten. Um das Tragjoch und die Manschetten waren kleine Glöckchen genäht. Anya bückte sich und schloss die vergoldeten Sandalen an Arliss' Füßen. Dann zog Arliss den schweren Rock aus

Distelseide an. Er war dunkelgold gefärbt und wies am Saum ein stilisiertes Wellenmuster auf.

»Jetzt bist du fertig. Nein, warte. Nimm das mit.« Anya nahm ihre Ohrringe ab und befestigte sie schnell an Arliss' Ohrläppchen. Alison entledigte sich ebenso schnell ihrer Ringe und reichte sie ihr.

»Jetzt geh, beeil dich.«

Arliss lüpfte vorsichtig den Rock, um loszulaufen, dann wandte sie sich noch einmal zu ihren Schwestern um.

»Ihr bleibt doch hier, bis Alarice kommt? Und bei Ondulara, bis ich wieder da bin? Bitte.«

»Ja. Ja, aber geh jetzt. Sonst kommst du vielleicht nicht mehr zurück.«

Arliss rannte los.

Vor den hohen Flügeltüren im Hauptkorridor blieb sie stehen, um wieder zu Atem zu kommen und den Rock glattzustreichen. Zwei ihrer Vettern hielten Wache. Als sie ihre verängstigte Miene bemerkten, grinsten sie, und als sie die Tür öffnete, flüsterte einer ihr zu: »Sie ist heute Morgen in selten guter Stimmung.«

Arliss holte tief Luft und marschierte hinein.

Die Domänenmutter war eine unglaublich alte Frau, von der man munkelte, sie habe das erste Jahrhundert schon vor langer Zeit überschritten. Ihr Gesicht bestand aus einer Unzahl feiner Fältchen, die auch ihren winzigen, zerbrechlichen Körper bedeckten. Ihr prächtiges, dichtes Silberhaar war geflochten und das einzig Schöne, das ihr geblieben war. Ihre Augen waren noch immer so grün wie das Meer. Die Kraft, die sie ausstrahlten, richtete sich auf Arliss und zog sie zögernd nach vorn.

Die junge Frau sank vor der alten Frau in die Knie und biss die Zähne zusammen, da sie den Schmerz zwischen ihren Beinen spürte. Die Mutter beugte sich vor, stützte sich auf ihren knorrigen Treibholzstock und kniff die Augen zusammen. Dann lehnte sie sich zurück, deutete mit dem Stock zur Tür und schrie: »Ihr anderen geht raus! Ich spreche allein mit diesem Kind!«

Ihre Leibwächter traten vor und drängten den Rest der Anwesenden hinaus. Als der Raum leer und die Tür wieder geschlossen war, traten die Leibwächter außer Hörweite an die Wand zurück.

Die Mutter winkte Arliss hoch und bedeutete ihr, vorzutreten. Das Mädchen zuckte zusammen, unterdrückte ein Stöhnen und stand auf. Die alte Frau wandte sich um, zog ein Kissen hinter ihrem Rücken hervor und warf es vor Arliss auf den Boden. Sie ließ sich dankbar darauf nieder.

Dann berührte die Mutter Arliss' zerschrammtes Kinn. Ihre Hand war überraschend sanft. Sie hob das übel zugerichtete Gesicht an, und identisch grüne Augen musterten einander. Arliss spürte die Frage im Geist der Alten und öffnete den ihren. Sie empfing ihr unendlich tiefes Mitgefühl und wusste, dass die alte Frau alles verstand. Dann kamen ihr die Tränen. Sie verbarg das Gesicht im Schoß der Mutter und weinte. Aller Schmerz und Zorn der vergangenen Nacht strömten aus ihr heraus. Die runzlige Hand streichelte zärtlich Arliss' hellrote Locken. Als das Schlimmste vorüber war, entnahm sie einer verborgenen Tasche ein Taschentuch und reichte es Arliss.

Arliss trocknete sich die Tränen ab und putzte sich die Nase. Als sie in die uralten Augen schaute, sah sie in ihrem Geist die Reflexion einer anderen jungen Frau – auch sie hatte rote Locken und sie tanzte im Licht der vier Monde über einen Strand.

»Ich habe dich eigentlich gerufen, um mit dir über etwas völlig anderes zu sprechen, *Chiya*. Doch nun spielt das alles keine Rolle mehr. Einst, vor langer Zeit, musste auch ich etwas tun, das über meine Ehre ging. Für das, was man dir angetan hat, Tochter, hätte ich sie alle umbringen lassen.« Der Blick ihrer grünen Augen bohrte sich in Arliss. »Was sollen wir mit ihnen tun? Was verlangst du?«

Arliss zögerte nicht mit ihrer Antwort. »Nichts. Sollen sie sich Sorgen machen. Ich werde sie heute besiegen, und das wird ihre Strafe sein. Sie haben zu laut geprahlt, dass sie die Aillard-Frauen schlagen und mit den besten Pferden davonreiten werden. Ich werde dafür sorgen, dass sie *zu Fuß* nach Burg Ardais zurückkehren.«

Die Mutter grinste wie ein Dünengespenst.

»Das ist der Geist der Aillards! Ich hatte Recht, was dich betrifft. – Hier, nimm das mit, wenn du reitest. Es wird dir Glück bringen.« Sie griff in das perlenverzierte Oberteil ihres Gewandes und entnahm ihm eine kleine Knochenpfeife. Arliss glaubte, ihr Herz setze einen Schlag aus.

Die Leibwächter stießen ein leises Keuchen aus. Niemand rührte sich. Die Zeit schien stillzustehen, als die Mutter die Pfeife unter Arliss' Bluse schob. Dann klopfte sie mit der kupfernen Spitze ihres Stockes mehrmals heftig auf den Boden.

»Steht nicht rum und gafft wie ein Fisch an der Angel! Ihr seid alle meine Zeugen! Ich habe meinen Entschluss gefällt!«

Dann fiel ihr Blick wieder auf Arliss. »Nun geh zu deinem Pferd zurück, Mädchen. Ich werde heute dort sein, um zu verfolgen, wie du gewinnst.« Sie legte eine faltige Hand auf Arliss' Kopf. »Möge Evanda dich erhalten, Tochter, und Avarra dir gnädig sein.«

Dann ergriff sie Arliss' Hand und half ihr auf die Beine. Das Mädchen beugte sich vor und küsste die verwelkte Wange der Mutter. Bei der Berührung spürte sie, dass die alte Frau ihr *Laran* einsetzte. Ihre Schmerzen vergingen. Sie zog sich erschreckt und hastig zurück. Die Mutter winkte ihr verschwörerisch zu und grinste erneut, dann bedeutete sie ihr mit dem Stock, sie solle gehen.

Während Arliss hinausstolperte, rief die alte Frau, alle anderen sollten nun zurückkehren, damit sie ihre Geschäfte erledigen könne, bevor sie sich das Rennen ansah. Alle eilten an Arliss vorbei, um ihr zu gehorchen.

Als Arliss in den Stall geeilt kam, striegelte Alison gerade Ondularas Fell. Die Stute trottete vorwärts, kam zu ihr und rieb ihren Kopf grob an ihrer empfindlichen Bluse. Arliss schlang beide Arme um den Hals des Tiers und drückte es fest an sich. Dann prüfte sie das Pferd gründlich mit ihrem *Laran,* um herauszufinden, ob es ihm gut ging. Am liebsten wäre sie in Tränen ausgebrochen. Aber sie hielt sich zurück. Tränen waren etwas Privates; im Kampf waren sie nicht angebracht.

»Es geht ihr gut«, stellte sie freudig fest, als Anya mit den Reitkleidern kam.

»Die Bewahrerin hat gesagt, es war ein einfacher Bann, von dem nichts zurückbleibt. Ondulara war aufgeregt, aber Arly hat sie herumgeführt. Ich freue mich, dass sie wieder in Ordnung ist.«

»Was hat die Mutter gewollt?«, fragte Alison mit leiser Stimme.

»Ich weiß nicht«, erwiderte Arliss geistesabwesend, nahm die Bürste und striegelte das Pferd zu Ende. »Sie wollte es mir nicht mitteilen. Sie behauptete, es spielt keine Rolle mehr. Sie hat mich nur gefragt, was mit den Männern geschehen soll, die mir wehgetan haben.«

»Soll das heißen, du hast ihr erzählt, was passiert ist?«

»Nein, sie hat sich mit mir verbunden und alles selbst gesehen. Sie hat sogar den Schmerz von mir genommen. Ich möchte dieser Frau nicht im Zweikampf gegenüberstehen. Sie ist stärker als wir alle zusammen.«

»Und was ist noch passiert?«

»Nichts. Sie hat mir das hier gegeben und gesagt, ich soll beim Rennen siegen.« Arliss zog das Knochenpfeifchen aus der Bluse und zeigte es ihren Schwestern.

Die beiden keuchten auf und wichen mit großen Augen zurück. Anya streckte die Hand aus, als wollte sie es berühren, doch dann riss sie sie zurück.

»Arliss, weißt du, was das bedeutet?«, flüsterte sie mit entsetzt klingender Stimme. »Die Mutter gibt die Pfeife nie aus der Hand, es sei denn, sie stirbt bald und hat eine ...«

»Ich habe jetzt keine Zeit, um mir über Dinge und ihre Bedeutung Gedanken zu machen, Anya. Ich werde heute reiten und *siegen!* Willst du jetzt weiter wie eine Närrin hier rumstehen oder hilfst du mir beim Umziehen? Ach, bei allen Göttern! Ich höre schon die erste Warnglocke!«

Die anderen halfen ihr, die schicken Kleider abzulegen. Arly bündelte sie sorgfältig auf den Armen und lief davon, um sie fortzubringen. Auch die Ohrringe und Ringe wurden Arliss abgezogen. Anya entfernte die Bandagen von ihren Beinen und schüttelte in stummer Verwunderung den Kopf. Die Kratzer und Schrammen auf Arliss' Rücken und Schenkeln sahen aus, als wären sie schon seit Tagen verheilt.

Splitternackt zog sie das hellrote Hemd an, das die Aillard-Domäne symbolisierte. Darüber trug sie eine eng über der Brust anliegende silberne Weste. Auf dem Rücken waren sechs scharlachrote Federn eingestickt. Dünne schwarze Lederhosen und Stiefel vervollständigten ihre Garderobe.

Sie sattelte Ondulara und überprüfte sorgfältig die Schnalle und den Bauchgurt des leichten Rennsattels. Zufrieden ging sie schnell über den Stallhof und draußen an den Haupttoren vorbei und zu den Festhütten hinüber: an die Startlinie des Rennens.

Die Pferde und Reiter aus den anderen Domänen waren

schon versammelt. Sieben Reiter, sieben Pferde. Corvan Aldaran, in einem dunkelbraunen Hemd und mit einer weißen Weste, auf deren Rücken der Doppelkopfadler seiner Familie abgebildet war, ritt einen großen, feingliedrigen Rappen, der schon jetzt schwitzte. Neben ihm befand sich Jan Alton im Grün und Schwarz von Armida. Er hatte einen silbernen Blitz auf dem Rücken seiner Weste. Sein Pferd war ein kräftiger Rappe, zwar ausdauernd, aber nicht schnell.

Die Fürsten El Halayn, Hastur und Ardais tauchten erst nach Arliss auf. Marc El Halayn trug ein silbernes Hemd mit blauer Weste, die nicht hinten, sondern vorn mit einer silbernen Tanne und einer Krone verziert war. Arliss fiel auf, dass diesmal für die Hasturs einer ihrer Di-Asturien-Vettern ritt. Er trug die gleichen Farben wie die El Halayns, nur befand sich die Tanne auf der Rückseite seiner Weste und wies keine Krone auf. Radolv Ardais nahm sein Pferd brutal an die Kandare, sein hellrotes Hemd und seine grüne Weste leuchteten im Sonnenschein. Als er Ondulara erblickte, zog er leicht die Brauen hoch, dann hob er die behandschuhte Faust, die in einem Handschuh steckte – sein Emblem –, und deutete höhnisch auf das Pferd. Arliss begutachtete die tiefen Kratzer in seinem Gesicht. Ihre Lippen bewegten sich, dann spuckte sie genau vor den Beinen des tänzelnden braunen Hengstes auf den Boden. Bevor Ardais reagieren konnte, schoben sich andere Pferde zwischen sie und ihn.

Der letzte Reiter war der junge Ridenow. Er trug das Grün und Gold der Syrtis-Sippe. Die Rückseite seiner Weste war von fünf schwarzen Ringen verziert. Er ritt einen großen kastanienbraunen Hengst mit schlanken Gliedern. Das Pferd wartete geduldig ab und schüttelte dann und wann den Kopf.

Die Bewahrerin des Turms von Dalereuth schritt zwischen den Reitern entlang und übergab jedem Einzelnen ein mit einem Bann versehenes Amulett. Wer es trug, konnte sein *Laran* nicht einsetzen, um das Rennen zu beeinflussen. Ebenso konnte niemand von außen den Pferden und Reitern mit *Laran* schaden. Die Reiter schoben die Amulette in ihre Westen. Arliss' Finger berührten das Knochenpfeifchen. Sie lächelte.

Die letzte Glocke erklang. Pferde und Reiter bewegten sich an die Startlinie. Das laute Gerede der Menge verstummte, als die Bewahrerin sich neben der Linie aufstellte. Sie hob den Arm. Arliss redete leise auf Ondulara ein, die aufmerksam lauschte.

Der Arm der Bewahrerin fiel herunter. Die Pferde galoppierten los, und die Menge schrie begeistert auf. Jeder feuerte seinen Favoriten an.

Wie immer spürte Arliss die Faszination der kraftvoll zwischen ihren Beinen bebenden Pferdemuskeln. Sie hielt Ondulara zurück, flüsterte ihr fortwährend etwas zu und ließ die nervöseren Pferde die Führung übernehmen. Sie war die Strecke ihr Leben lang geritten. In den letzten dreißig Tagen hatte sie die anderen Pferde beobachtet und den Kommentaren über sie gelauscht. Sie hatte nicht den geringsten Zweifel, dass Ondulara sie allesamt schlagen konnte – außer vielleicht das Pferd Ridenows. Dessen Reiter hielt sein Tier ebenfalls zurück und jagte ein Stück rechts von ihr dahin. Der Hengst war ihrer Stute ähnlich und daran gewöhnt, auf Sand zu laufen.

El Halayn befand sich links von ihr. Sein Pferd war schon völlig verschwitzt, und als sie ihn beobachtete, schlug er hart mit einer geflochtenen Peitsche zu. Das Pferd wurde noch schneller und rempelte Aldarans Rappen an, der stolperte und auf dem unebenen Boden beinahe gestürzt wäre. Die Amulette boten nur Schutz gegen den Einsatz von *Laran;* sie bewahrten nicht vor Unfällen, zu denen es beim Einsatz von körperlichen Mitteln kam.

Sie jagten durch das wüste Buschland. Die Strecke führte langsam bergauf, dem perlenrosa gefärbten Turm von Dalereuth entgegen, wand sich um ihn herum und verlief dann über den festen Sand des Strandes des Dalereuth-Meeres. Die Rennstrecke war in der Mittagssonne besonders zermürbend. Arliss wischte sich mit dem Unterarm den Schweiß aus dem Gesicht und feuerte Ondulara an.

Aus den Augenwinkeln sah sie, wie das Pferd der Hasturs zu Boden ging und seinen Reiter genau unter die Hufe des Alton-Pferdes warf. Das Tier hatte sich einen Vorderlauf gebrochen, und sein psychischer Aufschrei ließ die restlichen Pferde und Reiter gleichermaßen zusammenzucken. Dem Altons Rappen war es zwar gelungen, über Rafael Di Asturien hinwegzuspringen, aber der Vorfall hatte ihn die Position gekostet. Di Asturien schlug wild auf sein Pferd ein, um aufzuholen.

Und weiter ging der Ritt.

Ondulara nahm nun die Außenposition ein. Ardais lenkte sein Pferd dicht an Arliss heran. Bevor sie ihm ausweichen konnte, schwang er seine Gerte und schlug sie Ondulara über die Blesse. Die Stute riss den Kopf hoch und geriet aus dem Tritt. Arliss zog einen Fuß aus dem Steigbügel und trat zu. Sie traf Radolv Ardais am Oberschenkel und warf ihn zur Seite. Sie hatte gerade noch Zeit, in den Steigbügel zurückzufinden, als sie spürte, dass Ondulara auf die Trense biss und vorwärts jagte. Als sie Ardais passierte, hob sie den Arm und drohte ihm mit der Faust.

Der junge Ridenow grinste über ihre Beleidigung, als sie zu ihm aufschloss. Er war außer ihr der einzige Reiter, der weder eine Peitsche noch Sporen hatte. Sein Pferd lief, als wäre es ein Teil von ihm. Arliss nickte ihm kurz zu, dann galoppierten die beiden Pferde nebeneinander her.

Als sie das Ende der Strecke erreicht und gewendet hatten, lagen nur noch knapp eineinhalb Kilometer vor ihnen. Da die anderen Pferde weit zurücklagen, begnügte Arliss sich damit, Ondulara nur mit Händen und Füßen anzutreiben, um Ridenows Pferd zu schlagen. Die Mähne, die ihr ins Gesicht wehte, war schweißnass. Sie jagten immer weiter.

Arliss' Atmung und die des Pferdes wurden eins. Die große Stute gab alles und setzte zum Endspurt an. Neben ihr raste Ridenows Hengst dahin; die Knie des Reiters berührten fast die ihren. Als sie den Arm der Bewahrerin passierten, befand sich ihr Knie zwischen dem Hals und den Nüstern des Hengstes. Das triumphierende und verärgerte Gebrüll der Menge strömte über Arliss hinweg.

Es war Brauch, dass der Sieger sich die besten Pferde aussuchen konnte, welche die anderen Domänen mitgebracht hatten. Einige aus jeder Domäne. Zum Erstaunen fast aller Anwesenden wählte Arliss nur Pferde der Ardais-Sippe aus. Sie nahm sämtliche Pferde, bis hin zum letzten hageren Packtier. Der aufgebrachte Galan Ardais wollte wütend den Grund dafür wissen, doch Arliss erwiderte nur freundlich: »Fragt Euren Sohn.«

Der junge Ridenow hieß Kemal. Als sie allein waren, bat Arliss ihn nur um zweierlei: dass er seinen Hengst ein paar Tage bei den Aillard-Stuten ließ und dass er ihre persönliche Gastfreundschaft annahm.

Er lehnte keine ihrer Bitten ab.

Im Morgengrauen nach dem Rennen läutete die Glocke im Burgturm. Der psychische Riss eines Lebensbandes durchlief jede einzelne Aillard-Frau. Ohne dass es ihnen gesagt werden musste, wussten sie, dass die Domänenmutter gestorben war.

Als man entdeckte, dass die kleine Knochenpfeife verschwunden war, wurde eine Versammlung einberufen. Arliss packte die Pfeife aus und erzählte ihre Geschichte.

Die Diskussion war von kurzer Dauer. Die Leibwächter der Mutter machten einzeln ihre Aussagen, und so wurde Arliss zu ihrem großen Verdruss zur neuen Domänenmutter ernannt. Für sie war es weniger eine Ehre als eine Schikane. Ein Sitz im Rat von Thendara bedeutete nämlich, dass sie Aillard und ihrem geliebten Pferd oft fern bleiben musste. Aber darüber würde sie sich Gedanken machen, wenn die Zeit dazu kam.

Als die Ebbe an diesem Abend kam, trugen sie die alte Frau zum Meer hinunter. Sie war in einen langen Volantumhang gewickelt, und ihre Leiche lag in einem kleinen Boot, das wie eine Muschel gearbeitet war. An einem abgelegenen Ort schoben sechs von der alten Mutter abstammende Frauengenerationen das auf und ab wippende Gefährt ins Wasser hinaus. Ein Stück entfernt erschienen mehrere Generationen ihrer *Chieri*-Verwandten, und die Töchter des Landes übergaben das Boot den Töchtern des Meeres. Vor der Landzunge tauchten riesige Meereslebewesen auf und stimmten ihr Klagelied an.

Die blutrote Sonne Darkovers versank hinter dem Horizont.

Über
Janet K. Rhodes und
»Die Seuche«

Es erscheint etwas merkwürdig, dass ich bis zum heutigen Tag fast nichts über medizinische Forschung oder Epidemiologie auf Darkover geschrieben habe, obwohl ich eine Menge über Epidemiologie und Pharmazie für meinen ersten Darkover-Roman *Retter des Planeten* lesen musste, der zunächst in einer Zeitschrift erschien, und ich eine Menge Forschung in Sachen Raummedizin für ein anderes Buch betrieben habe, das nie fertig wurde. Doch wie immer sind andere aufgetaucht, um meine *lacunae* auszugleichen. Janet Rhodes erzählt mir zu ihrer Geschichte *Die Seuche*, dass sie einen Abschluss in Mikrobiologie hat und beträchtliche Forschungen auf dem Gebiet – Sie werden es nicht glauben – der Appetitanreger aus Sauerteig betrieben hat. (Ich nehme an, irgendwo muss man schließlich anfangen.)

Diese Geschichte, die sich mit den medizinischen Möglichkeiten auf Darkover beschäftigt, stellt einige entscheidende Fragen und erinnert mich ein wenig an eine urkomische Erzählung Jacqueline Lichtenbergs über eine moderne Zauberin, deren besonderes Können darin besteht, Brotteig aufgehen zu lassen. Ich nehme an, magische Fähigkeiten gibt es in allen Größen und Formen.

Janet Rhodes arbeitet für das Department of Ecology und sagt, dass sie zwar »regelmäßig schreibt«, aber hauptsächlich Texte, die Menschen vor ökologischen Gefahren warnen. Außerdem flechtet sie Körbe und kennt alle Trends auf den Gebieten der Gesundheit und der alternativen Medizin. Ihre Erzählung handelt von einer medizinischen Versorgung, die so alternativ ist, wie man sie sich nur vorstellen kann.

Dies ist ihre erste Prosaveröffentlichung. Sie hat mit dem Schreiben aufgehört, als ein High-School-Lehrer sie mit »übereifriger Kritik« bedachte. Das ist übrigens ein Problem, das jeden betrifft: Wie übt man konstruktive Kritik, ohne ein noch unvollkommenes Talent zu entmutigen? Im Vergleich dazu dürfte Seiltanzen eine Kleinigkeit sein. Falls es je jemand in Erfahrung bringt, möge er sich bei mir melden.

MZB

Die Seuche

von Janet K. Rhodes

Thomaste ging es schlechter, und Kirsten, die Herrin von Rockraven und Gattin *Dom* Lennarts, befürchtete, dass die seltsame Krankheit ihr das einzige Kind nahm. Sie konzentrierte sich geduldig auf den Sternenstein in dem kleinen Seidenbeutel an ihrem Hals. Ihre psychischen Kräfte, die der Stein konzentrierte und verstärkte, griffen hinaus und ließen die Flüssigkeit ab, die sich in den Drüsen an seinem Hals und in der Leistengegend gebildet hatten. Kirsten regulierte die sich aufbauende Spannung in seinem Magen und löste den Krampf in seinen Därmen. Sie hoffte inbrünstig, dass ihre begrenzten Kräfte nicht versagten und den Körper ihres Sohnes bis zur Heilung funktionsfähig hielten. Denn dies war gewiss kein kurzes Sommerfieber, das kam, um einen zu quälen, und sich dann wieder davonmachte. Das Sommerfieber wurde vom Nordwind heran- und dann wieder fortgeweht.

Adonelle zögerte vor der großen Holztür, die ins Krankenzimmer führte. Da sie Kirstens Personal seit Jahren beaufsichtigte, fürchtete sie sich nicht, während der Anwesenheit ihrer Herrin einzutreten. Doch sie wusste, dass Thomaste seit zwei Tagen schrecklich krank war und *Domna* Kirsten seither kaum geschlafen hatte und nicht von seiner Seite gewichen war, daher fürchtete sie, noch zum Kummer ihrer Herrin beizutragen. Aber andere brauchten ihre Hilfe.

»Avarra, steh uns bei«, flüsterte Adonelle trotz ihrer zusammengebissenen Zähne. »Ein Feuer im Harzwald ist schon schlimm genug, aber Zandru hat uns auch noch eine Seuche geschickt – und jeder gesunde Mann und jede *Leronis* kämpft an der Feuerfront!«

Mit einem Seufzer schluckte sie ihre Angst herunter und trat ein.

Kirsten wandte sich überrascht zur Tür um. »Ah, Adonelle.« Sie wischte sich einige im Sonnenschein bronzen schimmernde Haarsträhnen aus dem Gesicht und schüttelte heftig den Kopf. »Ach, Adonelle, was soll ich nur tun? Ich lindere zwar seinen Schmerz, aber er kehrt sofort zurück. Wenn mein *Laran* doch nur stärker wäre oder die anderen ... Hast du eine Botschaft von Lord Lennart am Brandherd?«

Adonelle schüttelte den Kopf.

»Na schön, dann aus dem Dorf? Hat das verfluchte Fieber es schon erreicht?«

Adonelle richtete sich auf. »*Domna,* Lennettes Ältester ist mit der Nachricht da, dass auch Donal am Fieber erkrankt ist.« Sie warf einen Blick auf Thomaste. »Lennette bittet Euch, ihn zu behandeln.«

»Ach, Adonelle, sie weiß doch, wie begrenzt meine Kräfte sind!«

»Sie sagt, Ihr habt Heilkraft, *Domna,* und dass die Heilmittel der Hebamme Donals Zustand nur verschlechtert haben.«

»Die Mittel des Kräuterweibs helfen nicht? Dann muss ich tun, was ich kann. Sag dem Kind, dass ich schnellstens zu ihm komme.«

»Ja, *Domna.*« Adonelle ging zur Tür, dann drehte sie sich noch einmal um. »Es missfällt mir zwar, Euch zu stören, aber könntet Ihr auch kurz in der Küche vorbeigehen und einen Blick auf die Gärung werfen? Sie ist schon wieder verdorben, regt sich nicht und riecht wie ein Banshee. Ich hatte so sehr gehofft, dass wir wieder Sauerteigbrot backen können. Wir haben schon seit zehn Tagen keines mehr! Ich habe alles versucht, was mir eingefallen ist. Wenn Ihr die Gärung nicht wieder beleben könnt, wird es noch einmal zehn Tage dauern, bis wir Sauerteig haben, wenn nicht noch länger.«

Kirsten seufzte. »Ich schaue es mir auf dem Weg hinaus an. Setzt du bitte etwas Suppe auf? Ich habe mein Fasten bis heute nicht gebrochen, aber es muss schon nach Mittag sein.«

Kirsten wandte sich Thomaste zu, der sich fiebrig hin und her warf, als müsste er einer ganzen Hindernisreihe ausweichen. Totenbleich lag er da. Sogar seine Sommersprossen waren zu bloßen Schatten verblasst. Sein rotes Haar, ein glänzender Heiligenschein, umrahmte sein Gesicht. Liebevoll richtete sie die Kissen, die er bei der Rückkehr des Fiebers fortgeworfen hatte.

Kirstens Aufmerksamkeit richtete sich mit einem dumpfen Seufzer wieder auf den Sternenstein. Sanft drang ihr Bewusstsein in das zerbrechliche Energiewesen vor, das Thomaste war. Angestrengt konzentrierte sie sich auf die mit Flüssigkeit gefüllten Drüsen und erblickte viele sich dort versammelnde Zellen. Sie setzte die Flüssigkeit ins Blut frei, dann suchte sie das Temperaturzentrum des Jungen, mäßigte das Feuer in seinem Leib und öffnete die Blutgefäße zur Haut, um überschüssige Hitze abzuleiten und ihm lindernde Kühle zu bringen.

Wie zerbrechlich er aussieht. Nicht wie die laufende und springende Freude ihres und Lennarts Lebens.

Als Thomaste ruhiger wurde, drückte Kirsten ihn an ihre Brust, dann verließ sie hastig den Raum. In ihren Augen lag ein unnatürlicher Glanz. Sie blieb kurz im Korridor stehen, um der Zofe Suzonna Anweisungen für Thomastes Pflege zu erteilen. »Bleib bei ihm, halt ihn bedeckt und wisch ihn mit einem kühlen Tuch ab, wenn er sich erhitzt.«

Suzonna knickste und versprach murmelnd, alles zu tun, doch Kirsten befahl ihr mit einer Geste, noch zu bleiben. »Wenn es schlimmer mit ihm wird, lass es mich oder Adonelle sofort wissen.« Das Mädchen sprudelte aufgeregt Eide und Versprechungen heraus, dann eilte es ins Krankenzimmer.

»Jag dem Mädchen keine Angst ein, es ist kaum älter als

Thomaste«, murmelte Kirsten vor sich hin, als sie in ihr Zimmer ging, um sich kurz zu erfrischen und umzuziehen, da sie ihr Kleid schon seit zwei Tagen am Körper trug. Sie warf einen sehnsüchtigen Blick in das Bad, das stets mit warmem Wasser aus den Tiefen des Mineralgesteins unter dem Gutshaus gefüllt war.

Eine Stunde später betrat sie die riesige Küche und entdeckte den Gärtopf auf der Anrichte, wo Adonelle ihn hingestellt hatte, um den Sauerteig in Angriff zu nehmen. *Tja,* dachte Kirsten, als sie sich eine Schürze umband, *das bisschen* Laran, *über das ich verfüge, ist zumindest für eines gut.*

Mit den durch lange Übung vertrauten Bewegungen konzentrierte sie sich, berührte den Sternenstein mit einem Ausläufer ihres Bewusstseins und tauchte mit ihren psychischen Sinnen in die blassgrünliche Flüssigkeit ein – dann in das teigige Durcheinander, das darunter lag. Obwohl sie es nur mit ihrem *Laran* berührte, war der Gestank fast unerträglich – ein sicheres Zeichen für eine Unausgewogenheit des Teigs. Rasch sortierte Kirsten ihre Empfindungen. Sie entdeckte einige der winzigen stangenförmigen Stiele, die vom Süßstoff des Mehls lebten. Sie wurden dem Topf täglich hinzugefügt. Die runden Dinger, die wie Purpurfrüchte zusammenklumpten, waren überreichlich vorhanden. Auch sie lebten vom Mehl und, wenn man sie mit Gerste und Bitterblüte vermengte, erzeugten sie das Bier, das man an heißen Tagen und vor den Bränden während des Schnees genoss.

Nach den Jahren ihrer Pubertät, als ihr unkontrolliertes *Laran* die winzigen Lebensformen in der Gärmasse entweder vernichtet oder zu heftig tätigem Schaum aufgerührt hatte, hatte Kirsten gelernt, ihre Gabe zu steuern. Aber sie hatte stets gewusst, dass sie nur gut für Gärmassen war – und um die Beschwerden kranker kleiner Jungen zu lindern. Sie besaß nicht die echte Heilkraft einer *Leronis.*

Nun setzte sie ihr Geschick und ihr Wissen ein, um in einen Stiel und einen Klumpen nach dem anderen einzudringen, um ihr inneres Feuer anzufachen und die winzigen Lebewesen zu reparieren. Bald konnte die Gärmasse wieder ihrer Aufgabe nachgehen.

Kirsten wühlte herum und suchte in dem teigigen Durcheinander nach dem seltsamen Leben, das oftmals in die Gärmasse eindrang und das empfindliche Gleichgewicht im Topf-Universum umkippen ließ. Ja, da waren Fremde. Sie waren wie Halbmonde geformt. Einen Moment lang fragte sie sich, wieso die Eindringlinge ihr so eigenartig vertraut erschienen, dann machte sie weiter, um ihr inneres Feuer durcheinander zu bringen. Während sie den Backteig durchsuchte, schaltete sie alle Halbmonde aus, die sie fand. Schließlich war sie sicher, dass die Gärmasse sich erholen würde.

Lennettes armseliges Heim am Rand des Dorfes spiegelte den Status ihrer Familie in der Gemeinde wider. Ohne Ehemann, mit sechs Kindern, deren Väter unbekannt waren, und ohne Verwandte, an die sie sich wenden konnte, hatte sie am Rande der Existenz gelebt, bis Donal und Thomaste vor etwa zehn Jahren geboren worden waren.

Kirsten hatte ihrem Kind nicht genügend Milch geben können. Es war täglich schwächer geworden, bis Lennette angeboten hatte, sie könne bestimmt zwei Kinder ernähren, da ihre Brüste so voll seien. Lennette war ein Jahr lang als Amme ins Herrenhaus gekommen und hatte Thomaste gestillt. Sie und Kirsten hatten sich angefreundet.

Der Raum war dunkel, als Kirsten eintrat. Nur eine Kerze brannte. »Das Licht tut seinen Augen weh«, flüsterte Lennette und deutete mit dem Kopf auf den dunkelhaarigen Jungen, der sich im hinteren Teil des Raumes im Fieber auf dem Laken hin und her warf. Die nicht weit entfernte Feuerstelle diente als Küche, Heizung und Beleuchtung des Raumes, in dem sieben Menschen wohnten. »Er will nicht essen, und wenn ich ihn dazu zwinge, kann er weder Nahrung noch Wasser bei sich behalten. Das Fieber kommt und geht. Nichts von dem, was ich tue, scheint ihm zu helfen.«

»Ich weiß«, murmelte Kirsten und entledigte sich in der Wärme des Raumes ihres Umhangs. »Bei Thomaste ist es auch so.« Sie streckte den Arm aus, um die schwielige Hand ihrer Freundin zu ergreifen, und schaute in ihr von Sonne, Wind und Kälte gerötetes Gesicht. »Ich tue, was ich kann, Lenni, auch wenn es nicht viel ist.« Sie strich mit einer zärtlichen Bewegung eine schwarze Haarsträhne aus Lennettes Gesicht und lächelte ihr beruhigend zu. *Deine Kinder sind alles, was du hast,* dachte sie. *Sie sind deine Schätze.*

Eine von Lennettes Töchtern brachte eine saubere Decke und legte sie vor Donals Bett, damit Kirsten sich hinknien konnte. Sie schaute schüchtern unter den krausen blonden Zöpfen hervor, die um ihren Kopf geschlungen waren, und ihr fiel nachträglich ein, »vor der *Domna* zu knicksen«, wie ihre Mutter sie ermahnt hatte.

Normalerweise war Donals Gesichtsfarbe so rosig wie die Thomastes hell war, und sein Körper so stämmig wie der Thomastes schlank und zierlich. Doch nun war Donal nur noch ein bleiches Abbild seines normalen Ichs. Die Blässe seines Gesichts glich der ihres eigenen Kindes.

Kirsten kniete sich auf die Decke. »Donal, ich bin hier, um dir zu helfen. Hörst du mich?« Obwohl sie sich nicht sicher war, ob der Junge sie in seinem fiebrigen Zustand vernommen hatte, bereitete sie sich darauf vor, geistig in seinen Körper vorzudringen.

Sie konzentrierte sich auf den Sternenstein und griff mit einem Ausläufer ihres Geistes hinaus. Sie stellte fest, dass Donal der Berührung keinen Widerstand entgegenbrachte. Kirsten bewegte sich sanft und wurde sich seiner brennenden Haut, dem festen Schlagen seines Herzens und seiner kurzen, schnellen Atemzüge bewusst. Als sie tiefer drang, stellte sie fest, dass seine Drüsen mit den Reinigungszellen des Blutes gefüllt waren. Sie schienen alle mit irgendwelchen anderen, seltsam geformten Zellen vermischt zu sein. Das Reinigungssystem des Körpers wirkte, als wäre es mit toten und sterbenden Reinigungszellen verstopft. Die anderen erinnerten sie irgendwie an die Eindringlinge in der Gärmasse.

Wie eigenartig!, dachte sie.

Donal war wesentlich stärker als Thomaste. Kirsten reinigte die Drüsen an seinem Hals und an seinen Lenden ohne Schwierigkeiten. Sie verlangsamte und kräftigte seinen Herzschlag und führte das Blut an die Haut, um seinen Leib zu kühlen. Donals inneres Feuer reagierte auf ihre Berührung, und als Kirsten wieder in die Wirklichkeit zurückkehrte, hörte sie Lennette sagen: »Sein Fieber ist gebrochen! *Domna* Kirsten, Ihr habt das Fieber gestoppt!«

»Ich wünsche mir, es wäre so leicht, Lenni. Du musst ihn beobachten. Vielleicht kommt es zurück. Ruf mich, wenn es so ist. Und halte die anderen Kinder von ihm fern; wer weiß, wodurch diese Krankheit übertragen wird.«

»Evanda sei gepriesen! Danke, Kirsten, danke!« Lennette umarmte sie.

»Es war nichts Besonderes, Lennette. Aber ich bin müde und muss nach Hause.«

»Evanda und Avarra gewähren, dass Thomaste sich ebenso leicht erholen wird wie Donal. Wenn ich irgendetwas für dich tun kann ...«

»Danke. Wenn du helfen kannst, lasse ich es dich wissen.« Kirsten trottete ins blutrote Licht der Sonne hinaus und kehrte zum Herrenhaus zurück.

Dort angekommen, dachte sie erneut an das warme Bad in

ihrer Zimmerflucht und die wenigen Stunden Schlaf, die sie sich gestatten konnte, bevor sie wieder in Thomastes Krankenzimmer zurückkehrte. Doch Adonelle erwartete sie mit finsterer Miene und gerunzelter Stirn am Eingang und zerknüllte ihre Schürze zwischen den Händen.

»Adonelle?«, sagte Kirsten. Dann begriff sie. »Thomaste?«, fragte sie und lief, bevor Adonelle etwas erwidern konnte, über die gewundene Treppe zu den Schlafräumen hinauf.

Suzonna stand eilig auf und machte Platz, als Kirsten in den Raum platzte. Thomaste wand sich zuckend und mit glasigen Augen auf dem Bett.

»Es hat gerade erst angefangen, *Domna*«, erklärte sie. »Ich habe nach Adonelle geschickt. Sie wollte Euch holen. Ich wusste nicht, was ich tun sollte.«

Kirsten schenkte ihr keine Beachtung, so konzentriert betrachtete sie Thomaste, seinen unerträglichen Durst und die Zuckungen, die seinen Organen zusetzten. Sein Schmerz und seine Furcht griffen zu ihr hinaus und umhüllten sie mit Dunkelheit. Sie musste sich gezwungenermaßen zurückziehen – fort von der wogenden Pein, dorthin, wo sie nachdenken und planen konnte, um die Dinge wieder in Ordnung zu bringen.

Adonelle schob ihr einen Becher in die Hand. »Trinkt. Es ist Rotfruchtsaft. Er wird Euch Kraft geben.« Kirsten trank, ohne den Kopf zu heben. Eine wohlige Süße durchströmte sie, kräftigte Körper und Geist. Sie gab Adonelle den Becher zurück, ergriff den Seidenbeutel an ihrem Hals und wandte sich wieder dem Bett zu.

Suzonna hielt einen Eimer auf den Knien. Thomaste beugte den Kopf darüber, als sein Magen rebellierte und etwas ausspucken wollte, das gar nicht mehr in ihm war. Sein Magen hob und senkte sich.

»Mein Schätzchen«, flüsterte Kirsten, als sie ihm vorsichtig mit einem kühlen Tuch über die Lippen wischte und über das strähnige Haar streichelte. Dann konzentrierte sie sich auf den Sternenstein und schickte ihren Geist suchend in die gequälten Bauchmuskeln und die Därme ihres Sohnes. Zuerst versetzte der Mahlstrom, der sie empfing, sie in eine Schwindel erregende Drehung, doch kurz darauf richtete sie sich wieder auf und fing an, das heimgesuchte Gewebe zu beschwichtigen. Es brauchte Zeit, und die geringe Kraft des Rotfruchtsaftes versagte schnell. Doch Kirsten wusste, dass sie sorgfältig und langsam vorgehen musste, um den Schaden nachhaltig zu reparieren.

Sie versuchte angestrengt, sich an die kurze Ausbildung zu erinnern, die sie in der Heilkunde genossen hatte. Sie schob ihre Fähigkeiten bis an die Grenze und noch ein Stück weiter. Sie drang tief in das Gewebe ein, bis in die winzigen Zellen. Alle schoben sich zusammen, so dass sie wie Eier aussahen, die man zum Schlagen in eine Schüssel geworfen hatte.

Kirsten tat, was sie konnte, um das Ansteigen der Gifte zu unterbinden, welche die Muskelzuckungen verursachten. Sie bewegte sich von einer Zelle zur anderen, trieb Gifte aus und reparierte Schäden. Sie war nun fest mit ihrem Sohn verbunden und setzte ihr *Laran* besser ein als je zuvor in ihrem Leben – oder als sie für möglich gehalten hätte.

Das Zucken verlangsamte sich allmählich, und so konnte sie sich zurückziehen und ihr Werk begutachten. Die Muskeln schienen zu heilen. Kirsten war überrascht und verwundert über ihre neu entdeckten Fähigkeiten, die es ihr erlaubt hatten, den Heilungsprozess voranzutreiben.

Stolz auf das erhöhte Gespür ihres *Larans,* bewegten sich Kirstens Sinne durch Thomastes Körper. Und hielten plötzlich inne. Sie entdeckte erschreckt etwas völlig Neues: Thomaste war voller winziger Halbmonde. Sie sahen aus wie die, welche sie im Gärmassentopf gefunden hatte. So viele der Lebewesen füllten seinen Körper, dass sie ihr wie Grashalme auf einer Wiese erschienen.

Der Schock, ihre starke Erschöpfung, ihre Angst um Thomaste, alles kam zusammen. Kirstens innere Vision umwölkte sich, sie verlor die Kontrolle und den Kontakt mit ihrem Sohn. Kurz hatte sie den Eindruck, durch eine eintönige graue Ebene zu schlendern, dann wurde sie von einer überwältigenden Lethargie eingehüllt und verlor die Besinnung. Ihr letzter Gedanke war, dass sie wenigstens seinen Brechreiz und seinen Durchfall angehalten hatte. Es bestand Hoffnung.

Als Kirsten aus einem tiefen Erschöpfungsschlaf erwachte, fiel blassgrünes Mondlicht durch das Dachfenster ihrer Räume. Suzonna schlief auf einer Liege am Fuß ihres Bettes.

Thomaste!, dachte sie mit einem plötzlichen Frösteln, als ihr die Eindringlinge im Körper ihres Sohnes wieder einfielen. Sie wollte die Decke zurückwerfen, um die Beine über die Bettkante zu schwingen, musste jedoch feststellen, dass ihr Arme und Beine nicht gehorchen wollten. Der Nebel starker Erschöpfung holte sie rasch wieder ein: das Ergebnis von Nahrungs- und Schlafmangel sowie eines *Laran*-Einsatzes, der ihre Erfahrung weit übertraf.

Als Kirsten schließlich hellwach war, stand die Sonne hoch am Himmel. Adonelle brachte ihr ein Tablett, auf dem sich Obst, klebrige Brötchen, Honig und Haferflocken stapelten.

»*Domna,* bevor Ihr irgendwo hingeht, müsst Ihr etwas essen. Bitte, es ist doch allgemein bekannt, wie sehr das *Laran* einem Kraft entzieht. Wenn Ihr nicht esst, tragt Ihr vielleicht einen bleibenden Schaden davon.«

Adonelle schaute auf und erkannte, dass Kirsten wach im Bett saß und sie bestürzt musterte.

»Seid Ihr jetzt wirklich wach, *Domna?* Ihr habt Suzonna vor Angst halb verrückt gemacht. Ihr habt von Eindringlingen gesprochen und seid aus dem Bett gefallen. Wir mussten Euch wieder hinlegen. Seid Ihr wieder in Ordnung? Seid Ihr wirklich wach?«

Kirsten nickte stumm und griff nach der Nahrung. Sie aß für zwei, als wäre sie schwanger. Irgendwie musste sie das Geheimnis dieser Körperinvasion dechiffrieren. Als Herrin von Rockraven war sie nicht nur verantwortlich für die Gesundheit ihres Sohnes, sondern auch für das Wohlergehen des ganzen Dorfes. Noch nie hatte diese Verpflichtung schwerer auf ihr gelastet, waren ihr Körper ausgelaugter und ihre Seele mehr des Trostes beraubt gewesen.

Stunden später, nachdem sie Thomastes Beschwerden erneut gelindert hatte, zog Kirsten sich ins Bad zurück, um allein zu sein und ihren völlig zermürbten Körper zu entspannen. Sie hatte die beiden ältesten der verbliebenen Dorfjungen ausgeschickt, um ihrem Gatten die Nachricht von der Seuche zu überbringen. Die Jungen waren zurückgeblieben, da sie zu jung waren, um Wassereimer für jene zu schleppen, die gegen den Waldbrand kämpften. Wahrscheinlich waren sie auch zu jung, um auf eine Tagesreise geschickt zu werden. Doch Kirsten hatte niemanden außer ihnen. Das Dorf und Rockraven brauchten die Dienste echter *Leroni* – und zwar dringend. Denn Adonelle hatte ihr übermittelt, dass die meisten Frauen und Kinder im Dorf vom Fieber befallen waren. Einige, wie Donal, litten nur an Fieber und Erbrechen, die sie zeitweise behinderten. Andere waren todkrank. In der Nacht waren mehrere Menschen gestorben.

An diesem Tag trauerte Kirsten mit den Dörflern. Und in einem verborgenen Teil ihres Ichs verspürte sie aufgrund ihrer Untätigkeit ein schlechtes Gewissen. *Domna* Helene, ihre Mutter, hatte ihr immer wieder eingeimpft: »Du wirst die Gattin eines Edelmannes werden. Du bist selbst von adeliger Herkunft.

Sei stolz auf dein Erbe, sei dir aber auch deiner Pflichten bewusst. Du bist nicht nur die Herrin des Hauses, der Kinder, deines Gatten und des Personals. Du bist auch eine Dienerin des Volkes. Sie sind wie deine Kinder. Sie erwarten, dass du sie liebst und leitest und vor jeglicher Unbill bewahrst.«

Kirsten hatte in den beiden vergangenen Tagen mehr Kinder verloren, als sie zu zählen wagte.

Ein freundliches Räuspern sagte ihr, dass Adonelle in der Nähe war, aber sie unternahm nichts, um die Tränen anzuhalten, die über ihre Wangen in die Wanne flossen. »Du brauchst dich nicht zu verstecken, Adonelle. Komm her und sag mir, was passiert ist. Ich spüre, dass du schlechte Nachrichten bringst, sonst würdest du nicht im Dunkeln stehen. Ich bin zwar nicht auf weitere Probleme aus, aber ich zweifle auch nicht daran, dass die Welt mein Flehen hört und trotzdem handelt, wie sie will.«

Adonelle betrat still den Raum. Ihre Augen waren rot und geschwollen, ihr Gesicht war nass von Tränen, die abzuwischen sie sich nicht bemühte. Sie trug ein Tablett mit Trockenobst, Bonbons und Nüssen. Irgendetwas, um ihre Herrin zu nähren.

Sie kniete sich auf den Läufer. »Ich wollte Euch nicht stören ...« Sie seufzte, schluckte und fuhr fort. »Das Fieber breitet sich weiter aus. Und ... jetzt ist auch Lennette krank.«

Kirsten stieß einen leisen Schrei aus – wie ein in eine Falle geratenes Rabbithorn. »Ahhh!«, rief sie aus. »Avarra, finstere Mutter, Göttin der Geburt und des Todes, musst du sie zu dir holen?« Und sie fing wieder an zu weinen.

Nachdem sie sich abgetrocknet und angekleidet hatte, brach sie zu Lennettes Hütte auf. Verzweifelt eilte sie über den staubigen Weg vom Gutshaus zum Dorf, ohne den Blick von ihren Halbschuhen zu erheben, um das Sargtuch der Krankheit nicht wahrzunehmen, das über den Hütten lag. Sie sah jedoch die wenigen Kinder und Mütter, die lustlos auf Türschwellen und Veranden saßen. Zwei Leichen, ein Kind und eine Erwachsene, lagen steif auf der Straße. Ihre Angehörigen waren zu krank, um sie hereinzuholen oder auf den Friedhof zu tragen.

Der Gestank von Erbrochenem und Durchfall, vermischt mit dem Geruch ungewaschener, schwitzender Körper, traf sie als Erstes. In der düsteren Finsternis der Hütte entdeckte sie Kinder, die sich vor der Feuerstelle in der Ecke zusammenkuschelten. Donal, offenbar der Gesündeste, schaute von der Stelle auf, an der er saß und das Gesicht seiner Mutter mit einem feuchten, schmutzigen Tuch abwischte.

»*Domna,* Ihr seid gekommen! Bitte, helft uns. Mama ist so krank und die Kleinen auch. Bitte!« In seinen Augen standen Tränen. »Ich ...« Der Rest seiner Worte verlor sich in einem leisen, wirren Schluchzen.

Kirsten schluckte ihre Tränen herunter und sagte mit erstickter Stimme: »Wenn ich irgendetwas für deine Mama und deine Geschwister tun kann, werde ich es tun.« Insgeheim verfluchte sie ihr begrenztes *Laran* und zog mit einer hilflosen Geste den Kittel an, den sie mitgenommen hatte. Sie ging von einem Kind zum anderen, berührte kurz die Stelle, an der ihr Puls leicht zu finden war, fuhr mit den Fingerspitzen über brennende Stirnen und sprach leise ermutigende Worte. Donal schlich auf zitternden Beinen hinter ihr her.

Donals Geschwister sprachen größtenteils auf ihre Fürsorge an. Sie waren robuste Kinder. Kirsten brauchte nicht lange, um in ihre Körper und ihren Geist vorzustoßen, die geschwollenen Drüsen zu verkleinern, ihren rasenden Herzschlag zu verlangsamen und zu kräftigen und den kleinen Leibern zu helfen, sich abzukühlen.

Die Arbeit mit dem Sternenstein zermürbte sie freilich sehr. Als Kirsten sich Lennette zuwandte, war sie bereits schwach und zitterte. Sie zuckte bei jedem leisen Geräusch zusammen, da ihre Sinne extrem empfindlich reagierten.

»Möchtet Ihr etwas Wasser, *Domna?* Etwas anderes haben wir leider nicht zu trinken.« Donal reichte ihr ein Glas mit Brunnenwasser.

Kirsten nahm es dankbar an und trank in langen Zügen. Plötzlich warf sie das Glas gegen die Steine der Feuerstelle, so dass Donal entsetzt zurückfuhr. Vielleicht hatte die *Laran*-Arbeit der letzten Tage sie empfindlich werden lassen. Vielleicht hatte ihre Angst um Thomastes Leben die Barriere vor ihrem gesamten *Laran* zerschlagen. Vielleicht hatte ihr Bewusstsein in dem extremen Schmerz und ihrer Erschöpfung sich so ausgedehnt, wie die Gärmasse in einer Brotschüssel wuchs – aus einem kleinen, kühlen Mehlklumpen wurde der glatte, runde Teig, der über den Rand der gefüllten Schüssel lief.

Was auch geschehen war, Kirsten spürte mit jeder Faser ihrer Existenz, dass die Eindringlinge sich auch im Wasser befanden. Es waren die gleichen halbmondförmigen, winzigen Lebewesen wie die, die ihren braven Thomaste heimsuchten und drohten, ihn ihr wegzunehmen. Die Eindringlinge, die sich selbst in diesem Moment lautlos in ihrem Volk ausbreiteten – durch das Wasser, das sie tranken.

Kirsten begriff langsam, dass Donal und die anderen sie für verrückt halten mussten. Vorsichtig überprüfte sie ihre Atmung, verlangsamte sie, bemühte sich, klar zu denken, und zog mehrere Möglichkeiten in Betracht. Es musste einen Weg geben, die Eindringlinge im Wasser abzutöten. Sie brauchte nur auf ihr Wissen über Küchengärstoffe zurückzugreifen. Dass sie nicht jeden Eindringling vernichten konnte, war ihr klar. Es musste eine ... Die winzigen Lebewesen in der Gärmasse! Sie starben, sobald der Teig zu Laiben gebacken wurde! Die Hitze vernichtete sie.

»Donal, fach das Feuer an und setz Wasser zum Kochen auf!

Hörst du mich, Donal? Die Krankheit steckt im Wasser! Wir müssen es kochen, sonst kommt die Krankheit zu uns allen.«

Donal wich ungläubig an die Feuerstelle zurück.

»Wenn das Wasser soweit ist, geh zu den anderen Hütten und sag Bescheid ... Nein, geh zu Adonelle und bitte sie zu kommen. Mach schon, Donal. Ich kümmere mich um deine Mutter.«

Lennette war schwächer als ihre Kinder. Sie hatte zu viele Jahre hart gearbeitet, Kinder geboren und gestillt, hatte zu viel Einsamkeit und Tränen erlebt. Kirsten tat, was sie konnte, dann hockte sie sich auf die Fersen und nahm Lennettes Kopf in beide Hände. So verharrte sie noch, als Adonelle kam.

»Donal hat behauptet, die Krankheit steckt im Wasser, *Domna*. Was ist das für ein Unsinn?«

»Es ist kein Unsinn, Adonelle. Das Wasser ist voller winziger Lebewesen, die uns krank machen. Sag allen Leuten im Dorf, sie sollen ihr Wasser abkochen. Das müsste sie abtöten. Hol das Personal aus dem Haus, damit sie allen Familien zur Hand gehen, die zu krank sind, um sich selbst zu helfen. Wir müssen unser Trinkwasser von dieser Seuche befreien, sonst wird keiner wieder gesund, weil wir die Eindringlinge immer wieder trinken!« Sie lächelte schwach.

»Und es wird uns helfen?«

»Wir können es nur hoffen. Wenn wir doch nur *Leroni* hätten, die uns zur Seite stehen können ...«

»*Ihr* seid doch da. Ich weiß zwar, dass Ihr übermüdet seid – niemand hätte erwartet, dass Ihr so viel leisten könnt –, aber es muss doch etwas geben, das Ihr tun könnt!«

»Mehr weiß ich nicht.« Kirstens Stimme klang verbittert. »Ja, wenn Menschen wie Gärmasse wären ...«

Während Adonelle sich ihrer Aufgabe widmete, brütete Kirsten vor sich hin.

In einem Tagtraum äußerster Erschöpfung sah sie eine

Hand voll Gärmassentöpfe im fahlen Morgenlicht tanzen, kleine Welten, in denen gutes Leben mit bösem Kleinleben ums Überleben kämpfte. In einigen Töpfen wurde die Invasion schnell zerschlagen. In anderen wanderten die Invasoren über die Stiele und Klumpen, und die Gärmasse verdarb – sie roch, wie Adonelle sagen würde, »wie ein Banshee«. *Worin besteht der Unterschied?*, fragte sich Kirsten. *Was lässt eine Gärmasse überleben und die andere verderben? Worin liegt der Unterschied?*

Kirsten zuckte zusammen und schaute sich in der Hütte um. »Worin besteht der Unterschied? Warum ...«, sie schluckte, dann murmelte sie vor sich hin: »... stirbt das eine und überlebt das andere?« Sie setzte sich in Bewegung, ging zuerst zu Lennette, die auf dem Bett lag, dann zu den Kindern auf dem Deckenstapel. »Worin liegt der Unterschied?«

Kirsten konzentrierte sich unter Schwierigkeiten auf den Sternenstein, nahm geistige Verbindung mit jedem einzelnen Kind auf und suchte nach irgendeinem Hinweis, der ihr sagen konnte, warum manche die Seuche überlebten und andere daran starben. Worin bestand der Unterschied? In Lennettes Kindern fand sie den Beweis, dass die Reinigungszellen ihre Körper durchkämmten, Halbmonde vernichteten und sie dann zu den Sammelpunkten am Hals und in der Leistengegend brachten.

Auf steifen Beinen trat Kirsten an Lennettes Bett und schickte ihr Bewusstsein suchend in Blut, Drüsen und Gedärm. Die Anzahl der halbmondförmigen Eindringlinge entsetzte sie. Hier lavierten sich die wenigen Reinigungszellen an den Halbmonden vorbei, ohne sie überhaupt wahrzunehmen. Lennettes Körper arbeitete daran, von selbst in Ordnung zu kommen, um einen Eindringling zu bekämpfen, den er nicht mal erkannte.

Kirsten sank auf einen Stuhl und stützte müde einen Ellbogen auf die grob gezimmerte Tischplatte. Der Unterschied: Lennettes Körper erkannte die Eindringlinge nicht, der eines Kindes tat es sehr wohl. So einfach war es.

Aber was konnte sie dagegen tun? »Wenn ich doch nur eine echte *Leronis* wäre!«, klagte sie.

Lennette stöhnte und trat die Decke von sich. Kirsten seufzte, hievte sich vom Stuhl und beugte sich über Lennette, um ihr zu helfen. Dabei kam sie automatisch mit ihrem Sternenstein in Berührung und streckte einen Ausläufer ihres Bewusstseins in Lennettes Körper aus. Ihr Fieber war gestiegen. Kirsten schwächte das Feuer in ihr ab und führte das Blut an die Haut, um sie abzukühlen. In den letzten paar Minuten schienen Lennettes Versuche, die Eindringlinge zu bekämpfen, schwächer geworden zu sein.

Ihre Freundin, die Frau, die ihr Kind gestillt hatte, verfiel rasend schnell. Schon jetzt stahl ihr der Tod die Gesichtsfarbe. Ihr Blick war unscharf. Sie atmete abgehackt. Kirsten wurde rasch eins mit dem Kristall an ihrer Kehle und stieß geistig in den versagenden Körper vor. Überall erblickte sie Gemetzel und zusammenbrechende Zellen und Gewebe. Die halbmondförmigen Eindringlinge waren überall. Ihre Freundin lag im Sterben.

Kirsten zog sich jäh zurück. »Neiiin!«, schrie sie voller Qual und Schmerz. »Nein!«

Die Kinder schauten sie furchtsam an.

»Ich muss doch irgendetwas tun können!«

Kirsten packte das erstbeste Kind. Der Junge wich entsetzt zurück, und sie riss sich zusammen. »Nein, mein Kleiner, ich tue dir nichts. Ich will dich nur kurz anschauen. Halt still, mein Kind!« Der Junge blieb zitternd stehen, Kirsten konzentrierte sich auf ihren Sternenstein und schickte ihren Geist in seinen Körper.

Nach einigen Minuten stieß sie auf den Unterschied, der es

den Kindern ermöglichte, die Eindringlinge zu vernichten. Es verwunderte sie, dass sie es zuvor übersehen hatte. Doch hatte sie ihr *Laran* noch nie so häufig und über dermaßen lange Zeiträume hinweg eingesetzt. Sie war noch nie so schnell mit anderen eine Verbindung eingegangen. Sie hatte noch nie so viel empfunden. Kirsten gewöhnte sich, was sie zuvor nie vermutet hatte, eindeutig an den Einsatz ihres *Larans*.

Der Junge wurde in ihrem Griff nervös, und Kirsten ließ ihn los.

Vorsichtig drang sie in Lennettes Körper ein und suchte nach den Reinigungszellen, welche die Halbmonde vernichteten. In den Kindern klammerten sie sich an die Eindringlinge, und die Halbmonde passten in die Zellen wie Bolzen in eine Fassung. Kirsten suchte auch nach einem Energienetz, wie sie es in dem Jungen gesehen hatte. Es kam ihr so vor, als befehligte das schillernde Netz die Reinigungszellen wie ein Verteidigungsheer.

Sie bezog sich auf das, was sie in dem Kind gesehen hatte, und konnte einen schwachen Schatten des Energienetzes ausmachen. Sie rief all ihren Mut und ihre Reserven zusammen, griff hinaus, reinigte die verstopften Energiekanäle und schaute zu, wie das Netz anfing, in neuem Leben zu schillern und zu pulsieren. Dann durchsuchte sie Lennettes Körper nach Reinigungszellen, die wussten, wie man sich an die Halbmonde klammerte. Als sie schon im Begriff war, die Hoffnung aufzugeben, fand sie eine Zelle, die sich an einem einzelnen Eindringling festhielt. Doch ihre Hoffnung verwandelte sich in Angst, als sie feststellte, dass auch diese Zelle erkrankt war. Kirsten riss ihre Kräfte zusammen und konzentrierte sich darauf, sie zu heilen.

Sie wurde damit belohnt, dass die Reinigungszelle zu neuem Leben erwachte. Kirsten beobachtete erstaunt, wie die Zelle sich rasch zu teilen begann und eine identische Bruder-

oder Schwesterzelle produzierte. Aus den beiden Zellen wurden kurz darauf vier. Sie registrierte, wie die Zellen sich fortwährend teilten und sich dann überall in Lennettes Körper verteilten.

Kirsten folgte ihnen, so gut sie konnte. Sie hielt inne, um einer Reinigungszelle zuzuschauen, die sich auf einen Halbmond stürzte. Sie beobachtete, wie die beiden sich zusammenschlossen, und spürte, dass allmählich das Leben aus dem Eindringling wich. Auch in anderen Körperzonen stellten die Zellen sich den Eindringlingen entgegen. Kirsten zog ihre Sinne hoffnungsvoll aus Lennettes Körper zurück.

Und sie sah, dass ihre Freundin sich allmählich erholte.

»Wird sie gesund, *Domna?«*, fragte der Junge, den sie zuvor erschreckt hatte.

»Ich glaube, ja, mein Kleiner. Ich bin übermüdet. Lass mich ausruhen.«

Stunden später fand Adonelle *Domna* Kirsten am Tisch in Lennettes Hütte vor. Tränen hatten auf ihrem verschmutzten Gesicht Spuren hinterlassen. Donal kniete vor dem Bett seiner Mutter und wusch ihr das fiebrige Gesicht und die Arme und Hände mit einem Schwamm ab.

»Domna?«

Kirsten nahm die Hand vom Gesicht und drehte sich lustlos zur Tür um.

»Adonelle?« Ihre Stimme krächzte vor Anstrengung, und sie schüttelte traurig den Kopf. »Ich dachte, ich hätte etwas gefunden, das uns helfen kann. Nachdem mir klar wurde, dass wir die Rettung in uns selbst tragen, erschien mir alles ganz einfach ... Ich habe mich so gut gefühlt. Doch nun ist alles verloren.«

»Ich verstehe nicht, *Domna.«* Adonelle schaute von Kirsten zu Lennette und wieder zurück.

»Ihr Körper stellt sich zwar den Eindringlingen entgegen, aber ... das Fieber ... ist schrecklich hoch ...« Kirstens Stimme erstarb; ihr zitternder Leib verriet das Ausmaß ihres Schmerzes und ihrer Trauer.

Adonelle, die sehr besorgt um sie war, durchquerte den Raum, half ihrer Herrin beim Aufstehen und führte sie zur Tür. Während sie durch das Dunkel des sich verfinsternden Dorfes schritten, stützte sie Kirsten. Die Luft war schwer von der kalten Hand des Todes.

Als sie das Gutshaus betraten, sagte Adonelle: »Schafft Ihr es allein in Euer Zimmer? Ich hole Euch etwas zu essen aus der Küche.«

Kirsten drückte Adonelles Hand. »Danke«, entgegnete sie und ging die Treppe hinauf, wobei sie sich schwer auf das Geländer stützte.

Nachdem sie etwas Brot, Obst und Suppe gegessen hatte, kam sie allmählich wieder auf die Beine, zog ein Gewand über und hielt nach ihren Hausschuhen Ausschau.

»Wohin geht Ihr?«, fragte Adonelle.

»Ich muss nach Thomaste sehen«, erwiderte Kirsten. Adonelle wandte protestierend ein, dass sie noch nicht kräftig genug sei, dass Suzonna sich um den Jungen kümmere, dass sie sich ausruhen solle und ...

Suzonna stürmte ohne Warnung in Kirstens Zimmer. Ihr Gesicht war ein einziger Tränenstrom, und sie keuchte, da sie durch den langen Korridor gerannt und in der Eile auf dem Weg zu ihrer Herrin ausgerutscht und hingefallen war.

Adonelle stellte das Serviertablett mit den schmutzigen Tellern ab, und Kirsten sank neben dem erschreckten Mädchen zu Boden. »Was ist passiert? Suzonna! Was ist denn passiert?«

Die Verzweiflung in Suzonnas erhobenem Blick und das Zittern ihrer Lippen bestätigten, was bereits die Tür von Kirstens ungläubigem Geist aufgestoßen hatte, als sie aus dem Bett gestiegen war. Thomaste lag im Sterben ... oder er war sogar schon tot.

Kirsten lief in ihrem Schlafgewand zum Zimmer ihres Sohnes. Sein zierlicher Körper war erschlafft, als ihr Geist zu ihm hinausgriff, den Sternenstein berührte und herausholte. Schnell reinigte sie die Kanäle seines sich wehrenden Energienetzes und drängte es zum Handeln. Sie fand eine geschwächte Reinigungszelle, die sich an einen Eindringling klammerte, heilte sie und frohlockte, als sie sich teilte. Überall in Thomastes Körper fand sie beschädigtes, absterbendes Gewebe und berührte es mit heilender Kraft. Sie spürte, dass Thomaste kämpfte und sich zu erholen bemühte. Schweigend feuerte sie ihn an.

Doch es schien zu spät zu sein. Bald, zu bald, spürte sie, dass seine Lebenskraft abnahm.

Stirb nicht, Thomaste! Kirsten probierte hektisch alle ihr bekannten Tricks aus, doch sie blieb erfolglos. Thomaste befand sich nicht mehr in dem Körper, der auf dem Bett lag! Kirsten schleuderte ihr Bewusstsein voller Zorn in die Astralebene. Vor ihr erstreckte sich eine leere, graue, nichtssagende Ebene. Dann entwickelten sich in der Ferne Dunstbüschel. Sie erspähte eine kleine, zerbrechliche Gestalt, die zielstrebig von dannen schritt. Sie zurückließ. Ging. Sterbend.

Von Schmerz erfüllt, eilte Kirsten ihm nach. Sie zwang bebend ein Bild von sich nach außen, ihrem Sohn entgegen. Er machte einige weitere Schritte, dann blieb er stehen. Ermutigt griff sie mit Herz und Geist zu ihm hinaus und streckte die Hände aus. Er warf zögernd einen Blick über die Schulter zurück, schaute sie an, drehte sich dann wieder um und ging weiter. Kirsten stöhnte vor Schmerz und Angst und verdammte das Schicksal, das ihr die volle Kraft des *Larans* verwehrt hatte. Erneut sandte sie Bilder der Liebe und des Lebens aus und griff mit all ihren Kräften in seine Richtung, bis sie spürte, wie das Bewusstsein ihrem Griff entglitt. In einem letzten verzweifelten Versuch schrie sie »Thomaste!«, dann brach sie zusammen und ihr Geist fegte in ihren leblosen Körper zurück.

Der Tag dämmerte bewölkt und mit leichtem Regen heran. Er brachte Hoffnung, denn der Regen würde den Waldbrand löschen. Aber er brachte auch Furcht, denn die Seuche forderte noch immer viele Leben. Als Adonelle Kirsten einen frischen Becher mit Rotfruchtsaft brachte, hörte sie die klagenden Schreie der Familienangehörigen, die ihre Lieben zum Friedhof brachten. Sie trauerte mit ihnen.

Als sie Kirstens Zimmer betrat, spürte sie eine beunruhigende Spannung. Nervös trat sie ans Bett, und der Becher fiel ihr aus den leblosen Händen. Auch Kirsten befand sich in den Fängen des Fiebers. Ihre Laken waren durchnässt von der Anstrengung ihres Körpers, sich abzukühlen. Das Haar klebte ihr in feuchten Strähnen an ihrem Gesicht.

»O Herrin! Welche Hoffnung haben wir jetzt noch?«

Dom Lennart erreichte Rockraven mit donnerndem Hufschlag an diesem Tag. Ihm folgten Rederick, der *Laranzu* der Familie, und andere *Leroni* aus den umliegenden Bezirken, die mit ihm gegen den Brand gekämpft hatten.

»Avarra sei Dank!«, rief Adonelle, als sie Lennart in Empfang nahm.

»Wo ist *Domna* Kirsten?« Lennarts Stimme dröhnte gegen das Gemäuer der Eingangshalle.

»Eure Gattin ist am Fieber erkrankt.«

»Und Thomaste?«

»Ach, *Dom.*« Adonelle schien zusammenzusinken, als die Tränen aus ihren Augen strömten. Sie konnte nicht weiterreden.

Lennart ging zur Treppe und rief Rederick und dem weißhaarigen *Laranzu* Kirk über die Schulter hinweg zu, sie sollten ihn begleiten. Adonelle folgte ihm.

An der Tür zu Kirstens Räumen schickte Lennart Kirk zu Thomaste, damit er sich um ihn kümmerte, während er und Rederick sich der *Domna* annahmen. Er stand eine geraume Weile da und musterte seine Gattin, die bleich in ihrem riesigen Bett lag. »Wie lange geht es ihr schon so?«, fragte er.

»Seit heute Morgen. *Dom* Lennart, ich fürchte um ihr Leben. Es sind schon so viele gestorben. Das gesamte Dorf ...«

Die Sorge zeichnete tiefe Linien in *Dom* Lennarts Gesicht. Er schloss für einen Moment die Augen und ergab sich der Müdigkeit des tagelangen Kampfes gegen das Feuer, dem Schmerz der verlorenen Leben und der Furcht, andere, die er liebte, verlieren zu müssen. Dann legte er eine Hand auf Redericks Schulter und sagte mit tief betroffener und belegter Stimme: »Du bist hier der fähigste *Laranzu*. Kümmere dich gut um sie, Rederick. Ich muss zu Thomaste. Die anderen sollen nach den Dorfbewohnern sehen.«

Stunden später zog Rederick sich in den Speisesaal zurück. Dort stieß er auf die anderen *Leroni*, die sich bei Fleisch und Bier versammelt hatten und niedergeschlagen ihr Unvermögen besprachen, die an der Seuche erkrankten Dorfbewohner zu heilen. Keiner hatte in seinem Leben je eine derartige Krankheit gesehen. Traurig informierten sie Lennart, dass auch ihre angestrengtesten Bemühungen lediglich die Beschwerden der Opfer ein wenig lindern konnten.

»Es muss doch etwas geben, das ihr tun könnt!«, sagte Lennart drängend.

Dann meldete sich Kirk zu Wort, der ins Dorf gegangen war, nachdem er den vom Fieber geschüttelten Thomaste versorgt hatte. »Es wäre sicher gut, die Herrin zu fragen, wenn sie selbst nicht so krank wäre.« Die von Müdigkeit und Verwirrung gezeichneten Gesichter der anderen wandten sich zu ihm um. »Die Dorfbewohner«, fuhr Kirk fort, »berichten übereinstimmend, *Domna* Kirsten hätte gestern eine Frau geheilt. Sie behaupten, *Mestra* Lennette wäre schwer krank gewesen und hätte schon im Sterben gelegen.«

Lennart befahl dem Pagen, sofort Adonelle zu ihm zu holen.

Als Adonelle eintraf, sah sie verschlafen aus, denn sie hatte sich seit langer Zeit erstmals hingelegt und war zu früh geweckt worden. »*Mestra* Lennette? Ja, *Domna* Kirsten hat sich sehr bemüht, sie zu heilen. Sie hat geglaubt, sie hätte eine Möglichkeit gefunden, aber das Fieber ist zurückgekommen.« Adonelle schüttelte sich.

»Weißt du denn nicht, dass *Mestra* Lennette kein Fieber mehr hat?«

Adonelle schüttelte mit großen Augen den Kopf. »*Dom* Lennart, ich könnte schwören, dass *Domna* Kirsten Thomaste gestern von den Toten zurückgeholt hat!«

»Was?«, rief Lennart. »Erzähl mir, was passiert ist.«

Nachdem er Adonelles Geschichte gelauscht hatte, seufzte er und sagte tonlos: »Rederick, kannst du in Erfahrung bringen, was Kirsten unternommen hat?«

»Aber sie ist schwer krank, *Dom.* Sie könnte sterben.«

»Kannst du garantieren, dass wir sie nicht ohnehin verlieren?«

»Nein.«

»Dann musst du es tun. Sie ist vielleicht unsere einzige Hoffnung.«

Lennart und Kirk begleiteten Rederick in Kirstens Zimmer. Zuerst linderte Rederick ihre zunehmenden Beschwerden. Dann verbanden die drei Männer ihren Geist. Rederick griff langsam hinaus, um sich mit Kirsten zu vereinen. Er suchte nach ihren Erinnerungen der letzten Tage.

Doch er traf auf Widerstand. Eine Barriere. Rederick zögerte, denn er war nicht bereit, gewaltsam in einen fremden Geist vorzustoßen. Er wusste jedoch, dass ihnen dies entweder die Information bringen konnte, die sie suchten, oder Kirsten umbringen konnte.

Lennart drängte Rederick weiterzumachen. *Ich spüre jetzt schon, dass ihr Fieber steigt. Du musst es tun, für unser aller Überleben.*

Rederick sammelte seine psychischen Kräfte und setzte dort an, wo er eine Schwachstelle in dem Panzer zu sehen glaubte, der Kirstens Bewusstsein abschirmte. Sie stöhnte leise und machte kleine, schiebende Bewegungen mit den Händen. Rederick drang weiter vor.

Kirsten wurde sich einer starken Präsenz in ihrem Inneren bewusst und geriet in Panik. Sie versuchte, die Abschirmung wieder hochzuziehen, doch es gelang ihr nicht. Sie war zu schwach. Sie versuchte den Eindringling abzuwehren, wollte ihn zurückstoßen, wollte nicht aufgeben.

Lass uns ein, Kirsten! Wir sind hier, um dir zu helfen.

Nein! Ich will lieber sterben, als ...

Kirsten!, bellte eine vertraute Stimme. Kirsten keuchte verwirrt auf, denn sie wusste, dass Lennart fern von ihr war, beim Waldbrand, dass er sich ihr ohne Aufforderung niemals so näherte. Es sei denn ...

Kirsten, Liebling. Hab keine Angst. Wir müssen das Geheimnis von Lennettes und Thomastes Heilung erfahren.

Große Trauer senkte sich über Kirsten hinab. *Ich habe mir solche Mühe gegeben. Doch ich habe versagt. Das Fieber ist zurückgekommen.*

Du hast nicht versagt. Lennette und Thomaste leben!

Verwirrung und Hoffnung wirbelten ihr durch den Kopf. Dann zog sie sich plötzlich zurück und verstärkte ihre Barrieren. Aus ihren Tiefen stieg ein Ächzen äußerster Verzweiflung auf. *Avarra, steh mir bei. Alles ist verloren. Warum quäle ich mich nur so?*

Lennart schrie schmerzlich und ängstlich: *Kirsten, geh nicht von uns!* Ihre Reaktion bestand darin, dass sie sich nur noch tiefer in eine Ecke ihres Ichs zurückzog.

Rederick, was ...?

Ich fürchte, ihr fehlt die Kraft, sich der Möglichkeit zu stellen, dass Lennette und Thomaste leben, weil sie Angst hat, sie könnte ihren Tod ein zweites Mal erleben, erwiderte Rederick. *Der Schmerz ist vielleicht größer, als sie ertragen kann.*

Soll das heißen, wir verlieren sie womöglich, weil sie Lennette und Thomaste für tot hält? Dass die Furcht sie tötet, nicht die Wahrheit?

Ich habe so etwas schon mal erlebt.

Wie erreichen wir sie?

Ich weiß es nicht.

Verdammt, wir müssen aber etwas tun! Lennart drängte sich an den Ort, an dem Kirsten sich vor den aufdringlichen Präsenzen hinter eine Mauer zurückgezogen hatte. Er wusste, ihre geistige Gesundheit, wenn nicht gar ihr Leben hing davon ab, dass er sie irgendwie erreichte.

Ein Ausläufer seines Bewusstseins griff hinaus und berührte die von Kirsten errichtete Mauer. Sie wehrte ihn ab. Verzweifelt ließ er die Barrieren, die den persönlichsten Teil seines Ichs umgaben, sinken und enthüllte seine intimsten Gedanken und Gefühle. Seine Liebe zu Kirsten und Thomaste waren greifbar, seine Furcht, sie zu verlieren, leuchtende Glut. Aus einem fast leeren Reservoir holte Lennart die Kraft seines Ichs hervor und bot sie Kirsten an. Auch hinter der schützenden Mauer spürte sie sein Geschenk, und es setzte Erinnerungen an sie und ihn frei – und an Thomaste und Lennette.

Furchtsam bebend griff Kirsten nach seiner Präsenz und erlaubte seiner Kraft, sie einzuhüllen und auszufüllen. Ihre Mauer wurde zwar dünner, fiel aber nicht.

Kirsten, meldete sich Rederick, der die Veränderung wahrnahm. *Viele sterben. Wir müssen wissen, was du getan hast, um Lennette und Thomaste zu helfen, damit die anderen weiterleben können.*

Geliebte, fügte Lennart hinzu, *ich werde bei dir sein.* Ohne auf seine eigenen Bedürfnisse zu achten, strömte er weiterhin Kraft und Liebe in ihre Richtung aus.

Die nun beruhigte Kirsten unternahm einen Versuch, ihre Barriere zu senken, damit die anderen sahen, was sie herausgefunden hatte.

Rederick zog sich vorsichtig aus Kirsten zurück. Dann heilte er ihren inneren Abwehrmechanismus und überließ sie einem tiefen und heilsamen Schlaf.

Lennart kniete neben dem Bett und hielt Kirstens Hand.

»Ich bin erstaunt über das, was die *Domna* erreicht hat«, sagte Rederick, der nun hinter ihm stand. »Wenn sie sich erholt hat, sollte sie vielleicht in einen Turm gehen, Lennart. Auch andere müssen von ihrer Begabung erfahren – und sie muss besser ausgebildet werden. Sie verfügt über einzigartige Kräfte.«

Lennart nickte, ohne den Blick von Kirsten abzuwenden.

Rederick verbeugte sich schweigend, dann ging er hinaus, um sich der Kranken im Dorf anzunehmen.

Über Micole Sudberg und »Der Wandteppich«

Vera Nazarian war lange Zeit die jüngste Autorin, die ich je veröffentlicht habe. Doch das ist ewig her, und nun gibt es in diesen Anthologien eine noch jüngere. Micole Sudberg sagt, sie hat ihre Geschichte geschrieben, als sie in der neunten Klasse war. Ich erhalte zwar alle paar Tage Geschichten von der Kindheit kaum entwachsenen Amateuren, doch sind ihre Bemühungen selten so professionell, dass man sie zweimal lesen möchte. Meist schreibe ich ihnen einen höflichen und hoffentlich ermutigenden Brief, in dem ich etwas über die Branche erzähle, in die sie einbrechen wollen (dass es z. B. eher um Kommunikation als um Selbstverwirklichung geht), und rege sie zum Weitermachen an. Micoles Erzählung ist jedoch – wie die meisten veröffentlichungsreifen Texte von Anfängern – so gut, dass sie nichts über die Jugend ihrer Verfasserin verrät. Ich erfuhr erst, wie jung sie wirklich ist, als der Vertrag zurückkam, den ihre Eltern unterschrieben hatten. Sie behauptet, diese Geschichte sei eher eine Imitation meines Stils als ihr eigener, und hat mich gebeten, sie »bitte für die ernsthafteste Form der Schmeichelei« zu halten. Mache ich. Sie fügt hinzu, dass sie nun die High School besucht und gerade an ihrem zweiten Roman schreibt, der den faszinierenden Titel *Gottesbrücke* hat. Tja, so habe auch ich angefangen. Ich schreibe praktisch, seit ich einen Bleistift halten kann. Doch veröffentlicht habe ich erst, als ich schon über zwanzig war. Dies erinnert mich an eine Anekdote, die – unter anderem – Mozart zugeschrieben wird. Jemand fragte ihn, wie man eine Sinfonie schreibt. Mozart: »Ach, Sie sind zu jung.« Daraufhin soll der aufstrebende Nachwuchskünstler angeblich gesagt haben: »Aber Sie haben Ihre erste Sinfonie schon im Alter von acht Jahren geschrieben.« Daraufhin Mozart: »Ja, aber ich brauchte niemanden zu fragen, wie es geht.«

Die Moral von der Geschicht: Wenn man es schafft, ist man offenbar alt genug.

MZB

Der Wandteppich

von Micole Sudberg

Ein Rabe schwebte wie ein schwarzer Speer am Himmel. Seine Gefährtin hüpfte gereizt auf ein Fensterbrett und suchte hochmütig nach Krumen – ein völlig normales Verhalten für die Symbole der Göttin Avarra, registrierte Fiona mit einem kleinen, geistesabwesenden Teil ihres Bewusstseins, der noch Erheiterung empfinden konnte. Als sie sich gefährlich weit aus dem Fenster lehnte, vergaß sie automatisch den Gedanken. Der Wind auf ihrem Gesicht war rein und kalt. Sie schloss die Augen und schwelgte im Aufwind. *Ein Vogel zu sein und frei ...,* dachte sie sehnsüchtig.

»Meine Dame!«, ertönte eine keuchende Stimme. *Die Stimme des mir Versprochenen,* dachte sie angewidert.

Sie wandte sich zu ihm um. »Ihr braucht nicht besorgt zu sein, mein Herr«, erwiderte sie verbittert. »Ich habe nicht die Absicht, mich aus dem Fenster zu stürzen.« *Auch wenn du mich fast dazu treibst.*

»Ja, ja«, stammelte *Dom* Marius eilig und wischte sich über das dicke, schwitzende Gesicht. »Natürlich nicht. Ich habe es auch nicht geglaubt ...« Was er stattdessen glaubte, sagte er nicht. Er wandte sich lieber einem weniger gefährlichen Thema zu. »Was für ein schöner Wandteppich. Er zeigt Avarra und ihre Zofen, nicht wahr? In der Gegend von Syrtis erzählt man sich allerdings, sie hätte nur zwei. Eine, die ihr hilft, die Geburten, und eine andere, die ihr hilft, den Tod zu überwachen ...«

»In Neskaya«, erläuterte Fiona und deutete auf den Wandteppich, »heißt es, sie hätte vier Zofen, nach denen auch die Monde benannt sind: Idriel, der über die Arbeit wacht; Mormallor, der die Seelen der Frühgeburten hütet; Liriel, der die lebend Geborenen segnet, und Kyrrdis, die hilft, die Seelen der Verstorbenen einzusammeln.«

»Tja«, sagte er und riss sich vom Anblick ihres Busens los, »es ist ein schöner Teppich. Wirklich ein schöner Teppich.«

Fiona schaute ihn an, und der Magen zog sich ihr vor Abscheu zusammen. Marius war ein untersetzter, dicker, hässlicher Kerl und übertrieben gekleidet. Sie erwartete stets, ihn sabbern zu sehen, und es überraschte sie ständig, dass er es nicht tat. Selbst in ihrem klosterähnlichen Turm hatte man die Geschichten seiner Lasterhaftigkeit vernommen. Sie schaute weg. »Wenn ich Euch bitten darf«, wandte sie sich an ihn, »möchte ich gern allein sein.«

Nachdem er gegangen war, nahm sie auf einem Stuhl Platz, drückte den Rücken durch und weigerte sich zu weinen. Ohne mit der Wimper zu zucken musterte sie das metallische Glitzern im Wandteppich, damit ihre Augen nicht tränen konnten. Die Fäden bestanden tatsächlich aus Metall. Sie hatte sie gerade erst eingewebt. Vor kaum einem Monat hatte sie die dünnen, dehnbaren Drähte von Damon aus Arilinn erhalten. Sie hob eine Hand voll Kupferdrähte auf und betastete sie mit reservierter Verwunderung auf ihrer Handfläche. Hatte sie die Hand bewegt, so hatten sie den Sonnenschein eingefangen und in blutigem Gold geglänzt.

Eine ausgezeichnete Arbeit, dachte sie verbittert. *Es war lieb von Damon, sie mir zu schicken, als ich noch Bewahrerin war. So dünnes Metall konnten wir in Neskaya nicht spinnen, unsere Arbeit ist zu wesentlich. Wir haben kein Geschick, keine Feinkontrolle. – Nein,* korrigierte sie sich, *ich habe keine Feinkontrolle. Ich darf dem Kreis meine eigenen Unzulänglichkeiten nicht in die Schuhe schieben. Sind nicht meine Unzulänglichkeiten der Grund, weswegen ich … weswegen ich zu dieser Ehe* verurteilt *wurde?*

Sie wandte sich von den reinen Metallfäden ab und dem Webstuhl zu. Es war ein senkrechter Webstuhl, größer als sie und breiter als hoch. Der halb fertige Wandteppich, der ihn einnahm, zeigte Avarra – die Göttin der Geburt und des Todes – und ihre vier Zofen. Über den Taillen der Gestalten waren die vertikalen Kettfäden weiß und kahl. Wenn der Teppich fertig war, würden sie unsichtbar sein, völlig verdeckt von den horizontalen Schussfäden. Im Moment war der Teppich erst halb gewebt, die Zofen noch gesichtslos und das Kleid der Göttin, das sie mit Kupfer besticken wollte, noch ohne Verzierung. Der Rabe auf Avarras linker Schulter, ihr Symbol, hatte noch weiße Augen. Fiona hatte noch keinen passend perlenfarben getönten Faden für sie gefunden.

Fiona fing an, die Fäden über und unter den Kettfäden zu weben, um die Stickerei auf den Zofenkleidern zu vervollständigen. Die Aufgabe war kompliziert. Es hatte sie immer gefreut, wenn sie sah, dass ihre Schwerfälligkeit beim Umgang mit der Matrix bei Webstühlen keine Rolle spielte. *Es wäre mir allerdings lieber,* dachte sie, *es wäre umgekehrt.*

Jemand klopfte an die Tür. Sie ließ ihn ein.

»*Domna?*« Der Diener blieb respektvoll stehen. Er trug die Farben der Alton-Domäne. Seine Hände zerdrückten fast das Päckchen, das er hielt, aber schließlich riss er sich mit einem nervösen Zucken zusammen. Auf ihren Blick hin begann er: »Lady Alanna aus Neskaya schickt Euch dies hier als Hochzeitsgeschenk. Sie hat mir aufgetragen, Euch zu sagen, dass man unter den richtigen Umständen aus allem Fäden machen kann – und dass sie glaubt, Euch würden auch Fäden wie diese hier gefallen.« Er hielt ihr das Päckchen hin.

Fiona trat langsam vom Fenster zurück und nahm es an sich. Es überraschte sie, dass ihre ehemalige Vorgesetzte hier war und ihr ein Hochzeitsgeschenk bringen ließ. Zögernd nahm sie das Päckchen an sich. Als ihre Finger sich darum schlossen, spürte sie die Härte unter der seidenen Hülle. »Danke«, murmelte sie. »Sag der *Vai Leronis,* dass ich ihr Geschenk zu schätzen weiß.«

Der Mann verbeugte sich und ging. Fiona zögerte innerlich kurz, doch ihre Finger lösten die Verpackung schon, bevor der Diener den Raum verlassen hatte. Mit leerem Blick musterte sie die ausgepackten Metallfäden. Sie nahm einen in die Hand, aber er entglitt ihrem schlaffen Griff und zersprang auf dem Boden.

Auf ihrem Schoß leuchteten die anderen: Rubin, Smaragd, Diamant, Amethyst ... Edelsteinfarben. Juwelen.

Mit dem nächsten Faden war sie vorsichtiger. Sie hielt ihn fest und bog ihn vorsichtig. Er war extrem biegsam. Diese Fäden waren leicht einzuweben, wenn man sorgfältig mit ihnen umging.

»*Aus allem kann man Fäden machen ...*« Zwar hatte der Diener die Worte ausgesprochen, doch Fiona hörte die kühle, unterschwellig spöttische Stimme Alannas. Ihr fiel unwillkürlich der Tag ein, an dem sie Alanna zuletzt gesehen hatte. In den Privaträumen der Oberbewahrerin.

Alannas Räume waren blau und grau und erinnerten auf eigentümliche Weise an das kühle, unwirkliche Licht der Überwelt. Die Bewahrerin war hingegen, wie auch Fiona, in schillerndes Karminrot gekleidet. Beide trugen diese Farbe meist auch dann, wenn sie nicht in der Matrix arbeiteten. Fiona, die sich ihrer Mängel über Gebühr bewusst war, befürchtete stets, man könne sie ohne ihr Gewand versehentlich für eine bloße Technikerin oder Mechanikerin halten. Alannas Gründe waren ihr unbekannt.

»Alanna«, sagte Fiona und zwang sich vorsichtig zur Ruhe – *Sprich nicht laut, sei gelassen, zeig ihr, dass du dich wie eine Bewahrerin beherrschen kannst* –, »man kann mich nicht fortbringen, damit ich heirate ...« *Heiraten!* Das Wort, schon der Gedanke entsetzten sie. »... wenn du es ihnen verweigerst. Du bist hier die höchste Bewahrerin – niemand wird dir widersprechen.«

Alanna Cassandra Alton entnahm einer Vase eine Rose und musterte sie mit mehr Bedacht, als sie Fiona angedeihen ließ. »Aber warum sollte ich mich weigern?«

»*Warum?*« Fiona kam fast aus dem Konzept. »Weil ich Bewahrerin bin – und Bewahrerinnen heiraten nicht!«

Alanna schenkte der Rose einen letzten forschenden Blick, dann legte sie die Blume auf ihren Schoß. Sie faltete die Hände und musterte Fiona mit klinischem Interesse.

»Dann bist du eben keine Bewahrerin mehr, oder?«, bemerkte sie mit kühler, leicht heiserer Stimme. »Offen gesagt, meine Liebe, die Sache trägt zu meiner Erleichterung bei. Es gibt viele, die sich anzuerkennen weigern, dass Frauen über die Kraft verfügen, die man braucht, um Bewahrer zu sein. Deswegen müssen wir doppelt so gut sein wie ein männlicher Bewahrer. – Du bist es nicht; du kannst keine komplizierten Aufträge ausführen. Viele unserer Kritiker deuten auf dich und sagen: ›Schaut sie euch an. Sie kann nicht die Hälfte von dem, was ein Mann kann; sie ist der Beweis für das Unvermögen der Frauen.‹ Du bist eine Belastung für mich und alle männlichen Bewahrer. Wenn man seinem Vater von Nutzen sein kann, ein Bündnis zu schmieden, ist es einem willkommen.«

Fiona schaute sie an. »Ich hätte nicht ... hätte nicht vermutet, dass du so fanatisch bist«, stammelte sie.

»Nenn es, wie du willst. Ich möchte es vor meinem Tod noch erleben, dass Frauen als Bewahrerinnen akzeptiert werden. Ich bin bereit, alles Nötige zu tun, um dieses Ziel zu erreichen.« Ihr Ton wurde sanfter. »Geh jetzt, mein Kind. Du wirst mir *wirklich* fehlen. Ich wünsche dir viel Glück für deine Heirat.«

Nachdem Alanna sie entlassen hatte, stand sie auf und steckte die Rose in die Vase zurück. Und nach kurzem Nachdenken arrangierte sie die Blumen neu.

Neskaya ... Fiona erinnerte sich mit verbitterter Sehnsucht an den Ort. Hatte es etwa jemanden überrascht, dass die schwache Bewahrerin fortgeschickt worden war? Ihre Hände schlossen sich zuckend um die Edelsteinfäden. Sie stand auf und fragte eine Bedienstete, wie man zur Kapelle kam. Sie hatte den Weg vergessen.

Sie neigte den Kopf vor dem Mosaik und dem Altar und bemühte sich, Demut zu empfinden. Für eine Comynara und Bewahrerin war es eine schwierige Aufgabe. Die Kapelle war zwar finster, aber sauber. Sie mutmaßte, dass die Sauberkeit ungewöhnlich war und nur mit den Vorbereitungen für die in sechs Tagen stattfindende Hochzeit zu tun hatte. In ihrer Kindheit, fiel ihr ein, war die Kapelle schmutzig und fast Furcht einflößend gewesen. Sie hatte viel lieber in der Kapelle der Hastur-Burg gebetet, welche die Domänenfrauen bei Feierlichkeiten und Geburten für die Blumenopfer sauber hielten. Die Comyn waren kultivierte Stadtbewohner. Sie beteten eigentlich nur dann zu den Göttern, von denen sie abstammten, wenn sie wirklich verzweifelt waren. Was Fiona im Moment war.

Gesegnete Cassilda, betete sie zu ihrer Ahnfrau, *ich weiß nicht, was ich tun soll. Wenn ich mich der Heirat entziehe, bringe ich dann Schande über mein Haus? – Oder steht mir noch Schlimmeres bevor? An dich kann ich glauben – aber an eine Göttin? Ich habe nie genau gewusst, ob es wirklich Götter gibt ...*

Sie schaute auf, aber Cassildas Gesicht war leer und unwirklich, bar jeden Trostes. Seitlich von ihr zeigte das Mosaik die Finstere Avarra. Fiona atmete etwas leichter, und ihr Herz nahm den gewohnten Rhythmus wieder auf. Die Augen der Göttin waren liebenswürdig.

Als sie an diesem Abend webte, erhielt sie von ihrem Vater und *Dom* Marius Besuch. Die Zofen waren fast fertig. Sie standen jeweils vor einem Baum mit weit ausholenden Ästen. Seitlich von ihnen ragte ein fünfter Baum auf, der ohne eine davor stehende Zofe wie nackt wirkte.

Fiona erhob sich und begrüßte sie. Einen Moment lang fragte sie sich hektisch: *Wenn ich Vater bitte, die Sache abzusagen – mich mit irgendeinem anderen zu verheiraten, wenn er mich schon verheiraten muss –, würde er nachgeben?*

Als sie König Mikhail anschaute, wusste sie, wie seine Antwort ausfallen würde. Er hatte sie Marius versprochen, und das Wort eines Hasturs wurde nicht gebrochen. Die Wünsche seiner Töchter kümmerten ihn wenig, und ganz besonders ihr Wunsch, von dem er nicht einmal wusste. Er hatte fünf Töchter und sechs Söhne, die alle die Schwellenkrankheit überstanden hatten. Ihre Wünsche konnten ihm egal sein; er hatte keinen Mangel an Kindern, und Fiona hatte ihm nie besonders nahe gestanden.

»Ich habe *Domna* Fiona schon erzählt«, begann *Dom* Marius höflich, »wie sehr ich ihren Teppich bewundere. Er ist wunderschön ...«

»Dann sollt Ihr ihn als Mitgift erhalten«, sagte Mikhail freundlich. Er schaute Fiona durchdringend an, ohne sie richtig wahrzunehmen. »Ich bin mir sicher, sie würde ihn gern im Salon ihres neuen Heims hängen sehen ...« Seine Augen glitzerten wütend auf, als ihm ein anderer Gedanke kam. »Was den Brautpreis angeht«, fuhr er fort, ohne Fiona anzusehen, »den Ihr mir zugesagt habt ...«

Das war es also, dachte Fiona, nachdem die beiden wieder gegangen waren. Der Vorteil, den *Dom* Marius erzielte, wenn er sie heiratete und dadurch zur Verwandtschaft der Hasturs gehörte, war offensichtlich. Doch was versprach sich ihr Vater davon? Er brauchte wohl Geld. Vielleicht plante er einen Krieg oder irgendein anderes teures Unternehmen. Sie hatte gehört, dass *Dom* Marius Ländereien fern von Syrtis gehörten, die Erz enthielten. Zweifellos waren sie ein Bestandteil des Brautpreises. Es gab keine Chance, dass ihr Vater diese gute Partie zurückwies.

Fiona ging auf und ab. *Gnädige Göttin, hilf mir. Was ich plane, benötigt Feinkontrolle – und über die verfüge ich nicht …*

Ihr Blick traf die dunklen Augen der Göttin auf dem Wandteppich. Und sie glaubte aus der Ferne eine schmerzhaft schöne Stimme sagen zu hören: *Fürchte dich nicht. Ich werde dich leiten.* Kurz darauf wusste sie nicht mehr genau, ob sie sich die Stimme nur eingebildet hatte.

Sie ging zu einer Schublade und entnahm ihr eine Seidenhülle. Knopfgroße Matrixsteine kullerten ihr in die Hand. Sie schaute sie an und betete.

Die Kristallfäden waren sternensteinblau. Sie fingen in ihrem Inneren das Licht und gaben es in verkrümmten, fremdartigen Formen wieder ab. Wenn sie einen Faden fallen ließ und er zerschellte, blieben die Scherben schwarz, verbrannt und leblos liegen. Alle Fäden leuchteten von innen heraus wie dunkelblaue, in blassblaue Edelsteine eingeschlossene Lichter. Sie wob sie über die Fäden des fünften Baumes und erschuf eine Doppelschicht. Sie leuchteten im festen Überlichtblau der Matrixschirme und waren in der rechteckigen Form einer Tür angeordnet.

»Ich kann es nicht tun«, sagte Fiona leise vor sich hin. »Ich kann es nicht …«

Dann, vernahm sie eine vertraute Stimme – sie klang kühl und heiser oder zu strahlend, um sie zu hören? Es hätte die Stimme Alannas oder der Göttin sein können. Sie wusste es nicht genau. Sie wusste nicht mal genau, ob sie geistig gesund war.

Dann, wiederholte die Stimme, *heiratest du einen Mann mit feuchten Lippen, verschwitzten Händen und niederträchtigem Herzen. Er wird dich – wahrscheinlich ohne zärtlich zu sein – ins Bett holen, und du wirst im Kindbett sterben, nachdem du ihm Kinder geboren hast, die er nach seinem Ebenbild verdirbt.* Unter dem kühlen Tonfall verbarg sich ein Anflug von Grausamkeit. *Und was bekommst du, solange du noch lebst?* Nichts. *Nichts. Noch weniger als du in deiner Stellung im Turm hattest, die du aufgrund deiner Mängel nicht ausfüllen konntest. In Syrtis wird man, wenn du Marius erst angetraut bist, nicht einmal auf die* Laran-*Fähigkeiten Rücksicht nehmen, die du besitzt, geschweige denn, dich ehren und dir gehorchen.*

Fiona stöhnte. Sie glaubte in der Ferne das Krähen der Raben und das Rascheln ihrer Schwingen zu hören.

Oder, flüsterte die Stimme, *du könntest zu mir kommen.*

Fiona stand zögernd vor dem Wandteppich. Sie zitterte. Fast gegen ihren Willen streckte sie die Hand aus und berührte ihn. Sie berührte ihn und schritt hindurch ...

»Herr«, flehte der Gardist, »wir haben in den vergangenen zwanzig Tagen sämtliche Domänen abgesucht, aber wir haben sie noch nicht gefunden.«

»Ist schon in Ordnung, Gabriel.« König Mikhail warf einen Blick auf den Teppich. »Sie scheint sich in Luft aufgelöst zu haben. Es ist nicht die Schuld der Garde. Ruf deine Männer zurück.«

»Werdet Ihr *Dom* Marius sagen, dass er abreisen soll?«

»Nein«, entgegnete der König zerstreut. »Ich habe schließlich noch andere Töchter ...«

Als der Gardist hinausging, musterte König Mikhail noch immer den Teppich. Er wirkte irgendwie *verändert*. Aber auf welche Weise? Fünf friedfertig aussehende Zofen mit goldbestickten Gewändern versammelten sich betend um Avarra, während die Göttin einen Raben mit glitzernden Augen streichelte. *Nein, nicht friedfertig,* dachte er. Die Zofe, die am weitesten von der Göttin entfernt stand, hatte ein rasiermesserscharfes Lächeln aufgesetzt. Tief in ihren Augen leuchtete Matrixfeuer. Ein interessanter Effekt, sagte er sich und fragte sich, wie seine Tochter ihn hinbekommen hatte. Seiner Ansicht nach war es ein ausgezeichneter Wandteppich. Und er hatte auch noch ein religiöses Thema. Höchst passend. Nun war er auch nicht mehr verpflichtet, ihn *Dom* Marius als Mitgift zu schenken. *Vielleicht,* dachte er, *lasse ich ihn im Hauptsaal aufhängen.*

Nach einer Weile wandte er sich um. Durch die dicken Steinmauern vernahm er irgendwie das raue Krächzen der Raben.

Über Judith Sampson und »Um dem *Kihar* Genüge zu tun«

Judith Sampson ist behindert. Als ich ihre Erzählung akzeptierte, meinte sie, sie wolle es mir überlassen, dies zu erwähnen oder zu verschweigen. Ich habe mir vorgenommen, es zu erwähnen, da ich der Meinung bin, dass jedes Mal, wenn ein behinderter Mensch etwas leistet, andere Behinderte gestärkt werden, die beschlossen haben, nicht dabei mitzumachen, immer nur ihre Unzulänglichkeiten zu erwähnen und ihre Fähigkeiten zu verschweigen.

Zusammen mit ihrer Biografie hat Judith eine ziemlich beeindruckende Liste ihrer bisherigen Leistungen eingesandt: Sie war Lehrerin beim Fan Kane Research Fund für hirngeschädigte Kinder, Dozentin und Lehrerin am Psychology Department der University of Arizona und kann eine eng beschriebene Seite mit vergleichbaren Tätigkeitsnachweisen vorlegen. Sie hat einen Abschluss in Creative Writing der gleichen Universität und eine Vielzahl von Gedichten publiziert. Außerdem ist eine ihrer Erzählungen in der Anthologie *Magie in Ithkar* erschienen und wurde zum Thema eines Emmy-nominierten Dokumentarfilms. Judy hat einen ernsten Hirnschaden und leidet an zerebraler Kinderlähmung. Irgendwie, glaube ich, ist es eine sehr spezielle Art, eine Anthologie mit einer Erzählung zu beenden, die – besonders hinsichtlich ihres außergewöhnlichen Verständnisses – auf keine Weise eine geistige Behinderung verrät.

MZB

Um dem *Kihar* Genüge zu tun

von Judith Sampson

Persönliche Daten

Alter: 30 terranische Standardjahre; Größe: 168 cm; Gewicht: 57 kg; Haarfarbe: grau meliertes Braun; Augen: braun; STANDARD-XENOBIOLOGIN DES TERRANISCHEN IMPERIUMS, spezialisiert auf die Beobachtung von Primaten; besondere Fähigkeiten: Kriegskunst, Fechten, Xeno-Archäologie

Auftrag:

Sammeln relevanter Daten zur Klassifikation autochthoner Primaten.

Ausgegebene Ausrüstung:

Lehrkassetten Linguistik und Geschichte des Planeten Cottman IV; Standardgepäck terranische Naturwissenschaften; Standardgepäck terranische Medizin; Cottman-IV-Reitpferd; einheimische Messer

Zugeteilte Führerin:

Elhali n'ha Cathri; Alter: 25 terranische Standardjahre; Größe: 175 cm; Gewicht: 59 kg; Haarfarbe: schwarz; Augen: grau

Elhali n'ha Cathri hatte aufblitzendes Metall erspäht, das in diesem abgelegenen und zerklüfteten Abschnitt der Hellers nicht vorkam, und als sie es zur Sprache brachte, war die Terranerin fasziniert.

»Schauen wir es uns mal an. Es gehört auch zu meinen Aufgaben, Artefakte zu melden, die zu überprüfen sich noch niemand die Mühe gemacht hat.«

Die Freie Amazone zuckte die Achseln. »In Ordnung. Wir müssen aber auf die Katzenmenschen aufpassen.«

»Warum? Wir sind doch keine Bedrohung für sie.«

Elhali war über das mangelnde Wissen ihrer Gefährtin überrascht, aber schließlich hatte sie ja eine Führerin *angefordert*. »Sie machen gern Gefangene, um sie zu Tode zu foltern. Es ist eine ihrer Methoden, um Ehre zu erringen.«

Es fiel Jerilynn zwar schwer, sich dergleichen vorzustellen, aber sie enthielt sich eines Kommentars.

Trotz des starken Windes, der ihre Umhänge und Zügelenden ordentlich flattern ließ, trieben die beiden Frauen ihre Pferde auf den glitzernden Fleck am Fuß eines Gebirgsausläufers zu.

Als sie näher kamen, runzelte Elhali die Stirn und verlangsamte die Gangart ihres Pferdes. Jerilynn versuchte, es ihr gleichzutun. Als sie nur noch eine Pferdelänge von ihrem Ziel entfernt waren, wieherten die beiden Tiere, bäumten sich auf und wichen zurück.

»Eine absolute Untat, sogar für Katzenhexen!«, rief Elhali. Sie zügelte ihr Pferd, bis es ruhig wurde, dann sprang sie zu Boden und lief auf einen Eisenkäfig zu, der auf einem Findling mit ebener Oberfläche stand. Nachdem Jerilynn ihre Stute beruhigt hatte, folgte sie der Führerin und schaute sich fröstelnd an, was der Käfig enthielt.

Der *Chieri* – einst ein feingliedriges, nach Blütenstaub duftendes Phantom, eine schlanke Schönheit mit silberner Mähne und grauen Augen –, der verdreht hinter den Stangen lag, wirkte wie ein verwelkter Ast, den die Großkatzen brutaler als jedes andere Raubtier Terras als Kratzbaum verwendet hatten. Dünne Streifen silbernen Blutes rannen ihm über den Körper. Die Mähne war von seiner aufgeschlitzten Kopfhaut entfernt worden, und seine Augenhöhlen waren zwei Löcher aus stumpf gewordenen Silberklumpen.

»Gnädige Avarra«, hauchte Elhali. »Das arme Kind der Anmut lebt noch!«

Jerilynns Magen krampfte sich zusammen. »Können wir ihm irgendwie helfen? Oder ist es schon zu spät?«

»Ich weiß es nicht. *Chieri,* die sich nicht selbst heilen können, sind normalerweise zu schwer verletzt, als dass man sie noch retten könnte. Aber wir sollten es versuchen. Wir müssen ihm einfach helfen.« Elhali nahm ihre Umhangbrosche ab und setzte die Spitze ein, um das Schloss der Käfigtür zu knacken.

Jerilynn kehrte zu ihrem Pferd zurück, um den Medizinkasten aus der Satteltasche zu holen. Sie lehnte sich einen Moment an die Stute, und als sie an die von getrocknetem Blut verstopften Höhlen dachte, in denen einst die grauen Augen des *Chieri* gewesen waren, wurde ihr wieder übel.

Sie zwang sich zurückzugehen. Elhali hatte den Käfig inzwischen geöffnet. Sie legte den verletzten *Chieri* ins weiche Gras auf einen Hügel, der ihnen am nächsten war.

Die beiden Frauen nahmen das heikle Verfahren in Angriff: Sie sterilisierten die offenen Wunden, trugen Breipackungen auf und verbanden sie.

Jerilynn schraubte die Kappe des Merthiolat-Applikators ab und beugte sich vor, um die weiche, mit hellroten Antiseptika beschmierte Schaumspitze anzusetzen. Doch dann zögerte sie.

»Mach weiter«, drängte Elhali.

»Ich weiß gar nicht, wo ich anfangen soll. Ich habe so tiefe Verletzungen noch nie gesehen.«

»Fang mit den Augen an, dann die Kopfhaut. Danach Brustkorb, Arme und Beine. Avarra sei gedankt, dass die Katzenmenschen sein Rückgrat nicht zerfetzt haben, sonst würde es ohnehin nichts nutzen.«

Jerilynn schüttelte sich innerlich, dann zielte sie mit dem

Applikator auf das rechte Auge des *Chieri*. Während sie den dortigen Blutklumpen überstrich, sagte sie: »Ich hoffe, er ist nicht bei Besinnung. Merthiolat sticht zwar nicht, aber der Druck auf die Wunden tut ziemlich weh.«

Elhali schaute verbissen drein. »Wir werden es wohl bald wissen.«

Sanft bestrich Jerilynn erst die rechte Augenhöhle, dann die linke. Der betäubte *Chieri* lag still und wehrte sich nicht.

Doch als Jerilynn nach der Kopfhaut griff, wachte er auf und wimmerte wie ein Kind. Sie erstarrte. Tränen liefen ihr übers Gesicht. Einen Moment später riss sie sich zusammen und machte weiter.

Die zwölf Finger des *Chieri* zuckten, doch er machte keinen Versuch, sich ihren Bemühungen zu entziehen. Froh, endlich fertig zu sein, ließ sie Elhali die Aufgabe übernehmen, seine Augen mit zerstampften Kräutern zu behandeln.

»In den Kräutern muss ein starkes Betäubungsmittel sein«, meinte Jerilynn. »Unser Patient ist schon wieder eingeschlafen.«

»Ja. Ich salbe jetzt die anderen Wunden ein, du klebst mit deinem Pflaster alles fest, und dann lege ich Kompressen mit Ranken auf alle Verletzungen.«

Als der Kopf des *Chieri* mit einer zweiten Gazeschicht bedeckt war und die Ranken ihn wie angegossen umhüllten, sprach Elhali das nächste Problem an. »Ich kann das Kind der Anmut nicht hier liegen lassen, wo Banshees oder Katzenmenschen ihm noch mehr antun können. Und wir müssen die Katzen erwischen, die für diese Verstümmelung verantwortlich sind.«

»Wie können wir ihn mitnehmen?«

»Wir machen eine Trage aus Ranken. Eins unserer Pferde müsste sie ziehen können.«

»In Ordnung. Sind sie an so was gewöhnt?«

»Meins nicht. Ich habe es zum Reiten und Kriegführen abgerichtet. Was deins angeht ... Ich weiß es nicht. Es gibt nur eine Möglichkeit, es rauszukriegen: Wir müssen es versuchen.«

Die rote Sonne von Cottman IV war gerade im Begriff, sich hinter die höchsten Gipfel der Hellers zu senken, als die Rankentrage, deren Einzelteile von einem Wäldchen in der Nähe stammten, fertig war.

Jerilynn nahm ihrem Pferd Zaumzeug und Satteltaschen ab. Sie ließ ihm nur den Bauchgurt, an dem sie die Trage befestigen wollte. Als sie die Ranken an beiden Seiten des Tiers festband, murmelte sie beruhigenden Unsinn vor sich hin. »Braves Mädchen, liebe braune Stute. Ich hoffe, du hast so was schon mal gezogen. Keine Angst, die Ranken tun dir nicht weh.«

Die Ohren der Stute zuckten leicht, und sie bewegte den Kopf mehrmals auf und ab, aber ansonsten blieb sie still stehen. Jerilynn ging mit ihr umher, damit sie sich an das Gefühl des zusätzlichen Zaumzeugs gewöhnte. Dann legte sie ihre Sachen in die Trage, band sie an die Ranken und führte das Pferd erneut herum.

»Es tritt jedenfalls nicht auf das Ding, das es zieht«, sagte Elhali. »Ich glaube, es wird sich auch mit dem *Chieri* an Bord benehmen.«

»Mein Sattel und meine Decken können dem zierlichen Körper als Kissen dienen, und meine Sattelriemen halten alles fest. Ich möchte nicht, dass unser Patient durchgerüttelt wird, wenn wir über unebenen Boden reiten.«

Als die Frauen die mit dem schlafenden und verbundenen *Chieri* beladene Trage in die Richtung führten, aus der sie gekommen waren, fragte Jerilynn: »Wo sind die Katzenmenschen deiner Meinung nach jetzt?«

»Sie können überall sein. Der Käfig, in dem der *Chieri* war, ist neue Handelsware. Das heißt, dass es in der Nähe einen Händler gibt, bei dem die Katzenmenschen einkaufen. Gehen wir doch mal zu der Hütte zurück, an der wir heute vorbeigekommen sind, und schauen nach.«

Elhali saß auf ihrem Pferd, und Jerilynn führte das ihre über den steinigen Pfad. Hin und wieder hielt sie an, um sich die Bandagen des *Chieri* anzusehen und sie gegebenenfalls zu richten. Im Abendrot erreichten sie die Steinhütte des Händlers. Ein primitives Schild zeigte einen Mann hinter einem Tresen voller Felle, der gerade von einem anderen einen Pelz entgegennahm.

Elhali saß ab und trat ins Innere der Hütte, während Jerilynn bei der Trage wartete. Ihre Blicke erforschten die Lichtung, auf der die Hütte stand: auf der einen Seite, zur Sonne hin, erblickte sie mehrere Reihen kahler, ausgehärteter Fellregale, an der anderen leere Kisten, von denen einige das Zeichen des Terranischen Imperiums trugen.

Doch Jerilynn vergaß alles über potentielle Konterbande, als sie zwischen den Kisten verstreut große Käfigfallen sah. Sie sahen genau so aus wie die, in der man den *Chieri* gefangen gehalten und dem Tod ausgeliefert hatte. Sofort ging sie zur offenen Tür der Hütte.

Sie begegnete Elhali gleich dahinter. »Der Händler ist ausgeflogen«, sagte sie. »Aber er hat eine Menge zurückgelassen. Legen wir das Kind der Anmut auf die Schlaffelle auf dem Bett.«

Nachdem sie den *Chieri* auf den dicken Fellen abgelegt hatten, fütterten sie schnell ihre Pferde und banden sie an. Wieder in der Hütte, fielen sie über den zurückgelassenen Vorrat an Nüssen und Getreide und einen Kessel her, um Brei zu machen.

Als die matschige Mischung aus Nüssen und Getreide dickflüssig genug gekocht war, füllte Jerilynn eine Schale für den *Chieri*. Dann hielt sie inne.

»Ähm ... Elhali? Können *Chieri* überhaupt das Gleiche essen wie wir? Ich habe leider keine Daten über ihre Essgewohnheiten.«

»Unsere Legenden sagen nichts über ihre Nahrung. Wir begegnen ihnen zu selten.«

»Halt mal die Schale. Ich schau mir mal eben seine Zähne an. Daran kann man normalerweise erkennen, was ein Lebewesen isst.«

Jerilynn ging von der Feuerstelle zum Bett des Händlers und kniete sich neben den Kopf des *Chieri*. Elhali folgte ihr mit der Schale in der Hand.

Jerilynn krümmte die Finger, um die fahlen Lippen zu öffnen, doch sie hielt inne, als der *Chieri* sich schüttelte, den Kopf drehte und *Casta*-Wortfetzen aus seinem bebenden Mund kamen.

»Warum tut ihr mir weh, ihr Katzenhexen? Es ist kein *Kihar*, mir wehzutun ... Nein! Nehmt eure Krallen von meinen Augen!« Dann ein Ächzen. Er schlug die Hände mit den sechs Fingern schützend vors Gesicht.

Jerilynn packte ihn an den Handgelenken, bevor er sich den Augenverband abriss. »Elhali, hilf mir, ihn zu fesseln – schnell!«

Die Amazone kam mit einem Stück Leinwand, das sie und Jerilynn in Streifen rissen, um den *Chieri* an das Bettgestell zu fesseln.

»Was soll das?«, fragte Elhali keuchend. »*Chieri* drehen normalerweise nicht durch!«

Jerilynn betastete seine verschwitzte graue Stirn. »Ich fürchte, er hat Fieber. Die Wunden waren zu lange offen.«

»Avarra behüte! Ich weiß nicht, was man mit einem *Chieri* macht, der Fieber hat!«

»Ich auch nicht.« Jerilynn ließ die Hände sinken. »Wir können nur das Beste hoffen. Ich schau mir mal seine Zähne an. Er müsste eigentlich Brei essen können.«

Elhali musterte sie ironisch. »Falls wir seinen Mund aufkriegen.«

Jerilynn rieb ihm mit einem Löffel voll Brei über die aufgesprungenen Lippen. Nach einer Weile teilten sie sich, aber der *Chieri* brachte weder die Kraft noch die Koordination auf, die Nahrung zu schlucken. Elhali assistierte ihr, indem sie seine Kinnbacken und Halsmuskeln manipulierte.

Zwei Löffel später bemerkte Jerilynn: »Mehr kann sein geschrumpfter Magen im Moment nicht aufnehmen. Mehrere kleine Mahlzeiten sind vielleicht am besten.«

»So füttert man auch Pferde«, erwiderte Elhali.

Die beiden Frauen aßen schweigend ihren Brei.

Der unvertraute Begriff, den der *Chieri* benutzt hatte, ließ Jerilynn jedoch nicht los. Entsprach *Kihar* der alten japanischen Vorstellung des *On* – dem strengen Kodex moralischer Verpflichtung?

Sie erwähnte ihre Vermutung gegenüber Elhali, die jedoch mit einem freudlosen Lächeln reagierte. »Der Ehrenkodex des Katzenvolkes billigt Grausamkeit gegenüber Hilflosen, und die Neigung zur Grausamkeit zeigt sich besonders deutlich bei den Katzenhexen. Ich sehe keine Ähnlichkeit mit der terranischen Kultur, die du beschreibst.«

»Manche primitiven autochthonen Stämme Terras haben rituelle Folter an Gefangenen als Mittel zur Erlangung von Ehre angewandt. Natürlich sind kulturelle Parallelen nie exakt, aber als Xenobiologin muss ich mir bewusst sein, dass sie existieren.«

Als Elhali aufstand, um ihren Löffel und ihre Schale abzuspülen, wirkte sie zwar nachdenklich, sagte aber nichts.

Sie bereiteten frischen Brei zu, um ihn über Nacht zu kochen, und wechselten sich bei der Wache ab, da jede ihren Schlaf brauchte.

Im Morgengrauen stand Jerilynn auf und fragte die sich noch umherwälzende Elhali: »Wie geht's unserem Patienten?«

»Nicht gut, aber auch nicht schlechter.«

Jerilynn durchquerte die Hütte, zog das Schlaffell von dem *Chieri* und musterte ihn. Er schien trotz der Stofffesseln gut zu schlafen.

Sie löste die äußeren Bandagen. Durch die Kräuterpackungen war kein Blut gedrungen, das graue Fleisch war nicht mehr roh und glatt vom Eiter.

Als sie die Laken und die Rankenumhüllung glattzog, dachte sie: *Hoffentlich hält die betäubende Wirkung an. Tiefer Schlaf und Schmerzlosigkeit sind die beste Medizin ...*

Als sie sich umdrehen wollte, fiel Jerilynn auf, dass der *Chieri* sich bewegt hatte und zu sprechen versuchte.

»Katzenhexen ... Gefangen, gefangen von Katzenhexen ... Warum Krieg gegen mein Volk? Wir kämpfen nicht gegen das Katzenvolk ... Oh, meine Augen!« Die gemurmelten Worte verblassten zu einem trockenen Schluchzen.

Jerilynn schüttelte den Kopf und dachte: *Armes Kind der Anmut ... Will es überhaupt weiterleben?*

»Elhali«, sagte sie dann, »wenn wir ihm nicht klarmachen, dass er sich nicht in den Händen der Katzenhexen befindet, erholt er sich nicht. Wie kann man ihm trotz des Fiebers klarmachen, dass wir seine Freunde sind?«

»Dazu brauchten wir jemanden mit bestens ausgebildetem *Laran*. Ein Kontakt von Geist zu Geist erfordert eine genaue Abstimmung.«

»Und wer hat so was?«

»Eine ausgebildete Heilerin mit einem Matrixkristall. Aber in dieser Gegend der Hellers werden wir unmöglich eine auftreiben.«

Als Elhali an der Reihe war, den *Chieri* zu füttern, schaute Jerilynn ihr zu. Der *Chieri* verzehrte diesmal sechs Löffel Brei, bevor er genug hatte.

Das war ein gutes Zeichen. Schwieriger war es schon, die Kräuterpackungen und Verbände zu erneuern. Da der *Chieri* nun wach und überempfindlich war, bebte er unter der Berührung ihrer Hände.

Aber er lag so still wie möglich, was Jerilynn zu der Bemerkung veranlasste: »Vielleicht ist das Fieber jetzt so weit gesunken, dass er wieder klar denken kann. Wir haben ihn diesmal nicht zu fesseln brauchen.«

»Du hast Recht. Wenn wir ihm helfen können, sich selbst zu heilen, ist die Schlacht schon halb gewonnen.«

»Was können wir sonst noch tun?«

»Er muss uns die Katzenhexen beschreiben, damit wir sie schnappen können.«

Der *Chieri* seufzte, dann sagte er leise: »Kaznir hört euch ... Will helfen, wenn kann ...«

Elhali lächelte. »Avarra sei gelobt, du bist wieder bei Besinnung, Kind der Anmut!«

Kaznirs verbundener Kopf bewegte sich in ihre Richtung. »Wer atmet neben dir, nicht aus diesem Land?«

Die Freie Amazone stellte ihm Jerilynn vor und erklärte, wie sie ihn gerettet hatten.

Beim Anblick von Kaznirs friedfertiger Miene fragte Jerilynn sich: *Warum bekümmert es ihn nicht, dass er nichts sehen kann? Kann er etwa telepathisch ›sehen‹?*

Doch das Fieber hatte einen Teil von Kaznirs Gedächtnis lahm gelegt; er konnte den Frauen nichts über die Katzenhexen erzählen, die ihn angegriffen hatten.

»Katzenvolk kommt hierher, weiß nicht, dass Händler geflohen«, versicherte er ihnen. »Katzenvolk will helfen.«

»Aber wann sind sie hier?«, fragte Jerilynn.

»Nachdem Sonne verlässt Himmel.«

»Wir werden es wissen, wenn sie kommen«, fügte Elhali hinzu. »Unsere Pferde wiehern, wenn sie das Katzenvolk wittern.«

»Weißt du genau, dass uns das Katzenvolk hilft, Elhali?«

»Es geht um ihr *Kihar*«, erwiderte die Amazone.

»Wenn hören von Unrecht getan Kaznir«, sagte der *Chieri*, »Katzenvolk muss helfen, um nicht verlieren Gesicht ...«

Ein schrilles Wiehern kam aus dem Stall. Jerilynn zuckte widerwillig zusammen. Als sie einen Blick auf die Hüttentür warf, bemerkte sie, dass Elhali hinausgegangen war.

Obwohl noch kein Mond aufgegangen war, war der Abend schon so dunkel, dass er in unterschiedlichen Höhen Hunderte von grünlich glitzernden Augenpaaren zeigte. Sie formten einen Kreis um die Freie Amazone.

Elhali verständigte sich mit ihnen durch Miauen und heisere Schnurrgeräusche. Das Katzenvolk antwortete in langen, modulierten Brüllern, bei denen sich Jerilynns Hände jedes Mal verkrampften.

»Nehmt Fell weg, setzt Kaznir hin«, wies der *Chieri* sie beharrlich an. »Katzenmenschen-Häuptling kommt herein, muss Schaden sehen.«

Dankbar über die Ablenkung gehorchte Jerilynn. Sie stellte fest, dass Kaznir noch immer nicht aus eigener Kraft sitzen konnte, also nahm sie hinter ihm Platz, damit man ihn leichter untersuchen konnte.

Nachdem die miauenden Verhandlungen beendet waren, kehrte Elhali zurück. Ihr folgte ein hoch gewachsener, geschmeidiger Katzenmann, der mit aufgestellten Lauschern über den Hüttenboden pirschte, das rötlich braun gestreifte Fell vom Feuer erhellt. Ein breites Band aus gehämmertem Kupfer schlang sich um seinen rechten Oberarm, und seine Krallen waren in Kupferdraht gehüllt.

Als er vor Kaznir stehen blieb, fauchte er, und Jerilynn sah, dass auch seine mehr als tigergroßen Fänge mit Kupfer umwickelt waren. Nach dem Standard von Cottman IV war er ein stolzer, wohlhabender Häuptling seines Volkes, der wahrscheinlich nur schwer zu überzeugen war.

Kaznir antwortete mit einem ähnlich herausfordernden Grollen. Sein bandagierter Kopf konzentrierte sich auf den Katzenmenschen-Häuptling, als gäbe es keine Barriere, und er schnurrte und miaute ohne Akzent oder Zögern in den Kadenzen des anderen.

Dann bat Kaznir die Frauen, ihm die Verbände abzunehmen. Sie entfernten die Ranken und Bandagen von seinem Kopf, um die leeren Augenhöhlen und den nackten, vernarbten Schädel vorzuführen.

Der Häuptling der Katzenmenschen stieß ein wütendes Zischen aus, legte die Lauscher an und fletschte die Zähne. Eine Übersetzung war unnötig. Jerilynn wusste, dass sein *Kihar* besudelt worden war.

Kaznir und der Katzenmensch sprachen miteinander, und Elhali erläuterte: »Er bietet sich Kaznir als Fährtensucher an.«

»Soll das heißen, er will mit uns zusammenarbeiten? Das ist mehr, als ich erwartet habe.«

»Sieht so aus, als hätte Kaznir ihm erzählt, dass wir Krieger einer Klasse sind, die der seinen ebenbürtig ist. Deswegen will er kooperieren.«

Elhali wandte sich an Kaznir. »Kind der Anmut, wir wissen es sehr zu schätzen, dass der Häuptling der Katzenmenschen unser *Kihar* und das seine betont, indem wir gemeinsam jagen werden. Wie sollen wir ihn nennen?«

»In seiner Sprache trägt er den Titel ›Hell wie Kupfer‹, aber auf *Casta* heißt er ›Kupferfang‹.«

Auch Jerilynn hatte eine Frage. »Kann er *Casta* oder *Cahuenga* sprechen?«

»Kupferfang spricht einfaches *Casta,* aber seine Aussprache ist vielleicht zu kompliziert für euch.«

»Vielleicht versteht er mehr *Casta,* als er sprechen kann«, sagte Elhali. »Prüfen wir doch mal, ob er das unsere versteht. – Sollen wir?« Sie beäugte Jerilynn.

»Du zuerst«, erwiderte die Xenobiologin. »Mein *Casta* ist etwas eingerostet.«

Elhalis ironisches Lächeln hielt eine Weile an, doch ihr Ausdruck ernüchterte sich, als sie die Silben hauchte.

Kupferfangs Lauscher richteten sich auf, und er hob grüßend eine Hand. Jede seiner in Kupfer gefassten Krallen war so hell wie sein wirklicher Name. »Dem *Kihar* wird Genüge getan, Kriegerfrauen.«

»Schenk uns die Ehre, unsere Namen zu benutzen«, fügte Jerilynn hinzu. »Ich freue mich, wenn du mich Jerilynn nennst. Meine Führerin und Freundin nennt man Elhali.«

Kupferfangs Ohren zuckten zustimmend, dann redete er in seiner miauenden Sprache mit Kaznir.

»Kupferfang möchte euch etwas zeigen«, verkündete der *Chieri.* »Da Kaznir nicht mit auf die Jagd gehen kann, beschenkt er uns mit dreien seiner besten *Silblu*-Felle.«

»Den leuchtend blauen Schillerfellen?« Elhali zog schnell die Augenbrauen hoch.

»Sie sind unbezahlbar!«, stieß Jerilynn keuchend aus. »Was können wir ihm nur dafür geben?«

»Sei nicht beunruhigt. Wenn du mit ihm arbeitest, wirst du schon merken, was ihm gefällt.«

Kupferfang ging auf lautlosen Sohlen zur Tür und kehrte mit drei gefalteten Fellen zurück. Die Unterseite lag jeweils oben. Er schlug das oberste Fell zurück und legte es auf Kaznirs Schoß.

»Höchst wundersam«, schnurrte der *Chieri,* und seine schlanken grauen Hände glätteten das lange, hellblaue Haar.

Jerilynn glaubte eine Sekunde lang, das blaue Feuer sei hell genug, um die Augen des *Chieri* wieder sehend zu machen. Doch dann wurde ihr klar, dass hier offenbar Kaznirs psychische Sehkraft am Werke war.

»Die *Silblu* sind wunderschön, Kupferfang«, bestätigte Elhali seufzend. »Sie verleihen deinem *Kihar* zusätzlichen Glanz.«

Kupferfangs grüne Augen leuchteten wie Zwillingskometen. »Eines Tages wirst du das meine zum Glänzen bringen.«

Wie die meisten Angehörigen seines Volkes verabscheute auch Kupferfang das Tageslicht und bestand darauf, dass die Jagd beim nächsten Sonnenuntergang begann.

Da ihre Pferde die Witterung der Katzenmenschen nicht ertragen konnten und zurückgelassen werden mussten, schliefen Jerilynn und Elhali in dieser Nacht nicht lang und verbrachten den Rest damit, Futter für die Tiere zu sammeln und auszusuchen, was sie in ihren Rucksäcken mitnehmen wollten.

Da Kaznir nun beweglich genug war, sich um seine Verletzungen selbst zu kümmern, brauchte er auch keine Kräutersalbe mehr, aber Jerilynn entschied, dem *Chieri* eine Rolle Pflaster zu schenken.

»Ich hoffe, du wirst schnell wieder gesund«, sagte sie und drückte sie Kaznir in die rechte Hand.

Der *Chieri* neigte den bandagierten Kopf in ihre Richtung und erwiderte: »Ich höre Sorge in deinen Worten. Du möchtest mich nicht allein lassen.«

»Richtig.«

»Mach dir keine Gedanken, Jerilynn.« Kaznir tätschelte ihre Hand.

Welch einfache Geste, dachte sie. *Wie ein Kind es vielleicht bei einem Erwachsenen machen würde, um ihn zu beruhigen. Und doch beruhigt es einen wie ein Sonnenbad.*

Sie überprüfte noch einmal den reduzierten Inhalt ihres Rucksacks. Medizinische Grundversorgung, Proviant und wichtige Aufzeichnungsgeräte waren alles, was sie mitzunehmen wagte. Sie lächelte grimmig vor sich hin. *Ich habe Cottman IV zwar als ziemlich riskante Pflichttour auserwählt, aber ich hätte mir nie träumen lassen, dass es so hart wird. Ich hoffe, meine Fähigkeiten reichen hier aus ...*

Die Abenddämmerung verdichtete sich zur Nacht, als Jerilynn sich am nördlichen Rand der Hüttenlichtung zu Elhali und Kupferfang gesellte.

»So sehe ich es auch«, sagte die Freie Amazone gerade. »Eine abtrünnige Katzenhexenbande würde sich ganz oben in den Hellers verkriechen. Müssen wir denn jede Grotte absuchen?«

Kupferfang ließ verneinend ein Ohr zucken. »Als ich Kaznirs Wunden sah, erkannte ich bestimmte Krallenmuster – sie gehören einer Kätzin, die sich Sharras Speer nennt. Ich verstehe nicht, warum sie die *Chieri* malträtieren möchte. Aber wenn wir sie gefangen haben, können wir von ihr erfahren, warum sie unser *Kihar* befleckt.«

»Weißt du genau, dass wir sie fangen werden?«, fragte Jerilynn.

Kupferfang richtete seine Lauscher auf und musterte sie. »Natürlich. Dem *Kihar* muss Genüge getan werden.«

Kupferfang führte sie zwanzig Tage lang nach Norden. Jerilynn tat in dem ungewissen Sternenlicht zwischen den sich verdünnenden Koniferenwäldchen ihr Bestes, um die wenigen primitiven Artefakte zu filmen, die sie lokalisieren konnte. Doch die Ergebnisse waren nicht sehr viel versprechend, und sie fragte sich allmählich, ob sie diesen Aspekt ihres Berufes nicht lieber für eine Weile vergessen sollte.

Im Morgengrauen des zwanzigsten Tages führte Kupferfang sie auf eine Anhöhe, auf der die Bäume zugunsten kahler Bergwände zurückwichen. Rotes Licht befleckte die Gipfel, und Jerilynn fragte: »Wie sollen wir ohne Seile und Felshaken weiterklettern?«

»Kupferfang wird uns die besten Wege des Katzenvolks zeigen«, versicherte Elhali ihr.

»Müssen wir in diesen Höhen auch mit anderen Gefahren als Banshees rechnen?«

»Ja. Pack deine Kamera lieber ein. Infrarotgeräte locken Banshees an, und die Kyorebni sind geradezu wild auf helle, glänzende Oberflächen wie dein Kameragehäuse.«

Jerilynn schaltete die Kamera aus, schob sie in eine Seitentasche ihres Rucksacks und ging dazu über, sich für den Rest der Jagd auf ihre Handaufzeichnungen zu verlassen.

Kupferfang brachte sie am Fuß einer Felswand zu einer Grotte und rollte sich ein, um den Rest des Tages zu verschlafen. Während Elhali ihre Schlafsäcke ausrollte, kramte Jerilynn ein leeres Notizbuch und einen elektrischen Farbstift aus den Tiefen ihres Rucksacks, um die Einzelheiten des ersten Katzenvolkbaues niederzuschreiben, den sie sah.

Das rötliche Tageslicht enthüllte in Augenhöhe eine Reihe von in die Wand gekratzten Nischen und eine Grube im Boden. Am Ende der Grotte hatte sich ein Haufen zerbrochener, abgenagter Knochen angesammelt. Jerilynn empfand Erleichterung, dass sie nur von Buschhüpfern und Rabbithorns stammten. Aber bald musste sie aufhören. Sie hatte sich zu sehr daran gewöhnt, in der Nacht wach zu sein und am Tag zu schlafen.

Bei Einbruch der Nacht rüttelte Kupferfang die Frauen aus dem Schlaf. »Wir brauchen Frischfleisch. Lasst uns ein Kyorebninest suchen. Dahin bringen sie immer ihre Beute für die Jungen.«

»Dann vergeuden wir keine Zeit damit, auf die Pirsch zu gehen und unsere Nahrung zwischen den Felsen zu jagen«, stimmte Elhali zu.

Obwohl Jerilynn es für möglich hielt, dass ein solches Unternehmen ihnen Banshees auf den Hals hetzen konnte, sprach sie ihre Befürchtung nicht aus. Sie wetzte ihr einheimisches Kurzschwert und ihren Dolch und wünschte sich, mehr Geschick im Umgang mit diesen Waffen zu haben.

Vier Monde machten aus den Gipfeln ein silbernes Freudenfeuer. Die drei Jäger bewegten sich ohne Tarnung zwischen den Steilhängen und Findlingen dahin. Ihre Blicke beobachteten wachsam den ungepflegten Haufen aus langen Zweigen, aus denen das Kyorebninest bestand.

Jerilynn blieb dicht bei ihrer Führerin. Falls die riesigen Aaskrähen, Banshees oder Sharras Speer und ihre Abtrünnigen sie erspähten und angriffen, hatte sie an Elhalis Seite die besseren Überlebenschancen.

Zwei weitere Monde waren aufgegangen, als sie ein Kyorebninest ausfindig machten. In ihm kreischten zwei Jungvögel inmitten von Rabbithorngeweihen und den Hufhülsen von Buschhüpfern.

Kupferfang duckte sich hinter einem vorstehenden Felsen und signalisierte mit den Händen, dass sie warten sollten, bis der Muttervogel mit neuer Beute einflog. Die Frauen sanken im Windschatten eines zweiten Findlings nieder.

Schrilles Geschrei ertönte von den Kyorebni-Jungvögeln. Jerilynn schaute auf und packte den Griff ihres Schwertes.

Die riesige schwarze, rotäugige Krähe hielt zwei Rabbithorns in den Krallen und ein Buschhüpferkitz im Schnabel. Die Farbe der Beute kontrastierte mit dem dicken gelben Schnabel des Kyorebni.

Als er heranglitt, um auf dem Nestrand zu landen, sprang Kupferfang hinter dem Felsen hervor und riss das Kitz aus dem Schnabel des Riesenvogels. Der Kyorebni ließ die Rabbithorns mit einem lauten Kreischen fallen und stürzte sich auf Kupferfang. Doch der Katzenmensch, der sich im Zickzack durch Spalten und Ritzen bewegte, in welche die übergroße Krähe nicht vordringen konnte, verschwand bald außer Sichtweite.

»Schnappen wir uns die Rabbithorns, bevor die Jungvögel sie kriegen«, flüsterte Elhali. Die Frauen ergriffen je einen Kadaver, dann eilten sie an dem vom Mondlicht beschienenen Berghang zurück zur Katzenvolk-Grotte.

»Wo ist Kupferfang?«, rief Jerilynn. »Ich dachte, er wäre vor uns hier!«

Elhali runzelte die Stirn. »Müsste er eigentlich sein, bei seinem Vorsprung. Ich hoffe, er ist keinem Banshee oder Sharras Speer begegnet. Der Kyorebni hat genug Lärm gemacht, um Zandru in der neunten Hölle aufzuwecken.«

Schweigend und gespannt bereiteten sie die Rabbithorns zu. Jerilynn glaubte, sich unter Kontrolle zu haben, doch als sie das aufgeschnittene Fleisch mit zerbröselten Proteinflocken bestreute, fiel ihr auf, dass ihre Hände zitterten.

Platz jetzt bloß nicht heraus!, ermahnte sie sich. *Sprich das, was dich bedrückt, in einem gelassenen Tonfall aus, dann kann Elhali dir viel besser helfen, als wenn du sie überfällst.*

»Was ist, wenn Kupferfang nicht zurückkommt?«

»Ich wittere das Katzenvolk gut genug, um allein weiterzusuchen. Aber dann müssen wir in jeder Grotte dieses Gebirges herumstochern, und in den Hellers gibt es mehr davon als Sandkörner zwischen den Trockenstädten.«

»Pssst! Draußen ist jemand!« Jerilynn warf die letzte Proteinflocke in den Kochtopf, dann nahm sie eine geduckte Kampfhaltung ein.

Elhali zückte im gleichen Moment Kurzschwert und Dolch.

Als sie den Höhleneinstieg beobachteten, sahen sie das Leuchten grüner Katzenaugen und hörten das Kratzen von

Krallen auf Gestein. Dann erblickten sie Kupferfangs Armreif. Er war verbogen und blutverschmiert und wurde in die Höhle hineingeworfen.

»Ist er tot?« Jerilyn bemühte sich, den Blick nicht auf die kläglichen Überreste des Häuptlings zu richten.

»Noch nicht. Sharras Speer und ihre Bande foltern ihn, wie jeden anderen beliebigen Gefangenen. Sie provozieren uns, seine Kriegerfrauen, ihn zu retten, wenn wir es wagen. Wir müssen ihnen zeigen, dass wir ihn wirklich haben wollen.« Elhali steckte ihr Schwert in die Scheide und packte die Rabbithornschädel an den Ohren.

Mit bewusst übertriebener Großspurigkeit holte sie in Richtung Höhleneingang aus und schleuderte sie ins Freie. Jerilynn hörte, dass sie vor dem Eingang aufs Gestein prallten. Kurz darauf vernahmen die beiden Frauen ein schrilles Fauchen.

Sprungbereit, die Hände auf die Hüften gestützt, antwortete Elhali mit einem langen, rauen Lachen. Dann drehte sie den Katzenhexen, die draußen zu warten schienen, den Rücken zu und schlenderte zum Kochtopf zurück.

»Warum hast du das getan?«, fragte Jerilynn besorgt. »Um sie so wütend zu machen, dass sie eine Dummheit begehen?«

»Nur um ihnen ihre Unverschämtheit heimzuzahlen.« Elhalis Augen waren nun nicht mehr nebelgrau, sondern pechschwarz. »Als Freie Amazone kann ich nicht durchgehen lassen, dass sie einen meiner Genossen gefangen nehmen.«

»Und was nun?«

»Sie werden nichts unternehmen, ohne Sharras Speer zuvor eine Botschaft zu schicken. Während sie warten, können wir uns auf das vorbereiten, was sie eventuell beschließen. Zuerst essen wir.«

Sie aßen, säuberten das Geschirr und packten ihre Utensilien wieder ein.

»Versteck deine Sachen an einem sicheren Ort«, befahl Elhali. »Dann übst du die Kampftechnik, die du am besten beherrschst. Wir müssen so kampfbereit wie möglich sein.«

Jerilynn legte Schwertgürtel und Waffen ab, schob sie in den Rucksack und versteckte alles hinter dem Knochenhaufen im hinteren Teil der Grotte. Sie musterte Elhali kurz, die spielerisch mit dem Schwert trainierte und dabei allerlei explosive Tritte und Sprünge ausführte.

Ich kann zwar nicht fechten, dachte Jerilynn, *aber ich kann Taichi-Kenjupo. Ich kann meinen ganzen Körper in eine Waffe verwandeln.* Sie begann mit den Übungen. Ihre Arme, Kopf, Körper und Beine folgten einer Abwehr-Angriffs-Haltung nach der anderen. Sie empfand Ruhe in der Gewissheit, dass sie bereit und gelassen war, und zweifelte nicht daran, dass sie mit allem fertig werden konnte, das man aussandte, um sich mit ihr anzulegen. Das Warum und Wie spielte keine Rolle mehr.

Auf dem Kampfhöhepunkt enthüllten ihre Sinne ihr, dass die Freie Amazone und sie sich ergänzten. Elhali, die größer und schwerer war – ihre schwarze Lockenpracht bildete einen Kontrast zu ihren stählernen Augen – war die dominierende Kriegerin. Doch Jerilynn wusste, dass ihr leichter Körper und ihr kurzes, grau meliertes Haar und ihre braunen Augen auch andere Kräfte bargen.

Sie warteten nebeneinander, wortlos und wachsam. Hinter der Grotte peitschte und heulte der Wind. Pflanzenstängel knarrten. Gestein knirschte.

Patsch, patsch, patsch. Eine junge Katzenhexe stand vor ihnen, die Ohrbüschel nach vorn gerichtet, den Blick auf sie gerichtet, das graue Fell mit gelben Sternen gesprenkelt. Sie trug keine Waffen. Ihre Krallen waren eingezogen.

»Sharras Speer bietet euch an, die Wahrheit eurer Behauptung zu beweisen«, sagte sie. »Ihr müsst mir zu unserem Unterschlupf folgen. Ihr werdet um den Mann kämpfen, den wir gefangen haben. – Sharras Speer hat gesprochen.« Sie drehte sich um, um ihnen den Weg zu zeigen.

»Kupferfangs Pech ist unser Glück«, hauchte Elhali Jerilynn zu. »Jetzt brauchen wir nicht die ganzen Hellers abzusuchen.«

»Besteht die Möglichkeit, dass er es so geplant hat?«

»Vielleicht. Aber er ist kein ritterlicher Narr. Er würde sich einer Gefangennahme entziehen, wenn er könnte. Ich wette, er hat nur Pech gehabt.«

Ihre graugelbe Führerin brachte sie im matten Schein des letzten Mondes in noch höher liegende Gefilde. Bei Mondaufgang blieb sie stehen und streckte einen Arm aus. »Unser Schlupfwinkel.«

Eine klobige Kerze aus Buschhüpfertalg brannte in einer einzelnen Nische einer Grotte, die viel größer war als jene, in der die beiden Frauen gehaust hatten. Jerilynn zählte wenigstens achtzig Katzenhexen. Junge, alte. Sie saßen dicht im Kreis um einen Käfig herum und richteten grüne Augen auf den Gefangenen.

Kupferfangs Fleisch und Fell hingen in blutigen Streifen an ihm herunter, und er lag schlaff und ausgebreitet mit geschlossenen Augen da. Man hatte ihn jedoch nicht geblendet.

Elhali stieß Jerilynn an. »Mach eine gelassene Miene. Man schätzt uns ein.«

Jerilynns Mund setzte zu einem unkontrollierten Zucken an, aber es gelang ihr, es zu unterbinden.

Achtzig Augenpaare kontrastierten mit ihrem orange gestreiften rauchblauen Fell. Auf ihrem rechten Arm leuchtete ein gehämmerter Kupferreif. Beide Ohrbüschel waren mit Kupferdraht verziert. Eine Halskette aus Katzenklauen, einige mit Kupfer umhüllt, baumelte vor ihren festen Zitzen.

»Sharras Speer!«, brüllten die Frauen und sprangen auf die Beine.

Sie reagierte nicht auf die Ausrufe der Verehrung, sondern ging leichtfüßig auf den Käfig und die beiden Frauen zu. Als Sharras Speer näher kam, zeigte ihr Blick ein eigenartiges, schwefliges Glitzern, das nicht gerade dazu beitrug, Jerilynn zu beruhigen.

Die Freie Amazone stieß sie erneut an. »Mach dich kampfbereit. Die Herausforderung kann jeden Moment kommen.«

Die Zehen fest in den Höhlenboden gedrückt, füllte Jerilynn sich mit der Kraft der Welt mit ihrer roten Sonne, dem kalten Klima und göttlichen und alptraumhaften Völkern ...

Sanft und entwaffnend wie eine terranische Hauskatze schnurrte Sharras Speer: »Wir sind geehrt, dass die Sippe von Hell wie Kupfer furchtlose Frauen schickt, um das *Kihar* zu vertreten. Ihr werdet gegen meine beiden besten Kriegerinnen kämpfen.«

Elhalis Blick wurde stechend. »Du und deine Frauen zerstören das *Kihar*. Wir sind hier, um dem *Kihar* so gut zu dienen, wie wir es können.«

»Wir etwa nicht?«, höhnte Sharras Speer.

»Ihr habt ein Kind der Anmut gefangen und malträtiert. Ihr wollt mit uns um das Leben unseres Führers kämpfen, obwohl eine von uns kein Schwert halten kann. Obwohl die Risiken auf unserer Seite sind, rühmt ihr euch, dem *Kihar* Genüge zu tun?«

Elhalis verächtliche Worte gaben Jerilynn das Stichwort. Die Hände und Füße bereit, um im Blütenangriff des Taichi-Kenjupo zuzuschlagen, wartete sie auf das Kampfsignal.

Sharras Speer zuckte mit beiden Lauschern. Die schwarzen, von Kupfer durchzogenen Spitzen blitzten wie Lanzenspitzen auf. »Dem soll Genüge getan werden. Wer von euch kämpft nicht mit dem Schwert?«

Jerilynn trat zwei Schritte vor. »Ich kämpfe auf andere Art.«

Eine kleine Katzenhexe mit gesprenkeltem weißem Fell

löste sich von der wartenden Sippe, um sich Jerilynn zuzuwenden. Sie umkreisten und belauerten sich, ihre Gliedmaßen waren angespannt, um zuzuschlagen oder Scheinangriffe durchzuführen.

Ich muss ihren Krallen und Fängen ausweichen, dachte Jerilynn. *Sie darf mich nicht zu Boden ringen ...*

Sie begann den Kampf mit einer Reihe von Hieben, die nur dazu dienten, die Geschwindigkeit ihrer Gegnerin zu prüfen. Mit krallenhellen Augen wehrte die junge Katzenhexe jeden Schlag ab. Jerilynn entkam jedem ihrer Hiebe und Bisse nur um Millimeter. Noch hatte keine von beiden den Punkt erreicht, an dem ihr Atmen stoßweise kam – da erspähte Jerilynn eine Lücke.

Ihre rechte Ferse schnellte unter das Kinn der Katzenhexe. Sie hätte die Kehle des jungen Weibchens mit genügend Kraft aufreißen können. Doch im letzten Moment ließ Jerilynn etwas nach, und so fiel sie nur als regloses Häufchen aus verschmiertem weißem Fell zu Boden.

Nach einem kurzen Blick auf ihre geschlagene Gegnerin gab Jerilynn ihre geduckte Kampfstellung auf und schaute Sharras Speer an.

Mit ausgestrecktem graublauem Schwanz und Augen, die so schwer zu durchschauen waren wie ungeschliffene Smaragde, sagte Sharras Speer mit glatter Stimme: »Dem *Kihar* wurde Genüge getan. – Jetzt du, Fechterin.«

Eine hoch gewachsene, sehnige Katzenhexe mit rotbraun durchsetztem schwarzem Fell ließ zwei Krummschwerter gleicher Größe herumwirbeln, bevor sie Elhali angriff.

Als Elhali ihren wuchtigen stählernen Hieben auswich, duckte Jerilynn sich an einer Stelle neben Kupferfang in seinem Käfig. Er öffnete die Augen, erhob sich auf Knien und Ellbogen und hockte sich dann hin. Er war nicht so schwer verletzt, wie sie angenommen hatte.

Jerilynn blieb, wo sie war. Sie wollte Elhali zu Hilfe kommen, falls der Kampf sich zu ihren Ungunsten wendete. Als Kupferfang den Kampf beobachtete, atmete er anders.

Die Katzenhexe ließ die Zwillingssäbel fortwährend kreisen und stürzte sich auf Elhali. Elhalis Kurzschwert und Dolch fuhren über und unterliefen ihre Hiebe. So lockte sie die andere aus ihrer kaum zu durchdringenden Verteidigungsstellung heraus und riss ihr mit dem Haken des Dolchgriffs im richtigen Moment das Schwert aus der rechten Hand.

Die Katzenhexe zischte und sprang mit gesträubtem rötlich braunem Fell auf den Dolch zu. Elhali wirkte, als drückte sie sich gegen Kupferfangs Käfig, doch dann sprang sie über die Katzenhexe hinweg, kam hinter ihr auf die Beine, versetzte ihrer Schwanzspitze einen Hieb und brachte sie so aus dem Gleichgewicht.

Kupferfang maunzte, dann schleuderte er sich und den Käfig auf die fallende Katzenhexe. Die Stangen barsten, dann drehte sich ein Gewirr aus Klingen, dunkelrotem Fell, grünen Augen und Fängen immer schneller im Kreise.

Jerilynn wollte Kupferfang am Genick festhalten, um ihn fortzuziehen, doch Elhali schrie: »Lass ihn! Jetzt ist es ihr Kampf!«

Jerilynn gehorchte und sah, dass Sharras Speer lächelte. Da sie dabei die Zähne fletschte, spannte sie sich an.

»Sehrrr schön«, schnurrte Sharras Speer. »Dem *Kihar* wird vollkommen Genüge getan.«

Kupferfang und die rötlich braune Katzenhexe umfingen einander in einer tödlichen Umarmung. Ihre Zähne schlugen sich in den Hals des jeweils anderen. Krallen bohrten sich in Rippen. Zu glitschig vom Blut, um die Stellung lange beibehalten zu können, lösten sie sich bald voneinander, wankten ein paar Schritte und brachen zusammen – die Katzenhexe unter Kupferfang.

Kupferfang erhob sich auf die Knie, schwenkte ein Stück Käfigstange, das er als Keule verwendet hatte, und fiel aufs Gesicht – ebenso tot wie die unter ihm liegende Katzenhexe. Sämtliche Untertanen Sharras Speers standen im selben Moment auf, spuckten aus, zückten die Schwerter, fletschten die Zähne und fuhren ihre Krallen aus.

Jerilynn nahm sofort die Taichi-Kenjupo-Kampfstellung ein und duckte sich. Eigenartig, wie gelassen ihr zumute war ... Elhali hob ihre Waffen, um einem Angriff der wütenden Katzenhexen zu begegnen.

»Neiiin, meine lieben Blutschwestern«, sang Sharras Speer. Ihre Augen waren grün und glasig, ihr Schwanz zuckte träge hin und her. »Warum seid ihr verärgert? Wir müssen Kupferfangs Kriegerinnen für eine äußerst vollendete *Kihar*-Leistung danken. Steckt die Schwerter ein, glättet euer Fell ...«

Als die Katzenhexenmeute wieder in die Hocke ging, raunte Elhali Jerilynn zu: »Avarra, steh uns bei! Unsere verrückten Duelle haben Sharras Speer gefallen!«

»Sie ist *zu* nett. Ich weiß zwar nicht viel über Irre, aber ich wette, ihre Stimmung kippt gleich in gewalttätigen Hass um.«

»Hauen wir ab, bevor sie es sich anders überlegt!«

Sie liefen gleichzeitig los, jagten mit hohen Sprüngen durch die im Kreis sitzenden Katzenhexen und erreichten den Weg hinter dem Höhlenschlupfwinkel, bevor Sharras Speer auch nur dazu gekommen war, ihre Untertanen zu beschwichtigen, und anfing, Befehle auszustoßen. Die beiden Frauen rannten an der Bergseite hinab. Das rote Leuchten des Sonnenaufgangs verhinderte die Verfolgung durch Sharras Speer und ihre Bande.

Elhali rutschte einem Findling entgegen, nahm auf ihm Platz und keuchte. Jerilynn sank dort auf die Knie, wo sie gerade stand. »Haben wir beendet, weswegen wir hergekommen sind?«, fragte sie.

»Nein. Wir müssen zu Kaznir zurück, damit er die *Chieri* alarmiert. Sie wissen, wie man dem Massenwahnsinn begegnen kann.«

»Sharras Speer und ihre Irren werden uns verfolgen!«

»Nicht, wenn wir am Tag marschieren. Außerdem können wir auch falsche Spuren für sie legen.«

Als sie wieder in die Grotte kamen, in der ihre Rucksäcke versteckt waren, erzeugte die Freie Amazone mit den Überresten des Buschhüpfers und den Rabbithornkadavern einen Geruchspfad zum Kyorebninest. Jerilynn nahm letzte Einträge in ihrem Notizbuch vor und vergrub alle Spuren ihres Aufenthalts im Knochenhaufen.

Elhali kehrte mit zwei gehäuteten Rabbithorns am Gürtel zurück. »Ein Geschenk der Jungvögel«, sagte sie. »Wir braten und essen sie später.«

Jerilynn schlug sich den Staub von den Händen und stand auf. »Wenn du willst, können wir los.«

So schnell es ging, eilten sie die Hellers hinab.

Jerilynn wischte sich das verschwitzte Haar aus der Stirn und blinzelte. Sie stolperten der Steinhütte entgegen, die sie vor zwanzig Tagen verlassen hatten. Elhali setzte zum Endspurt an. Sie rannte, das Kurzschwert in der Hand, auf die Hüttentür zu.

»Keine Angst um Kaznir«, sagte der augenlose *Chieri* und trat vor, als könnte er sie sehen. »Heilung ist beendet.«

Jerilynn, zu schwach, um zu sprechen, bemühte sich, warnende Worte zu formulieren.

Kaznir hatte wohl irgendeine Botschaft aus ihrem Geist aufgefangen und ebenso aus dem Geist Elhalis, denn er ähnelte plötzlich stark einer gespannten Feder. »Kaznir kennt nun Sharras Speer und ihre Frauen. Wir werden uns ihnen gemeinsam stellen. Das *Kihar* verlangt diese Begegnung.«

»Kannst du dein Volk rufen, um uns zu helfen, Kind der Anmut?«, fragte Elhali.

Kaznir legte den Kopf schief, als hörte er etwas, das menschliche Ohren nicht vernehmen konnten. »Nicht nötig.«

»Aber wir haben es mit einem Angriff irrsinniger Katzenhexen zu tun!«, platzte Jerilynn heraus.

Kaznirs blindes Gesicht schwang zu ihr herum. »Vertraue Kaznir.«

Elhali zuckte die Achseln. »Dann können wir uns den Irren ebenso gut hier stellen.« Sie lehnte sich, Kurzschwert und Dolch in den Händen, rechts von Kaznir an die Hüttenwand.

Jerilynn zwang ihre übermüdeten Muskeln, so zu tun, als empfänden sie Gelassenheit, stemmte die Füße in den Boden und begann mit den abgemessenen Atemzügen, die aus ihr wieder einen Bolzen aus Hieben und Schlägen machen sollten. Ein Teil ihres Ichs, sie konnte ihn nicht benennen, ragte wie ein langsamer Blitz einem ähnlichen Branden Kaznirs und Elhalis entgegen.

Die drei Blitze verschmolzen und breiteten sich rings um sie zu einer Sphäre aus. Sie summte, knisterte und spuckte Energieflammen aus wie eine Sonne. Eine große rote Sonne ...

In diesem Spiel der Geisteskräfte gefangen, überhörte Jerilynn beinahe, dass Kaznir sagte: »Sharras Speer ist hier, allein. Ihre Frauen wagen sich nicht ins Tageslicht, sie aber doch.«

Jerilynn musterte die einsame Katzenhexe, deren rauchblaues, orange gestreiftes Fell von Schweiß und Staub stumpf geworden war. Ihre Kupferverzierungen wiesen nun einen Grünstich auf. Ihre Rohsmaragdaugen flackerten. Sie kam schlingernd näher, der Körper hager, die Zitzen unter der Krallenkette vom Durst verschrumpelt.

»*Kihar* ist alles!«, krächzte sie.

Sie hat 'n Sonnenstich, dachte Jerilynn. *Und nichts anderes. Sie ist völlig fertig, will aber trotzdem kämpfen.*

»Pah«, schnaubte Elhali und steckte ihre Klingen ein. »Ich kämpfe nicht gegen sie. Sie hat sich doch schon selbst erledigt!«

Die grauen Lippen zu einem strahlenden Lächeln verzogen, löste sich Kaznir von der Hüttenwand, streckte die Arme aus und zeigte seine Handflächen.

Als der *Chieri* nur noch eine Fingerlänge von Sharras Speer entfernt war, versteifte sie sich und hob die Arme, um zuzuschlagen.

Mit einer Stimme, die so sanft war wie eine durchs Geäst wehende Brise, murmelte Kiznar: »*Kihar* ist alles, richtig. Aber man dient ihm besser, wenn wir unsere Heilkräfte tauschen. Ich mache deinen Geist gesund. Wenn du willst, kannst du dann meine Augen sein.«

Sharras Speers Arme hingen schlaff herunter. Sie wehrte sich nicht, als Kaznirs Fingerspitzen ihre Brauen berührten. Das Gesicht des *Chieri* und seine leeren Augenhöhlen wirkten erhaben, als er ihr Stirnfell glättete.

»Sharras Feuer wird deinen Verstand nicht mehr in die Irre führen«, sagte Kaznir. »Schaue das Leben und die reinen Göttinnen deines Volkes.«

Jerilynn registrierte, dass sie beim Zusehen die Luft anhielt. Auch Elhali stierte nur.

Sharras Speer stieß ein schwaches Miauen aus, schleuderte ihre Halskette weg und duckte sich dann, als wollte sie zurückspringen.

Mit ausgestreckten Armen, sein Gesicht war fast so hell wie die rote Sonne über ihnen, ergriff Kaznir erneut das Wort. »Dein Name ist nicht Sharras Speer, sondern Speer des Tages. Führe mich gut.«

Sie schüttelte den Kopf, als wollte sie die Verwirrung abschütteln, dann stand sie auf und legte ihre Hand mit eingezogenen Krallen auf die des *Chieri*.

»Avarra sei gesegnet!«, hauchte Elhali. »Kaznir hat es geschafft!«

Speer des Tages schlang den Schwanz um Kaznirs Taille, und der *Chieri* legte einen Arm um ihre Schulter. Dann schritten sie von der Lichtung ins Vorgebirge der Hellers.

Jerilynn atmete erleichtert auf. »Wenn ich *das* in Thendara melde, wird mir niemand glauben. Ich kann es selbst kaum fassen.«

Darkover bei Knaur

Eine Liste aller Darkover-Romane in chronologischer Reihenfolge

Die Entdeckung des Planeten: Ein terranisches Siedlerschiff muss auf dem Planeten Cottman IV notlanden; die Besatzung nennt ihre neue Heimat Darkover.

Die Landung

Das Zeitalter des Chaos: 1000 Jahre sind seit der Landung auf dem Planeten vergangen. Die Nachfahren der Siedler haben jedes Wissen über ihre Herkunft verloren und leben in einer mittelalterlichen Welt.

Herrin der Stürme

Herrin der Falken

Die Zeit der hundert Königreiche: Das Land ist in Königreiche geteilt, deren Herrscher sich erbittert bekämpfen. Furchtbare Waffen verwüsten den Planeten – und nur ein Mann kann Darkover den Frieden bringen ...

Die Zeit der hundert Königreiche

Die Erben von Hammerfell

Die Entsagenden: Frauen haben auf Darkover nur wenig Rechte – es sei denn, sie werden Entsagende, Frauen, die bewusst auf den Schutz durch einen Mann verzichten und selbstbewusst ihr eigenes Leben führen.

Die zerbrochene Kette

Gildenhaus Thendara

Die schwarze Schwesternschaft

Knaur

Ein Darkover-Roman

Die Wiederentdeckung: Das Terranische Imperium entdeckt den Planeten Darkover wieder und meldet Rechte auf ihn als ehemalige Kolonie an. Gleichzeitig wächst auf Darkover aber auch die Unzufriedenheit mit den althergebrachten Traditionen. Ein Bürgerkrieg schein unausweichlich, als sich eine der Domänen mit den Terranern verbünden will ...

An den Feuern von Hastur

Das Zauberschwert

Der verbotene Turm

Die Kräfte der Comyn

Sturmwind

Nach den Comyn: Obwohl die Terraner mittlerweile einen Raumhafen auf dem Planeten eingerichtet haben, bleibt Darkover weitestgehend vom restlichen Universum abgeschnitten. Der Kampf zwischen Tradition und Aufbruch führt zu immer neuen Kämpfen und Auseinandersetzungen ...

Die blutige Sonne

Hasturs Erbe

Retter des Planeten

Sharras Exil

Die Weltenzerstörer

Der Marguerida-Alton-Zyklus: Margaret Alton denkt, sie würde den Planeten ihrer Eltern zum ersten Mal betreten, als sie nach Darkover kommt. Bald schon aber häufen sich die Beweise dafür, dass ihre Erinnerungen manipuliert wurden ...

Asharas Rückkehr

Die Schattenmatrix

Der Sohn des Verräters

Anthologien: Die Darkover-Anthologien wurden von Marion Zimmer Bradley gemeinsam mit dem amerikanischen Fanclub, den »Friends of Darkover«, herausgegeben. Die Kurzgeschichten beschäftigen sich mit neuen oder auch bekannten (Neben-)Figuren des Zyklus, schlagen Brücken zwischen den einzelnen Romanen oder vertiefen die große Geschichte des Planeten und seiner Bewohner weiter.

Der Preis des Bewahrers
Schwert des Chaos
Rote Sonne
Die vier Monde
Die Freien Amazonen
Die Schwesternschaft des Schwertes
Planet der blutigen Sonne
Die Domänen
Die andere Seite des Spiegels

Knaur

Ein Darkover-Roman

KRISTINE KATHRYN RUSCH

DIE BÜCHER DER FEY

Band 1: Die Felsenwächter

Band 2: Das Schattenportal

Band 3: Der Thron der Seherin

Band 4: Die Nebelfestung

Band 5: Der Schattenprinz

Band 6: Die Erben der Macht

Weitere Bände in Vorbereitung.